바람아, 그대에게로

바람아, 그대에게로
정소현 시집

초판 인쇄 2017년 06월 10일
초판 발행 2017년 06월 15일

지은이 정소현
펴낸이 신현운
펴낸곳 연인M&B
기 획 여인화
디자인 이희정
마케팅 박한동
홍 보 정연순
등 록 2000년 3월 7일 제2-3037호
주 소 05052 서울특별시 광진구 자양로 56(자양동 680-25) 2층
전 화 (02)455-3987 팩스 (02)3437-5975
홈주소 www.yeoninmb.co.kr
이메일 yeonin7@hanmail.net

값 10,000원

ISBN 978-89-6253-199-2 03810

바람아, 그대에게로

정소현 시집

바람아 데려가다오, 바람아 데려가다오,
허공에서 그대를 찾는 나의 눈물은 빗물입니다
허공에서 그대를 기다리는 내 사랑은 촛불입니다

연인M&B

초록이 꽃보다 아름다운 오월,
내 마음에도 초록이 짙어 가고 있다.

이 축복의 오월에 제5시집 원고를 마감하고
인사를 드리게 되어서 기쁘고 감사하다.

2010년 제4시집 『바람이 그린 수채화』, 영역 시집 『꽃길-The Path
of Flowers』을 동시에 출간하고 그 후 7년 만이다.

그동안 시란 무엇일까? 왜 나는 시를 쓰고 있을까?
외로움과 고독을 먼저 걸어간 흔적으로, 만나는 모든 사물들과 먼
저 나눈 대화로 누구에게로 가서 대화를 나누어 볼까? 스스로에게 질
문을 던지면서 때론 회의 속에서 넘어졌지만 다시 일어나 시를 썼다.

시를 쓰는 일, 시를 좋아하는 마음은 어느새 동행이 되었으며
내가 쓴 시가 길에서 소멸되거나, 뿌리째 말라 버리거나, 가시에 눌
리거나 그렇게 되지 않길 꿈꾼다.

이번 시집은 그동안 가곡으로 발표된 시, 「바람아, 그대에게로」, 「눈의 백합화」, 「친구에게」, 「연작시, 나의 사랑, 위로」(1-내 곁에 겨울비만 내리던 날, 2-샘물처럼 솟아난 위로, 3-사랑보다 귀한 것은, 4-사랑보다 더 빛났던 위로, 5-사랑의 위로를 그대에게, 6-그대는 사랑의 단비, 7-이제, 그대의 쉼이 되리라) 연가곡까지 총 10편과 생명존중, 사랑, 그리고 끝없이 들려오는 우리들의 세레나데, 또 서로를 이해하고 배려하는 넉넉한 마음을 나누는 시를 포함해서 싣게 되었다.

주제와 사유의 관점의 변화, 그 흔적이 남아 있었으면 좋겠다.

그동안 시와 가곡을 사랑해 주시고, 응원해 주신 모든 분들께 기쁨을 같이 나누고 싶고 감사드리고 싶다.

2017년 5월

정소현

| 차례 |

1부

바람아, 그대에게로

2부

꽃길을 걷는다

4부

끝나지 않은 세레나데

1부

바람아, 그대에게로

바람아, 그대에게로

별들도 잠이 들고
그리움이 그대만을 찾고 있어요
너무나 멀리 있어 보이지 않는 님아,
보이지 않는 님아,
그대가 있는 먼 곳
포근한 달빛 창가 따스한 그곳으로
바람아 데려가다오, 바람아 데려가다오,
허공에서 그대를 찾는 나의 눈물은 빗물입니다
허공에서 그대를 기다리는 내 사랑은 촛불입니다

풀잎도 잠이 들고
그리움이 그대만을 찾고 있어요
너무나 멀리 있어 보이지 않는 님아,
보이지 않는 님아,
걸러 낸 청빛 눈물
고운 님 내 님 곁에 영원히 흘러가리
바람아 데려가다오, 바람아 데려가다오,
들녘에서 그대를 부르는 나의 노래는 강물입니다
들녘에서 그대를 기다리는 내 마음은 바람입니다
바람아, 그대에게로.

눈의 백합화

바람 부는 밤하늘에 온화한 별 하나
어머니,
언제나 못다 부른 은혜로 반짝입니다
헤아릴 수 없는 사랑의 흔적이 차가운 뜰을 거닐면
당신은 어느새 젖은 걸음으로 하얗게 내려오지요
어지러이 뾰족한 마음을 포근히 감싸 주시어
송이송이 꽃이, 송이송이 눈꽃이 피어납니다

바람 부는 밤하늘에 영롱한 별 하나
어머니,
아직도 크신 사랑으로 언제나 반짝입니다
짙게 배인 어머니의 내음이 차가운 뜰을 거닐면
함박눈 당신은 따스하게 내 가슴에 내려오지요
그렇지만 오늘도 눈물 안에 숨기는 보고픈 마음
눈의 백합화는 종소리처럼 피어납니다
피어납니다.

친구에게

지금도 봄을 부르며 피어나는 너는 제비꽃,
세월은 멀어져 갔지만 추억은 시들지 않았어
아침 새가 노래하면 네 목소린가 들어 볼까
그리움은, 그리움은 긴 시가 되고 말았네
우리는 어렸지만 그래도 믿음이란 그늘이 있는
푸른 나무였어
추억의 꽃별들 목걸이하고 널 기다릴게

지금도 어둔 밤을 밀어내며 피어나는 너는 박꽃,
세월은 멀어져 갔지만 우정은 잠들지 않았어
보름달이 환하게 웃으면 네 모습인가 생각할까
보고픔은, 보고픔은 수채화가 되고 말았네
우리는 어렸지만 그래도 믿음이란 그늘이 있는
푸른 나무였어
추억의 꽃별들 목걸이하고 널 기다릴게,
널 기다릴게.

나의 사랑, 위로
1—내 곁에 겨울비만 내리던 날

내 곁에 겨울비만 어제도 오늘도 내리던 날,
햇살이 없던 날, 새소리가 들리지 않던 날
내 모습을 본 저녁 구름이 눈시울을 붉혔어
나도 구름을 따라 눈물이 강물처럼 흘렀지

하늘이 내게서 아득히 멀리 있던 날,
키 작은 들풀도 벗이 되어 주지 않던 날,
내 모습을 본 저녁 바람이 쓸쓸히 떠다녔지
나도 바람을 따라 정처 없이 흔들리며 떠다녔지.

나의 사랑, 위로
2―샘물처럼 솟아난 위로

샘물처럼 솟아난 나의 사랑,
나의 위로,
마르고 마른 가슴이 행복으로 물들었어
사랑 안에서 다시 태어났어, 사랑 안에서
한결같은 마음은 마른 심연을 적셔 주었네
마른 심연을 적셔 주었네

샘물처럼 솟아난 나의 사랑,
나의 위로,
시리고 시린 마음이 사랑으로 따스해졌어
위로 안에서 다시 태어났어, 위로 안에서
한결같은 마음은 닫힌 심연을 열어 주었네,
닫힌 심연을 열어 주었네,
열어 주었네,
열어 주었네.

나의 사랑, 위로
3—사랑보다 귀한 것은

사랑보다 따스함은 부드럽고 다정한 말,
내 슬픔과 아픔을 만져 주는 꽃의 말
사랑보다 소중함은 함께 동행하는 마음,
같은 곳을 바라보며 서로를 비추는 별빛의 마음
내 눈물을 손수건에 받아 주었던 그대
내 심연을 어루만져 주었던 사랑의 별 그대

사랑보다 감미로움은 찬 손을 잡아 주는 마음
찬바람에 언 손을 잡아 주는 봄볕의 손길
사랑보다 소중함은 귀기울여 주는 마음,
흙바람에 쌓인 이야기를 들어 주는 봄비의 마음
내 눈물을 손수건에 받아 주었던 그대
내 심연을 어루만져 주었던 사랑의 별 그대
사랑의 별,
사랑의 별.

나의 사랑, 위로
4—사랑보다 더 빛났던 위로

위로 안에서,
위로 안에서, 위로 안에서
다시 태어났어요
이젠 차가운 별이 아니예요
죽음에서 생명으로, 새롭게 태어났어요
밤하늘에 가장 빛나는 꽃별이 되었어요
꽃별이 되었어요

사랑 안에서,
사랑 안에서, 사랑 안에서
다시 태어났어요
이젠 외로운 별이 아니예요
죽음에서 생명으로, 새롭게 태어났어요
달님도 흠모하는 꽃별이 되었어요
꽃별이 되었어요
위로, 위로,
위로.

나의 사랑, 위로
5―사랑의 위로를 그대에게

이제, 내가 그대의 위로가,
사랑의 위로가 됩니다
나뭇가지에 앉은 꽃별이 사랑의 노래를 불러요
그대여 듣고 있나요,
그대 지금 듣고 있나요,
푸른 독수리여 하늘 높이 날아올라 비상을 해요

그대 마음 안에서 슬픔과 작별했듯이
그대도 위로 안에서
무거운 외로움과 작별을 해요
이제, 내가 그대의 위로가
사랑의 위로가 됩니다
하늘 강가에 앉은 꽃별이 축복의 노래를 불러요

그대여 듣고 있나요
그대 지금 듣고 있나요
푸른 독수리여 하늘 높이 날아올라 비상을 해요
푸른 독수리여 하늘 높이 날아올라 비상을 해요.

나의 사랑, 위로
6―그대는 사랑의 단비

마르고 마른 영혼에
그대는 단비, 사랑의 단비,
내 젖은 작은 마음에 그대는 빛나는 태양
그 사랑 안에서
예쁘고 사랑스런 꽃을 피웠어요
그대는 날마다, 날마다 새로운 선물이어라

마르고 마른 영혼에
그대는 단비, 사랑의 단비,
내 젖은 작은 마음에 그대는 빛나는 태양
그 사랑 안에서
예쁘고 사랑스런 꽃을 피웠어요
그대는 날마다, 날마다 새로운 선물이어라
그대는 단비,
그대는 사랑,
그대는 빛나는 태양.

나의 사랑, 위로

7—이제, 그대의 쉼이 되리라

그대는 나의 영원한 선물,
나는 그대의 꽃밭입니다
이제, 그대의 쉼이 되어
사랑이 향기롭게 피어납니다
꽃의 영혼은 사랑으로,
꽃의 영혼은 믿음 안에서
바람에도 시들지 않고, 잠들지 않고
아름답게 피어납니다

꽃의 마음은 사랑으로,
꽃의 마음은 희망 안에서
바람에도 시들지 않고, 잠들지 않고
아름답게 피어납니다.

2부

꽃길을 걷는다

생명 대축제

고요한 전쟁,
얼음벽이 높아만 갔던 겨울
한 줄기 빛을 얼마나 그리워했던가
한 방울의 물을 얼마나 목말라했던가

휘어지고 메마른 겨울이 끝이 없을 때
지난 꽃잎들 아름다운 눈물의 한 모퉁이에
푸른 밭을 일구어 갔었지, 우리는

검은 허공을 헤치고 봄비가 내린다
비는 지푸라기 들녘을 흔들어 깨운다
우리는 붉은빛과 푸른빛의 새싹, 생명의 불길,

바람처럼 휘몰아 간다
아침 해처럼 솟아오른다
풀, 꽃, 잎, 가지, 뿌리……
생명의 합창 교향곡
하늘과 땅, 세상에 새봄이 울려 퍼진다.

꽃밭이었으면

마음아,
너의 씨앗이
꽃씨였으면 좋겠다
그래서 말이
소란한 세상에 나올 땐
꽃의 마음으로
꽃의 얼굴로
향기롭게 피어나
온누리가 꽃밭이 되었으면 좋겠다.

한 송이 꽃

만삭인 해가
꽃잎 한 잎, 한 잎을 낳는다
꽃이 종소리를 내며 세상에 태어났다
그 진동은 사람들의 마음에 금을 내었다
신비와 빛과 향기가 금을 내었다
금이 간 사람들이
그녀의 비밀스런 방에 들어간다
벌도 나비도 그 방에서 성스럽다
꽃이 갈라놓은 그 틈에서
봄날이었으면 좋겠다, 우리도.

작은 강

우리가 얼마나 뒤척였을까
안개 낀 아침은 끝없이 길구나
소용돌이치기도
용솟음치기도 했지만
해는 냉정히 저 멀리 갔구나
함께했던 어둠아 허리를 동여매자
수척한 마음아 손을 잡자
푸른 강물로 흘러갈 수 있겠지
붉은 태양 창대한 그곳에 가 닿자
거기서, 거기서,
벼랑을 감싸 안고 춤을 추는
푸른 바다가 되자.

모래꽃

광활한 사막에서
모래의 삶이란
바람을 만나 자신을 부수는 것이다
바람의 소용돌이 속에서
깨어지고 작아진 자유로운 영혼,
비로소 거룩한 꿈을 빚는다
별 모양의 모래언덕 꽃,
초승달, 상현달의 모래언덕 꽃,
한쪽으로만 흐른 물결무늬 꽃잎,
꽃을 피웠다
삶은 씨앗의 과정,
모래의 씨앗이 꽃을 피웠다
그의 발자취를 묻지 않고
태양이 황홀경의 실루엣을 위하여
금빛을 입혔다
나는 그 황금빛 실루엣에 떨어져
싹이 나더니
한 마리 새로 피어났다.

사막의 꽃

사막의 꽃들,
별무리의 풍경은 비밀이다
겨울 소나기의 은총이 씨앗들에게 쏟아지면
그 사랑에 젖어서 삶이 된다
전쟁 같은 삶이지만 약속 안에서
각자 조금씩, 조금씩 더 작게 자란다
생명 줄기, 물을 나누어 가진다
수천의 야생화들이 피어나지만
오직 한 송이 꽃,
한 개의 씨앗을 맺는다
이 진리를 누구에게 배웠을까
꽃들의 숭고한 나라
팍팍한 내 가슴에 푸른 종소리 울린다.

꽃길을 걷는다

꽃길을 걷는다
꽃들이 여기, 저기에서
재잘재잘 이야기꽃을 피운다
꽃들의 이야기를 듣고 있으면
내 마음까지 착해진다

꽃길을 걷는다
누구를 보고
"예쁘다." 끝없이 말할 수 있을까,
예쁘다, 예쁘다······
내 입도 예뻐진다
내 입에서도 꽃향기가 난다

꽃길을 걷는다
꽃들의 향긋한 웃음소리를 들으니
내 귀에서도 청노루귀 꽃송이가 피어난다.

이 봄, 이 봄날은

꽃용암 분출이다
척박한 마음을 뚫고
꽃불이 전쟁처럼 번지고 있다
그 꽃불의 열기로
모두가 홍역을 앓는 중이다.

봄꽃

사랑스런 언어이다

꽃의 말을 듣고 있으면

그가 내게 와 닿으면

바람이 분다.

사월의 꽃

천사의 씨앗이 떨어져 핀
사월의 꽃

그 얼굴을 보면
우리를 향한 그리움,
사랑,
그리고 연서이다

서럽도록 눈부신 연서를 읽다가
돌들은 결국 사랑을 하게 되고
마른 잎들은 꽃물이 들었다

이 계절 끝에
사랑 씨앗 까맣게 여물고 그를 그리워하겠지.

대나무 숲의 이야기

짙은 여름빛 우거져도
숲의 대나무는
울고 싶은 날이 있다
우우—쏴—쏴—
우—우—스삭—스삭—
뿌리까지 울고 나면
올찬 남풍이
그들 뚫어진 속을 어루만진다
허리를 조이고 다시 허공을 올라간다
푸른 탑.

가을이 분다

가을이 분다
가을에 흔들리지 않으면
생명이 아니다

하늘도 가을에 흔들려 높고 푸르고
산도 가을에 흔들려 붉게 익어 가고
바위도 가을에 흔들려 단단해진다

구름도 가을에 흔들려 여유롭고
갈대도 가을에 흔들려 뿌리가 깊어지고
바람도 가을에 흔들려 산들산들하다

가을이 분다,
불어오는 가을에,
흔들리는 것에 대해,
아무도 돌을 던지지 않는다.

가을비

그렇게 쓸쓸히 올 줄 몰랐어,
온 세상을 적시구나
내 마음까지도 적시구나

또르록, 또르록, 내 안에 들어왔네
네 안에 감춘 사랑으로
온통 나를 적셔 주었네
온통 슬픈 미소 보내 주었네

내 이름도 슬픈 미소,
온 세상을 너처럼 적시고 싶어라
오직 사랑 하나로만

사랑은 눈물을 나누며,
사랑은 나를 비워 네가 들어오게 하고,
사랑은 향기로워 메아리가 네게 가며,
사랑은 따뜻하여 내 안에 네가 살기 좋고,
사랑은 너그럽게 기다리고,
사랑은 아픔도 참고 견디며,
사랑은 너를 지켜 달라고 기도하길 좋아해

가을비,
내 곁에 온 날
너를 닮아 온통 사랑이어라.

눈 오는 날의 풍경 1

눈이 달려왔다
메마르고 지쳐 있는 나목들을 향해
눈이 달려왔다
매서운 한파에 벌거숭이,
마음도 몸도 얼고, 부서질 듯 서 있는
우리를 향해 춤을 추며 달려왔다
덩실덩실 저 푸근한 위로
헤아릴 수 없는 입맞춤, 포옹,
얼었던 사랑에 봄이다
굳었던 마음이 다시 흐름이다
눈옷을 입고
손을 잡고 따뜻한 풍경이 되리라
서로 부둥켜안고
함박눈 내리는 풍경이 되리라
아직도 땅속 깊은 곳
겨울잠을 자는 뿌리를 깨워
우리는, 은빛 풍경이 된다.

눈오는 날의 풍경 2

세상의 수레바퀴에 눌린 자국
아직도 덜 아문 그 아픔 위에
널 위해 기도할게,
그 따뜻한 기도가 내린다

서러움이 부글부글 솟아오르다가
빠져나간 후 털어 버린 그 자리에
네 마음 다 알아,
토닥토닥 말없는 사랑이 내린다

다시 찾은 아이의 미소에
참 예쁘구나,
네가 최고야,
춤을 추며 함박웃음이 내린다

얼마나 기다렸던가,
얼마나 보고 싶었던가,
우리가 잊지 않고 부르는 노래라네
너는.

소나무의 사랑꽃

솔잎마다 바늘의 날을 세우고
굽은 삶, 고단한 인생,
좁고 좁은 길 달려왔지

거북이등처럼 굳고 갈라진 가슴엔
사랑도 피지 않을 줄 알았는데
그에게도 훈풍은 불었던가,

작은 사랑 가슴에 심고
그녀 한 영혼을 담기 위해,
그녀 한 영혼을 피우기 위해,

겨울날, 황태 덕장의 황태처럼
맨살 위에 진눈깨비, 그 위에 찬바람,
찬바람 위에 햇살,

맨살 위에 함박눈, 그 위에 겨울비,
겨울비 위에 햇살로 쌓아 온 사랑,

그 세월 위에 피워 낸 소나무의 꽃,
일백 년 만의 재회,
숭고하고 고귀한 그의 연인,
사랑꽃.

웃는 얼굴

울퉁불퉁한 바람의 길
어린아이, 노인, 젊은이, 다 모였다

어린아이도 웃음을 잃으면,
젊은이라도 웃지 않으면,
노인이라도 엷은 미소가 없으면
꽃이 아니다

웃는 얼굴은 꽃이다
웃는 얼굴은 향기가 난다

나의 꽃이 네게로 가서 향기를 주고
너의 향기가 내게로 와서
꽃이었으면 좋겠다

울퉁불퉁한 바람의 길에서
서로의 꽃이었으면 좋겠다.

누가 꽃을 버렸을까

생명은 꽃이다
비바람에 꽃이 젖고 있다
작은 벌레들이 젖은 꽃잎 속으로
봄을 쟁반에 담아 나른다
꽃이여 일어나라!
젖은 꽃잎의 슬픈 파도가
밀물처럼 밀려와
마음을 철썩철썩 때린다
속까지 아릿하다
꽃이여 일어나라,
꽃이여 일어나라,
봄의 속삭임에 고개를 드는
천사의 얼굴.

네 이름은 잡초가 아니다

꽃 진 자리 빈 화분에
풀의 모습을 보이며 첫 만남 있었던 날
너를 뽑아 버릴까 생각도 했었지
언제나, 먼저 웃으며
언제나, 먼저 말을 걸어와
지난 내 마음이 부끄러워 도망하였다

시퍼런 세상을 건너왔으면서도
작은 바람 부니 너도 흔들리구나,
비가 내리니 너도 젖고 있구나,
그 사랑으로 먼저 품어 주었구나
그 마음으로 기쁨이 되었구나
너는 꽃이다,
네 이름은 잡초가 아니다
너는 꽃이다.

3부

사랑의 초대

그녀의 자맥질

그녀는 바다를 가르며
청정한 물속에서
사랑을 한 망태기 따서 나왔다
그것을 펼쳐 놓으니
살아서 펄쩍펄쩍 뛴다
사람들이 와서
사랑을 초장에 찍어 먹으며
저마다 엄지손가락을 치켜세운다
더욱 맛있는 사랑.

용서의 마음

용서하는 마음은 별이다
별은 용서받은 마음이다
하늘은 마음의 집이다

하늘이 아름다운 것은
별들이 있기 때문이다,
별들이 따스한 것은
용서한 마음이기 때문이다,
용서받은 마음이기 때문이다,

하늘은 용서하고 용서받은
마음이 사는 곳

지구에서 누군가를 용서하면
하늘에는 아름다운 별 하나가 뜬다,

지구에서 누군가에게 용서를 받으면
하늘에는 수줍은 별 하나가 뜬다.

연민의 바다에서

가시가 나를 찔러
아픈 날,
돌아보게 한 날이다

가시 이전에 난 돌이었다
너의 빠진 징검다리,
디딤돌 하나 되지 못했고

돌 이전에 우산이었지만
너의 비바람, 가려 주지 못했다

우산 이전에 바람이었지만
너의 무거운 발걸음에
날개가 되지 못했다

바람 이전에 햇살이었지만
너의 병든 뿌리를
소생시키지 못했다

햇살 이전에 눈물이었지만
너의 아픔을 구원하기엔

내 눈물의 양이 너무 적었다

가시가 나를 찔러
너를 본 날,

연민의 바다에서.

사랑의 초대

사랑이여,
그대의 초대가 있었던 날
얼마나 설레었던지,
얼마나 뜨거운 눈물이었던지,
얼룩진 옷은 벗겨지고
마음은 눈꽃이었지
지금까지 먹어 보지 못한 사랑을 먹으며
세상을 얻은 듯이 충만했지
세월의 강물에 그것을 지우고,
삶의 그물에 그것을 내어보내고,
마음의 깊은 우물에 침전시키며,
살았던 먼지 한 톨,
사랑이여, 미안하여라
사랑이여, 미안하여라
아직도 문이 열린 사랑 안으로 가서
매일, 그 사랑을 먹으리라.

사랑 1

사랑은 소금이다

사랑을 세상에 넣지 않으면
무너지고 말며,

사랑을 삶에 넣지 않으면
상하고 말며,

사랑을 인생에 넣지 않으면
꽃이 피지 않는다.

사랑 2

징검다리,

빛은 짧고 어둠은 길다

그래도

나, 우리, 지구가 건너가고 있다.

사랑 3

바닷가 나무 한 그루,
해풍에 뿌리가 다 뽑혀
쓰러질 듯 서 있는 그 와중에도
태양에 타는 길벗을 위해
그늘을 내어주고 있다
나무의 사랑으로
내 사랑을 재어 본다.

가을 사랑

빛 고운 단풍을 만나
어여쁘다 칭찬하진 못했지만,
산사태가 날 것 같은
산에 올라 그 심정을 들어주진 못했지만,
억새의 비단 머릿결을 매만져 주진 못했지만,
해국의 시린 아름다움을 위로해 주진 못했지만,

긴 기다림 끝에 만난 너,
심연에 꽃을 피웠고
걷는 길마다 보석을 깔아 주었다
차를 마시며 생각만 해도 설레었다
이제 널 보내려 한다
떨어짐은 다시 온다는 약속이다
이제 널 보내며
그리움에 누워 겨울잠을 자야겠다.

외사랑

노을이 빌딩을 바라본다
변함없는 기다림,
둥근 데가 없다
누가 기댈 수 있을까
붉게 젖은 가슴은
오늘도 외사랑
빌딩이 창문을 연다
흐느끼는 수선화 한 송이.

바다가 까닭 없이 좋아서

그대는 바다,
도랑물은 도저히 감당조차 할 수 없어요
바다가 까닭 없이 좋아서
오늘도 달려가요
물풀을 안아 주며
새들 울음을 들으며
그런 내 모습
그대는 싱긋이 웃으며
푸른 손으로 잡아 주네요.

눈꽃 세상

그대 날마다
"사랑한다."라고 말해 주었지요
그 사랑 하나면 지중해도 달려갑니다
작은 손에 받은 사랑의 씨앗,
눈물 바구니에 담고 뿌릴 겁니다
눈꽃 세상이 될 그날까지.

작은 별의 꿈 이야기

이 겨울밤,
얼마를 걸어야 봄 새벽이 올까
겨울비는 언제쯤이면 그칠까
아침 햇살이 노래하고
나비가 꿀을 나르는 곳으로 가고 싶다

찬바람도 잠들지 못하고
창가에서 슬픈 춤을 추는 이 밤에
인내는 미리내가 되었고
꿈은 바다가 되었네

붉은 아픔에 입맞춤하며
차가운 눈물을 손수건에 받아 주던 그대여
가난한 두 손에 주렁주렁한 사랑 꾸러미들
끝이 없는 꽃길이었네
마음껏 뛰놀 수 있는 풀밭이었네

찬바람도 잠들지 못하고
창가에서 슬픈 노래하는 이 밤에
그대만 부르노라, 그대만 부르노라
허공에서 돌아오는 메아리
작은 별 하나, 손을 잡고 어둠을 날아오르네.

사랑할 수밖에요

그대는 앞산에 핀 봄꽃보다
어여쁘다 하시고
날마다 헝클어진 머릿결을 빗겨 주시며
즈믄 밤을 새워도 셀 수 없는 것을
언제라도, 몇 개인지도,
알고 계시는 참 자상한 그대,
그대를 믿고
사랑할 수밖에요.

오직, 그대 사랑뿐입니다

거친 바람 앞
서 있는 것이 없을 때
그대는 나를 업고
강을 건너갑니다
그대가 불러 주는
사랑 안에서
아무런 두려움 없이
아기는 꿈을 꿉니다
아마도 어머니의 자궁이듯이
이 고요는
오직, 그대 사랑뿐입니다.

내 손을 잡아 주시는 그대여

너는 "귀하다."
날마다 불러 주시는 그대여

나의 꿈은
영원히 반짝이는 별이 되는 것,

사랑, 그 하나만으로도
힘찬 걸음, 기쁜 마음이어라

오늘도 그대만을 믿으며
세상을 향해 나아가리라
내 손을 잡아 주시는 그대여.

마중 나온 선운사

첫인상이 참 좋은
선운사가 마중을 나와 반겼다
그의 연인이 왜 많은지 짐작이 갔다
긴 세월 식지 않은 사랑
작은 마음을 꼭 잡아 준다
삶의 그물망에서 바람 같지 못했고
흙탕물에서 꽃 한 송이 피우지 못했던 나그네
그래도 꼭 잡아 준다
그 사랑 안에서
얼마쯤 시간이 흘렀을까
부끄러운 마음 물 한 바가지에 씻고
걸음걸음마다 꽃물을 뿌려 주는
노을의 배웅을 받으며
흔들리지도, 넘어지지도 않으며
한 마리 새는
훨훨 허공을 날아왔다.

못

발을 헛디뎠다
못이 발바닥 안으로 깊이 박혔다
발바닥 안의 심장에 박혀 물컹 터졌다
심장을 위해 시간이
붉은 살 위에 위로와 희망을 바른다
겨울보리 같은 상처, 동그란 무덤이 되었다.

캄보디아 강가에 핀 꽃

강가에 작고 여린
꽃 한 송이
너의 이름 소피아

수줍은 듯 살며시 웃어 주었지
나를 보고 넌 웃어 주었지

웃음 안에 천년의 사랑을
웃음 안에 또 천년의 사랑을
심어 놓고 간다

소피아,
그리움 갈피를
한 장, 한 장, 넘길 거야

잊지마
네게 준
그날에, 금빛 찬란한 햇살을.

캄보디아 어느 마을에서

푸른 물, 꽃물이 뚝뚝 떨어지고
에덴동산 같았지
우리는 아담과 이브의 후예란 걸 알았어
반가운 마음에 손에 손을 잡고
하늘 노래, 별 노래, 구름 노래를 불렀지
눈과 눈을 마주보면
바다보다 깊은 마음이 열렸지
주고받은 것은 사랑뿐,
송이송이 꿀송이, 송이송이 꿀송이었다네
석별은 우리를 붉게 물들이며
이별의 풍경이
얼마나 아름다운가를 보여 주며 다독였지
그날 다 부르지 못한 노래를 위해
난 날마다 종을 칠 거야
종소리가 그곳까지 울려 퍼지면
못다 부른 우리의 노래인 줄 꼭 알아줘.

4부

끝나지 않은 세레나데

어머니의 기일

수화기 안으로 달려온
낯익은 또 하나의 그리움,
칠월 찜통더위에 그리움이 쏟아진다
폭포수가 쏟아져 내린다
어느 순간에,
머뭇머뭇 떨어졌다
이쪽에서도 애써 낙하를 감추며
머뭇머뭇하며 떨어졌다
한 자리에서 붉게 녹이 슨 그리움,
비바람에도, 햇살 아래서도,
흔들림이 없었는데
수화기 너머의 폭포수가 쏟아져
주변이 허물어지고 뿌리째 흔들렸다.

애기똥풀과 이슬

애기똥풀이 풀밭에 삶을 내리고
줄기마다 속을 비우고
오직 사랑만을 채워 갔을 때
노란 꽃이 피었지
바람은 흔들고
비는 꽃잎을 흩어 놓았지만
웃을 때마다
노란 꽃이 여기, 저기 피어났지

죽음은 부활인가,
부활은 죽음인가,
꽃 웃음이 낮달이 되었을 때,
꽃 행복이 낮별이 되었을 때,
이슬이 마르고 오그라든 꽃잎을
삼켜 버리고 말았다,
이슬의 뱃속에서 웃고 있는 하얀 꽃.

풀밭이 보이면

꽃밭도 아니고, 들녘은
더욱더 아닌 도로 옆 자투리땅
소음과 먼지가 노려보고
그 허술한 지분일지라도
언제 날아갈지 모르는 그곳에
풀이 둥지를 틀고 바람을 살다가
씨앗을 순산하고 솜털로 가리고 있었다
동생 씨앗은 바람의 뒤꿈치를 잡고 날아갔다
바람의 영토에서
잃어버린 30년이 될 줄도 모르고……
수수깡다리,
마른 품을 떠나지 못한 형 씨앗은
결국 새의 먹이가 되었다
해산의 고통이 아직도 비릿한데
빼앗기는 설움은 어미가 아니면 모른다
새여, 푸른 새여
허공을 날아가다가 풀밭이 보이면
거기에 씨앗을 살포시 내려놓아라.

혼자가 아닙니다

눈이 내렸다
어느 누군가가 눈을 쓸었지만
맹수처럼 달려온 찬 기온이
회오리바람의 얼음길을 만들었다
누군가가 보였다
얼음길을 홀로 걷는 사람이 보였다

혼자 걷는다고 외로워 마세요
혼자 걷는다고 서러워 마세요
나무들도 언 손을 비비며 걷고 있으며,
새들도 언 날갯죽지 펼치며 날고 있으며,
앞에도 두 사람이 걷고 있으며,
뒤에도 등불을 손에 들고 누군가가 걷고 있어요

함께 걸어가는 길
하늘도 창문을 열어요
하나, 둘, 셋, 열, 스물……
빨강, 보라, 검정, 하양……
다양한 보폭이 함께 길을 걸어요
혼자가 아닙니다.

끝나지 않은 세레나데

수백 년 전 무덤 속 연인이
백골인데도 손을 잡고 있었다
사랑의 마음은 거울이었을까,
서로의 마음에 비친
마른뼈 조각들이 행복에 젖어 있었다
넌 나의 그리움이었지……
난 너의 눈물이었지……
끝나지 않은 세레나데가
끝나지 않고 들려오고 있었다
그동안 남용했던 사랑이란, 말에 대해
사랑의 말, 앞에 가서 머리 숙여 사죄를 했다
오늘 백골의 잠언을 보면서
내 사랑도 미래의 과거로 돌아가서도
뼛조각에서 환한 빛이 나길 꿈을 꾼다.

호숫가에서

호수의 잔잔한 물결
그대 고요한 목소리
부드럽고 따스합니다
메말라 서걱이던 가슴에
푸른빛 적셔 주네요
지치고 울고 싶은 마음에
사랑 노래 들려 주네요
내 마음 안에도 사랑이 피어납니다
호숫가에 서면 아이가 되고
호숫가에 서면
내 영혼에 무지개가 뜹니다.

이름 없는 새에게

노래가 없는 너의 작은 집
이곳저곳 뚫어져 찬바람이 넘실대구나
처마 아래 긴 못이 고정시켜 놓았구나
날아가라
네 눈에 티끌을 볼 수 있는
그 누구도 없단다
네 발톱에 가시를 빼줄
그 누구도 없단다
저녁은 어제처럼 찾아오고
나뭇잎이 타는 회색 연기 사이로
또 다른 하얀 연기
너울너울 하늘로 오르네.

내 안에 지옥

불러도 메아리가 없고
하늘 끝 달려가도
함께 돌아오지 못하는 님,

가슴에
새벽별로 뜨는 님,

그리움이 파도를 치고
보고픔이 뭉게구름 피는 날에는

내 안에 지옥 하나,
지옥 하나 생긴다.

벼랑의 꽃

벼랑에 사는
이름 모를 보라꽃
바람 그네에 매달려
곡예를 탄다
떨어질까, 말까,
그 아슬한 곳도
그곳이 살 만한 곳이라고
시리게 웃는데
바람이 사르르 눈을 감는다
꽃에 입맞춤하는
나비 한 마리.

청춘이여, 안녕

비탈길,
비틀거리며 헉헉대며 올랐지
그래도 청춘을 위하여

그 길,
가장 안전하고 평화로운 추락,
검은 뜰에 모인 우리는
한 송이 꽃을 들고 추억을 펼치고 있다

그림 한 점,
그도 환한 미소 지으며
거기에 함께 있다

검은 우수에 찬 몰락의 바다
그 바닥까지 떨어졌을 때
하늘에 별 하나가 떴다.

가을 안에 있는 여름

여름이 방황을 하네
붉게 타던 사랑을 내려놓고
가을의 손을 잡고
석별에 목이 메인다
가을은 나뭇잎이 익어 가는
수채화 속의
긴 의자를 내어 준다
잠시 쉬어 가렴,
가을 안에 있는 여름.

가을비 내리는 날엔

꽃들도 소곤소곤 다정하고
나뭇잎들도 서로의 우산이 된다

이런 날엔,
차가운 빌딩도 마음을 열고
바다도 사랑의 풍경이 된다

가로등 불빛도 빗길의 풍경이 되고
사람들도 그 길에서 따스한 이야기가 된다

가을비 내리는 날엔
서로의 우산이 된다.

어느 여름날에

가슴을 태우고
애를 다 녹인 악동
죽었다 깨어나는 하루, 하루

여름 감옥에서
열병은 식을 줄 모르는데

작은 바람이 찾아와
짧게 숨길을 연다

감옥 문을 여는
한 줄기 소나기.

바람이 가시줄을 끊었다

가시줄이
작은 새 발목을 묶고 있다
새의 검은 눈물
순한 저녁 바람이 닦아 주고
하얀 날개도 입혀 준다
그 영혼을 위해
바람이 가시줄을 끊었다
어두운 동굴에서
하늘 높이 날아오르는
독수리 한 마리.

밀알의 기쁨

그가 심어져서
난 아이로 태어났다
그가 죽어서
영원한 산모가 되었다

아이도 심어지고
아이도 죽어서
에메랄드가 태어났으면 좋겠다.

들꽃에게

메마르고 척박한 그곳에서
뿌리내려 옹기종기 살아 주어서 고마워라
이름은 달라도 서로 기대었구나

이슬 안에 감추었던 눈물이 마른자리
달빛 미소가 사랑스럽구나
빗소리에 숨어 울던 푸른 울음이 날아간 자리
별씨가 눈이 부시구나

때론 생명은 천벌 같아
벌서며 보냈던, 벌서며 보냈던
그 장마와 태풍은 잊으라

자유로운 영혼 구름을 보아라
손을 잡고 함께 날아가는 새들을 보아라
빛나는 그것이 너의 노래인 것을
빛나는 그것이 너의 새벽인 것을.

큰 산이 무너지던 날

큰 산이 무너졌다
나도 가슴부터 쾅쾅 무너져 내렸다
산은 뿌리를 하늘에 두고
가지와 잎은 세상에 열어 놓은 깊은 연못이셨다
비바람에도 출렁임 없이 긴 인고의 세월 동안
헤아릴 수 없이 맺었던 시의 열매들
사랑, 위로, 평화, 구름, 바람, 기도……
이젠 현재에서 미래까지 잇는 구름다리,
미래의 시의 꽃밭, 시의 고향이 되셨다
아직도 온기 가득한 사랑,
꿈의 새벽별,
마른 잎새에 이슬,
어둠을 밝히는 등대,
소년이시지만……
세상의 단어 중에 추억과 이별을 선택하고
굳은 그림자로 서 있었다
바람결에 들려오는 음성
"평생 완벽하지 않는 시의 집에서 살았지만 후회는 없습니다.
나는 행복했습니다."
국화꽃 한 송이도 "감사했고 행복했습니다."
바람의 언어로 절을 하니 바람 속으로 날아갔다

이별은 언제나 찬란한 슬픔이다
사월의 봄꽃들도
서럽도록 아름다운 얼굴을 하고 꽃나팔을 불며
지상에서 가장 아름다운 꽃길 배웅을 했다.
스승님! 영원히 빛나는 그곳에서
시의 노래 찬양하시며 영원한 복락을 누리옵소서.

마른 풀잎새

태양의 열기가
대지로 몰락하는 여름날

마른 풀잎의 청춘
그는 용기가 있었을까,
생애와 삶 전체
그리고 죽음이란 것에 대한 긍정이 있었을까,

그는 스스로 몰락에 대한 의지가 있었을까,
한 장의 거죽, 수의를 펼치고
그 앞에 닥친 검은 바람을 덧없게 하였을까,
기꺼이 스러져 주리라 용기를 냈을까,

"이것이 인생이었더냐?
바람을 밀어내고, 또 밀어내며
"이것이 인생이었더냐?
바람 위를 날고, 바람 위를 또 날아서
영원 속으로
새 한 마리는 그렇게 날아갔다

푸르고 둥근 영원으로 날아간
용기 있는 새여,
우리는 춤을 추며 박수를 보낸다.

5부

나는 안다, 그 마음

고마워 1
―믿음

믿음이 없음은,

별이 하늘이 없어
뜰 수 없음이고,

강물이 바다가 없어
흘러갈 수 없음이며,

풀, 꽃, 나무들이 땅이 없어
살 수 없음이며,

새가 허공이 없어
날 수 없음이다

믿음이 있다는 것은
눈을 떠도, 눈을 감아도,
고마운 일이다.

고마워 2
—비누

나를 스칠 때마다
모든 더러움이 씻겨 나간다

나를 스칠 때마다
나를 깎아
나는 작아진다

오늘,
이름 없는 들꽃 한 송이 피었다.

고마워 3
―돌이킴의 마음

하루가 저무는 밤이면
살며시 찾아와
콕콕 찌르는 가시가 있다
내 물렁한 양심이 아파서
자꾸자꾸 토해 낸다
아픔만큼 토해 낸다
허공의
검은 하늘에
별이 하나, 둘씩 뜬다.

고마워 4
—눈물 호수

메마르지 않는 눈물 호수,
참 예쁜 호수다

낮에는 새들이 다녀가고
밤에는 별들이 다녀간다

눈물은 별,
눈물은 새소리,

그래서,
그들의 온기로
눈물은 참 따뜻하다.

고마워 5

—기도하는 마음

기도하는 마음은
신이 주신 선물이다

사랑과 자비, 긍휼의 포장지 안에서
언제나 빛나는 보석이다.

고마워 6
―슬픔에게

아픔과 슬픔, 절망, 외로움……
허공을 받치고 있는 기둥,

기쁨과 즐거움, 빛, 행복……
기둥 위의 불꽃,

기둥,
넌 주연이란다.

나는 안다, 그 마음

작은 전화기 안에서
우리들의 사는 이야기,
제비가 물고 온 봄소식이다
아직도 시들지 않은 사랑,
소통과 공감이 날고 있음을,
날갯죽지가 아프도록 날고 있음을 나는 안다
작은 꽃 피우려고
먼저 내민 따스한 마음
심장의 푸른 박동이 들려옴을 나는 안다
서로 어깨를 나란히 동무하여 부대끼며
힘찬 도움닫기로 달려가자는 그 마음 나는 안다
나에게 보내는 너의 응원,
너에게 보내는 우리의 박수,
우리들의 향기라는 걸 나는 안다, 그 마음.

여름 장대비

창가에 천둥 번개가 친다
장대비가 창문을 때리며 쏟아진다
초록비, 회초리는
끌림의 덫,
검고 뾰족한 죄악들을 씻는 중이다
나도 죄를 창문에 걸어 두었다
천둥소리가 커질수록
번갯불이 번쩍일수록
빗줄기가 세어질수록
고요하고, 아늑하고, 가벼워지고,
창가엔 작은 평화가 모락모락 피어올랐다.

바위 못

나는 한 개의 못
우리는 천 개의 못
그 이름은 바위 못이라네

바다를 향해 돌격했다
산산이 부서져 출렁이는 붉은 눈물

바다는 공룡의 울음으로
자신을 씻어 내고 또 씻어 내고
세상의 양수 안에서 다시 태어났다

푸르게 출렁이리라
저 멀리 검은 불덩이를 헤치고
여명이 춤을 추며 오고 있다
다시, 푸르게 출렁이리라.

죽어야 얻는 새 이름

밀가루 반죽을 쓰고
고온에서 완전히 죽었을 때
바삭바삭한 튀김이 된다
새 이름,
새로운 삶,

배추가 수십 번 죽고서야
김치꽃으로 핀다
어느 꽃에 비할까

이렇게 뜨거웠던 적이
이렇게 죽어 본 적이 있었냐고 묻는다

미열을 토해 낸다.

나의 의자를 옮겨

이별도 사랑이다,
이별을 하려거든
가을날 단풍이 지듯이 하자
사랑의 거리는 이별까지다
떠나보냄이 이렇게 황홀할 수가,
어린왕자가 사는 별나라,
왕자가 의자를 옮겨 가며
해지는 광경을
하루에도 몇 번이나 보았다지,
난 나의 의자를 옮겨서
보석처럼 빛나는 가을과 이별을 하고 있다.

평화

비바람에 펄럭이면서도
줄기에서 피어 있던 꽃,
그 뜨겁던 허공에서도
내려놓지 않았던 푸른 잎새,
땅에 거룩히 내려앉았다
낙엽.

詩를 쓴다는 것은

자라투스트라는 피로 쓴 것만
넋이 된다고 했다
영혼들은
피로 쓴 것을 수혈받기를 원한다
태양이 생물을 시험하는 팔월
외양간에서 양의 젖을 짜듯이 피를 짜고 있다
그렇다고 할지라도
다 수혈을 받는 것은 아니다
꿈, 사랑, 바람, 노을, 구름, 노래……
내가 짜낸 피는 무슨 형일까,
어디로 가서 우아하게 수혈을 할까
하늘, 바다, 들꽃, 물새, 별……
詩를 쓴다는 것은
가난한 노동,
그 노동으로 꽃밭을 일구는 것이다.

갈증

바다로 채울까
하늘로 채울까

바람이 분다
서늘한 바람이 분다

바람은 비를 부르고
빗물은 어둡고 허물어진데
말랑말랑한 뿌리를 내린다

허허로운 그곳
여름 정원이 되네.

내 눈 속에 들보

떨어진 은행이
냄새를 풍긴다
사람들이 도망치듯이 달아난다

우리도 옷을 벗으면
무슨 냄새가 날까
명품 옷을 벗으니

은행나무 가로수들이 코를 찡그리며
소스라치게 몸을 흔든다

이제 보이는
내 눈 속에 들보.

기차가 떠나요

먼 길,
봄, 여름, 가을, 겨울
아침과 저녁, 밤
쉬지 않고 달려온 사랑,

뒷모습은
쓸쓸한 계절입니다
돌아보지 말아요

꺾어져 돌아가는 그때에는
하늘이 무너집니다
돌아보지 말아요

바람에 무지개 색을 입히고
바람 깃발을 흔들겠습니다,

기차가 떠나요.

우리의 보물

척박한 밭을 일구기 위해
골라 낸 검은 돌,
제주의 밭담이 지구의 반을 돌고
살아서 꿈틀대고 있다
수천 년의 바람을 견디어 온
우리의 전설,
애환과 설움의 울타리,
푸른 생명을 지키고
씨앗의 잃어버림과 모든 침입을 막는
굳센 아버지,
이제 우리의 보물이 되었다네.

밥이 되기 위해서

흰쌀, 검정쌀, 찰보리, 검정콩……
밥이 되기 위해서
회오리 열기에 익어야 한다
압력 밥솥 안에서
보글보글, 부글부글, 부르르
따로따로 분주하고 또 분주하다
따로따로 달리고 또 달린다
달달하고 맛있는 밥,
그 밥이 되기 위해서
밥솥 안에서 죽어야 한다
한번쯤,
폭발인들 꿈꾸지 않았으랴
죽었던 인내,
끈적끈적한 찰진 손을 잡고
환희의 거친 숨을 몰아쉰다
치이, 취이, 취이이……
비로소,
윤기 흐르는 밥 한 그릇.

비밀 외출

그녀는 충동적으로 가면을 썼다
여우는 들녘 떨어진 별을 찾아다녔을까,
벗어 놓고 간 허물은
그녀의 정신과 의식, 믿음이었다

허물을 보고 사람들이 야단법석이다
황금알을 찾기 위해 난리가 났다
재능 있고, 사랑 있는 사람들이 모여
잃어버린 알맹이를 찾으려고
자신 안에서 보물 같은 연장들을 꺼내어서
뒤집기도, 파헤치기도, 두들기기도……
모든 방법을 동원하여 찾았다

결국엔 텅 빈 굴속을 뒤집었을 뿐이다
허탈한 사랑의 눈빛들은
서늘한 심장을 다시 집어넣고 돌아갔다

모든 공연이 끝난 텅 빈 무대,
누군가가—
외쳤다— 아직— 끝나지 않았다고—
썩은 막대기가 허공에 쏘아 올린 된서리,
된서리 때문에, 파랗게 얼어죽어 가던 화초가
가늘게 숨을 쉬었다.

어느 노숙자의 겨울

동장군의 기세등등한 영하의 날씨에
버려진 이불 하나에 머리에서 발끝까지
빠짐없이 웅크린 채 잠을 잔다
잠도 얼었을 거야,
저렇게 매운 잠이 또 있을까
몇 번이고 뒤를 돌아보지만
길이 없었다
햇살도 같은 마음이었을까,
손을 잡고 길을 나섰다
이 얼음 강을 건너, 이 얼음 강을 건너,
봄 들녘을 훨훨 나는 나비 한 마리 되시기를,
비는 마음에도 얼음꽃이 피었다.

유기견의 눈물

그렇게 쉽게,
돌아서도 되는 건가요.
주인님 눈물이 나의 눈물이었고
주인님 기쁨이 까닭도 없이
이리 뛰고 저리 뛰는 나의 기쁨이었는데
내 사랑은 날을 지새우며 아직도 여기에 있는데
겨울이나, 땡볕이나, 비가 오나……
소중한 나의 주인님,
따스한 내음 아직도 내 안에 살고 있어요
내 눈을 봐요, 내 마음을 봐요,
핏빛 눈물의 기다림
그 끝자락에서
허리를 굽혀 눈물을 줍고 있네,
누군가가.

가을 어느 날의 날씨

아래쪽 지방에는 태풍이 와서
지옥이었다고 한다
후회라도 하는 걸까,
하늘, 해, 구름이 긴박하게 모여 회의 중이다
해가 먼저 언성을 높여서 이야기를 하면
다음은 구름이 그 말을 가로막으며
시커먼 얼굴을 하고 격노한다
이성과 감정,
열정과 냉정,
사랑과 미움,
희망과 절망의 얼굴이 수없이 교대로 바뀐다
중재하는 하늘은 근심이 가득하다
긴박하고 격노에 찬 회의가
하루 종일 진행 중이다
내 마음도 같이 널을 뛴다.

토미

한번 맺은 인연
언약의 마음 반지는
주인의 무덤을 쓸어안고
정으로 입맞춤하고
의리로 포옹을 하네

너의 하얀 사랑이
우리들 마음을 파랗게 콕콕 찌른다

네 안에는 향기 고운 들꽃만 살겠지
네 안에는 물새들이 노래하고 있겠지

이별의 강을 건너라
눈물의 강을 건너라

비 그친 하늘에
웃고 있는 무지개.

*토미: 인도의 충성스런 개.

'삶'에서 인식된 진실, 그 서정적 자아
- 정소현 시집 『바람아, 그대에게로』

김 송 배
(시인 · 한국현대시론연구회장)

1. '나'라는 화자를 통한 자아 인식

현대시의 경향은 작금(昨今)에 와서 주지적인 방향으로 전환하는 시법(詩法)을 흔히 대할 수가 있는데 이는 종래의 서정성에 대한 정서를 보완하고 새로운 지적 세계의 탐구를 모색하는 일부 시인들의 적극적인 표현으로 독자들의 공감을 유도하고자 하는 욕구가 팽배해 있기 때문이라고 할 수 있다.

대체로 우리 시인들은 보편적인 정서와 사유(思惟)로 일반 서정과 자연 서정의 탐미(耽美)로 작품을 창작하는 것을 많이 읽을 수가 있는데 이는 지금까지 우리 시인들이 자신의 내면에 깊이 간직한 인생 체험이 생활 주변의 상황에 착목(着目)하면서 추출한 이미지들이 투영되는, 자신의 체험(태어나서부터 오늘 이 시간까지의 체험- 여기에는 인간의 오욕(五慾)과 칠정(七情)이 포괄한다)이 바로 작품의 이미지로 창출되고 이 이미지가 바로 주제와 연결되는 우리 고유의 시법을 선호(選好)하는 경향이 뚜렷하게 현현되고 있는 것이다.

여기 상재하는 정소현 제5시집 『바람아, 그대에게로』의 원고를 일별하면서 시인의 작품은 완전한 서정성의 추구로 자아를 인식하고 성찰하는 시법이 그의 서정시의 본령(本領)으로 정리하고 있음을 이해할 수 있게 한다.

> 작은 전화기 안에서
> 우리들의 사는 이야기,
> 제비가 물고 온 봄소식이다
> 아직도 시들지 않은 사랑,
> 소통과 공감이 날고 있음을,
> 날갯죽지가 아프도록 날고 있음을 나는 안다
> 작은 꽃 피우려고
> 먼저 내민 따스한 마음
> 심장의 푸른 박동이 들려옴을 나는 안다
> 서로 어깨를 나란히 동무하여 부대끼며
> 힘찬 도움닫기로 달려가자는 그 마음 나는 안다
> 나에게 보내는 너의 응원,
> 너에게 보내는 우리의 박수,
> 우리들의 향기라는 걸 나는 안다. 그 마음.
> ─「나는 안다, 그 마음」 전문

정소현 시인이 이 작품에서 '나는 안다'라는 화자의 언술이 바로 '나'를 인식하면서 '그 마음'에는 다양한 현실적인 감응(感應)이 그의 뇌리(腦裏)에 집결되어 있다. 인용해 보면 '날갯죽지가 아프도록 날고 있음'과 '심장의 푸른 박동이 들려옴'과

'힘찬 도움닫기로 달려가자는' 것, 그리고 '나에게 보내는 너의 응원,/너에게 보내는 우리의 박수,/우리들의 향기라는 걸' 그는 깊게 인식하고 있는 것이다.

이러한 인식은 시적으로 무엇을 암시(暗示)하면서 무엇을 진실된 메시지로 전해 주고 있는가. '나'와 '너'라는 화자(話者)를 통해서 상호 대칭적인 교감으로 존재를 확인하는 방법론적인 어휘(語彙)들이 그의 내적인 지향점을 이해하게 된다.

일찍이 그리스의 대철학자 소크라테스는 "너 자신을 알라."라고 외면서 아주 평이하고 친근한 이야기로부터 차츰 인생의 심오한 의미와 철학의 문제까지 이끌고 나아가서 무지(無知)의 지(知)를 역설한 것도 '나'를 먼저 알아야 하는 이유가 되었다. 이처럼 정소현 시인도 자신의 지적인 인생관이 얼마나 필요했는가를 이 작품에서 역설(力說)하고 있는 것이다.

> 내 곁에 겨울비만 어제도 오늘도 내리던 날,
> 햇살이 없던 날, 새소리가 들리지 않던 날
> 내 모습을 본 저녁 구름이 눈시울을 붉혔어
> 나도 구름을 따라 눈물이 강물처럼 흘렀지
>
> 하늘이 내게서 아득히 멀리 있던 날,
> 키 작은 들풀도 벗이 되어 주지 않던 날,
> 내 모습을 본 저녁 바람이 쓸쓸히 떠다녔지
> 나도 바람을 따라 정처 없이 흔들리며 떠다녔지.
> ─「나의 사랑, 위로 1─내 곁에 겨울비만 내리던 날」 전문

그는 다시 '내 모습'에서 '나의 사랑, 위로'라는 스스로의 위안과 자아의 인식을 확대하고 있다. 이 연작시 7편을 통해서 그가 희구(希求)하는 '나'에 대한 이해를 확충하는 시법이 바로 자아의 새로운 발견을 예비하는 좋은 계기가 될 것이다. '내 모습을 본 저녁 구름'과 '내 모습을 본 저녁 바람'은 결국 '내 모습'은 '저녁 구름'이거나 '저녁 바람'이라는 자신의 현재 실생활(real life)과 상당히 근접한 관념의 흐름을 이해하게 되는데 그것이 바로 '눈시울을 붉'히거나 '쓸쓸히 떠다'녔던 방황이었던 것이다.

이것은 '내 곁에 겨울비만 내리던 날'에는 언제나 도지는 일종의 사랑병이다. 그러나 그는 '위로'라는 어조로 실재(實在)와 화해를 탐색하면서 자아의 인식과 성찰의 해법을 발현하고 있는 것이다. 이러한 어조는 작품 「연민의 바다」, 「고마워 2-비누」, 「고마워 3-돌이킴의 마음」, 「나의 의자를 옮겨」 등에서 그의 진솔한 자애(自愛)의 시적 진실을 읽을 수가 있게 된다.

2. '생명 대축제'와 시간성의 화해

정소현 시인은 자아의 인식을 통해서 존재의 이유를 다시 확인했다면 이 존재의 근원인 생명성에 대한 천착(穿鑿)을 멈추지 않는다. 이러한 그의 인식은 삶이라는 대전제에서 생성하는 생명에의 적극적인 탐구가 시작된다. '밀가루 반죽을 쓰고/고온에서 완전히 죽었을 때/바삭바삭한 튀김이 된다/새 이름,/새로운 삶,//배추가 수십 번 죽고서야/김치꽃으로 핀다/어느 꽃에 비할까//이렇게 뜨거웠던 적이/이렇게 죽어 본 적이 있었냐고 묻는다//미열을 토해 낸다(「죽어야 얻는 새 이름」 전문) 는 어조에서 이해할 수 있듯이 우리의 생명은 생멸(生滅)에서 다시 획득하는 새로운 가치관의 설정을 도모하게 된다.

이 생명성은 일찍이 프랑스의 소설가 R. 롤랑이 말한 바와 같이 "생명만이 신성하다. 생명에의 가장 첫째 가는 미덕이다."라는 명언으로 생명의 신성함을 피력하고 있어서 정소현 시인이 갈구하는 생명성이 바로 삶과 동시에 시간성(또는 세월)을 포괄하는 섭리라고 할 수 있을 것이다.

> 고요한 전쟁,
> 얼음벽이 높아만 갔던 겨울
> 한 줄기 빛을 얼마나 그리워했던가
> 한 방울의 물을 얼마나 목말라했던가
>
> 휘어지고 메마른 겨울이 끝이 없을 때
> 지난 꽃잎들 아름다운 눈물의 한 모퉁이에
> 푸른 밭을 일구어 갔었지, 우리는
>
> 검은 허공을 헤치고 봄비가 내린다
> 비는 지푸라기 들녘을 흔들어 깨운다
> 우리는 붉은빛과 푸른빛의 새싹, 생명의 불길,
>
> 바람처럼 휘몰아 간다
> 아침 해처럼 솟아오른다
> 풀, 꽃, 잎, 가지, 뿌리……
> 생명의 합창 교향곡

하늘과 땅, 세상에 새봄이 울려 퍼진다.
−「생명 대축제」 전문

　정소현 시인은 여기에서 그가 지향하고 갈망하는 생명의 원
류가 그의 의식에서 끊임없이 흐르고 있음을 알 수 있다. 그가
바라고 원하는 '생명 대축제'는 바로 '빛'과 '물'의 그리움과
목마름에 대한 애절한 화해의 손짓을 보내면서 생명성과의 융
합을 시도하고 있다.
　그는 이러한 축제가 '고요한 전쟁'이거나 '얼음벽이 높아만
갔던 겨울' 혹은 '휘어지고 메마른 겨울'이라는 상황 설정에서
유추할 수 있듯이 그의 외연(外延)을 상당히 중시(重視)하는 이미지
를 공감하게 한다.
　거기에서 그는 '지난 꽃잎들 아름다운 눈물의 한 모퉁이에/
푸른 밭을 일구어'가는 형상의 시적인 전개를 확인하게 되는
데 이는 '검은 허공을 헤치고 봄비가 내'리거나 '비는 지푸라기
들녘을 흔들어 깨'우는 정황(situation)이 바로 '생명의 불길'이며
'생명의 합창 교향곡'으로 전환하는 '생명 대축제'로 발흥하
고 있는 것이다.

　　태양의 열기가
　　대지로 몰락하는 여름날

　　마른 풀잎의 청춘
　　그는 용기가 있었을까.
　　생애와 삶 전체

116

그리고 죽음이란 것에 대한 긍정이 있었을까.

그는 스스로 몰락에 대한 의지가 있었을까.
한 장의 거죽, 수의를 펼치고
그 앞에 닥친 검은 바람을 덧없게 하였을까.
기꺼이 스러져 주리라 용기를 냈을까.
─「마른 풀잎새」 중에서

여기에서는 정소현 시인이 '생애와 삶 전체'라는 하나의 명제 (命題)를 통해서 '몰락'과 '죽음' 그리고 '수의'라는 어휘를 대입함으로써 생몰(生沒)에 대한 의구심을 현현하고 있다. 그것은 '용기가 있었을까', '긍정이 있었을까', '의지가 있었을까', '덧없게 하였을까' 그리고 '용기를 냈을까'라는 등의 의문형 어조에서 그의 진정성이 생명과의 화해를 위한 용기와 긍정 또는 의지의 결단을 표명(表明)하고 있는 것이다.

그러나 그는 '"이것이 인생이었더냐?/바람을 밀어내고, 또 밀어내며/"이것이 인생이었더냐?/바람 위를 날고, 바람 위를 또 날아서/영원 속으로/새 한 마리는 그렇게 날아갔다'는 어조의 결론은 인생에 대한 의문에서 긍정으로 해법을 탐색하고 있어서 '영원으로 날아간/용기 있는 새'를 여망(輿望)하고 있음을 이해하게 된다.

이 밖에도 작품 「마중 나온 선운사」, 「모래꽃」, 「네 이름은 잡초가 아니다」, 「소나무의 사랑꽃」, 「사랑의 초대」 등에서 삶과 시간 그리고 생명에 대한 외경(畏敬)을 시적으로 형상화해서 그의 진실로 승화하고 있는 것이다.

3. '그리움'과 사랑의 세레나데

정소현 시인의 시법에서 간과(看過)할 수 없는 가장 중요한 덕목이 '사랑'이라고 할 수 있다. 이 시집에 수록된 작품 중에는 사랑에 관한 시편들을 다양하게 읽을 수가 있는데 이러한 사랑의 소야곡(小夜曲)은 그가 집착하고 탐구하는 정감으로 거기에 내포(內包)하는 이미지나 의미성이 평범하면서도 깊은 주제를 함의(含意)하고 있음을 알 수 있다.

> 그대는 나의 영원한 선물,
> 나는 그대의 꽃밭입니다
> 이제, 그대의 쉼이 되어
> 사랑이 향기롭게 피어납니다
> 꽃의 영혼은 사랑으로,
> 꽃의 영혼은 믿음 안에서
> 바람에도 시들지 않고, 잠들지 않고
> 아름답게 피어납니다
>
> 꽃의 마음은 사랑으로,
> 꽃의 마음은 희망 안에서
> 바람에도 시들지 않고, 잠들지 않고
> 아름답게 피어납니다.
> –「나의 사랑, 위로 7–이제, 그대의 쉼이 되리라」전문

정소현 시인의 사랑학에는 '나의 사랑, 위로'라는 연작시 7편에 응집(凝集)되어 있다. 그는 '그대'라는 화자를 통해서 '향기'와 '영혼'과 '희망'이 '사랑'으로 전이(轉移)하여 '꽃밭'과

118

'바람' 그리고 '마음'에서 안식(安息)하는 사랑의 노래 '이제, 그대의 쉼이 되리라'를 아름답게 부르고 있다.

　그는 이 사랑의 멜로디를 작품 「사랑의 초대」에서 '사랑이여,/그대의 초대가 있었던 날/얼마나 설레었던지 …중략… 아직도 문이 열린 사랑 안으로 가서/매일, 그 사랑을 먹으리라', 작품 「눈꽃 세상」에서 '그대 날마다/ "사랑한다."라고 말해 주었지요', 작품 「사랑할 수밖에요」에서 '알고 계시는 참 자상한 그대,/그대를 믿고/사랑할 수밖에요' 그리고 작품 「오직, 그대 사랑뿐입니다」에서도 '아마도 어머니의 자궁이듯이/이 고요는/오직, 그대 사랑뿐입니다'라는 그의 간절한 어조와 같이 사랑의 세레나데는 계속되고 있는 것이다.

수백 년 전 무덤 속 연인이
백골인데도 손을 잡고 있었다
사랑의 마음은 거울이었을까,
서로의 마음에 비친
마른뼈 조각들이 행복에 젖어 있었다
넌 나의 그리움이었지……
난 너의 눈물이었지……
끝나지 않은 세레나데가
끝나지 않고 들려오고 있었다
그동안 남용했던 사랑이란, 말에 대해
사랑의 말, 앞에 가서 머리 숙여 사죄를 했다
오늘 백골의 잠언을 보면서
내 사랑도 미래의 과거로 돌아가서도

뼛조각에서 환한 빛이 나길 꿈을 꾼다.
　－「끝나지 않은 세레나데」 전문

　정소현 시인의 사랑은 '넌 나의 그리움이었자……/난 너의 눈
물이었자……' 와 같이 '넌(너)' 이라는 2인칭 화자가 등장하는데
이는 사랑의 불변의 일념을 너에게 띄우는 영원히 '끝나지 않
은 세레나데' 를 듣고 있는 것이다. 이처럼 '수백 년 전 무덤 속
연인이/백골인데도 손을 잡고 있었다' 는 상황 설정에서부터
'내 사랑도 미래의 과거로 돌아가서도/뼛조각에서 환한 빛이
나길 꿈을 꾼다' 는 그의 기원을 발양하고 있다.
　그는 작품 「사랑 1」 전문에서 '사랑은 소금이다//사랑을 세
상에 넣지 않으면/무너지고 말며,//사랑을 삶에 넣지 않으면/
상하고 말며,//사랑을 인생에 넣지 않으면/꽃이 피지 않는다'
는 장중(莊重)한 메시지를 적시(摘示)하고 있어서 우리들의 공감 영
역은 확대되고 있다.
　이와 같이 '사랑' 연작시 3편에서 동일한 이미지로 명민(明敏)
하게 흡인력(吸引力)을 지니고 있어서 그의 사랑학을 탐지하는데
많은 이해를 제공하고 있다. 이것이 그가 애절하게 접근하는
'오늘도 그대만을 믿으며/세상을 향해 나아가리라/내 손을
잡아 주시는 그대여(「내 손을 잡아 주시는 그대여」 중에서)' 라는 결론에 도
달하게 된다.
　그가 정의하는 사랑은 '사랑은 눈물을 나누며/사랑은 나
를 비워 네가 들어오게 하고,/사랑은 향기로워 메아리가 네게
가며,/사랑은 따뜻하여 내 안에 네가 살기 좋고,/사랑은 너그

럽게 기다리고,/사랑은 아픔도 참고 견디며,/사랑은 너를 지켜
달라고 기도하길 좋아해(「가을비」 중에서)라는 순정적인 시적 진실
을 토로하고 있어서 그가 지향하면서 성취하고자 하는 사랑
법이 적나라(赤裸裸)하게 전달되고 있다.

4. 꽃과 계절적인 순박한 서정성

정소현 시인에게서 발견되는 내적 풍경에는 자연 서정을 배제
하지 못하고 그 자연과 동화(同化)하려는 시심의 발동을 감지할
수 있다. 그는 자연 중에서도 꽃을 사랑한다. 꽃에 관한 이미
지는 보편적으로 아름답다는 감상주의적인 관념에 사로잡히
지만 꽃에서는 봄이라는 계절적인 시간성과 함께 생명의 짧음
이라는 일시성도 간과하지 못한다.

옛말에 화무십일홍(花無十日紅)이라는 것은 아무리 아름다워도
열흘을 못 간다는 허무의 관념도 내포하고 있다. 그러나 꽃은
그 색깔에 따라 상징이나 이미지가 서로 다르게 표현하는 경
우가 있다. 가령, 장미에 대한 상징은 아름다움, 애정, 미덕으로
나타나는데 그 색깔에 따라서 붉은 장미는 정절, 열렬한 사랑
을, 백색은 사랑의 한숨, 황색은 질투, 부정 등으로 그 상징이
다양하게 나타나는 꽃말을 들려주고 있다.

마음아,
너의 씨앗이
꽃씨였으면 좋겠다
그래서 말이
소란한 세상에 나올 땐

꽃의 마음으로
꽃의 얼굴로
향기롭게 피어나
온누리가 꽃밭이 되었으면 좋겠다.
　　　　　　　　　－「꽃밭이었으면」 전문

　정소현 시인의 꽃에 대한 감응은 '꽃씨였으면 좋겠다' 거나
'온누리가 꽃밭이 되었으면 좋겠다' 는 기원의 의식이 강렬하
게 현현되고 있는데 이는 그가 '좋겠다' 는 어휘가 말해 주듯
이 '꽃의 마음' 과 '꽃의 얼굴' 로 피어나는 생명성이 '향기롭게'
살아가고픈 욕망의 성취를 위한 간절한 기원이 녹아 흐르고
있다.
　그는 다시 '만삭인 해가/꽃잎 한 잎, 한 잎을 낳는다/꽃이
종소리를 내며 세상에 태어났다/그 진동은 사람들의 마음에
금을 내었다/신비와 빛과 향기가 금을 내었다/금이 간 사람들
이/그녀의 비밀스런 방에 들어간다/벌도 나비도 그 방에서 성
스럽다/꽃이 갈라놓은 그 틈에서/봄날이었으면 좋겠다, 우리
도(「한 송이 꽃」 전문) 라는 어조와 같이 '종소리를 내며 세상에 태
어' 나는 생명의 환희가 들려온다.
　그러나 '신비와 빛과 향기가 금을 내었다' 는 약간의 부정적
인 이미지가 보이지만 '벌도 나비도 그 방에서 성스럽다' 는 긍
정적인 이미지가 이 상황들을 순조롭게 정리하는 그는 이러한
시적 정황에서도 '봄날이었으면 좋겠다' 라고 기원이 다시 발
현되고 있어서 정소현 시인의 사유 중심에는 꽃의 생명성과 동
시에 미적인 탐구가 진행되지만 곧 허무라는 영혼의 발양이 시

적인 진실로 유도^(誘導)하고 있는 것이다.

정소현 시인의 꽃에 관한 서정성은 작품 「벼랑의 꽃」, 「누가 꽃을 버렸을까」, 「사막의 꽃」, 「꽃길을 걷는다」, 「사월의 꽃」, 「봄꽃」, 「웃는 얼굴」, 「평화」 등에서 꽃과의 교감은 아름다움의 추구와 동시에 거기에서 파생하는 자연 서정의 묘미를 탐색하고 있다. 특히 작품 「들꽃에게」에서는 '때론 생명은 천벌 같아/벌서며 보냈던, 벌서며 보냈던/그 장마와 태풍은 잊으라//자유로운 영혼 구름을 보아라/손을 잡고 함께 날아가는 새들을 보아라' 라는 관조의 언어가 보이지만 그는 생명과 영혼의 대칭이 바로 천박한 들꽃의 애환으로 현현되는 시법이 우리들의 이목^(耳目)을 흡인시키고 있다.

꽃들도 소곤소곤 다정하고
나뭇잎들도 서로의 우산이 된다

이런 날엔,
차가운 빌딩도 마음을 열고
바다도 사랑의 풍경이 된다

가로등 불빛도 빗길의 풍경이 되고
사람들도 그 길에서 따스한 이야기가 된다

가을비 내리는 날엔
서로의 우산이 된다.
　−「가을비 내리는 날엔」 전문

정소현 시인의 서정은 꽃 피는 봄에서부터 여름, 가을, 겨울 사계절에 대한 정감이 넘친다. 위에서 보는 가을비에는 '서로의 우산이' 되고 '사랑의 풍경이' 되고 다시 '따스한 이야기가' 되는 우리들의 생활 정취가 바로 시간성(세월)으로 순박하게 다가오고 있는 것이다.

그는 작품 「이 봄, 이 봄날은」에서도 '꽃용암 분출이다/척박한 마음을 뚫고/꽃불이 전쟁처럼 번지고 있다/그 꽃불의 열기로/모두가 홍역을 앓는 중이다' 라거나 작품 「여름 장대비」에서 '검고 뾰족한 죄악들을 씻는 중이다/나도 죄를 창문에 걸어 두었다' 또는 '빗줄기가 세어질수록/고요하고, 아늑하고, 가벼워지고,/창가엔 작은 평화가 모락모락 피어올랐다' 는 계절적인 서정적인 이미지가 고즈넉하게 울려 퍼지고 있다.

이처럼 그의 계절적 서정은 작품 「가을이 분다」, 「가을 안에 있는 여름」, 「눈 오는 날의 풍경 1, 2」 등 사철의 조응(調應)에서 그의 묵시적(黙示的)인 시적 어조를 이해하게 된다. 이는 그의 자연관과 시간성의 조화를 통해서 서정적 자아를 인식하고 나아가서는 섭리를 순응하면서 시적 진실의 지향점을 모색하는 정소현 시학이라고 할 수 있다.

5. '시의 집'에서 구명(究明)하는 인생론

정소현 시인은 시인으로서 또는 시창작 행위 자체를 통해서 시적인 소재와 주제 등이 그의 인생론적인 담론(談論)과 스토리를 가급적 많이 융합함으로써 어떤 정화(淨化-catharsis)를 느끼거나 심리적인 도취(陶醉-narcissism)에 공감하는 경지를 탐구하고 있는 것이다.

　결론적으로 그는 시의 아름다움과 진실 그리고 구원을 찾는 인간의 순수하고 진솔한 표현으로 우리 인간들의 정신을 풍요롭게 하는 시의 목적이나 위의(威儀)를 수용하고 있는 것이다. 그래서 그는 그가 착목하는 외적 사물에서 동화하거나 투사(投射-project)하는 비정적(非情的) 타자성(他者性)이라는 감상적 오류와도 그의 내적으로 숭엄(崇嚴)한 의식이 흐르고 있는 것이다.

> 자라투스트라는 피로 쓴 것만
> 넋이 된다고 했다
> 영혼들은
> 피로 쓴 것을 수혈받기를 원한다
> 태양이 생물을 시험하는 팔월
> 외양간에서 양의 젖을 짜듯이 피를 짜고 있다
> 그렇다고 할지라도
> 다 수혈을 받는 것은 아니다
> 꿈, 사랑, 바람, 노을, 구름, 노래……
> 내가 짜낸 피는 무슨 형일까,
> 어디로 가서 우아하게 수혈을 할까
> 하늘, 바다, 들꽃, 물새, 별……
> 詩를 쓴다는 것은
> 가난한 노동,
> 그 노동으로 꽃밭을 일구는 것이다.
> ─「詩를 쓴다는 것은」 전문

　그는 이미 '시인의 말'에서 '그동안 시란 무엇일까? 왜 나는 시를 쓰고 있을까?/외로움과 고독을 먼저 걸어간 흔적으로, 만나는 모든 사물들과 먼저 나눈 대화로 누구에게로 가서 대화를 나누어 볼까? 스스로에게 질문을 던지면서 때론 회의 속에서 넘어졌지만 다시 일어나 시를 썼다.'는 순정적인 고백을 하고 있다.

위에서 보는 바와 같이 그가 '詩를 쓴다는 것은' 이처럼 잡다한 의식이 궁극적으로 탐구하는 인생의 진실로 시 속에서 진정한 인생론과 융화하지 않으면 아무런 의미가 없음을 깊게 간파(看破)하고 있는 것이다. 그는 '영혼들은/피로 쓴 것을 수혈받기를 원한다' 거나 '꿈, 사랑, 바람, 노을, 구름, 노래……/내가 짜낸 피는 무슨 형일까,' 라는 영혼과의 교감을 원하고 있다.

이러한 현상이 바로 그가 시를 쓰는 이유로 결론짓고 있다. '詩를 쓴다는 것은/가난한 노동,/그 노동으로 꽃밭을 일구는 것이다' 라는 단정이 그의 심저(心底)에 깊이 흐르고 있다.

그는 다시 '지금도 봄을 부르며 피어나는 너는 제비꽃,/세월은 멀어져 갔지만 추억은 시들지 않았어/아침 새가 노래하면 네 목소린가 들어 볼까/그리움은, 그리움은 긴 시가 되고 말았네(「친구에게」 중에서)' 또는 '시를 쓰는 일, 시를 좋아하는 마음은 어느새 동행이 되었으며/내가 쓴 시가 길에서 소멸되거나, 뿌리째 말라 버리거나, 가시에 눌리거나 그렇게 되지 않길 꿈꾼다.(「시인의 말」 중에서)' 는 그의 숭고한 시 정신을 확인하게 된다.

정소현 시인의 시혼(詩魂)에는 시적인 '스승님'이 있었다. 그 스승님에게서 '시의 열매'를 맺었고 '시의 집'을 지어 '시의 고향'에서 살았다. 그러나 지금은 이 세상에 존재하지 않는다. '헤아릴 수 없이 맺었던 시의 열매들/사랑, 위로, 평화, 구름, 바람, 기도……/이젠 현재에서 미래까지 잇는 구름다리,/미래의 시의 꽃밭, 시의 고향이 되셨다', "평생 완벽하지 않는 시의 집에서 살았지만 후회는 없습니다/나는 행복했습니다."/국화 꽃 한 송이도 "감사했고 행복했습니다."/바람의 언어로 절을 하니 바람 속으로 날아갔다/스승님! 영원히 빛나는 그곳에서/시의 노래 찬양하시며 영원한 복락을 누리옵소서^(이상 「큰 산이 무너지던 날」 중에서)'라는 시와의 인연이 스승님과 함께하고 있음을 알 수 있다.

   이제 정소현 제5시집 『바람아, 그대에게로』 읽기를 마무리한다. 정소현 시인은 평소에 일반적인 시창작뿐만 아니라, 시노래 혹은 가곡 작사에도 많은 관심을 갖고 있는 시인이다. 그래서인지 그는 시행이나 시구에서 운율을 상당히 중시하는 시법을 택하고 있다. 이 율격(律-rhythm)에서는 우리들의 감흥을 상승시키는 효과까지 음미할 수 있으며 대체로 시는 음악과 결부되어 있음도 주목하게 된다.

   그는 이 시집을 통해서 대체로 제4시집 『바람이 그린 수채화』에서부터 그 시맥(詩脈)을 이어서 자연과 인생이 동행하는 진실을 탐구하는 경향의 작품들을 대할 수가 있다. 그는 우선 '나'의 존재를 확인하는 자아의 인식을 근원으로 해서 삶을 통한 생명과 시간의 화해 그리고 사랑이라는 명제를 실현하기 위한 그리움과의 상관성을 접맥시키고 있다.

그리고 그는 꽃과 계절의 순환을 감도$^{(感度)}$ 높게 천착함으로써 섭리와의 순응이라는 진실이 바로 인생론으로 나아가는 시 쓰기의 행로를 아주 명민$^{(明敏)}$하게 적시해 주고 있다. 그러나 시는 영혼의 음악이라는 프랑스 시인 볼테르의 충언을 항상 기억해야 한다. 그리고 보들레르도 우리 일상사에서 일어나는 기쁨이든 슬픔이든 시는 항상 그 자체 속에서 이상을 좇는 신과 같은 성격을 가지고 있다는 말을 첨언하면서 정소현 시 읽기를 끝낸다. 앞으로도 좋은 시 많이 창작하기 바라며 축하를 보낸다.

세상을
바꿔라 Ⅳ

세상을 바꿔라 IV

초판 1쇄 인쇄 ┃ 2016.09.13
초판 1쇄 발행 ┃ 2015.09.23
지은이 ┃ (사)오래포럼, 김병준 외
발행인 ┃ 황인욱
발행처 ┃ 도서출판 오래

주소 ┃ 서울특별시 용산구 한강대로 38 가길 7-18(한강로 2가, 은풍빌딩 1층)
이메일 ┃ orebook@naver.com
전화 ┃ (02)797-8786~7, 070-4109-9966
팩스 ┃ (02)797-9911
홈페이지 ┃ www.orebook.com
출판신고번호 ┃ 제302-2010-000029호

ISBN 979-11-5829-021-4 (03300)
정가 20,000원

세상을
바꿔라 IV

오래포럼·김병준 외

圖書出版 오래

함승희

|학력|
- 서울대학교 대학원 수료
- 서울대학교 법학과 졸업

|경력 및 활동사항|
- (사)오래포럼 이사장
- 제16대 국회의원
- 미국 연방검찰청, FBI, DEA에서 연수
- 미국 스탠포드대학, 조지타운대학 방문학자
- 대검찰청 중앙수사부 수사연구관
- 서울지방검찰청 특별수사부 검사

|저서 및 논문|
- 국가정보기관, 무엇이 문제인가(번역서.2010.도서출판오래)
- 특검, 넘지 못할 벽은 없다(번역서.1999.청림출판)
- 성역은 없다(1995.문예당)
- 세상을 바꿔라(2012.도서출판 오래)

FORUM OH-RAE
Today & Tomorrow

개혁의 죄인, 개혁의 원수, 개혁의 병신

오래포럼은 전문성과 다양성을 갖춘 사회적 시민들(Sociale bourgeoisie)의 자발적 모임체로서 집단지성의 힘으로 세상을 바꾸어 나가는 조용한 시민혁명(Revolution Civile Silencieux)을 꿈꾸는 단체이다. 이 꿈을 현실로 만들기 위하여 오래포럼과 산하 정책연구원은 2012년부터 「세상을 바꿔라」를 출간해왔다. 정치, 외교, 안보, 경제와 같은 무거운 주제에서 국립공원 내 편의시설 개선, 가임여성에 대한 생리대 자궁경부암예방백신 무료지급과 같은 생활 주변사까지 국민의 삶의 질을 향상하고 국가의 품격을 높여 명실상부한 선진국이 되기위한 각양(各樣)의 국정 어젠다를 제시하여 왔다.

이제 그 제4권을 발간함에 있어 이 책의 출간이 그동안 우리 사회에 어떤 영향을 미쳐왔는가를 반추해 보고, 앞으로 우리의 활동방향을 설정하고자 한다.

2012년 제1권을 발간하면서 머릿글에 나는 이렇게 썼다.

2012년에는 국내·외에서 정치적 격변이 예상된다. 4월에는 총선, 12월에는 대선이 치러지면서 권력의 두 축인 국회와 청와대의 주인공이 한꺼번에 바뀔 것이다. 중국에서는 시진핑을 비롯한 제5세대로의 권력 이양이 이루어질 것이고, 러시아에서는 블라디미르 푸틴에 의한 제2의 장기집권시대가 시작될 것이다. 이러한 중·러의 기세를 등에 업고 북한은 김정은에 의한 3세대로의 권력 세습이 시도되고 있다. 이런 상황에서 북한의 핵·미사일 문제는 더욱 증폭될 가능성이 크다. 결국, 한반도를 둘러싼 국가 리스크는 더욱 커질 전망이다. 글로벌 시대의 세계경제의 흐름은 '살아남을 것이냐 사라질 것이냐'의 싸움이 되었다. '무언가 바꿔야겠다'고 고민한다는 것은 이미 때를 놓쳤음을 의미한다. 다가오는 미래 트렌드를 미리 알고 대응할 때 비로소 '변화의 쓰나미'에서 살아남을 수 있다.

이로부터 4년의 세월이 흘렀다. 국회와 청와대의 주인공들이 바뀌었다. 이들이 바뀌면 세상 또한 바뀔 것으로 많은 국민은 기대하고 소망했다. 그런데 바뀌었는가.

19대 국회는 헌정사상 최악의 국회였다는 것에 모두가 공감한다. 바뀌기는커녕 퇴행했다는 뜻이다.

청와대는 어떤가. 국정운영의 기본인 인사정책에서 패착을 거듭해 왔다. 총리에 지명되었다가 낙마한 자가 몇인가. 또 청문은 어찌저찌 통과했어도 제 목소리를 내는 개혁적 인사를 찾기 어렵다. 대통령의 독선의 리더십 문제가 이명박, 노무현 시절보다 더하면 더했지 덜하지 않다. 국가 안보의 문제는 어떤가. 북한과의 비대칭 전력문제가 날로 심각해지고 있다. 북한의 4차 핵실험과 잠수함발사탄도미사일 (SLBM)의 진화, 사드(THAAD) 설치를 둘러싼 한·중 갈등, 미국 국내 정치에서의 트럼프 증후군 등 한반도를 둘러싼 국가안보 리스크는 나날이 증가하고 있다.

그러면 경제는 좀 나아졌는가. 많은 정책이 동원됐지만 장기적 침체에서 벗어나지 못하고 있고, 오히려 청년취업 절벽에 소득 분배악화와 저출산·고령화 같은 구조적 문제가 날로 심각해 지고 있다. 더 열거하기에는 지면이 아까울만큼 국정 운영의 각종 지표나 국민정서가 점점 악화되어가고 있는 현실이다.

왜 이렇게 됐는가. 한마디로 국가 리더십의 왜곡과 기득권 세력의 탐욕과 유권자의 미개한 타성의 산물이다.

그간 발간된 「세상을 바꿔라」 제1,2,3권에서 우리는 천리마를 알아보는 백락(伯樂)같은 눈으로 개혁적 인사를 발탁할 것을, 북한의 핵·미사일 개발에 대응한 독자적인 국방산업 강화전략을, 일본 명치유신을 가능케한 하급무사들의 깨우침과 같은 민중·시민세력의 각성을 촉구하는 글을 여러차례 실었다. 그러나 정치인들은 친박·비박, 친문·비문 패거리 싸움에 빠져 여념이 없고, 경제는 2·3류 얼치기 사이비 전문가들이 요직을 차지하고 앉아 땜질 처방에 급급해 왔고, 국방·권력기관의 관계자들은 정치인들에 빌붙어 자리 보전하느라 제 목소리 내는 자가 없었고, 시민 대중은 깨우침의 글은 단 한 구절도 읽으려하지 않은 채 매사를 남의 탓으로 돌리는 데 이골이 났으니 무엇 하나 바로 될 수 있었으랴.

아인슈타인은 "세상에서 가장 바보스러운 일은 같은 행동을 계속하면서 다른 결과를 기대하는 것"이라고 했다.이제 우리 모두는 집단 바보가 아니라면 다른 행동을 할 때가 됐다.

더 이상 의리로 위장한 패거리에, 보수로 위장한 부정부패에, 민의로 위장한 선동에 능한 자들이 이 땅의 정치를 농단하도록 버려두지 말아야 한다.

본래의 직장에서도 2·3류로 밀려 위성처럼 떠돌다가 선거판에서 줄 한 번 잘 선 바람에 혜성처럼 위장하여 요직을 차지한 공직자·교수 출신의 사이비 얼치기 경제전문가들이 이 땅의 경제정책을 주무르게 버려두지 말아야 한다.

정치권 실세들에게 연방 굽실거리면서 그들의 구린내를 덮어준다는 구실로 출세한 자들이 더 이상 이 땅의 권력기관들을 정치권력의 하수인으로 전락시키게 버려두지 말아야 한다.

국가 백년 대계는 고사하고 현 정권 입맛에 맞는 달콤한 단발성 정책으로 기관장 자리를 차고 앉아 이 땅의 과학, 교육, 문화, 체육 정책을 퇴행시키는 어용 과학자, 교육자, 문화인, 체육인이 더 이상 젊은이들의 꿈을 짓밟게 버려두지 말아야한다.

툭하면 대중을 선동하여 거리를 점거하고 민생을 위장하여 자신들의 탐욕과 입지를 채우는 지방 토호들이 민주정치를 농단하도록 버려두지 말아야한다.

이것들이 이제 「세상을 바꿔라」 집필진이 떠맡은 행동강령이다. 이것들이 포럼오래가 조용한 시민혁명을 이행하는 행동 강령이다.

1895년 유길준은 「서유견문」을 썼다. 120여년 전 일본, 청나라, 러시아에 둘러쌓여 조선의 국운이 날로 쇄진해 가고 있던 시점이다. 그는 이 책에서 이렇게 일갈했다.

"외국 모습을 칭찬하는 나머지 자기 나라를 업신
여기는 폐단까지 있다. 이들을 개화당이라고 하지
만… 사실은 '개화의 죄인'이다. 자기 자신만이

천하제일이라고 여기며 심지어는 피해 사는 자까
지도 있다. 이들을 수구당이라고 하지만… 사실은
'개화의 원수'다. 입에는 외국 담배를 물고, 가슴
에는 외국 시계를 차며… 외국말을 얼마쯤 지껄이
는 자가 어찌 개화인이라고 할 수 있겠는가… 개
화라는 헛바람에 날려서 마음속에 주견도 업는 한
낱 '개화의 병신'이다"

이제 우리는 훗날 후손들로부터 '개혁의 죄인', '개혁의 원수', '개
혁의 병신'이라는 원망을 듣지 않으려면 어떻게 해야 할까? 밤을 지새
며 고민해야 한다.

어정쩡한 시기에 해외 대학으로 유학가서 얼치기로 석·박사증 따
갖고 귀국한 다음, 정치판에 줄 잘 대어 청와대, 내각, 금융기관에서
경제·금융전문가로 행세하면서 국가경제를 수렁에 빠뜨린 한 무리가
있으니 이들이 바로 '개혁의 죄인'들이다.

국정개혁의 신념도 철학도 없는 자들이 대통령 선거 캠프에 불나
방 같이 뛰어들어 마치 저 혼자 힘으로 대통령을 만든 1등 공신인 양
위세를 떨치며 인사를 농단하는 한 무리가 있으니 이들이 바로 '개혁
의 원수'들이다.

자본주의의 온갖 혜택은 처자식에게 다 누리게 하면서 20년전 민

주화 물결에 올라타 만세 한 번 부른 경력을 밑천삼아 민주가 마치 저희들만의 전유물인 양 행세하면서 여의도를 해방구로 삼는 한 무리가 있으니 이들이 바로 '개혁의 병신'들이다.

이미 20대 총선은 끝났다. 2012년에 기대와 희망을 키웠던 다수의 민중들이 지난 4년간 이들 '개혁의 죄인', '개혁의 원수', '개혁의 병신'들에 실망하고 분노하여 16년 만에 다시 여소야대의 형국을 만들었다. 여·야를 불문하고 그 구성을 보면 최악의 국회라던 19대 의원이었던 인물이 절반을 넘는다. 게다가 각 당의 지도부라는 인물도 거기가 거기다.

지구촌은 이미 제4차 산업혁명에 진입했다. 로봇, 인공지능, 사물인터넷, 바이오 등 기술융합을 통한 대변혁과 혁신이 만들어 내는 신세계의 도래, 이것이 제4차 산업혁명이다. UBS(Union Bank of Switzerland)가 내놓은 백서는 '제4차 산업혁명'에 잘 적응할 수 있는 국가 순위로 한국은 평가대상 139개국 중 25위로 중위권 수준이라 했다. 이미 선진국에 비해 상당 수준 뒤쳐졌다는 뜻이다. 1차 산업혁명에 지진하여 식민화의 치욕과 동족상잔의 아픔을 겪은 우리가 아니었던가. 2·3차 산업혁명을 거치면서 '추격자(catch up)형' 전략에 성공하여 세계 경제 10위권 수준에 왔다. 여기에 자만하여 중국은 한 수 아래에 있고 일본은 거의 따라 잡았다는 착각에 빠져, 구한 말 노론 패거리의 장기집권 속에 '개화와 수구'로 나뉘어 내홍만 일으키다가 조선을 거덜나게 하던 때와 비슷한 양상으로 10년 이상을 허송한 사이, 지구촌의 선진국들은 이미 저만치 앞서간 것이다. 참으로 안타까운 일이다.

이제 세상을 바꿀 유일한 희망은 내년 12월에 있을 대선이다. 타고난 바탕도 좋아야 하지만, 더 중요한 것은 국정개혁의 청사진이다. 국정개혁의 신념과 철학이다. 그의 머리속에 강한 신념과 철학을 불어넣고 손에 청사진을 쥐어 주어야 한다. 그러기 위해 이 책을 발간한다.

때문에 이 책의 집필진은 출사표를 써 놓고 마지막 전쟁터로 떠난 제갈량의 우국충정으로, 개화에 목숨을 걸었던 유길준의 신념으로 글을 써내려 가야한다.

원고를 다 읽고 난 소감은 당초의 취지에 합당한 글도 있고 그렇지 못한 글도 있다. 모든 분야를 섭렵한 한 사람이 일관된 필체로 써내려 가지 못한 아쉬움이 있지만 각 분야의 전문가들을 모아 집필하다보니 어쩔 수 없는 한계가 있었다. 독자들께서 다소 실망되는 부분이 있더라도 집필 의도만이라도 평가해 주시기 바란다.

강호제현의 가감없는 질타의 소리를 자양분으로 삼아 내년에는 더 좋은 내용의 '세상을 바꿔라'를 펴낼 것을 약속드린다.

너그러운 해량과 함께 이 책이 국정개혁의 깨우침에 서곡이 되기를 바라는 마음으로 제4권의 발간사를 마친다.

2016. 09
초가을 추적추적 비내리는 어느날 강원도 산골짜기에서…
(사)오래포럼 회장 함승희

| 차   례 |

세상을
바꿔라 IV

'유리천정' 너머로 본
바이오 세상

황우석

| 학력 |
- 서울대학교 수의학과 졸업(학사)
- 서울대학교 수의대학원 졸업(석사)
- 서울대학교 수의대학원 졸업(수의학박사)
- 日本 北海道大學 獸醫學部(人工姙娠學)

| 경력 및 활동사항 |
- (현)재단법인 수암생명공학연구원 최고책임연구원
- (현)연변과학기술대학교 교수
- 서울대학교 석좌교수(제1호)
- 국가과학기술위원회(대통령) 위원
- 한국동물생명공학협의회 회장
- 한국과학기술단체총연합회 이사

| 저서 및 논문 |
- 생명공학으로의 초대-삶의 혁명(라이프사이언스, 2005)
- STEM CELLS from Bench to Bedside (World Scientific Publishing Co. Pte. Ltd., 2005)
- Generation of Transgenic Fibroblasts Producing Doxycycline-inducible human interferon-αor Erythropoietin for A Bovine Mammary Bioreactor(2015)
- Amino Acid Supplementation Affects Imprinted Gene Transcription Patterns in Parthenogenetic Porcine Blastocysts(2014)
- Influence of Somatic Cell Donor Breed on Reproductive Performance and Comparison of Prenatal Growth in Cloned Canines(2014)
- Dogs Cloned from Adult Somatic Cells, Nature(2005) 외 다수

FORUM OH-RAE
Today & Tomorrow

'유리천정' 너머로 본 바이오 세상

황우석

(현)재단법인 수암생명공학연구원 최고책임연구원

프롤로그(Prologue)

10년이면 강산이 바뀐다는 말이 있는데 정말 맞는 것 같다. 10년 전 서울대 연구원직을 버리고 나를 따라나섰던 스무 명의 연구원들이 이제는 하버드 의대 등 세계 굴지의 연구기관에서 촉망받는 줄기세포 연구자들로 무럭무럭 성장해나가고 있으니 말이다. 당시 녀석들은 내 앞에서 내색은 안했지만 무척이나 마음고생을 했던 것 같다. 가족이나 친구 등 주위사람들은 '왜 서울대 간판을 버리고 천하의 사기꾼을 따라나서느냐'며 한사코 말렸고, 나 또한 그

녀석들에게 제대로 된 연구시설과 숙식을 제공할 수 없는 처지였으니까. 당시 우리는 연구공간조차 마련하지 못해 여러번 이사를 다녀야했다. 월세계약을 맺고 나서도 연구책임자가 나라는 걸 알고난 건물주들께서는 '사실관계를 떠나서 당신은 이미 정부에 단단히 찍힌 인물인데 우리가 받아주면 나중에 우리까지 세무조사 등 탈이 날 수도 있다'며 입주계약을 백지화시켰기 때문이다. 결국 경기도 용인의 농기구 창고를 개조해 연구를 시작했다. 그 정도만 해도 부지를 내어준 지인께 엎드려 절을 드리고 싶을 만큼 고맙고도 소중했다. 그랬던 우리가 이제는 많은 도움 덕분에 서울 도심지에 4층짜리 단독연구소 건물을 짓고 마음껏 연구하고 있다. 우리 연구소에는 한해 평균 백여명의 외국 정부 주요 인사와 연구자들이 다녀가고 있고, 미국, 영국, 프랑스, 네덜란드 등 10여개 나라 322명의 바이오 분야 대학생과 대학원생들이 장단기 연수를 했으며 최근 5년간 504명의 국내 중고등학교 학생들이 위탁교육과정을 통해 미래의 꿈을 키워가고 있다. 이 정도면 상전벽해, 뽕나무밭이 바다로 변할만큼 엄청난 변화 아닐까?

나는 현재 한 달이면 거의 보름 이상을 외국에서 보내고 있다. 중국에서도 어떨 때는 남중국으로, 어떨 때는 중앙아시아 사막지대로, 그리고 잠시 입국했다가 다시 지구 반대편을 돌아 중동의 왕실로. 나름대로는 바쁘고 활기찬 길을 가고 있는데 돌연 원고를 써

달라는 요청이 들어왔다. 이제 미디어하고는 담을 쌓고 살고있고 또 그래야만하는 운명인 내게 원고를 써달라니 이를 어떤 말로 기분나쁘시지 않게 거절해야할까 고민했다. 헌데 더도 말고 덜도 말고 딱 내가 보고 느낀대로만 써달라고 한다. 어쩌면 나처럼 거친 들판에서 야생의 삶을 살아가는 이의 견해나 경험이 온실속에서 이런저런 제약을 받을 수밖에 없는 선비들의 글보다 더 요긴한 보약이 될 수도 있다는 설명이었다. 흔들렸다. 소위 줄기세포 사태가 발발한지 10년이 넘었고 결국 그로인해 이 분야 규제가 더 강화된 단초를 제공했던 장본인으로서 결자해지의 마음으로 그동안 내가 느낀 소회와 경험, 그리고 안타깝게도 우리나라와는 많이 대비되는 다른 나라의 열정들을 한번쯤은 써야하지 않을까 하는 생각이 들었다.

영미권은 말할 것도 없고, 중국이나 중동의 산유 국가들이 소위 미래의 성장동력으로서 이 분야에 대한 기술개발과 국가적 지원에 얼마나 적극적인지 내가 체득한 그대로를 적으며, 이를 통해 우리 연구자들이 이 치열한 국제적인 바이오 경쟁관계 속에 최소한 동등한 선상에서 그것도 안되면 비슷한 선상에서나마 경쟁에 임할 수 있도록 체계를 마련하는데 소리없는 외침이라도 질러봐야하지 않을까 하는 심정으로 펜을 들었다. 이 글에서 나는 도표나 자료제시 대신 내가 직접 겪은 경험적 사실에 충실하고자 한다.

경직된 관료집단이 문제다(동결난자 논의)

우리가 꿈꾸는 바이오산업의 융성을 위해서는 관료집단이 깨이지 않고서는 불가능하다.

 몇달전의 일이다. 뜻밖에도 산업자원부 공직자 한 분으로부터 정부 유관기관 합동회의에 참석해달라는 전화를 받았다. '10년전에 정부미 졸업을 한 제가 갈 자리는 아닌 듯합니다'라고 정중히 거절을 했더니 그 분께서는 무척 난감해하시며 거듭 요청을 하시는게 아닌가. 청와대에서도 주의깊게 보고있는 줄기세포 분야 규제개혁에 관한 회의라고 하시면서. 우리 정부가 참 통크게 다양한 의견을 수렴하시는구나하는 생각을 하며 결국 참석했다. 갔더니 정말 그 자리에는 산자부, 미래부, 복지부 등 3~4개 부처 공직자들과 대학교수님들, 의료법인 관계자는 물론 청와대 비서관들도 여러분이 와계셨다. 발언을 해달라는 제의에 나는 깜짝 놀라 손사레를 치면서 '저는 드릴 말씀도 없고 그냥 조용히 듣다 가렵니다'라며 잠자코 있었다. 나는 정말 조용히 지켜보다 갈 요량이었다. 그런데 결국 예정에도 없이 발언을 하고 말았다. 그날의 회의가 나로서는 도저히 침묵을 지키고 있을 수 없을 만큼 기이하게 전개되었기 때문이다.

 회의의 핵심은 바이오분야 연구에 제약 사항이 무엇이며, 줄기세포 연구에 신선한 난자를 허용할 것인가가 주된 의제였다. 국제적으로 우리나라는 인간의 난자를 핵이식해 만드는 소위 환자맞춤형 줄기세포 방식을 허용하고 있는 국가로 분류되고 있다. 그러나 실제 생명윤리법 시행령을 들여다보면 이 연구에 꼭 필요한 신선한 난자의 사용을 원천적으로 금하고 있다. 음성적인 난자 매매 등 부작용을 막겠다는 취지인데, 설령 연구자가 법의 취지를 존중해 매매된 난자가 아닌 100% 순수하게 기증된 난자만 쓰고 이를 어길 경우 어떤 형벌도 감수하겠다는 각서를 쓰는 한이 있더라도 우리의 법은 어떤 경우든 신선한 난자를 쓸 수 없도록 원천봉쇄하고 있다. 대신 5년 이상 동결된 난자를 쓰라고 한다. 이게 싫으면 미성숙되어 폐기될 예정인 난자를 쓰거나 폐경 여성의 적출된 난소안에 있는 노화된 난자를 쓰라고 한다. 과학 선진국 어디에서도 찾아볼 수 없는 규정이다. 적어도 이 연구를 허용하고 있다고 밝히는 나라들이라면 어떤 단서조항을 붙이든 간에 신선 난자를 쓸 수 있는 길을 터주고 있다. 그만큼 이 연구에 있어 신선 난자의 확보가 중요하다는 뜻이다. 일예로 미국 오레건 대학의 미탈리포프 교수도 몇 해전 20명이 넘는 난자기증자를 신문광고를 통해 모아 신선 난자를 기증받고 맞춤형 줄기세포를 수립해냈다. 나는 그의 연구를 허용한 미국이 비윤리적 국가로 매도되는 말을 들어본 적이 없다. 그러나 한국에서 미탈리포프처럼 신선난자를 기증받아 연구하면 곧바로 징역형에 처해진다. 2중 3중의 심의절차를 거쳐 동결 난자나 폐기될 예정인 미성숙 난자만 써야한다. 바로 이런 현실 때문에 지난 10년간 우리나라에서 이 분야 연구에 도전한 팀이 딱 한 팀에 불과하다. 그 팀은 한국에서 실패만 거듭한 뒤 미국으로 가서 신선 난자를 이용해 성과를 올렸다. 이러니 이 분야 연구자들 사이에서는 차라리 '우리나라는 윤리적 측면에서 이러한 방식의 줄기세포 연구를 전면 금지시키고 있다는 선언을 공식화시키면 어떠느냐'는 볼멘 소리가 나오고 있다.

유리천정(Glass Ceiling) 밖에서는 보이지 않지만 안에서는 옴짝 달싹할 수 없는 장벽이 이 분야 연구에 드리워져있는 셈이다. 이런 현실 속에 열린 회의였기에 내심 기대가 컸다. 그런데 뜻밖의 상황이 내 눈앞에 펼쳐졌다. 우리도 동결되지 않은 신선 난자를 써서 연구할 수 있게 해달라고 간청하는 대학병원 연구자의 말을 끊고 어느 부서의 공직자가 강하게 질타하고 있는게 아닌가. 신선 난자를 쓰든 동결난자를 쓰든 줄기세포 연구하는데에는 별반 차이가 없는데 연구자들이 자신들의 부족한 역량은 돌아보지 않고 '제도 탓'만 하고 있다는 식이다. 마치 선생님이 학생을 다그치는 듯 했고, 더 놀라운 것은 꿀먹은 벙어리 마냥 아무 말도 못한채 얼굴만 붉히고 있는 연구자의 모습이었다. 이것이 창조경제를 지향하는 우리의 현실이던가. 이 기이한 현실의 원인제공자로서 나는 내가 더 강도높게 면박당하는 한이 있더라도 연구자로서 할 말은 해야겠다는 생각에 염치불구하고 회의 말미에 발언을 시작했다.

더도 덜도 말고 영국만큼만 해보자

"저는 우리 정부에 어떤 자비(Mercy)도 구하지 않습니다. 기대할 수도 없고 그럴 염치도 없습니다. 다만 저로 인해 촉발된 일련의 사태로 인해 뛰어난 역량을 지닌 우리나라 연구자들이 그 역량을 십분의 일도 발휘할 수 없는 현실을 그냥 지켜만 볼 수는 없기에 주제넘게 몇 말씀 드립니다. 아마도 오늘 토론의 주제 중 하나인 인간의 난자에 대해서, 이 자리에 계신 여러 전문가 선생님들을 포함해서 전 세계를 통틀어 보더라도 저만큼 많이 만져본 분은 흔하지 않으실 듯 합니다. 제 소견으로 볼 때 사람의 난자는 매우 독특한 기전을 지닌 세포입니다. 남성의 정자를 받아들이는 순간 여성의 난자는 또 다른 정자가 들어오는걸 차단하고 내부 세포를 보호하기위해 투명대경화(zona pellucida hardening)라고 하는 두툼한 막을 형성합니다. 그래서 난자 속에 정자가 들어간 수정체인 배아세포는 이 두툼한 투명대 덕분에 급속히 얼리더라도 동결로 인한 피해를 거의 입지 않습니다. 그러나 남성의 정자를 받아들이기 이전 상태인 난자의 투명대에는 두툼한 외피가 형성되지 않습니다. 보호막이 허약한 여리디 여린 세포상태인데, 이런 상태에서 난자를 얼린다면 제 아무리 최신기법으로 동결시킨다고 하더라도 이로 인해 받은 아주 미세한 손상과 스트레스가 난자의 활성을 저하시킬 수 밖에 없습니다. 그래서 동결된 난자는 신선 난자에 비해 남성의 정자를 받아들여 임신에 성공할 확률이 떨어집니다. 이는 그 누구보다도 난자를 채취하는 과정에서 고통과 위험성을 몸으로 느끼고 있는 시험관 아기 부모들이 임신에 성공하지 못했을 경우 동결 보존되고 있는 자신들의 난자를 다시 사용하는 것보다 고통 스럽지만 다시 한번 자신의 몸에서 신선한 난자를 빼내어 사용하는 비중이 적지않은 현실이 이를 증명해주고 있습니다. 그런 동결 난자나 미성숙 난자만으로 신선 난자를 마음껏 선별해 쓰는 다른 나라와 경쟁하라고 하신다면, 그것은 두 발로 전력 질주하는 육상 경기에서 한 발로만 뛰어가라는 식으로 가혹한 주문이 아닐 수 없습니다."

이쯤되니 이미 그 관계자의 표정은 편치 않아 보였다. 나는 이왕 지사 엎어진 물 끝까지 가보자는 생각에 말을 이어갔다. 마침 10년 전 자주 마주쳤던 담당부처 공직자의 얼굴이 들어왔다. "여기 낯익은 얼굴의 공직자께서도 와 계시는데요, 혹시 기억나십니까? 10년 전 우리나라에서 처음 생명윤리법이 만들어질 때 어떻게 만들어졌는지… 혹시 '더도말고 덜도말고 영국만큼만 해보자' 라면서 영국법을 모델로 만들지 않았었습니까?"

그러자 그 분께서는 맞다고 고개를 끄덕이셨다. 내가 아는 범주에서 우리나라의 생명윤리법은 연구용 난자 이용에 대해서 미국보다는 엄격하고 독일 등 다른 유럽국가보다는 융통성이 있는 영국의 '인공수정 및 발생에 관한 법률(Human Fertilisation and Embeyology Act)', 일명 HFEA법을 스탠더드로 삼아 출발했다. 영국에서는 일반 여성의 몸에서 연구용 난자를 채취하는 것을 금하는 대신, 아기를 갖기 위해 시험관 아기 시술을 받는 여성에게서 나온 과량의 난자 중 잉여난자 일부를 연구용 난자로 기증할 수 있는 길을 터주고 있다. 여기에는 그럴만한 이유가 있다. 아기를 얻기 위해 과배란 주사를 맞고 여성의 몸에서 나온 난자는 대략 7개 이상 12개 가량이다. 하나같이 고통을 견디며 얻어낸 고귀한 난자들이다. 그런데 그 중 아기를 얻는데 쓰이는 난자는 가장 상태가 좋은 3~4개에 불과하고 나머지는 다른 부부의 시험관 시술에 기증하거나 훗날을 위해 동결시킨다. 난자가 한번 동결되면 다시는 선택받지 못할 가능성이 높다는 걸 잘 알고 있는 영국인들은 여분의 난자를 난치병 치유를 위한 줄기세포 연구에도 기증할 수 있도록 하면 생명윤리와 과학발전이라는 두마리 토끼를 다 잡을 수 있다고 생각한 것이다.

자신의 난자를 줄기세포 연구에 기증한 난임 부부에게 실보상비를 정부돈으로 지원해주고 있다. 이를 학술적으로는 난자공유(egg sharing) 제도라고 하고, 10년전 우리끼리는 농담삼아 '누이좋고 매부좋은 법'이라 불렀다. 난자를 기증한 난임부부는 난치병 연구에 기여했다는 소명감과 함께 치료비 부담을 조금이라도 덜 수 있어서 좋고, 연구자들은 신선 난자를 제공받아 줄기세포를 만들 수 있어서 좋고, 또 국가적 차원에서는 견원지간처럼 으르렁대는 윤리계와 과학계 사이에서 조화로운 중용의 길을 걸을 수 있어 좋다는 뜻이다. 그런데 그랬던 우리가 이제는 동결난자가 뭐가 어떠냐는 면박까지 듣는 처지에 놓인 것이다.

"다른 나라보다 더 느슨한 조건을 기대하지 않습니다. 최소한 동일한 조건에서, 그것도 안되면 비슷한 조건에서라도 경쟁할 수 있도록 체계를 잡아주셨으면 좋겠습니다. 혹여 저 때문에, 소위 황우석 트라우마 때문에 사회적 합의를 걱정하신다면 부칙으로 '그래도 황우석이만은 절대 안됨'이라는 단서조항을 붙이시는 한이 있더라도 꼭 체계를 잡아주실 것을 부탁드립니다."

돌아오는 길에 전직 서울대 총장님의 말씀이 떠올랐다. 총장 시절 그 유명한 '베세토' (베이징대-서울대-도쿄대) 삼각벨트를 만드시는 등 서울대를 소위 월드클래스 유니버시티로 만들기 위해 노력하셨고 지금도 많은 가르침을 주고 계신 그 분께서는 얼마 전 우리 연구가 처해진 법적 제도적 제약상황을 빗대시며 연구소를 찾아와 이런 농담을 던지셨다. "자네 우리나라 프로골프가 세계적인 기량을 보이는 이유가 뭔지 알고 있나? 아이러니하게도 우리 정부기관 중에 프로골프를 관장하는 부서가 없기 때문이라고 하네."

정부부처는 한 분야의 역량 발전을 위해 법적 행정적 지원과 뒷받침을 해줄 수 있지만, 반대로 여러 통제와 간섭을 통해 그 분야 발전을 저해하는 요소가 된다는 표현이다. 특히 MB정부 시절부터 우리의 줄기세포를 비롯한 바이오 기술과 학문적 발전을 저해하는 상황을 표현하는 말씀이기도 하다. 대개 선진국의 경우 초창기 연구개발 단계에서는 팍팍한 규제보다는 오히려 과학자들 사이의 자율적 통제에 맡기고, 대신 그 기술이 산업화 단계에 진입했을 때 안전성과 유효성을 철저히 검증하여 사회적 적용을 통제하고 규제하는 상황인데 우리나라는 정 반대상황으로 진행되고 있다는 느낌이다.

현대판 종교재판
(왜 윤리와 종교는 과학을 압도하려할까?)

갈릴레오는 지동설을 주장하다가 종교재판으로 죽었다. 지금 천동설을 믿는 자는 아무도 없다. 그러나 아직도 과학적 진실을 종교나 윤리로 호도하려는 시도는 도처에서 이루어지고 있다. 지난 2009년 3월 미국에서 새로 출범한 오바마 대통령이 취임 즉시 백악관에서 "언젠가 우리의 사전에서 '말기'나 '치료불가'라는 말을 은퇴시킬 것"이라는 유명한 연설을 하며 전임 부시 행정부가 윤리적 논란을 이유로 꽁꽁 묶어뒀던 배아줄기세포 연구에 대한 연방 정부 예산지원을 차단하던 정책을 풀고 천문학적 규모의 미 연방 정부의 예산을 투입하기 시작한 소위 '줄기세포의 봄'이 찾아오면서 국내에서도 여러 지성들이 우리도 이대로 있으면 안된다며 나름의 방식으로 목소리를 높였다. 그러나 마치 보이지 않는 '유리천정'이 존재하는 듯 이상하게도 이 땅의 체세포 핵이식 줄기세포 연구 현실은 바뀌지 않고 있다.

지난 2007년 7월, 당시 우리 연구소로 안타까운 전화 한 통이 걸려왔다. 과거 사이언스 논문 실험 당시 2번 줄기세포(NT-2)의 주인공인 난치병 소년의 아버님이셨는데, 아이의 상태가 많이 안좋은데 다시 한번 아이의 세포를 넘겨줄테니 그 세포로 줄기세포 연구를 계속해달라는 간곡한 요청이었다. 가슴이 무너져내렸다. 지난 2004년 내가 인천길병원에서 신경외과 전문의 선생님들과 함께 그 소년을 처음 만났을때 아이는 교통사고로 하반신이 마비된 채 기도와 식도까지 절제해 말을 할 때면 목에 낀 호스를 손으로 잡고 말해야 사람들이 목소리를 알아들을 수 있는 딱한 처지에 있었다. 그러나 얼굴에 그늘진 구석이라고는 요만큼도 없을만큼 너무 쾌활하고 너무 해맑게 웃으며 휠체어를 끌고 내게 다가와서는 '아저씨가 황우석 교수님이시죠? 저 잘생겼죠? 저 좀 일으켜주세요. 엄마가 저 때문에 많이 울어요.' 라고 간청했다. 나는 그 녀석에게 '아저씨는 의사선생님도 아니고 생명윤리 원칙상 너의 상태에 대해 함부로 말할 수는 없단다'라는 말을 할 수 밖에 없었다. 대신 그 녀석의 손을 잡으며 약속했다. 이 아저씨가 너 일으켜세울 때까지 열심히 연구할테니 너도 지금처럼 웃음 잃지 말고 부모님 말씀 잘 듣고 공부 열심히 하라고.

그렇게 그 아이와 새끼손가락 걸고 약속한 뒤 만든게 2번 줄기세포, NT-2였다. 훗날 검찰수사와 법정에서 밝혀진대로 아이의 세포는 우리 연구진에 의해 초기 줄기세포 단계까지 정상적으로 확립된 상태에서 배양과 검증업무를 담당한 공동연구자에 의해 가짜로 둔갑되고 말았다. 그 연구자는 법원에서 우리의 모든 줄기세포 확립 성과를 고의적으로 방해하고 관련 증거를 조작해 '업무방해죄'로 확정판결을 받았지만 그가 왜 그렇게까지 했는지에 대해 지금도 납득할 수 없다. 그러나 이미 나는 법의 판단과는 무관하게 일찌감치 여론재판 법정에서 영구퇴출당한 신세였고 다시 이 연구를 할 기회도 권한도 없었다.

소년의 아버님께서는 나의 이런 처지를 잘 알고 있다고 하시면서도 아이의 세포를 다시 기증하고 싶다는 뜻을 밝혀오셨다. 부모로서 지난 날의 사태를 통해 가장 큰 충격과 상처를 받으셨을 텐데 그래도 못난 나를 믿고 실낱같은 희망을 기대하고 계셨다. 차마 그 요청을 거절할 수 없어 임상의사인 연구원과 함께 아이가 입원해 있는 병원으로 갔다. 차마 눈 뜨고 볼 수 없었다. 그리도 해맑게 웃던 아이는 사태 이후 의식을 잃고 쓰러져 산소호흡기에 의존해 숨을 이어가고 있었다. 나는 눈물을 꾹 참고 아이와 부모님의 손을 잡아드린 뒤 병원 원장님을 비롯하여 의사선생님들께서 채취한 아이의 체세포를 건네받았다. 그리고 2007년 12월, 관련 요건을 갖춰 우리 정부에 연구승인신청 서류를 접수시켰다. 정부가 내게 기회를 줄 확률은 0에 가깝다는 걸 알고 있었다. 설령 연구권한을 갖더라도 법에 규정된 동결난자만 써서는 참담한 실패만 거듭한 뒤 '역시 사기꾼 맞았네'라는 몰매를 또 맞을 가능성도 훤히 보였다. 그렇지만 당시 내가 그 아픈 아이와, 수많은 난치병 가족을 위해 할 수 있는 최선의 속죄는 연구 밖에는 없었기에 나는 간절하게 요청드렸다. 정부에 피펫 하나 1원 한 푼 요구하지 않겠으니 연구할 수 있는 기회만 주셨으면 좋겠다고.

그 와중에 우리의 상황을 진심으로 안타까워하시던 개신교단의 지도자급 목회자들께서 우리 연구소에 찾아와 뜻밖의 제안을 하셨다. 이 참에 개종을 하는게 어떻겠느냐고. 개종을 하면 6개월 안에 연구승인이 나올 수 있도록 백방으로 뛰어보겠다고. 나는 그 분들의 제안을 정중히 사양했다. 그러자 당신들께서는 '우리도 얼마나 안타까웠으면 그런 생각까지 했겠느냐'며 용기 잃지 말라며 내 손을 꼭 잡아주셨다.

그리고 긴 기다림 끝에 정부입장이 발표됐다. 우리가 연구승인

신청서류를 접수시킨 뒤 넉달 뒤 한 차례 결정이 보류됐고 다시 넉달이 지나 정부 입장이 확정되었다. 8개월에 걸친 긴 기다림이었지만 결과는 예상대로 우리 연구팀에게 기회를 줄 수 없다는 결정이었다. 정부가 우리의 연구를 불허하기로 결정한 날로부터 채 열흘이 지나지 않아서 비보가 전해졌다. 소년이 하늘나라로 떠났다는 소식이었다. 소년의 부모님들께서는 이제 그만 아이를 보내주어야겠다며 가슴아픈 결정을 하셨고 나는 아이에 대한 죄책감과 무력감에 차마 빈소를 찾지 못하고 나만의 방식으로 기도를 드렸다. 다음 생에서는 아프지 말고 고통없이 살아가기를. 설령 고통이 존재한다고 하더라도 이를 치유할 수 있는 기회는 줄 수 있는 그런 세상에 태어나기를 진심으로 빌었다. 아마도 그런 세상의 구체적인 모습은 윤리나 종교가 과학의 가능성을 마음껏 재단하고 차단하고 옥죄는 그런 세상이 아니라 과학기술이 발전하는 만큼 발걸음을 맞춰 어깨를 나란히 하며 적정한 견제와 건전한 비판을 하며 함께 인간에게 복무하는 그런 세상 아닐까.

국가지도자의 철학이 중요하다
(리비아 지도자 카다피의 사례)

그렇게 나의 조국에서 연구기회를 얻지못하고 있을 때 아주 먼

나라에서 뜻밖의 손님이 찾아왔다. 리비아의 지도자 카다피가 보낸 특사였다. 나는 2008년 11월에 리비아로 입국해 그로부터 2년 가까운 시간을 리비아에서의 바이오 국책사업 설계의 한 부분을 맡았다. 지금은 고인이 된 카다피라는 지도자에 대해 세상은 '극악무도했던 독재자'라는 평가 외에는 별 말을 남기지 않는다. 그런 세간의 평가를 바꾸고 싶은 생각은 없다. 그러나 카다피와 그의 넷째 아들로 서방언론에는 베일에 감춰진 인물인 알 무타심이라는 젊은 지도자와 직접 만나 여러 차례 대화를 나눌 수 있었던 흔치 않은 경험을 가진 한국인으로서, 나는 카다피 부자가 소위 화석연료 이후를 대비한 리비아의 국가발전모델에 대해 얼마만큼 많은 고민과 강한 의지가 있었는지 한번쯤 말을 남길 필요가 있다고 본다.

리비아에서 온 여성 특사

2008년 10월19일, 당시 주한 리비아 경제대표부 대표로부터 연락이 왔다. 리비아 지도자의 특사가 서울에 와 있으며, 나를 만나게 해달라는 요청 내용이었다. 나는 상대가 어떤 인물인지 미심쩍기도 하였고 더구나 제 3국에서 연구원 몇 명과 실험 중이었기에 대신 수암연구원 상임감사이며 영어에 능통한 차효인 박사께 특사라는 사람을 만나도록 했다. 그런데 특사를 만나본 차 박사께서는 내게 '이 경우는 급히 좀 들어와서 만나셔야겠다'라는 연락을 취해왔다. 만나보니 이 분은 여성의학자였다. 자신은 리비아 국가안보부 차장보 격으로 리비아 국립경찰병원장과 리비아 내무부 차관보, 리비아 DNA 연구소 총괄소장을 겸하고 있으며 카다피 지도자의 명으로 나를 찾아왔다고 소개했다. 또 지난 2004년도에 이미 자신의 의과대학 동기이자 당시 리비아 국가안보부 컨설턴트라는 직함을 가진 카다피 지도자의 넷째 아들 알 무타심이 당시 나에게 이메일을 보내 리비아로 정중하게 초청을 했었다는 사실을 주지시켜 주기도 했다. 그러면서 자신의 지도자(카다피)와 보스(알 무타심)께서 나를 리비아로 초청하고 싶다고 했다.

무척 망설여졌다. 의심스럽기도 했다. 그랬더니 이 분들은 방배동에 있는 우리 사무실에서 PT자료를 이용해 유창한 영어로 자신들의 초청목적을 설명했다. 먼저 자신은 트리폴리에서 의과대학을 졸업한 후 영국에서 분자생물학과 법의학을 전공한 의학박사로 교수직함도 갖고 있다고 밝혔다. 그리고는 자신들이 파악하고 있는 소위 줄기세포 사태의 사건 흐름도를 도표로서 사진과 함께 설명했다. 나와 함께 한 때 소위 도원결의를 맺고 공동연구팀을 운영해 오다가 어느 날 갑자기 등을 돌리신 주요 인물들의 사진과 함께 이 사건의 맥락을 설명하면서 모 정부기관이 관여한 것으로 기술해 깜짝 놀랐다. 그 뿐만 아니라 Advanced Biomedical Complex. 즉 ABC 프로젝트를 상세하게 도표로서 설명해 다시 깜짝 놀랐다. 그들이 내게 보여준 그 도표는 당시 국정원 팀과 우리가 TF팀을 결성하고 오랜기간 비밀리에 노력해 만들었던, 청와대 고위층을 제외하고는 그 존재를 알지 못했던 안이었기 때문이다. 그녀는 이것을 보여주면서 이제 리비아에서 당신의 뜻을 펼칠 수 있는지 여부를 직접 와서 가늠해보는게 어떻겠느냐고 제안했다.

고민에 휩싸였다. 결론을 내리지 못해 좀 더 생각 해봐야겠다고 했더니 자신은 특명을 받고 왔기 때문에 내가 결심할 때까지 한 달이고 두 달이고 얼마든지 한국에서 기다릴 수 있다고 하며 그랜드 인터콘티넨탈 호텔 스위트룸에 머물렀다. 이후에도 몇 차례 찾아와 나를 설득했다. 그 과정을 통해 나는 '이 사람 이야기에 어느 정도 신빙성이 있겠다'라는 판단과 함께 지인 몇 분과 논의 끝에 그녀와 최초로 만난 지 21일이 지난 2008년 11월10일 그녀를 따라 리비아로 떠났다. 우리는 당시 비자도 없었다. 그냥 무조건 가면 된다는 말만 믿고 에미레이트 항공 1등석을 타고 두바이를 거쳐 리비아로 들어갔다. 우리는 에어포트 비자를 받으며 매우 융숭한 대접을 받고 입국해 트리폴리 시내에서도 가장 큰 호텔에 머무르게 됐다.

그런데 다음날 호텔에서 아침을 먹고 있는데 건장한 체구의 동양인이 오더니 인사를 하면서 자신이 주 이집트 카이로 대사관 소속 무관인 박 대령이라고 소개하면서 '어떻게 여기 오셨냐?'고 인사를 하기에 이상하다는 생각이 들었다. 이후 두 시간 반 쯤 뒤 우리를 인도한 A박사(특사)가 급히 오더니 '우리의 입국사실과 위치가 정보기관에 노출되었다'라면서 장소를 바꾸자고 해 제3의 호텔로 옮겼다. 그 곳에서도 오래 있지 못하고 결국 그쪽에서 제공하는 안가(Safe House)를 배정받았고, 우리는 그곳을 죽 숙소로 이용하게 되었다. 이듬해인 2009년 2월에는 양측간 계획과 실무적 체결 역량을 파악하기 위해 우리 조용석 사무국장 책임 하에 국제법 전문가인 권병규 변호사님과 과거 삼성전자 트리폴리 지사장을 7년 여 해오며 현지사정에 밝은 재미교포 미스터 유가 함께 가서 약 열흘간 실무접촉을 하고 돌아왔다.

카다피와의 만남

초기 입국시절에는 A박사의 약속과는 달리 카다피 지도자를 만나지 못한 채 넷째 아들인 알 무타심 박사만을 만났고, 2010년 1월에 방문했을 때 비로서 카다피 지도자를 만나게 되었다. '보스'로 통칭되는 알 무타심 박사를 만날 때에는 주로 그의 비밀 업무동으로 찾아가서 접견했는데, 그의 업무동은 특별 보안지역이면서도 요새처럼 꾸며져 있었다. 인상 깊었던 것은 카다피 지도자를 만날 때도 그랬고 알 무타심 박사를 만날 때도 그랬고, 그들은 우리에게 사전에 어떤 정보도 주지 않았다. 장소도 시간도 알 수 없었고 대개 새벽 3시~4시 쯤 A 박사가 전화로 '30분 이내에 정장을 하고 1층으로 내려오면 경호원들이 대기하고 있을 것'이라고 연락을 취해 왔다. 내려가 보면 누구를 만날 거라는 이야기도 없이 차를 탔고, 도착해서 별도의 몸수색은 없었지만 흔히 알고 있는 금속 탐지기(metal detector)를 3중으로 통과해야만 접견할 수 있었다.

카다피 지도자에 대한 인상은 박정희 대통령의 냄새를 물씬 풍기는 사람이라는 생각이 들었다. 리비아 국기에 대한 대화를 나눌 때 그는 내게 '리비아 국기가 왜 아무런 표시도 없이 녹색인 것 같느냐'고 물었다. 거기에는 심오한 뜻이 있었다. 그는 내게 리비아 전역에 사막화 현상이 급격히 진행돼 이를 그냥 방치할 경우 온 국토가 식물이 전혀 살 수 없는 사막이 될 거라는 걱정에 모든 리비아 국민들이 1년에 한그루 이상의 나무를 심어 리비아를 녹색의 대지로 만들도록 해야겠다는 뜻으로 '녹색의 국기'를 만들었다고 설명했다.

그의 설명을 들으며 나는 박정희 대통령께서 '애림녹화(愛林綠化)'라는 기치를 내걸고 나무심기를 장려하고 산림법을 엄격하게 적용했던 기억을 떠올렸다. 카다피 지도자는 내게 '리비아는 천혜의 국가'라는 의외의 말을 던졌다. 전 국토 어느 곳에서나 땅 속 약 수백미터 깊이에 석유 아니면 지하수가 흐르고 있다는 것이다. 석유나 지하수나 엄청난 자원이기에 자신들은 이를 어떻게 활용해 리비아를 근대화시킬지 늘 고민하고 있다고 했다. 그리고 여기서 나오는 재원을 갖고 '첫째, 화석 연료가 한계를 맞게 되는 상황에 대비해 바이오 같은 신산업으로 리비아의 제 2성장동력을 만들겠다. 둘째, 지하수를 끌어올려 리비아의 부족한 물공급을 대체하고 상당지역을 푸른 농경지로 만들겠다'는 설명을 했을 때 나는 그 의지에 매우 깊은 인상을 받았다.

리비아 체류 중 A 박사 집무실에서

그 분들은 늘 내가 생각하는 것 이상의 환대를 베풀어주었다. 차량지원도 남달랐는데, 당시만 해도 이 나라는 정부기관 소속 공무원 신분의 인사라면 누구나 예외없이 벤츠나 BMW같은 고급 차량을 사용할 수 없도록 규정하고 있었다. 그러나 내게는 211번 빨간색 글씨의 번호와 국가안보부 휘장이 달린 벤츠 차량을 배정했다. 이 과정에서 트리폴리와 서울에 똑같은 규모, 똑같은 형태의 연구소를 짓기로 하는 논의 끝에 나온 것이 바로 현재 서울시 오류동에 위치한 '수암생명공학연구원'의 설계도면이다. 이 설계도는 리비아 정부 회계국의 심의를 받아 확정됐고 똑같은 설계와 똑같은 규모로 한국과 리비아 양쪽에 짓기로 하는 구상 아래 현재의 연구소가 설립되었다.

우리는 리비아 정부로부터 서울 연구소 설립비용은 물론 이와는 별도로 연구소 유지 및 교육훈련비 용도로 매년 7백만 US달러씩 지원받게끔 되어 있었다. 개인적으로는 꿈같은 경험도 했다. 한번은 알 무타심 박사의 비밀 집무동으로 갔을 때였는데 그는 내게 방금 새로 인출한 듯한 빳빳한 신권으로 100 유로짜리 지폐다발이 가득 차 있는 돈 덩어리를 용돈으로 줬다. 돈 묶음이 너무 무거워서 혼자 들고 갈 수도 없을 만큼의 거액이었다. 집무동을 빠져나온 뒤 나는 차량을 옮겨 타면서 기념으로 일정액을 빼고 나머지는 A 박사에게 '이 프로젝트를 위해 애쓰는 모든 사람들과 나눠서 사용하라'며 돈가방을 건넸다. 그 뒤 나에 대한 신뢰는 더욱 돈독해졌고 여러 방면에서 우리를 도와주는 사람들이 많이 나왔다.

리비안 ABC 프로젝트

양측간의 신뢰가 확인되고 보다 돈독해지는 과정에서 리비아의 바이오 분야 국책사업인 일명 '리비안 ABC 프로젝트'가 구체화됐다. 나는 A 박사의 집무실이 있는 리비아 국립경찰병원을 수없이 방문했고, 그 분의 또 다른 집무실인 리비아 국가안보부 트리폴리

지부에서 그 분 소개로 리비아 총리와 주요 부처 장관 등 정부 고위 인사들을 많이 만났다. 이 과정에서 ABC 프로젝트의 주요 컨텐츠와 예산이 정해졌다. ABC 프로젝트의 적지가 어디인지 여러 차례 논의를 벌인 끝에 '사브라타'라는 지중해 인접 휴양지를 주요 대상 지역으로 선정하게 되었다. 매우 특이한 사항은 예산 작업을 하면서 그 분들은 늘 우리가 요구한 액수에 조금씩 덧붙여서 예산을 확정해줬고 결코 깎는 일이 없었다는 점이다. 물론 우리도 우리가 생각하는 최소한의 예산만 상정해 구체적인 아이템들과 함께 올렸다. 컨텐츠와 예산을 논의하는 과정만 약 1년 가까이 지속됐는데 결국 예산과 아이템이 확정됐을 때 나는 다시 한번 놀랐다. 어느 날 A 박사가 '우리 보스(알 무타심)께서 당신에 대한 완벽한 신뢰를 가지셨고, 우리 국가의 화석연료 이후를 대비한 가장 중요한 국가성장 동력으로 당신과 바이오 사업을 거국적으로 이끌어 가기로 했다.'

면서 확정된 예산 마지막 항목에 컨슈머불스(Consumables) 라는 항목을 제시했다. 그 항목으로 확정된 예산과 똑같은 액수가 덧붙여졌다. 결국 요구한 것보다 두 배의 예산이 확정된 셈이다. 나중에 알고보니 그 항목이 바로 통치자금이었다. 그 분들은 통치자금을 내 이름으로 한국에 보전하면서 여러 용도로 사용하려 했던 것 같다. 결국 이런 신뢰 관계 속에 최종 계약일이 다가왔다. 그 분들께선 2011년 2월 16일 최종계약을 체결할 것이고 우선 전체 소요예산의 50%를 주겠다고 했다. 워낙 큰 액수여서 나는 계약 전 국내로 들어와 자금의 한국 유입에 따른 조처를 했다. 그리고 2월 10일 다시 최종 계약을 위해 리비아로 들어가게 된다. 이런 과정의 중간에 고마운 마음에 카다피 지도자에게 드릴 요량으로 동대문시장에서 한지로 만든 '남녀 신랑신부 인형'을 샀고, 그의 부인용으로 내가 오랫동안 준비해온 '세포배양액을 중심으로 한 마스크 팩'을 대량으로 제조해 가져갔다. 허나 얄궂은 운명이 기다리고 있었다.

내전 발발

재입국날인 2011년 2월 10일 트리폴리 공항에 도착했을 때 예전과는 달리 뭔가 이상한 낌새가 있었다. 그 전까지 내가 도착하면 기다리고 있다가 별도의 출구로 안내하던 국가안보부 요원들이 그날은 없었다. 입국 프로세스를 거쳐 공항 밖으로 나와 보니 두 사람이 기다리고 있다가 나를 안가로 데려갔다. 내가 입국하면 전화를 걸어와 '그동안 잘 지냈느냐'며 안부를 물어오던 알 무타심(카다피의 넷째아들) 박사 역시 이틀이 지나도록 전화 한 통화 없었다. 이상하다싶어 A 박사를 통해 연결했더니 알 무타심 박사는 별일 아니라는 듯 '잘 갔다왔느냐? 지금 약간의 사회적 혼동을 진압하기 위해 벵가지에 나왔으니 며칠이면 수습하고 트리폴리에서 만나 계약프로세스를 진행하자'고 말했다. 그래서 나 역시 며칠이면

이 사태가 평정될 거라 생각하고 기다렸다.

　내전이 발발하기 전에 A 박사는 보스(알 무타심)께서 내가 경비에 사용할 구좌를 개설하라고 하셨다며 암만 은행으로 데려갔다. 그 은행은 당시 정부나 주요기관의 공작금을 맡아주는 일종의 정부 대행 은행격이었는데, 그곳에 국가안보부 고문변호사와 함께 나를 데려가 구좌를 개설해줬다. 개설과 함께 500만 유로가 들어있다고 하면서 내게 직접 사인하라고 해 서명을 했고 은행 크레디트 카드도 만들어줬는데 지금도 그 카드를 갖고 있다. 이후 A 박사는 어느 날 내게 '만약 당신이 한국에 가있는 동안 이 돈을 인출해야 할 긴박한 상황이 생길지 모르니 나도 공동 서명자로서 인출할 수 있도록 해달라'고 했다. 그래서 역시 고문변호사와 3인이 함께 은행으로 가 동의절차를 밟아줬던 기억이 있다.

　그러나 그 이후 하루가 다르게 사태는 악화됐고 결국 2월18일부터 모든 통신이 두절됐다. 어떻게 하면 좋겠냐고 A 박사에게 물어보니, '보스께서 (내가) 트리폴리에 있으면 신변도 위험할 수 있으니 일단은 한국에 돌아갔다가 평정된 다음에 연락하면 그 때 다시 오라고 하시더라'고 전했다. 그제서야 나도 상황이 어려워짐을 깨달았다. 안가 주위에서도 시가전이 벌어지는 상황이었다. 그런 가운데 조선일보의 박정훈 부장은 잠시 통화가 열릴 때 전화를 걸어와 '지금 트리폴리에 있느냐? 몸은 괜찮느냐? 가능하면 빨리 나오는 게 좋지않겠느냐?'는 전화를 해 조선일보의 정보력에 대해 혀를 내두른 적이 있다. 내가 그곳에 있다는 사실은 당시만 해도 일절 외부로 알려지지 않았기 때문이다. 당시 미국에 있는 친구 강창근 회장은 통화가 될 때마다 '어떤 루트를 통해서라도 한시도 지체하지 말고 빨리 탈출하라'고 닦달해 나는 마음을 굳히게 됐다.

지중해 항공인가 그런 항공편이 마지막으로 남아있는데 트리폴리에서 런던을 거쳐 한국으로 들어오는 티켓팅을 했다고 해 일단 트리폴리 공항으로 나갔다. 최소한의 짐만 갖고 공항에 이륙 2시간 반 전 도착할 수 있도록 출발했다. 그러나 이미 공항은 접근불가상태였다. 7~10만 명으로 추산되는 대규모 인원이 뒤엉켜있어 트리폴리 공항 외곽 약 수백 미터부터는 단 10미터도 접근할 수 없었다. 사막의 찬 비는 주룩주룩 내렸고 바람은 불고 매우 추운 상태에서 약 2시간 가량 접근을 시도했지만 도저히 100미터도 접근할 수 없었다. 이대로 있다가는 밤에 큰 일 나겠다는 생각을 하고 있을 때 'Tripoli Five hundred'란 구호를 외치며 다니는 암시장 택시 기사들이 있었다. 평상시 15달러 요금이 500달러가 됐다. 할 수 없이 그 택시를 타고 안가로 다시 돌아왔더니 다행히 안가는 폐쇄되지 않아 그곳에 들어가 있었다. 그 곳 유선전화로 지속적으로 한국 대사관쪽에 연락을 취했다. 모든 통신이 끊긴 상태에서 밤 10시 30분경 다행스럽게도 연락이 닿았다. 대사관 직원에게 내 신분을 밝히자 '다음날 아침 트리폴리 공항 라운드 어바웃에 7시 30분까지

오면 9시 30분 교민탈출비행기가 배정될 것'이라고 했다. 2011년 2월 22일 밤이었다.

아비규환 속 우리 교민들의 따뜻한 배려

다음날인 2월 23일 새벽 6시쯤에 일반 차량을 배정받아 출발한 우리는 반군인지 정부군인지 식별이 불가능한 컴컴한 길 위에서 중무장한 군인들에게 수차례 불심검문을 당한 끝에 약속장소에 도착했다. 400명 이상의 교민들이 함께 비행기를 기다렸지만 온다던 항공기는 연락도 없었고 대사관 직원들과 국토부 파견 외교관, 코트라 관장 등이 애를 써줬지만 화장실 등 모든 시설이 파괴되어 선 채로 대기할 수 밖에 없는 아비규환의 혼돈상황이 계속됐다. 불과 3시간이면 탈출할 줄 알았던 교민들은 만 이틀간 선채로 대기했다. 불만은 최고조로 치달았다. 더구나 언제 올지 모르는 비행기에 약 180명 정도 탈 수 있을 것 같다고 해서 400여 명 교민 중 어린이와 노약자, 거주한지 오래된 순으로 순번을 정해 줄을 서 기다리게 됐다.

그런데 당시 참 가슴 울컥할 정도로 감동적인 상황을 만났다. 먹을 것도 마실 것도 앉을 곳도 없이 모두 서서 기다리는 와중에 당시 이명박 대통령에 대해 입에 담지 못할 험한 이야기를 하던 교민들은 '우리는 못가더라도 황 박사님은 가서 나라의 미래를 위해 다시 연구를 해줘야한다'고 하면서 나를 맨 앞줄로 보내주신 거다.

그 분들이 가족끼리 먹으려고 집에서 가져온 삶은 계란 등을 나와 수행원에게 건네줬고, 한 건설사 간부는 내 손안에 뭔가 구겨놓은 것을 쥐어주는데 100달러짜리 지폐 몇 장이었다. 이 곳으로 오는 와중에 열 세번 검문을 당해 시계 등 가진 것 모두를 빼앗기면서 마지막으로 자신의 팬티 속에 숨겨두고 온 비상금 5백달러 중 300 달러를 내게 쥐어주시며 '꼭 살아나가서 우리나라가 이런 어려운 꼴 겪지 않는 잘사는 나라 만드는데 과학기술로 이겨나가달라'는 말씀을 하시는데 울컥하는 심정이었다. 그 때 나는 무슨 일을 하더라도 그 분들의 기대에 어긋나지 말아야겠다는 생각을 갖게 됐다.

'알 무타심'과의 이승에서의 마지막 대화

급거 귀임한 조대식 대사님을 필두로 대사관 요원들과 코트라 관장님의 활동은 감동적이었다. 조 대사님께서는 임지에 들어온지 벌써 6개월 가까이 흘렀지만 아직까지 카다피 지도자에게 신임장을 제출할 기회조차 없었다고 하면서, 그 분 역시 일정기간 지나면 사태가 평정될 거라는 생각에 '다시 들어오게 되면 카다피 지도자나 또는 무타심 박사를 통해 카다피 지도자를 꼭 만날 수 있게 특별요청을 해달라.'고 해서 꼭 이행하겠다고 약속했다.

이 상황에서 2월24일 알 무타심 박사에게서 전화가 걸려왔다. 나는 그에게 '나는 지금 당신의 요청대로 한국으로 돌아간다. 하지만 나는 이곳을 결코 잊지 못하고 다시 돌아올 것이다. 내가 인생에서 가장 어렵고 나의 조국은 내게 '사기꾼'이라는 별칭을 붙여가면서 사회적으로 어려울 때 나를 제대로 대접해준 사람이 당신과 당신 아버님 아니냐. 나는 반드시 돌아오겠다는 약속을 하며 만약의 경우 이곳에서 어떤 불행한 일이 생기면 당신이 아버님을 비롯한 가족들을 모시고 한국으로 나와달라. 그러면 내가 무슨 일을 해서라도 한국에서 당신과 당신 가족들이 남은 여생을 우리와 함께 살 수 있도록 모든 노력을 다하겠다'고 했다. 그러자 그는 한동안 말이 없다가 비감한 목소리로 '당신의 이런 뜻을 아버지에게 꼭 보고 드리겠다.'고 말했다. 이 것이 그와 내가 나눈 이승에서의 마지막 대화였다.

Mass Grave Project

만 이틀이 지난 2월 25일 새벽 4시 30분 이집트 항공이 와서 나는 제 일착으로 올라가 이틀간 해결하지 못했던 대소변을 제일 먼저 해결하고 비즈니스 좌석에 앉아 나도 모르게 깊은 잠에 빠졌다. 흔들어서 깨어보니 카이로 시간 오전 11시 30분이었고 카이로 공항에서는 주 이집트 대사님과 직원들이 우리의 도착을 맞아줬다. 귀국 후 리비아 상황은 더욱 악화되었지만 2011년 9월 경 A 박사 측으로부터 연락을 받았다.

이집트 출신 농민의 딸로 벵가지 출신인 그 분은 내전으로 전세가 기울자 재빨리 반군 측에 합류해있었고 그 분은 내게 '반군들이 정권을 잡은 뒤 정부서류를 검토하는 과정에서 우리의 ABC 프로젝트를 알게 되었고 이 프로젝트만은 정권이 바뀌더라도 계속 이어받는게 좋겠다며 프로젝트는 계속될 것'이라는 말을 했다. 그러면서 일단은 지금 전시상황이기에 소위 'Mass Grave Project', 즉 내전상황에서 사망한 사람들의 유해감별을 통해 유해를 가족들에게 넘겨주는 DNA 프로파일링 프로젝트를 추진하면 신정부가 국민들의 민심을 얻게 될 것이라며 그 프로젝트를 맡아달라고 제안했다. 이후 나는 계속 A 박사측과 연락을 주고 받으며 수차례 조율을 통해 신정부 측에 제안서를 넘겼다. 하지만 이 프로젝트는 매우 많은 예산이 들어가는데 그 예산을 어디에서 딱히 받는다는 확고한 개런티도 없었고 그 때까지 시가전이 계속되는 상황에서 작업 안전에 대한 보장도 받을 수 없었다. 조대식 대사님 역시 '리비아에서는 매일 시가전이 벌어지고 대사관 역시 튀니지아로 피신한 상태'라고 하시며 나에게 들어오지 않는게 좋겠다' 는 말씀을 하셔서 그렇다면 우리가 하기에 부적합한 것 같으니 추후 리비아에 새로운 체제가 안정될 경우 한국이 신뢰관계 형성을 위해 한국 정부 차원에서 (이 프로젝트를 진행) 하시는게 어떠냐고 제안 드렸다. 이 것이 결국 청와대, 국정원, 외교부, 국방부 합동으로 안을 세워 리비아내 실종자 유해 발굴 및 DNA 검사프로젝트를 우리 정부가 맡게 된 근거가 됐다.

이 과정에서 나는 국군 유해 발굴단의 이용섭 군무원과 계속 만

나며 우리의 프로젝트 기획안을 넘겨드렸고, 지금도 그 분과는 돈 독한 관계를 맺고 있다. 그 후 나는 연구소 관련 살림이 너무 어려워지게 되어 대사님께 '암만 뱅크에 약 500만 유로가 내 이름으로 들어 있으니 일부라도 찾아서 연구소 재정에 보탤 수 없을까' 상의 드렸지만, 대사님께서는 '아마 자금자체도 리비아 국가안보부에서 나온 자금임을 알게 되었을 가능성이 있고 그럴 경우 이 자금이 이미 새로운 신정부로 귀속됐거나 혹은 이를 찾으러 내가 갔을 때 위험에 빠질 수 있을 것' 이라고 해서 결국 포기했다.

카다피 부자의 죽음

이런 와중에 2011년 10월 20일, 밤 12시가 넘었는데 A 박사가 갑자기 전화를 했다. 그 분은 '위대한 지도자와 우리의 보스가 모두 passed away, 세상을 떠났다' 며 오열했다. (그 분들이) 돌아가셨다는게 도대체 무슨 뜻이냐고 물었더니 반군의 총에 맞았다고 하면서 이런 것은 나라가 아니고 이런 건 인간이 할 일이 아니라고 소리 지르며 통곡했다. 비록 반군에 몸담고 있었지만 예전에 모셨던 보스에 대한 마음이 남아있었던 것이다. 그 전화를 받을 당시 전 세계 어느 언론도 이 소식을 타전하지 않은 상태였다. 나는 전화를 끊은 뒤 한숨도 잠을 이룰 수 없었다.

그래도 내 인생에서 가장 어려웠던 시기에 나를 인간적으로 가장 따뜻하게 맞아주셨던 카다피 지도자와 그 아드님이 비명에 세상을 떠났다는 사실이 너무 큰 충격이었기 때문이다. 그래서 이른 아침 등산복을 입고 배낭을 메고 충청남도 공주에 있는 갑사 말사인 신흥암으로 가 황진경 스님을 찾았다. 오랫동안 조계종 총무원장과 동국대 재단이사장을 역임하신 80대 노스님으로 나에 대한 신뢰가 돈독하신 분인데 나는 스님께 새벽에 삼배를 올리며 내막을 설명드린 뒤 '제가 가진 돈이 30만원 밖에 없어서 비록 종교는 다를지 모르지만 나를 아껴주셨던 (카다피) 부자를 위해 49제를 올려달라' 고 부탁드렸고 스님께선 흔쾌하게 그 분들의 이름을 써달라고 하셨다.

비록 지금 세인으로부터 악독한 독재자이며 극악무도한 사람으로 몰리고 있지만 그 분들을 직접 만나서 이야기도 나눠보고 직접 눈을 보며 느껴본 바 나는 그 분이 그렇게 일방적으로 매도만 할 분이었는가 하는 의문이 든다. 물론 그 분의 잘잘못도 있었겠지만 그 분이 떠난 지 수년이 지난 현재 리비아에서는 오히려 그 분이 있었을 때보다 더 어려운 처지와 혼란이 지속되고 있다. 수십 개 다민족 연합체인 리비아라는 국가를 이끌어오며 나름의 발전을 이뤘고, 한 때 아프리카의 지도자라는 평가를 받기도 한 그 분과 그 아드님에 대한 나의 소회는 남다르다. 그리고 그 분과 그 분 아드님께서 화석연료의 가치 하락을 대체할 새로운 국가동력이 바로 우리가 하고 있는 바이오 기술임을 이해하고 그 연구의 가치를 인정해주셨다는 점은 앞으로도 잊을 수 없는 부분이다.

과학자들의 신념과 공감이 중요하다.
(바이오 중국의 도약)

흔히 중국이라는 나라에 대해 덩치는 크지만 멘탈면에서 그 속을 알 수 없는 불확실한 파트너라는 인식이 적지 않다. 그러나 내가 겪어본 중국의 과학자들은 영미권과는 또 다른 장점이 있는데 그것은 의리를 소중히 여기는 마음이다. 내 인생 최대의 시련과 역경을 겪고 있을 때 그들은 나를 찾아와 아무것도 바라지 않는 진심 어린 격려와 용기를 줬다. 그 분들과의 오랜 우정이 밑거름이 되었는지 지난 2015년 초반 중국 대사께서는 한국을 찾는 중국의 중요 영도들께서 방문하시는 한국내 산업현장의 한 코스로 우리 연구소를 넣고 싶다는 의향을 밝히셨고, 이후 대사관의 사전모니터링과 실무협력을 거쳐 중국 정부 및 학계, 기업 등 주요 인사들의 방문이 이어지며 중국과의 공동연구 또는 합작사업 등의 가능성이 논의되곤 한다. 어쩌면 내가 서울대 석좌교수로 있던 지난날 이상으로 중국과의 실질적 협력관계가 이뤄지고 있는데 그 요인이 무언지 곰곰이 생각해볼 때 나는 '한번 친구면 영원한 친구'라는 대국인 특유의 기질을 빼놓고는 설명하기 힘들다는 생각이다.

진정한 우정은 어려울 때 빛이 난다.

줄기세포사태가 발발하기 이전 나의 학문적 동료들은 미국 위주였고 내가 잠시 연구생활을 했던 일본과 중국은 오히려 소수였다. 그러나 지난 2006년 내가 대학에서 쫓겨나고 나를 따라 나온 20명의 제자그룹들과 새로운 길을 모색하고 있을 때 베이징 유전체 연구소(BGI) 양환민 원장을 비롯하여 중국농업대학 이찬동 교수, 중국과학원 주치 교수 등 다섯 분의 대표적 중국 생명과학자들이 2박 3일간의 일정으로 서울을 방문하였다. 이분들은 인생 최대의 고난과 역경에 놓여있는 나와 우리 제자들에게 연이은 오찬과 만찬을 제공하면서, 자신들이 보고 판단한 나에 대한 평가와 소회를 언급하며 반드시 재기의 그날이 올 것이라는 격려를 이어갔다. 그 당시 미국을 중심으로 한 국내 과학계인사들은 나와의 인연과 관계가 부각될 경우 흙탕물이 튀길 것이 걱정스러웠는지 아예 멀리하는 게 당연한 세태였다. 나 역시 이를 아쉽게 여기거나 언짢아 한 적은 없다. 하지만 이 다섯분의 과학자들은 각자의 스케줄을 조정해서 내게 줄 격려금을 모았다며 한국을 찾아와 우리 연구원들에게 가슴 벅찬 기대와 격려의 자리를 마련해 주었다.

재미난 사실은 당시 나를 찾아 격려해주었던 다섯 분 중 세 분이 중국 과학원의 '원사'가 되었다는 사실이다. 중국내에서의 '원사' 대우는 우리나라의 최고과학자 대우보다 더 파격적이다. 그래서 그 분들께서는 자신의 학생들에게 '중국과학원 원사가 되기 위해서는 한국의 수암 연구원을 방문해야 된다'라는 농담이 오가기도 하였다. 이분들 중 특히 양환민 베이징 유전체 연구소 원장은 외국의 주요 언론들과 인터뷰 할 때마다 나를 적극 옹호하신다. 그 분께선 가끔 만나는 우리 연구소 주요 간부들에게 "나는 황우석의 학문적 경호실장이다. 만약 황 교수에게 칼이 들어온다면 몸을 던져 내가 그 칼을 맞을 것이다." 라는 말씀으로 더할 수 없는 감동을 주곤 하였다. 양 원장의 이같은 역할은 아마도 우리 연구소 간부들이 9개월 동안 급여 한 푼도 받지 못하는 재정적 극한 상황에서도 오히려 나를 위로하고 든든한 주인역할을 해온 바탕을 제공한 것이 아닐까 생각한다.

중국과학원의 주치 교수 역시 한국에서 줄기세포 연구의 '줄' 자도 꺼낼 수 없는 분위기에서 자신의 연구소에 나의 연구실을 마련하고 영어로 내 이름을 붙여놓고 언제든 이곳에 와서 당신의 뜻을 펼쳐보라고 격려하셨다. 그 때 그 말씀은 내가 갖은 어려움을 겪으면서도 편한 얼굴과 미래에 대한 강한 자신감을 유지해올 수 있는 언덕이 되지 않았나 생각한다. 이제 그분들의 황우석 일병구하기 10년이 지나고 있다. 이찬동 교수는 2년 후면 정년이 되어 대학을 떠난다면서 수암연구원과 중국과의 연결가교로서 중국학생들에게 현장과학의 참맛을 볼 수 있는 역할을 계속하고 싶다는 포부를 밝히고 있다. 중국의 국가줄기세포연구센터장인 노광수 교수로부터 초청이 있어 그곳을 방문하고 갖게 된 감탄은 한동안 지속될 것 같다.

중국 정부의 바이오산업에 대한 열정

20년 후 중국이 바이오에서 미국을 능가하더라도 놀랄 일은 아닐 것 같다. 15년 전 싱가포르 학회에서 어눌한 영어로 나에게 다가와 무언가 열심히 설명하려했던 노광수 교수는 중국의 국가줄기세포연구센터장을 맡고 계시며 현재 부센터장을 맡고있는 아드님과 함께 중국의 미래를 짊어질 희망과 약동의 연구중심에 서 있었다. 노 교수는 중국 정계의 주요 직책을 맡고있으며 중국의 줄기세포 연구분야 정책결정에 막강한 영향을 끼치고 있는 분이다. 노 교수 모자의 설명에 의하면 중국도 한동안 배아줄기세포영역과 복제배아줄기세포 연구에 있어 난자사용에 매우 심한 제약을 두었으나 시진핑 정부가 들어서고 지난해 하반기에 국가최고지도자에게 '배아줄기세포연구의 중요성과 특히 신선난자의 사용이 필수적임'을 보고하자 연구과정에서의 과도한 제약은 나라의 미래 발전을 위해 결코 바람직한 일이 아니라며 적어도 매매난자가 아닌 한 시험관수정과정에서 여분의 난자를 연구목적에 사용하는데 제약을 두어서는 아니 된다는 전향적 결정이 이루어졌다는 것이다.

나는 지금도 중국의 줄기세포 하드웨어와 인프라가 눈에 어른거린다. 세계 어디에서도 본 적이 없는 초현대적 시설과 우리로서는 도저히 따라할 수 없는 엄청난 규모의 줄기세포 연구센터 인프라. 거기에 시진핑 정부의 미래를 향한 강력한 국가지도력이 피부에 와 닿는다. 20년 후 중국은 명실상부한 바이오 과학기술 선도국가가 될 것 같다는 나의 신기는 허무맹랑한 점쟁이의 헛다리 잡기일까?

제2의 중동기적(독보적 원천기술이 밑천이다.)

2014년 겨울, 중동의 어느 나라로부터 강아지 복제의뢰가 들어왔다. 복제를 했더니 일종의 장애증상을 보이는 것이 아닌가. 잘못 복제한 것이 아닌지 찜찜했지만 그래도 다른 대안이 떠오르지 않아 의뢰인에게 있는 그대로 설명했더니 수일 후 의뢰인으로부터 연락이 왔는데 복제 강아지를 인수하러 22명의 인수단이 한국을 방문할 예정이라고 했다. 아니 무슨 복제견 한 마리 인수하기위해 인수단이 꾸려지고 그 수가 22명에 이른단 말인가? 알고보니 그 강아지의 주인은 중동 어느 부유한 왕국의 왕세자빈이셨고, 22명의 인수단은 우리 연구소를 찾아온 자리에서 일종의 장애증상을 보이는 강아지를 보여드리자 일제히 환성과 박수를 터뜨리셨다. 복제를 의뢰한 오리지널 강아지가 원래 그런 장애증상을 보였고 복제견의 보행 및 다리 모습이 마치 복사를 한 듯 흡사하다는 것이다.

신체의 유전적 결함까지 복사하듯 태어난다는 사실을 확인하며 놀랍다는 표정을 지으신 왕세자빈께서는 뜻밖의 제안을 하였는데,

자신이 임신 중인 넷째를 출산한 뒤 가장 빠른 시일 내에 자기 남편인 왕세자와 다시 수암연구원을 방문해 자기 나라와 함께할 수 있는 바이오 프로젝트에 대해 충분한 논의를 하고 싶다는 것이었다. 이후 올해 2월, 약속대로 왕세자 내외분과 참모들 27명이 우리 연구소를 방문하셨고 왕세자께서는 유창한 영어로 전문적인 질문을 해 와 우리 연구원들을 놀라게 하였으며 이후 크게 세 가지 방향의 프로젝트를 제안하셨다.

그 중 두 가지는 그 나라의 전통 동물과 멸종위기동물 복제이고, 나머지 한가지는 이 기술의 의학적 활용기반기술이다. 우리 연구원이 꼭 추진하고 싶은 분야였는데 바로 미토콘드리아변형 유전병의 극복 기술이었다. 모계유전질환 치료법으로 알려진 분야인데,

중동 어느 산유국 왕실에서

특히 중동 왕국은 왕족끼리의 근친혼이 많아서 미토콘드리아 유래 유전병이 다른 국가나 지역에 비해 유독 흔하다면서 만일 이를 극복할 기술을 실용화시킬 단계까지 가면 그것은 화석연료 이후의 국가성장동력 개발의 디딤돌이 될 것이라는 설명이었다.

왕세자와 합의한 공동연구사업 계약은 그 후 양측의 실무 검토 과정을 거쳐 최종 계약서로 체결되었으며, 왕궁 내 관련 실험실이 완비되는 데로 우리 연구팀이 파견될 예정이다. 우리는 이를 통해 "열사의 바이오 수출역군"으로서 예전 우리나라 산업화의 밑바탕을 일군 중동건설 수출을 잇는 제 2세대 중동머니가 유래될 수 있도록 최선을 다해보려 한다.

한일관계의 세 장면과
'우리 안의 적(敵)'

김병준

| 학력 |
- 델라웨어대학교 대학원 박사
- 한국외국어대학교 석사
- 영남대학교 졸업

| 경력 및 활동사항 |
- (현)국민대학교 교수
- (현)오래정책연구원 원장
- 공공경영연구원 이사장
- 대통령자문 정책기획위원회 위원장
- 제7대 교육인적자원부 장관, 부총리
- 대통령 정책실장
- 지방분권위원회 위원장
- 경제정의실천시민연합 지방자치위원회 위원장

| 저서 및 논문 |
- 99%를 위한 대통령은 없다(2012. 개마고원)
- 지방자치론(2011. 법문사)
- 광장에서 길을 묻다(2012. 동녘)

FORUM OH-RAE
Today & Tomorrow

한일관계의 세 장면과 '우리 안의 적(敵)'[1]

김병준
국민대 교수, 오래포럼 정책연구원장, 전 대통령 정책실장

들어가는 말

2005년 3월 일본의 시마네현(島根縣)은 '독도탈환'의 각오를 다지기 위해 매년 2월 22일을 '다케시마의 날(竹島の日)'로 정했다. 국내 여론은 바로 들끓었다. 일본을 규탄하는 반일 시위가 전국을

---

[1] 이 글은 포럼오래와 일본 정책연구대학원대학교가 2016년 6월 3일 일본 동경 정책대학원대학교 국제회의장에서 개최한 〈국가혁신과 동아시아의 발전〉 심포지움에서 한 기조발표를 다시 쓴 것이다. 다시 쓰는 과정에서 필자가 경제신문 〈이-투데이〉에 쓴 칼럼 "일본의 망언·망동과 동북아역사재단" "한일관계와 우리 안의 적"의 내용이 상당부분 인용되었음을 밝힌다.

휩쓸었다. 한국에서는 곧 바로 대책을 마련하기 위한 대통령 주재의 청와대 회의가 열렸다. 이 자리에서 노무현 당시 대통령은 일본의 비상식적인 행동에 상시적으로 대응할 수 있는 조직을 만들라고 지시했다. 그리고 그 조직의 이름을 〈동북아평화를 위한 바른 역사 정립기획단(약칭 바른 역사 기획단)〉으로 확정한 후, 당시 대통령 정책실장이었던 필자로 하여금 그 단장을 겸하도록 했다. 그로부터 1년 여 이 일, 즉 단장 일을 했다. 본직이 따로 있는 상황이었지만 나름대로 이 일을 챙겼다. 상황이 상황이었던 만큼 관심을 크게 가지지 않을 수 없었다. 그러는 과정에서 많이 놀라고 실망하고 분노했다. 일본에 대해서가 아니었다. 우리 자신의 모습에 대해서, 또 우리 정부가 해 온 일에 대해서 그랬다.

이 글은 그 때 듣고 느끼고, 또 행했던 일의 일부에 대한 기록이다. 개인적 기록이지만 공적인 성격을 지닐 수도 있다. 놀라고 실망하고 분노하고 했지만, 또 아직도 그 때의 그 마음이 살아있지만 감정적이고 정서적인 표현은 최대한 자제하고자 한다. 차분히 전하고 기록한다는 마음으로 적어 나가기로 한다. 느낌은 독자의 몫이다.

장면 하나 : 배타적 경제수역의 기점

일본은 독도 기점, 한국은 울릉도 기점

　1982년 12월 채택되어 1994년 12월에 발효된 유엔의 신해양법, 즉 UN 해양법협약(the UN Convention on the Law of the Sea)은 배타적 경제수역(exclusive economic zone)을 규정하고 있다. 즉 각국은 자국 연안으로부터 200해리(약 370㎞)까지의 수역 내에 있는 모든 해양자원을 조사 탐사 개발 보존할 수 있는 배타적 권리를 가지도록 하고 있다. 일정 수역 안의 해양자원에 대한 배타적인 권리를 인정받을 수 있다는 점에서, 또 그 경계가 연안으로부터 370㎞에 이른다는 점에서(서울-부산 직선거리 약 325㎞) 이 배타적 경제수역은 대단히 중요한 의미를 지닌다. 해양개발 기술이 발달하면 할수록 더욱 그러하다.

　자연히 각국은 보다 넓은 배타적 경제수역을 가지기 위해 노력한다. 일례로 일본은 만조 때나 되어야 면적 10㎡ 정도의 바위 2개가 물 위로 떠오르는 산호초를 콘크리트 인공섬으로 만들었다. 동경으로부터 남쪽으로 1740㎞ 떨어진 지점에 있는 오키노토리시마(沖ノ鳥島)가 그것이다. 배타적 경제수역의 기점이 될 수 없는 산호초를 섬으로 만든 뒤, 이를 인정하라고 국제사회에 요구하고 있는 것이다. 중국도 마찬가지, 남중국해의 난사군도(南沙群島)에 있는 암초와 산호초를 인공 섬으로 만들면서 필리핀 베트남 등과 마

찰을 빚고 있다. 군사적인 이유도 있겠지만 이 역시 배타적 경제수역의 문제와 무관하지 않다. 또 우리나라와도 배타적 경제수역의 기점이 될 수 없는 퉁다오(童島)를 기준으로 삼아야 한다고 해서 마찰이 일어나고 있다. 배타적 경제수역이 어떻게 설정되느냐에 따라 이어도와 그 주변수역에 대한 권한의 소재가 달라지기 때문이다. 이렇게 중요한 배타적 경제수역 문제에 있어 일본은 그 서쪽 기점을 어디로 정하고 있을까? 우리 국민의 상식으로 그 서쪽 끝 섬인 오키섬으로 해야 한다. 하지만 그렇지 않다. 독도를 그 기점으로 선언하고 있다, 그들 말로는 '다케시마(竹島)'이다. 1996년 5월, 신해양법이 발효된 지 1년 반이 채 안 되어서부터 그래왔다.

우리는 어떨까? 어디를 기점으로 선언해야 할까? 일본이 독도를 기점으로 하는 것처럼 하자면 우리도 일본의 오키섬(隱岐島) 쯤으로 해야 한다. 하지만 그렇게는 할 수 없는 일이다. 우리 영토의 끝, 독도로 하는 것이 상식적이다. 하지만 한동안 그렇게 하지 않았다. 일본이 독도를 일본의 서쪽 기점으로 선언한 다음 해인 1997년, 김영삼정부(외교부)는 울릉도를 우리의 동쪽 기점으로 삼았다. 그리고 한일 양국의 배타적 경제수역의 경계를 독도와 오키섬 중간이 아닌, 울릉도와 오키섬의 중간으로 할 것을 일본에 제안했다. 우리 스스로 독도 기점을 포기한 것이다.

이것이 독도 기점 포기의 이유?

이 글을 읽는 독자들에게 묻고 싶다. 이것이 이해가 되는가? 용납이 되는가? 독도를 스스로 포기하다니. 도대체 왜 이런 결정을 내렸을까? 독도문제에 평생을 바친 신용하 전 서울대학교 교수는 어느 해양법 전문가의 말을 들어 그렇게 했다고 한다. 누구인지 짐작은 가지만 신교수가 그 이름을 밝히지 않으니 이 글에서도 그 이름은 적시하지 않기로 한다. 그 전문가가 뭐라고 조언을 했을까? 신용하 교수의 말이다. 첫째, 독도는 사람이 살지 않는 무인 암석이기 때문에 배타적 경제수역의 기점이 될 수 없다고 했다는 것이다. 그리고 둘째, 울릉도를 기점으로 해도, 그래서 배타적 경제수역의 경계를 울릉도와 오끼섬의 중간으로 해도 독도는 어차피 우리의 배타적 경제수역 안에 들어오니 아무 문제가 없다고 했다는 것이다.(신용하, "독도 기점 포기하면 독도 빼앗긴다." 동아일보 시론, 2006. 5. 2). 기가 막힌다. 이 조언이 성립하려면 최소한 한가지 조건이 충족되어야 한다. 일본이 독도 기점을 택하지 않아야 한다. 그리고 오키섬을 일본의 기점으로 삼아야 한다. 하지만 일본은 그러지 않았다. 예나 지금이나 미동도 하지 않은 채 독도를 기점으로 선언하고 있다. 우리만 우리 스스로 독도 기점을 포기한 것이다.

우리 정부(외교부)의 이러한 입장은 1998년 김대중 정부가 일본과 맺은 신한일어업협정으로 그대로 이어졌다. 즉 독도는 사람이 사는 섬이 아닌 암(岩), 즉 배타적 경제수역의 기점이 될 수 없는 암석으로 규정했다. 그리고는 한일 양국이 공동으로 관리하는 '중간수역' 안에 집어넣고 있다(그림).

〈그림〉 한국과 일본이 주장하는 배타적 경제수역과 '중간수역'

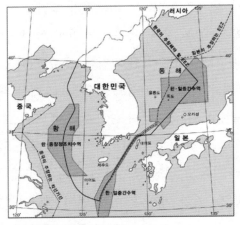

자료: 조선일보(2010. 11. 30).

배타적 경제수역의 기점이 아니라고 해서 우리 땅이 아니라는 말은 아니다. 암석이 되어 기점은 될 수 없지만 땅은 여전히 우리 암석일 수 있다. 그러나 일본이 독도를 일본의 배타적 경제수역의 기점이라 하는 상황에, 우리는 오히려 울릉도를 기점으로 하는 상황을 다른 많은 나라들이 어떻게 받아들였을까? 일본은 죽어도 독도인데, 왜 한국은 왔다 갔다 하느냐고 하지 않겠나? 신용하 교수는 외교부가 그 전문가의 말을 받아 들였다고 한다. 과연 그럴까? 외교부가 오히려 그렇게 말해 줄 전문가를 찾은 것은 아닐까? 독도가 암석이 아니라 사람이 사는 섬이라는 해양법 학자들도 많은데 왜 하필이면 섬이 아닌 암석이라고 주장하는 학자를 찾아서 조언을 들어야 했을까? 일본도 이를 섬으로 보고 배타적 일본 경제수역의 기점으로 잡고 있는데 말이다. 의문과 의혹은 꼬리에 꼬리를 문다. 우리가 울릉도를 기점으로 잡는 날, 일본 관계기관의 분위기가 잔칫집 같았다는 말에 가슴은 더욱 미어진다. 이 일은 노무현정부 시절인 2006년, 뒤에 이야기 할 해저지명 문제를 겪은 이후 달라졌다. 우리정부가 일본 동경에서 열린 배타적 경제수역 협상에서 독도를 우리의 배타적 경제수역 기점으로 선언한 것이다. 그렇게 하기까지 일어난 속 이야기들이 있지만 이는 적지 않기로 한다. 아무튼 독도 기점을 포기한 지 9년이 지난 뒤의 일이었다.

장면 둘 : 해저 지명 문제

20여 년의 방관과 방치

육지에 산과 강이 있듯이 해저에도 산인 해산(海山) 강인 간극(間隙)이 있다. 분지도 있고 절벽도 있고 언덕인 퇴(堆)도 있다. 이러한 해저 지형에 자국의 언어로 이름을 붙이는 것은 대단히 중요하다. 그 나라의 국제적 위상을 말해 줄 뿐 아니라 영토분쟁이나 배타적 경제수역 획정에도 큰 영향을 미치기 때문이다. 해저 지명은 국제수로기구(International Hydro-graphic Organization IHO)의 해저지명소위원회(Sub-Committee on Undersea Feature Names)에 등재되는 데, 일본은 1970년대 말부터 이를 위한 해양탐사를 시작했으며, 이를 토대로 일본어 해저 지명을 등록해 왔다. 이에 비해 우리나라는 1990년대 후반이 되어서야 해저 지명 등록을 위한 해양탐사를 시작했다. 지명등록 관련 기구가 만들어진 것은 더욱 늦어, 2002년이 되어서야 해양수산부 안에 해저지명위원회를 두게 되었다. 당시 일본은 이미 250개가 넘는 일본어 지명을 등록하고 있었다. 늦었지만 그나마 다행이었다. 하지만 한 가지 고약한 일이 있었다. 우리가 이 문제에 눈을 떴을 때 일본은 이미 우리의 배타적 경제수역에 속해 있는 해저지명을 일본어로 등록해 놓고 있었다는 사실이다. 즉 우리가 울릉분지라 부르는 울릉도 아래의 해분(海盆)을 쓰시마분지(對馬盆地)로, 또 이사부해산(異斯夫海山)이라 부르는 독도 옆의 해산을 순요퇴(俊鷹堆)로 등록하고 있었다. 기가 막힌 일이었다. 20여 년 이상 남의 나라가 우리의 배타적 경제수역 안에 있는 해분과 해산에 자기네 말로 이름을 붙이는 것을 보고만 있었다는 이야기이다. 이 문제에 관한 한 정부가 없었던 셈이다. 다시 독자들에게 묻고 싶다. 이 일을 어떻게 생각하나?

끝까지 조용한 외교?

어떻게 할 것인가. 늦었지만 문제를 바로 잡는 수밖에 없었다. 그래서 2006년 17개의 해저 지명을 확정한 뒤, 그 해 6월 독일에서 열리는 국제수로기구 해저지명소위원회에 이를 등록하겠다고 나서게 된다. 매우 조심스러운 접근이었다. 해저지명소위원회 위원은 모두 11명, 만장일치로 결정하는 것을 원칙으로 하고 있었다 ("should strive to decide by consensus). 그런데 그 중에는 일본인 위원 1명이 포함되어 있었다. 일본의 이익에 반하는 결정이 이루어질 수 없는 상황이었다. 따라서 우리 정부는 한국인 위원이 선임될 수 있도록 노력을 함과 동시에 우선은 일본이 반대하지 않는 지명부터 먼저 등록한다는 계획을 세우기로 했다. 그러나 이 조심스러운 접근에도 일본은 민감하게 반응했다. 우리정부가 해저 지명 등록을 추진하자 일본은 곧 바로 독도주변 지역의 수로를 탐사하겠다고 나섰다. 해양자원 개발이나 해저지명 관련 탐사활동을 함으로써 독도가 한국 영토가 아니라 일본 영토라는 사실을, 또 그 주변지역이 한국의 배타적 경제수역이 아닌 일본의 배타적 경제수역이라는 사실을 분명히 하겠다는 의도였다. 실제로 그 해 4월14일 일본은 독도주변 수로탐사 계획을 국제수로기구에 통보했다. 그리고 며칠 뒤인 4월 18일 해상보안청 소속 측량선 두 척이 동경을 출발하여 그 다음 날인 19일 오전 돗도리현(鳥取縣) 사카이항(境港)에 들어왔다. 당시 기상상황이 매우 좋지 않았는데 여기에 머물다

기상상황이 좋아지면 곧바로 독도로 출발한다는 계획이었다.

　일본의 수로탐사 계획을 접한 우리정부는 분주하게 움직였다. 유명환 외교부 제1차관은 주한 일본대사를 불러 항의했고, 라종일 주일 한국대사는 일본 외무성의 야치 쇼타로(谷內正太郞) 사무차관을 면담했다. 대통령이 주재하는 관계장관회의를 비롯해 크고 작은 회의들이 연이어 열렸는가 하면, 국회는 일본이 수로탐사를 그만 둘 것을 촉구하는 결의안을 채택했다. 하지만 일본의 태도에는 변화가 없었고, 그런 상황 속에서 최고의사결정권자인 대통령이 결단을 내렸다. 대통령 관저에서, 필자를 포함한 핵심관계자 소수가 참여한 비공식 회의에서였다. "당파(撞破)하라." 일본의 측량선이 한국의 배타적 경제수역에 들어 와 활동하면 이를 들이받으라는 뜻이었다. 당연히 침몰시켜도 좋다는 뜻이 들어있었다. 참석자 중 한 사람이 "다시 생각해 달라" 진언을 했다. 분쟁이 일어날 경우 오히려 일본을 이롭게 할 수 있다고 했다. 또 그러한 분쟁을 유도해 독도문제를 국제적 의제로 만들자는 것이 일본의 의도라고도 했다. 오랫동안 대일 외교의 기조가 되어 온 소위 '조용한 외교론,' 즉 한국이 독도를 실효적으로 지배하고 있는 상황에 굳이 문제를 키울 필요가 없다는 입장이었다. 대통령이 단호하게 다시 말했다. "더 이상 '조용한 외교'를 말하지 마라. 일본의 측량선이 들어온다는데도 조용한 외교냐? 대통령의 통치권 행사다. 무슨 일이 일어나도 좋다. 당파하라." 하지만 예의 그 참석자는 뜻을 굽히지 않았다. 몇 차례 계속 대통령에게 '조용한 외교'를 설파했다. 대통령이 다시 말했다. "배가 들어오고 있다. 당신들이 부른 것이나 마찬가지다. 비켜서라(김병준, "한일관계와 우리 안의 적" 이 투데이 칼럼. 2015. 8. 18). 이후 한국의 해양경찰은 비상경계 태세에 들어갔다. 5천톤급 경비함 1척과 500톤급 이상 중대형 경비정 18척을 독도 주변에 배치했다. 당시의 상황이 어떠했는지 이 일에 참여했던 한 해경간부는 다음과 같이 말한다. "18개 함장을 모아놓고 8개 조로 나눴다. 그리고 지시했다. 명령을 하면 그대로 받아버려라."

일촉즉발의 이 위기는 다행히 외교라인이 작동하면서 수습되기 시작했다. 4월21일 야치 쇼타로(谷內正太郎) 일본 차관이 한국을 방문하여 유명환 제1차관과 회동했다. 그는 한국이 해저 지명 등록 방침을 바꾸지 않는 한 수로탐사를 할 수밖에 없다고 했고, 유명환 차관은 해저 지명은 반드시 등재되어야 한다고 했다. 그렇게 팽팽히 맞서다 그 다음날 극적인 타결을 보았다. 일본은 수로탐사를 중단하고, 한국역시 해저 지명 등재를 가까운 시일 뒤로 미룬다는 것이었다. 그리고 또 하나, 되도록 빨리 배타적 경제수역을 확정하기 위한 양국 간 회의를 연다는 내용이었다. 그 다음해인 2007년 한국은 해저 지명을 국제수로기구에 등록했다. 하지만 처음 계획했던 14개가 아니라 10개만 등록했다. 이사부 해산과 울릉분지 등 양국이 서로 자국의 배타적 경제수역 안에 있다고 주장하는 지명 4개는 일본의 반대로 등록하지 못했다. 또 다른 분쟁의 씨앗으로 남아 있게 된 셈이다. 당시 대통령이 '조용한 외교' 주장을 따랐다면 어떻게 되었을까? 또 그 인사가 말한 조용한 외교의 내용은 과연 무엇이었을까? 분쟁을 일으키는 것이 목적인 일본의 전략에 말려들어가지 않는 것인가? 그래서 측량선이 들어오는 것을 보고도 그냥 있는 것인가?

장면 셋 : 동북아역사재단

'반일을 짊어진 조직'

앞에서 말한 것처럼 시마네현이 '다케시마의 날'을 제정한 이후 〈동북아평화를 위한 바른 역사 정립기획단(약칭 바른 역사 기획단)〉이 만들어졌다. 조직의 성격은 분명했다. 시민사회와 함께 일본의 독도 영유권 주장과 역사왜곡과 싸우기 위한 조직이었다. 사실 일본의 독도영유권 주장과 역사왜곡은 매우 조직적이고 전략적이다. 이에 비해 우리의 대응은 늘 감정적이고 단절적이다. 일본에서 독도관련 망언이나 야스쿠니 신사 방문 등이 있으면 그때마다 크게 분노하지만, 이것이 조직적이고 연속적인 활동으로 이어지지 못한다. 또 활동주체들의 재정적 역량이나 조직적 역량도 높지 않을 뿐만 아니라 이들 간의 연계 또한 잘 이루어지지 않고 있다. 이러한 문제들을 바로잡고 보완해서 보다 조직적이고 전략적인 활동을 할 수 있게 하자는 것이 이 바른역사기획단 설립의 취지였다. 산케이 신문의 구로다 한국지국장은 이를 다음과 같이 소개했다 (産經新聞, 2006. 4. 5.)

한국 정부는 근간 일본과의 교과서 문제나 영토 문제 등에 대응하기 위해 대통령 직속 기관으로서 〈동북아시아 평화를 위한 올바른 역사 정립 기획단〉을 발족시킨다. 역사에 관련하여 일본과의 본격적인 외교전에 준비한 종합적이고 장기적으로 대처한 프로젝트 팀으로, 노무현 정권의 '반일 노선'을 짊어지는 조직으로서 주목받는다… (중략) 바른역사기획단」(약칭)은 노 대통령의 측근인 김병준 대통령 정책실장을 단장, 외교통상부의 조중표 재외 국민 영사 담당대사(전 주일 공사)를 부단장으로, 역사대응팀, 독도대응팀, 법률팀 등 5개 반을 둔다. 기획단에는 국제사회로부터 '일본해'나 '다케시마'의 명칭을 사용하지 못하게 하는 활동을 하는 국제표기·명칭 담당 대사도 포함되어 있다. 국제무대에서 '반일 운동'도 추진할 것으로 보인다.

'반일을 짊어진 조직', 다소 거친 표현이지만 과히 틀린 말은 아니다. 바로 그런 뜻에서 출발을 했다고 할 수 있다. 다른 기사를 통해서는 '관민합동의 반일조직'이라 하기도 했다. 이 역시 거칠기는 하지만 과히 틀린 말은 아니다. 시민사회를 지원하고, 또 함께 싸워 나간다는 것을 분명히했다. 단장을 지낸 사람으로서 할 말은 아니겠지만 나름대로 적지 않은 일을 했다. 2006년 배타적 경제수역의 기점을 독도로 선언하게 하는 데에 기여했으며 뒤에 언급될 노무현대통령의 명연설, '독도는 우리 땅입니다'를 있게 하는 데에도 자료를 제공했다. 그리고 그 무엇보다도 일본의 독도영유권 주장이나 역사교과서 왜곡문제 등과 힘들게 싸우고 있는 시민사회단체들과 함께하기 위한 작업을 열심히 했다. 그러면서 이들을 체계적 지속적으로 지원할 영구조직으로서 동북아역사재단을 만들어 바른역사기획단 그 자체를 대체하게 했다. 동북아역사재단은 지금도 그 이름 그대로 존재하고 있다.

사라진 목표

그런데 이런 일을 하는 과정에서 이해하기 힘든 일들이 일어나곤 했다. 동북아역사재단의 역할을 축소하거나 그 방향을 바꾸기 위한 시도들이 수시로 있었다. 특히 인사문제와 관련해서는 조직의 목표와 맞지 않는 인물들이 추천되곤 했다. 그때마다 바로잡기도 하고 물리치기도 했다. 명확히 잡히지는 않지만 일의 순조로운 흐름을 방해하는 어떤 힘이 분명히 작용하고 있는 것 같았다.(김병준, "일본의 망언·망동과 동북아역사재단", 이투데이 칼럼. 2013. 5. 28) 2006년 5월 대통령 정책실장을 그만두면서 단장 일도 그만두었다. 그리고 그 이후, 그 불안했던 '느낌'이 현실로 나타났다. 재단이 만들어지기는 했으나 애초에 만들고자 하던 그 모습이 아니었다. 이를테면 예산은 크게 줄어들었고 이사장은 애초의 목적과 거리가 있는 인사가 선임되었다. 몇 해 전 일본 아베수상의 망언이 계속되는 상황 속에서 이 재단이 무엇을 하는지 궁금해졌다. 그렇게 시끄러운 와중에서도 그 존재가 전혀 느껴지지 않았기 때문이었다. 홈페이지를 들어가 봤다. 놀라웠다. 예산은 초기 예산의 몇 분의 1 수준에 불과했고, 기관의 설립목적도 아예 연구중심으로 되어 있었다. '관민합동의 반일조직'의 이미지는 어디에도 없었다. 어디서 오는 어떠한 힘이 이 모든 것을 이렇게 만들고 있을까? 그 힘을 향해 외치고 싶었다. "졌다. 그래 졌다."

미래를 향한 꿈과 '우리 안의 적'

무너지는 꿈

그 누구도 한일관계가 악화되기를 원하지 않는다. 싸우고 다투고 대립하는 것이 목적일 수 없기 때문이다. 집권 후반기에 들어서

일본정부와 상당히 불편한 관계를 가졌던 노무현 대통령의 경우만
해도 그렇다. 꿈은 언제나 평화와 공동번영의 동북아였다. 그의
2005년 3.1절 기념사 일부를 보자.

> 한일 두 나라는 동북아시아의 미래를 함께 열어가야 할
> 공동운명체입니다. 서로 협력해서 평화정착과 공동번영
> 의 길로 나아가지 않고서는 국민들의 안전과 행복을 보
> 장할 수 없는 조건 위에 서 있습니다… (중략) 저는 그동
> 안의 양국관계 진전을 존중해서 과거사 문제를 외교적
> 쟁점으로 삼지 않겠다고 공언한 바 있습니다. 그리고 이
> 생각은 지금도 변함 없습니다. 과거사 문제가 제기될 때
> 마다 교류와 협력의 관계가 다시 멈추고 양국 간 갈등이
> 고조되는 것이 미래를 위해서 도움이 되지 않는다고 생
> 각했기 때문입니다.

실제로 그는 2004년 7월 제주도에서 열린 고이즈미 총리와의 정
상회담에서 "내 임기 중에 (일본과의) 과거사 문제를 쟁점화시키
지 않을 것"이라 말했다. 한국국민들의 민족감정을 건드리는 발언
이었다. 하지만 그는 분명히 그렇게 말했다. 일본사람들 듣기 좋으
라고 한 말도 아니었고 실수로 한 말도 아니었다. 분명한 의지를
가지고 그렇게 말했다. 이러했던 그가 2006년 4월, 해저 지명을 둘

러싼 갈등이 있은 직후 한국 사람들의 가슴에 영원히 뜨겁게 남을, 하지만 일본인들에게는 심히 불편할 수 있는 연설을 했다. 얼마나 변했는지 그 연설의 일부를 보자.

지금 일본이 독도에 대한 권리를 주장하는 것은… 한국의 완전한 해방과 독립을 부정하는 행위입니다. 또한 과거 일본이 저지른 침략전쟁과 학살, 40년간에 걸친 수탈과 고문 · 투옥, 강제징용, 심지어 위안부까지 동원했던 그 범죄의 역사에 대한 정당성을 주장하는 행위입니다. 우리는 결코 이를 용납할 수 없습니다… 이제 정부는 독도문제에 대한 대응방침을 전면 재검토하겠습니다. 독도문제를 일본의 역사교과서 왜곡, 야스쿠니신사 참배 문제와 더불어 한일 양국의 과거사 청산과 역사인식, 자주독립의 역사와 주권 수호 차원에서 정면으로 다루어 나가겠습니다… 어떤 비용과 희생이 따르더라도 결코 포기하거나 타협할 수 없는 문제이기 때문입니다.

노무현 대통령뿐만이 아니다. 많은 국민이 일본에 대해 상반된 감정을 가지고 있다. 잘 지내야 한다는 생각과 함께 미움과 분노의 감정도 있다. 가까이 다가가다가 돌아서고, 다시 가까이 가다 또 다시 돌아서곤 한다. 서로의 음악과 춤을 즐기고 개인적으로는 서로 스스럼없이 잘 지내면서도 집합적으로 서로를 미워하곤 한다. 이루어질 것 같은 협력과 화해의 꿈이 수시로 무너지고 있는 것이다.

무엇이 문제인가

노무현 대통령이 일본정부에 대한 태도를 바꾼 후 일본의 고위 외교관 한 사람을 사적인 자리에서 만났다. 그가 말했다. "노무현 대통령을 이해할 수가 없다. 집권 초기에는 일본과 얽혀있는 과거사 문제를 쟁점화하지 않겠다고 말했다. 그런데 집권 중반에 들면서 일본을 향한 발언과 조치들이 점점 강해지고 있다." 그리고는 여러 가지를 조심스럽게 물었다. 그 중에는 한국 내의 정치적 상황, 즉 대통령의 좁아진 정치적 입지나 낮은 지지율과 관계있는 것 아니냐는 취지의 질문도 있었다. 지금도 그러하지만 한국에서는 일본과 대립각을 세우기만 하면 지지도가 올라가는 경향이 있었다. 그렇게 묻는 것도 무리가 아니었다. 그에게 대답했다. 먼저, 노무현 대통령의 입장이 바뀌었나? 그렇다고 했다. 그가 그 이유를 물었다. 그래서 이렇게 대답했다. "그가 그렇게 하겠다는 것은 일본의 지도자들도 그렇게 해 달라는 뜻이 들어 있었다. 이를 테면 영토문제와 과거사 문제는 당분간 이를 연구하는 학자와 시민사회에 맡기고, 양국의 지도자들은 오로지 공동의 번영과 평화를 위해 노력하자는 것이었다. 그런데 일본의 지도자들은 그렇게 하지 않았다." 그랬다. 일본의 지도자들은 오히려 한국 국민을 더욱 자극

하는 행동을 했다. 정치지도자들의 야스쿠니 신사참배가 이어졌고, 역사왜곡 문제와 위안부 문제 등과 관련하여 한국국민이 용납할 수 없는 발언들을 쏟아 놓았다. 앞서도 언급하였지만 시마네현(島根縣)은 중앙정부의 방조 아래 '다케시마의 날(竹島の日)'을 제정하기도 했다. 한국 대통령으로 더 이상 어쩔 수 없는 상황이 되어 버린 것이다.그러면 일본의 지도자들은 왜 이런 일을 할까? 여러 가지 이유가 있을 수 있다. 신념의 문제일 수도 있고, 대중을 선동할 필요가 있을 수도 있다. 그러나 그 중요한 원인 내지는 배경 중의 하나가 '우리 안의 적'이다. 우리 스스로 일본이나 그 지도자들로 하여금 우리 국민과 국가를 가볍게 보게 만든다는 말이다.

앞서 소개한 세 장면을 보자. 배타적 경제수역의 기점을 스스로 울릉도로 하는 정부, 또 독도를 스스로 암석이라 규정하며 배타적 경제수역의 기점이 될 수 없다고 선언하는 정부, 이런 정부를 무겁게 여기겠는가? 또 그 국민을 제대로 된 국민으로 보겠는가? 또 배타적 경제수역 안의 해저를 남의 나라가 탐사를 해도, 또 해분과 해산에 그 나라 이름을 붙여 국제수로기구에 등록을 해도, 20년이 넘도록 말이 없는 정부를 또 어떻게 인식하겠나? 배타적 경제수역 안의 해저를 탐사하겠다고 배를 보내도 분쟁을 일으키면 안 되는, 그냥 두어야 한다는 사람들이 장관도 하고 차관도 하는 정부는 또 어떤가. 동북아역사재단 문제도 마찬가지이다. 시민사회조직과 함께 싸워나갈 재단을 만들어 놓고는 며칠 가지도 않아 스스로 그 기능을 죽이는 국가를 어떻게 보겠나? 또 그 결과 수시로 세상이 떠나갈 듯 반일을 외치다가, 며칠이 지나면 이 소리 저 소리 다 가라앉아 버리는 나라를 어떻게 보겠나? 일본이 아닌 우리 안의 적이 우리를 가볍게 보게 만들고, 그리하여 일본과 일본 지도자들이 우리 국민을 자극하는 일을 어렵지 않게 하는 데에 일조하고 있다. 그 결과 한일관계 또한 풀기 어려운 상황이 되어간다.

맺는 말

일본이 문제이기 이전에 우리 스스로가 더 문제다. 우리 안의 적이 누구인지, 또 무엇이 적인지 적시하기는 어렵다. 스스로의 사고와 마음 속에 그 '적'의 요소가 들어 있는지를 모르는 사람도 적지 않을 것이다. 그러나 두 가지 분명한 사실이 있다. 하나는 일본의 우리에 대한 접근은 치밀하고 조직적이고 전략적이다. 감정적이고 단절적인 우리의 대일 접근과 다르다. 그리고 또 하나, 이러한 접근에 의해 우리 안에 적이 길러지고 있다는 사실이다. 친일 네트워크가 그 적일 수 있고, 일본과의 갈등은 무조건 피해야 한다는 '조용한 외교론'이나 한·미·일 동맹체제에 대한 과도한 의존논리 등이 모두 그럴 수 있다. 내부의 적은 생각보다 강하다. 대통령을 비

롯한 집권세력의 힘이 약해질 때 쉽게 그 속을 파고든다. 역사관이
나 새로운 질서에 대한 비전이 약한 정권이나 지도자는 쉽게 무너
진다. 그런 점에서 동북아에 대한 올바른 비전을 제시하지 못하고
있는 정치권이나 그 지도자들을 크게 걱정한다.

　가야 할 길은 명확하다. 화해와 협력, 그리고 동북아 공동체이
다. 세계 대부분의 지역이 지역단위의 협력을 강화하고 있다. 유럽
연합만 해도 그렇다. 영국이 유럽연합을 탈퇴하는 브렉시트
(Brexit)로 다소 흔들리는 모습을 보이고 있으나 그렇게 쉽게 손상
되지 않을 것이다. 영국부터 브렉시트를 단행한다 해도 이민자 문
제 등 일부를 제외하고는 다시 회원국 시절과 같은 수준의 관계를
정립해 나갈 가능성이 크다. 글로벌화가 심화되는 상황에 있어 한
국가가 홀로 선다는 것이 거의 불가능하기 때문이다. 화해와 협력,
그리고 공동체는 그 주체들이 바르게 설 때 가능하다. 스스로의 이
해관계와 역사문제, 그리고 신념을 제대로 챙기지 못하는 주체들
은 화해와 협력을 이루어나갈 수 없다. 제 것을 분명히 챙기는 상
인들 간의 거래가 그렇지 못한 상인들 간의 거래보다 더 쉽고 오래
갈 수 있는 것과 같은 이치이다. 이런 점에서 우리는 '우리 안의
적', '내 안의 적'을 더욱 경계해야 한다.

법의 지배와 시장경제, 그리고 국가경영

정규재

| 학력 |
- 고려대 철학과 졸
- 고려대 경영대학원 재무학 석사

| 경력 및 활동사항 |
- 한경 기자-한경 경제부장
- 경제담당 에디터
- 이명박 대통령/ 박근혜 대통령 국민경제자문회의 위원(현)
- 현재 한국경제신문 논설실장겸 주필

| 저서 및 논문 |
- 실록 외환대란(1998, 한국경제신문사)
- 대우패망비사(2002, 한국경제신문사)
- 기업최후의 전쟁 M&A(1997, 한국경제신문사)
- 세상의 거짓말에 웃으면서 답한다 등(2015, 베가북스)

FORUM OH-RAE
Today & Tomorrow

법의 지배와 시장경제, 그리고 국가경영

정규재
한국경제신문 주필

법만능주의의 폐해와 의원 입법의 한계

법이 너무 많이 만들어지고 있다. 국회는 컨베이어 벨트가 설치된 공장의 일과처럼 법을 찍어내고 쏟아낸다. 대부분의 법은 개인의 권리를 제한하고 개인간 거래에 국가의 개입을 요구하며, 국민을 전과자로 만들고 있다. 사법의 공법화이며, 사적 영역에 대한 국가의 개입이다. 개인의 자유권을 침해하면서, 결국에는 자유로운 상거래 질서를 무너뜨리고, 인간의 삶을 피폐하게 만드는 법들이다. 이런 법체계는 필시 사회주의적 성향을 갖게 된다.

분노와 질투가 곧바로 법이 되고, 사적 복수심이 곧바로 법이 되는 포퓰리즘 입법이 유행병처럼 번지고 있다. 이는 사실상의 전염병이다. 우리가 국가에 폭력을 독점시키고 형벌권을 독점시키는 것은 개개인이 갖는 증오와 분노를 국가의 이성적 절차만이 조용히 누그러뜨릴 수 있다는 믿음 때문이다. 그것이 법 정신이며 국가가 법의 집행을 독점하는 이유다. 그런데 입법과정에 대한 인민주의적, 대중주의적, 포퓰리즘적 압력이 가세하면서 그 믿음이 무너지고 있는 것이다.

경제민주화 입법들은 모든 국민들이 자신의 불리한 경제상 지위를 개선하기 위해 정부와 국가를 끌어들이려는 유혹을 자극하고 있다. 인간은 누구나 자신이 가진 자원을 모두 동원해서 각자의 시장거래에 나선다. 모든 자는 다른 모든 자에 대해 다양한 거래관계의 체인, 혹은 계약의 그물망 위에서 동시에 약자이거나 강자이다. 그러나 바로 다음 순간이면 누군가의 약한 지위가 강화되고, 누군가의 강한 지위가 약화되는 그런 복잡계적 과정이 무한히 반복된다. 이런 순환과정은 자유로운 거래와 관계가 가능할 때에만 보장된다. 자유시장경제 아닌 그 어떤 체제도 이런 자유로운 순환을 방해한다. 그것은 우리가 역사 속에서 목도해온 그대로다. 그런 순환은 때로 세대에 걸쳐 일어난다고 할 정도로 긴 시간을 두고 무한히 반복된다.

사회는 신뢰를 근거로 선진적인 시장경제의 질서를 만들어 간다. 그러나 신뢰야말로 이런 무한의 반복적 거래 속에서 서서히 형성되는 것이다. 그것이 축적되어야만 비로소 신뢰라는 사회적 가치를 우리 속에서 발견하게 된다. 그러나 섣부른 국가 개입은 '지식의 부족'에 의한 부당한 개입을 부르거나 그렇지 않을 경우 지연 학연 혈연 정치적 친소관계에 따른 부당한 개입을 부를 뿐 그 어떤 자생적 신뢰를 축적할 수 없다. 심지어 단순한 1건의 사건에 대한 재판이라고 하더라도 판사들은 종종 사건의 진면목 즉, 정확한 사실 혹은 진실 그리고 그것에 대해 판단할 온전한 지식에 도달할 수 없다. 하물며 복잡하게 얽혀 있는 복잡계적 사건에 대해 국가가 적절한 지식에 도달하는 것은 불가능하다.

　아니 국가의 개입은 서서히 더욱 강한 국가의 개입을 반복적으로 그리고 나선적으로 초래한다. 결국 시장경제가 말하는 정당한 분배는 물론 사회가 장기적으로 도달하고자 하는 적절한 정의에 단 한걸음도 가까이 다가설 수 없게 된다. 우리가 동반성장을 말하거나 경제민주화를 강조하는 순간마다 그것이 실은 동반성장을 훼손하며 정의로운 시장질서를 무너뜨리고 있다는 사실을 우리는 잘 깨닫지 못한다. 보이지 않는 질서, 제멋대로인 것처럼 보이는 자생적 질서(spontaneous order)만이 진정으로 그리고 서서히 정의의 최적 지점으로 사회를 이끌고 나간다. 물론 그 사이에 다시 사회적 최적점은 인간들 속을 빠져 나가 저멀리 달아난다. 우리는 도망가는 정의를 향해 다시 나아갈 뿐이다.

이 작은 에세이의 논점은 이런 것이다. 입법 과잉에 도취한 사람들이나, 국가가 자애로운 어버이처럼 국가에 속한 자연인들의 개별적 삶에 개입해 따듯한 자비를 베풀어야 한다고 생각하는 사람이라면 나의 이런 주장이 불편할 수도 있다. 아마 우리가 이미 심각한 입법중독 상태에 빠져 있고 더구나 많은 사람들은 시장경제가 조용히 말해주거나 전제하고 있는 법치주의에 대해서는 들어본 적조차 없을 수도 있기 때문이다. 더구나 한국의 각급 학교에서는 법을 '만들어진 법'이면 충분하다고 가르친다. 대학의 헌법학 개론조차 그렇다. 조건에 맞게 만들어지기만 하면 법으로 부를 수 있다고 한다면 이는 격정에 싸여 밤새 휘갈겨 쓴 연애편지를 어리석게도 사랑하는 여성에게 윽박지르며 들이미는 것과 다를 바 없다.

법은, 그것의 입법에 적절한 이성적 상태 속에서 당장의 다수결이 아니라 오랜 과거로부터 축적된 지성들이 "예스"라고 말하고 있는 것, 예를 들어 관습내지 자연스러움과 먼훗날 상황의 변화에 따라 그 법의 적용 혹은 폐지를 고려하게 될 사람들의 이성까지도 고려하는 상황 속에서 제정되어야 한다. 그리고 환원가능해야 한다. 그렇게 생각할 때라야 비로소 우리는, 지금 우리가 흥분 속에 "꼭 필요하다"며 통과시키는 법들이 얼마나 광폭하고 소활하며 거친 것인지를 실감하며 놀라움에 몸을 떨게 되는 것이다. 법이 꼼꼼하게 자세한 것이어서는 안 된다. 꼼꼼한 법은 시간이 지나면서 전혀 꼼꼼하지 않다는 것이 입증되고 만다. 예를 들어 구체적으로 어떤 행위를 일일이 명시해놓은 법(positive)은 시간과 시류의 변화에 따라 금세 구멍난 부분이 아주 많다는 것이 드러난다. 법은 성긴 것이 좋다. 그래야 시간의 변화에 적절히 대응하고 상식이 작동할 여지가 생긴다.

법은 언제나 절제 속에서 제정되어야 한다. 사인의 거래는 자유여야 하고, 국가의 권력은 법치의 견제 속에서 제한되어야 한다. 국가의 권력이 제한되어야 하는 것은 국가야 말로 구조적으로 지식의 부족에 직면하고 있기 때문이다. 그러므로 국가가 주제넘게 사적판단을 능가하는 것으로 간주되어서는 안 된다. 우리는 나날의 인생을 걸고, 나날의 사건을 판단하며, 미지에 대한 두려움에 휩싸인 채 무지의 바다를 헤엄치게 된다. 그런 면에서 최근 한국 입법부의 너무 많은 입법은 법치주의가 아니라 집단적인 입법 취향 닮음 박질에 점차 다가서고 있다고 해도 과언이 아니다. 한번 법을 만들기 시작하면 법 규정은 수도 없는 거미줄을 치면서 자가증식하는 특징을 갖게 된다.

예를 들어 '학생체벌규정'이 필요하다는 결론을 내리고 구체적인 규정 작업을 진행하는 과정을 생각해보자. 먼저 체벌을 가해야 하는 비행 (misbehavior)에 대한 구체적 정의부터 있어야 한다. 어떤 행동이 체벌을 받고 아닌지를 규정하는 것은 사실 그다지 쉽지 않다. 청소년 발달 과정과 비행에 대한 많은 논문들이 참조되어야 하고 경우에 따라서는 새로운 연구들이 이루어져야 한다. 비행이 정리되어야 하고 교정 가능한 비행과 불가능한 비행에 대한 교정적, 교육적 검토들이 시행되어야 한다. 비행과 체벌의 관계에 대한 연구도 이루어져야 한다. 비행으로부터 체벌에 이르는 일련의 과정에 대한 연구는, 비행이 발생한 다음 어떤 과정을 거쳐 혹은 시간적 여유를 두고 체벌이 이루어져야 하는지에 대한 행동 특성별 규정으로 정비되어야 한다. 체벌의 종류에 대한 연구도 이루어져야 한다. 회초리에 대한 재질별 크기별 규격이 정해져야 한다. 또한 체벌을 받는 비행 학생의 체벌 수단별 수용성에 대한 의학적 심리적 상태를 정하는 다양한 연구와 규정 규칙들이 제정되어야 한다. 공개될 것인지 체벌방같은 별도의 시설이 필요한 지에 대한 자양한 연구조사가 필요하고 세세한 규정들이 만들어져야 한다.

지금 우리는 체벌에 대해 필요한 규정의 얼개에 대해 말하고 있지만 벌써 숨이 턱 막힌다는 것을 느낀다. 아마 체벌에 대해 완전한 규정을 만들며 수년간에 걸쳐 엄청난 연구와 규정 제정 작업이

전문가들에 의해 이루어져야 한다. 그렇게 만들어진 체벌 관련 규정은 아마도 도서관의 한쪽 벽면 정도는 간단히 채우게 될 것이다. 우리는 이렇게 법과 규칙의 늪 속에 빠져들게 된다. 지금 우리의 입법부가 하고 있는 일이 이런 것일지도 모르겠다. 우리는 세상의 평화를 위해 부지런히 법을 만들어 낸다. 그러나 법이 많이 만들어질수록 세상은 더 복잡해진다.

너무 많은 법이 만들어 진다

지난 14대 국회는 문민정부 원년이라고 할 1992년부터 1996년까지의 4년간을 말한다. 이 기간 중에 국회에서 발의된 법안은 모두 902건으로 1,000건을 넘지 않았다. 물론 그 전기 국회에 비교하면 이 정도도 많이 늘어난 것이다. 의원입법은 291건이었다. 발의된 총 법안 중 728건의 법률이 가결되었고 의원발의 법안 중 187건의 법률이 가결되었다. 가결률은 각기 80.7% 64.3%였다. 그러나 이것도 너무 많은 것이었다. 그 전 국회들은 4년 동안 3백건 남짓의 법안을 확정했다.

15대 국회부터는 법안의 제출이 폭발적으로 늘어났다. 전체 법안 제출 건수는 두배가 넘는 1,951건으로, 의원 발의 건수는 1,144건으로 14대 291건의 3.9배가 되었다.

16대 국회, 17대 국회 등 시간이 갈수록 국회에 제출된 법안은 기하급수적으로 불어나고 있다. 18대 국회에서는 모두 13,913건의 법률안이 제출되었다. 의원입법안은 12,220건이었다. 국회의원 1인당 무려 40.7건을 의원입법으로 제출했다. 당연히 19대에서는 더 늘어났다. 의원들은 모두 16,729건의 입법안을 제출하였다. 1인당 55.8건이었다.

정부 제출법안과 의원제출 법안을 합쳐 매회 국회들이 통과시키는 법안이 늘어날 수밖에 없다. 14대 국회에서 확정한 법률의 개수는 728건이었으나 16대는 1,578건, 17대는 3,773건, 18대는 6,178건으로 매회 배증하는 식의 엄청난 속도로 법률이 만들어 지고 있다. 19대는 7,429건이었다.

의원발의 법안들이 통과되는 비율은 계속 떨어지고 있다. 이 역시 당연한 현상일 것이다. 14대에서는 64.3%였던 것이 16대 53.7%로 18대 40%, 19대에서는 39.6%로 낮아지고 있다. 의원입법은 정부입법을 보완하는 정도였던 것이 지금은 전체 법안의 대부분을 의원입법으로 채우는 기현상도 나타나고 있다. 공장에서 벽돌을 찍어내듯이 국회의원들은 국회로 출근하자마자 법률안을 찍어내고 있다.

이런 현상은 시간이 지날수록 경쟁적 양상을 보여주게 된다. 이 것도 하나의 법칙이다. 20대 국회는 가볍게 2만건을 넘어설 것같다. 개원 초기 분위기부터 심상치 않다. 개원 한달 동안 제출된 법안만도, 역대 최고였던 19대 국회보다 33%나 늘어나고 있다. 한달 돈안 무려 438건의 의원입법안이 제출되었다. 19대 당시엔 328건이었다. 15대로 거슬러가면 개원 후 한달 동안 딱 1건이 제출되었다. 국회가 열리자마자 기다렸다는 듯이 법이 쏟아지고 있다. 대체 무슨 법들이 이렇게 쏟아지는 것일까? 아니 이렇게 많은 법이 쏟아지지 않으면 우리사회는 당장 무언가 큰 사단이 터지기라도 한다는 것일까? 마치 달리기 출발을 알리는 총성이라도 울린 듯 국회의원들은 일제히 법률안을 경쟁적으로 제출하고 있다. 20대 국회의 개원 한달 동안 가장 많은 법률안을 제출한 의원은 더불어민주당의 모 의원이다. 그는 대표발의 19건을 포함해 160건의 법률안에 이름을 올렸다. 하루에 6건에 육박하는 놀라운 일이 벌어지고 있는 것이다. 하루에 6건의 법률안에 서명하면서 이 의원은 대체 법률안의 내용들을 읽어보기라도 하는 것일까. 아니 제목이라도 알고 서명하는 것일까.

국민의당의 모 의원은 대표발의 3건을 포함해 110건의 법안에 서명했다. 이 의원은 국회직까지 맡고 있는데 이토록 왕성한 입법활동을 벌이고 있다. 이 당의 또 다른 모 의원은 대표발의가 25건이었다. 이런 일이 어떻게 가능할까? 하루에 한 건씩의 대표발의 법률안을 제출하는 이 놀라운 일이 벌어지고 있는 것이다. 아마도 이들 의원들은 무더기로 법안을 제출하면서 "내가 이렇게 일을 많이 하고 있다"고 자부할 지도 모르겠다. 그러나 한 건의 법안을 만드는데 수개월 혹은 수년간이 소요되는 것이 정상 아닐까? 이런 입법 과잉은 당연히 졸속입법이요, 포퓰리즘 입법이다.

특별법과 특례조항들이 무더기로 쏟아지고 있다. 사회적으로 주목을 받는 사건이 쏟아질 때마다 경쟁적으로 유사한 규제법을 쏟아내는 일들이 일종의 유행병처럼 번지고 있다. 신문을 도배질하는 강간 사건이 터지기라도 하면 곧바로 특수상황에서의 강간범을 가중처벌하라는 특례법들이 쏟아지는 식이다. 데이트 폭력을 벌주는 특별법을 만들어야 하고 한번 그런 법이 만들어지면 이번에는 모든 인간관계와 상황을 따져 별로 특별하지도 않은 폭력행위들을 일일이 구분해 가중처벌하라는 유사 법률들이 특별법 혹은 특례법이라는 이름으로 쏟아지는 것이다.

최근에는 강간범에 대해 소멸시효를 없애라는 법률안도 제출되었다. 분노하고 질시하고 호들갑을 떨며 마치 한국인들은 말초신경 이상비대증이라도 걸린 듯 과민반응하는 것이 오늘의 입법 풍경이다. 성 문제만 나오면 정신을 못차리는 것도 요즘의 풍경이다. 성 범죄는 너무 처벌이 무거워져 피해 여성들이 구제받을 길이 오히려 막히는 기이한 일도 벌어지고 있다. 한번 성범죄로 유죄판결을 받으면 인생이 거의 끝나버린다고 할 정도이기 때문에 가해자는 결사적으로 가해 사실을 부인하게 되고 그렇게 되면 재판은 말할 수 없이 복잡해지며 오랜 시간을 소요하게 된다. 국민의 세금으로 이런 낭비를 만들어 내는 일이 어떻게 가능할까? 문제는 피해여성이 구제받는 것도 갈수록 어려워진다는 것이다. 가해자가 결사적으로 방어에 나서면 가해사실에 걸맞은 적절한 피해보상의 가능성은 오히려 줄어들게 된다. 상처뿐인 승리를 피해여성들도 원하는 것일까? 그런데도 잔인한 성범죄가 발생할 때마다 사람들은 분개하면서 저놈 죽이라고 달려들고 범죄자를 엄중 처벌하는 법을 만든다.

국회의원들이 경쟁적으로 법률안을 쏟아내는 것을 단순히 국회의원 의정평가 때문이라고 볼 수만은 없다. 일부에서는 시민단체들이 국회의원의 의정활동을 평가할 때 출석 일수나 법안 제출 건수를 계량화해서 평가하기 때문이라고 보고 있지만 단순히 평가를 의식해서 법안을 제출하고 있다고는 보기 어렵다.

기본적으로 법이 무엇인지, 법을 어떻게 만들어야 하는 지에 대한 법철학적 무지 때문이라고 봐야할 것이고, 법치나 법에 대한 깊은 이해가 없기 때문에 빚어지는 현상일 것이다. 많은 사람들은 무언가의 바람직한 상태를 먼저 규정한 다음 이런 상태를 만들기 위해 법을 만들어 의무화하고 일정한 조건에서 국가의 강제력을 동원하도록 법률을 만들면 된다고 생각한다. 그러나 이는 법에 대한 대표적인 무지이다. 법은 희망사항을 정하는 것이 아니다. 법은 물러설 수 없는 최저한의 상태를 정한 것이지 어떤 바람직한, '모범적 상태'를 정하는 것이 아니다. 소위 "그랬으면 좋겠다"는 어떤 상황을 법으로 강제하는 체제야말로 권위주의적이며 강압적이며 우리가 배척해 마지않는 닫힌 사회일 수밖에 없다. 민주사회에서 의 법은 언제나 최소한의 국가개입을 정하는 것이다. 법은 어차피 사람의 행동범위를 정하거나 이 범위를 벗어났을 때 처벌하는 것을 골자로 하는 것이다. 바로 그 때문에 자유의 법은 다른 무엇보다도 권력을 절제하는 것, 강제력을 삭감하는 것이 생명이 되어야 한다. 그러나 한국에서는 바람직한 무언가의 상태를 법으로 규정하고 그런 상태에 이르도록 형사법적 강제를 부여하는 것을 법이라고 생각한다. 이는 법에 대한, 법치에 대한 철학의 부재요 이해 부족일 뿐이다. 인간의 행동을 바꾸거나 도덕적 강제를 가하는 것은 전통적 세계, 예를 들어 주자학적 세계에서나 가능하고 종교적 세계, 예를 들어 근본주의 교리들에서나 가능한 것이지 세속의 입법이 그럴 수는 없는 것이다.

법치주의에 대한 오해들

사람들은 법치라는 말을 그다지 좋아하지 않는다. 이는 법에 대한 존중심(두려움이라고 해도 좋다)이 이미 사라졌거나 희미해졌기 때문에 생기는 현상이다. 더구나 좌익적 세계관이 횡행하면서 법은 기껏해야 강자의 이익을 보장한다거나, 사회의 기성질서 즉 기득권을 옹호하는 절차라고 생각하는 경향들이 광범위하게 확산되고 있다. 좌익적 세계관은 자유민주주의 질서나 심지어 시장경제 질서가 부자를 보호하는 질서일 뿐이라고 생각한다. 시장경제는 선진국에 절대적으로 유리하고, (말하자면 다국적 대자본의 이익을 보호할 뿐이며) 부자를 더 부자로 만들어 주는 체제라는 잘못된 주장들이 광범위한 지지를 얻고 있다. 빈부차가 확산되고 양극화가 심화되어 자본주의는 이제 다른 방향으로 수정되지 않으면 안 된다는 것이다.

이 다른 방향은 - 흔히 제3의 길 등으로 불리지만 - 국가의 개입이며 시장에 대한 규제를 의미하는 것으로 해석된다. 다시 말해 시장의 자연스런 질서에 대해 국가가 부여하는 인위적인 질서다. 이 인위적인 질서를 만들어 내기 위해 수많은 법률들이 만들어 지는 것이다. 법치주의에 대한 오해들은 주로 좌경적 혹은 사회주의적, 혹은 전체주의적 세계관이 만들어 내는 자연주의적 오류에 속한다. 자연주의적 오류라는 것은, 아침에 해가 뜨는 것을 보면서 그것을 근거로 태양이 지구를 돈다고 주장하는 자연스런 그리고 전형적인 오류 형태를 말하는 것이다. 빈부 문제도 마찬가지다. 빈부 문제는 역사적으로 있어왔던 문제요, 그 중에서도 빈곤 문제만큼은 서서히 사라지고 있는 문제다. 그러나 사람들은 '오늘 목도되고 있다' 는 이유로 '오늘의 문제' 라고 인식하게 된다. 그래서 터무니

없이 자본주의에 그 탓을 하게 되는 것이다. 빈곤과 빈부 문제는 아주 다른 문제이지만 사람들은 이 역시 잘 구분하지 않는다.

법치주의가 오해를 불러일으키는 것은 한국의 특수한 역사적 경험도 작용했을 것이다. 한국은 개발연대의 상당기간 동안 권위주의적인 정부를 운영해 왔다. 이들 정부들은 종종 국가의 강제력에 의존해 왔고, 민주주의는 광범위한 영역에서 유보되었다. 이 때문에 법치주의가, 시민적 권리를 억압하는 국가의 무기로 인식되어 온 경향마저 없지 않았던 것이다. 지금도 이런 상황은 어느 정도 계속된다. 한국 사회가 민주화로 접어든 이후 어느 시점부터인가 집회와 시위의 권리는 절박한 시민적 동정과 공감을 불러일으키기보다는 시민들의 정상적인 생활을 방해하는 소음같은 것으로 받아들여지고 있다. 그러나 그런 소음의 상황에서조차 사람들은 법치를 반민주적 프레임이라고 생각하는 태도를 보여주고 있고 또 집회시위자들은 그런 프레임을 고의로 만들어 낸다.

법치주의에 대한 생각의 차이는 당연히 민주주의에 대한 인식이나 법 그 자체에 대한 인식의 차이 때문에 생겨난다. 국회에서 만들어진 법이기만 하면 이미 충분한 법이라고 생각하는 사람들이 많다. 입법기관이 절차에 따라 유효한 법률을 만들면 그 뿐이라고 생각한다면, 법 실증주의적 법치질서를 의미하게 된다. 국회가 만든 법이라고 해서 그 모든 것을 법으로 수용할 수 없다는 견해도 있다. 일정 의결정족수를 확보하기만 하면 법을 만들 수 있다고 생각한다면, 의결정족수를 확보하기 위한 정치투쟁이 연쇄적으로 터져 나오는 것은 불가피하다. 이렇게 되면 법은 보편적 혹은 불변적 가치를 담보한다기 보다 나날이 변화하는 정치적 선택의 연장선일 뿐이다. "국회에서 만들어지기만 하면 법"이라는 주장을 수용한다면 우리는 정치를 법이라고 부르는 것과 같다. 정치는 정치일 뿐, 법이라고 부를 수 없다. 정치는 어떤 종류의 일시적 사회적 선호를 드러내 보일 뿐 보편적 가치를 담아내 정치적 견해의 상당한 차이까지를 포괄하는 그런 수용성 있는 법은 아니다.

국회가 만든 법이라고 해서 무조건 법이라고 할 수 없다는 주장은 확실히 법에 대해 조금 무거운 느낌을 준다. 우리가 '법다운 법'이라고 말하는 법이 그런 경우다. 합법적인 절차들이 종종 보편의 법적 가치에 반하는 결과를 만들어 낼 수도 있다. 나치즘 스탈린이즘 유신독재도 입법 과정이 입법의 테두리를 벗어난 것들은 아니었다. 이들 법들은 모두 합법적 절차를 거쳐 독재로 가는 길을 열었다. 인민들의 찬성률이 더없이 높았다는 북한 헌법을 우리는 결코 법이라고 말할 수 없다. 김일성을 신격화한 이 헌법은 주기도문을 연상시키는 종교적 텍스트일 뿐 인민의 동의 여부로 성립하는 그런 구체적이고 실질적인 헌법은 아니다. 바로 이런 점들이 우리를, 절차를 따라 만들어지기만 하면 법이라고 생각하는 법실증주의에 대해 유보적이게 만든다. 사람들은 법치주의를 '법대로'로 해석하기도 한다. 그러나 이 역시 법실증주의적 법 관념일 뿐이다.

또 어떤 사람들은 사회적 이념을 실현하기 위한 특정한 프로그램을 법이라고 생각한다. 우리나라에서 가장 심각한 것은 바로 이 부분에서다. 예를 들어 복지국가를 만들어 내기 위한 프로그램을 법이라고 생각할 수도 있다. 현대의 소위 복지국가론은 그런 법 관념을 전면에 내세운다. 무언가의 가치를 강제하는 법이라는 것이다. 그러나 그 폐해는 심각하다. 아니 결국에는 공산주의 헌법과 다를 바 없는 종착지에 도착하게 된다. 법이 냉정성에서 벗어나 뜨거워야 하고 특정한 가치를 실현하도록 명령하는 것이어야 한다고 생각한다면 법치주의는 설 자리가 없다.

현대 복지국가는 복지를 국가의 베풂이 아니라 시민의 권리라고 선언한다. 청구권들이 마법의 상자에서처럼 쏟아져 나온다. 심지어는 자유권의 본질이었던 행복추구권까지 지금은 국가가 시민을 행복하게 만들어 주어야 하는 국가의 의무로 둔갑시키고 만다. 나의 행복에 국가가 관여해서는 안 되는 것이 아니라 국가가 나를 행복하게 만들어주어야 하는 것으로 행복추구권이 뒤집히고 만 것이다. 지금은 무엇이 국가에 대한 청구권인지조차 희미해지고 말아 누구라도 주장만 내세우면 청구권이 성립하는 것처럼 생각한다.

자유와 평등은 쉽게 구분할 수 있나

법은 자유와 평등을 다룬다. "우리가 살아가는 사회의 규칙을 정하게 된다면 누구라도 원초적 조건을 전제하게 된다"고 존 롤즈는 〈정의론〉에서 말하고 있다. 롤즈에 따르면, 장래 우리를 기속할 규칙을 정할 때는 무지의 베일에 싸인 상태에서 정하게 되는데 의심할 수 없는 전제로 첫째 평등의 원칙, 둘째 차등의 원칙을 수용하게 된다고 한다. 평등은 즉물적이다. 누구라도 공적 과업의 평등한 분담에 이의 없이 찬성하게 된다는 것이다. 그러나 누구라도 결과의 평등까지 요구하는 것은 아니다. 규칙은 동일하지만 결과에 있어서는 차등을 허용하게 되는데, 문제는 "어떤 차등인가"에 대해서는 정해진 답을 찾기 어렵다. 롤즈의 주장이 딜레마에 빠지게 되는 것은 바로 이 차등의 정도 문제에서다.

자유와 평등의 문제로 보자면 자유는 비교적 명백하지만 평등은 즉물적이다. 하지만 그것이 사회규칙으로 될 때는 그다지 명백하지 않다. 평등이 차등의 한도 즉, 차등을 견디는 문제로 환원되는 순간 우리는 법정의 판결을 기다리기 어려워진다. 어떤 판관도 견뎌낼 만한 차등의 한도를 정하기 어렵게 된다.

롤즈의 주장을 조금 더 훑어보더라도 그렇다. 롤즈의 정의론은 '우연적 여건에 의한 부당한 불평등은 시정되어야 한다'는 원칙을 도출하게 된다. 하지만 '우연적 여건에 의한 부당한 불평등'은 너무도 다양하고 복잡해서 구체적인 구획기준을 정하기 어렵다. 물론 부모로부터 물려받은 재산에 대해서라면 우리는 우연적 여건에 의한 부당한 불평등을 쉽게 정의할 수 있을 것처럼 생각한다. 말하자면 재산의 평등에 대한 전형적인 질문이다. 그러나 신체라면 어떨까? 아니, 외모라면 어떨까? 한국에서는 외모에 대해서라면 어느 정도 계량이 가능하다. (돈으로 환산할 수 있다) 그러나 두뇌의 성능 문제라면 생각이 꼬이기 시작한다. 두뇌의 성능은 훈련이나 다른 방법으로 개선되지 않는다. 성품이라면 더욱 그렇다. 많은 사람들은 궁극적으로는 재산 아닌 성품이 한사람의 인생을 결정하는 가장 중요한 요소라고 생각한다. 그러나 성품이야말로 부모로부터 물려받는 것에 속한다. 민족이나 인종 지역 종교라면 어떨까? 이런 식의 논의는 끝이 없는 판단의 혼돈으로 우리를 몰아간다. 그러나 분명한 것은 '인간은 평등해질수록 조그만 불평등도 견디지 못한다' 는 점이다. 이 점은 확실한 것 같다. 그렇게 된다면 인간은 다만 불만족적 존재가 되고 만다.

사람들은 보다 완전한 평등을 위해 국가의 개입을 부르게 된다. 바로 여기서 자연의 법이 아닌 인위적인 법이 태어난다. 결과의 평등이 아니더라도 문제가 그리 간단한 것은 아니다. 조건의 평등, 다시 말해 기회의 평등도 위에서 언급한 것처럼 매우 논쟁적이다. 미국에서 큰 논쟁을 불러일으키는 기회의 평등 보전장치 즉, 어퍼머티브 액션(affirmative action)이 바로 그렇다. 이제는 많은 흑인들이 이 흑인 우대장치의 폐지를 요구하고 있다. 아시아인들도 그렇다. 한국에서는 아직 지역할당제를 두고 있다. 마치 서울 아닌 지방에서 태어난 것이 흑인으로 태어난 것처럼 태생적으로 불리한 여건, 다시 말해 '우연적 여건에 의한 부당한 불평등'이라고 생각하는 것인지도 궁금하다. 이런 논쟁은 수도 없는 조건에 대한 끝없는 권리 혹은 청구권을 만들어낼 수도 있다.

경제민주화는 법이 될 수 없다

법치가 '악법이라도 법이다'는 식의 수사학이 아니라면 법치는 자유주의적 정치체계 안에서만 가능하다는 주장도 있다. 자유주의는 법치주의에 대해 가장 확고한 입장을 견지한다. 아니 자유주의가 아니면 법치의 세계관이 필요하지도, 성립하지도 않는다고 본다. 이런 주장은 자유주의가 아닌 사회주의라면 법치는 불가능하다고 생각하는 데로 나아간다. 하이에크(1899~1992)는 사회주의 나아가 복지국가는 인간을 노예로 만들어갈 뿐이라는 주장을 폈다. 국가가 그것에 속한 개인들의 행복을 규정하고 정의하게 된다면 이는 노예에 불과하다. 개인들도 국가와의 관계에 있어서 국가에 무언가를 요구하는 청구권을 전제로 해서는 국가로부터의 자유를 굳건히 만들 수 없다. 보편적 입법이어야 한다는 법치주의의 기본사상은 법이 개인을 대상으로 하거나 특정 집단을 대상으로 하는 처분적 혹은 차별적 법이 아니기를 바라기 때문이다.

자유주의자들은 법치가 지역과 개인, 집단을 편들거나 차별해서는 안 된다는 생각을 전제로 한다. 말 그대로 만민은 법 앞에 평등하고 동질적이어야 한다. 그러나 복지의 법체계 아래에서는 만인이 동등한 대우를 받을 수 없다. 국가는 개인별로 무게를 달아야 하고 국가가 상정한 평등한 수준에 이를 때까지 그것에 필요한 경제적 처분을 내려야 한다. 복지국가는 법치의 관념을 희석시킨다.

이제 우리는 경제민주화라는 괴이한 언어에 대해 알아볼 시점에 왔다. 경제민주화는 1987년 개헌 과정에서 새로 헌법에 추가되었다. '대한민국의 경제 질서는 개인과 기업의 경제상의 자유와 창의를 존중함을 기본으로 한다' 는 것은 헌법 제199조 제1항이다. 여기에 '국가는 균형있는 국민경제의 성장및 안정과 적정한 소득분배를 유지하고, 시장이 지배와 경제력의 남용을 방지하며, 경제 주체간의 조화를 통한 경제의 민주화를 위하여 경제에 관한 규제와 조정을 할 수 있다' 는 제119조제2항이 추가되었다. 바로 이 조항이 나중에 큰 논란을 부른 소위 경제민주화다. 헌법 개정이 논의되던 초기 일부 민주화 세력에서는 노동자의 이익균점권도 헌법에 명시하자는 주장이 있었으나 토론 과정에서 과도한 조항이라며 철회되었다.

헌법상 경제조항은 헌법 개정 때마다 논란을 불렀다. 제헌 헌법의 경제조항은 당시의 시대분위기를 반영한 듯 사회주의적 색채를 과도하게 드러냈다. 무역은 국가가 독점하고 주요 산업은 국유 혹은 국영으로 영위하는 것이 골자였다. 아마 당시 입법자들의 세계관이랄까 혹은 세상 물정에 대한 제한적 지식의 소산이었을 것이다. 당시 많은 입법자들은 대기업이 사적으로 소유되고 경영된다는 사실을 이해할 수 없었다. 헌법상 경제조항은 1954년 소위 사사오입 개헌 당시에 비로소 바로 잡혔다. 무역과 주요산업의 국영화는 이때 폐지되었고, 자유시장경제가 기본 체제라는 것이 헌법에 포함되었다. 우리가 잘 아는 헌법 제119조1항 자유시장 조항은 5차 헌법개정이었던 1962년 개헌을 기다려야 했다. '대한민국의 경제질서는 개인과 기업의 자유와 창의를…' 라는 조항이 군사혁명 정부에 의해 헌법에 명시된 것은 아이러니였다. 경제조항은 그렇게 우여곡절이 많았다. 그러던 것이 1987년 민주화 과정에서 소위 '경제민주화에 관한 제119조2항'이 추가되었고 지금껏 논란거리가 되어있는 것이다.

그러나 논란의 대상인 제2항은 대표적인 '그랬으면 좋겠다'는 선언적 희망사항을 언어로 표현한 것에 불과하다. 우리나라 헌법 재판소는 이 2항을 근거로 몇차례 국가의 구체적인 정책에 대해 위헌판결을 내리기도 했으나 조항의 단어와 구문 하나하나가 지극히 모호하고 규정하기 어려운 것들이어서 이를 근거로 무언가를 판단

한다는 것은 결코 쉬운 일이 아니다. '국민경제의 안정'이라는 단어부터가 지극히 불명료하다. '적정한 소득 분배를 유지'한다는 것도 그렇다. 정부는 안정과 성장, 적절한 소득분배에 대해 정치적 책임을 지는 것이지 구체적으로 그런 목적을 위해 동원할 적절한 검증된 방법이 없다. '시장의 지배'가 무엇을 의미하는지도 불명료하다. 시장의 지배라면 권력의 지배나 국가의 지배가 아니라는 점에서 오히려 환영할 만한 일이라고 보지만 헌법은 시장의 지배를 막아야 하는 어떤 잘못된 상태로 정하고 있다. 특정 경제계급의 지배를 막자는 것은 말이 되겠지만 시장의 지배를 막는다는 것은 성립할 수 없다.

경제력 남용도 그렇다. 입법자들은 '경제력'을 권력에 대응하는 단어라고 생각했을지 모르지만 역시 알 수 없는 단어이다. 남용은 더욱 알기 어려운 단어다. 혹시 부자들의 과도한 소비를 말하는 것인지 알 수 없다. '경제 주체간의 조화를 통한 경제의 민주화'는 가장 이해하기 어렵다. 경제주체 간의 조화라고 하면 시장경제가 가장 그것에 가깝다. 국민 각인이 각자의 자유에 따라 경제활동을 영위하는 개인의 선택들이 사회 전체적인 조화를 이룬다는 것은 시장경제 철학의 골격을 이루는 기본 개념이다. '개인과 기업의 경제상의 자유와 창의'(헌법 제119조1항)가, 정부나 제3자의 개입과 간섭이 아닌 눈에 보이지 않는 자생적 질서에 따라 조화로운 결과를 도출한다는 것은 시장경제의 핵심적인 철학이다. 그런데 그것을 후단부에서 경제의 민주화라고 부르고, 또 그것을 위해 규제와 조정을 한다고 말하는 것은 모순이다. 그 자체로 언어의 장난이요, 개념적 무지요, 모순적인 언어다.

문제는 그것을 위한 현실적인 방법이 없다는 것이다. 바로 여기서 입법적 착오가 드러나게 된다. 경제민주화 입법의 첫 사례라고 하는 '하도급법 개정'이 그런 오류 사례다. 일반인들은 원가후려치기로 잘 알려진 대기업의 횡포는 반드시 시정되어야 한다고 생각하지만 이는 기업경영의 일상적 행위요 가장 본질적인 행위다. 기업은 품질관리와 원가관리를 경영의 핵심으로 한다. 그런데 원가관리와 후려치기는 얼마나 다를까? 기술 탈취 논란도 그렇게 쉬운 개념이 아니다. 어떤 경우에는 원가를 후려쳐도 되고, 어떤 경우에는 납품가를 인하할 수 없을까? 아니 납품단가를 인하하는 것과 후려치는 것은 원초적으로 무엇이 같고 어떻게 다른 것일까?

기업들은 끊임없이 경쟁에 노출되어 있다. 구조조정으로 몸살을 앓고 있는 조선업만 해도 그렇다. 조선사들의 원가관리 실패는 지금 대우조선 등 대형 조선 3사를 죽음으로 밀어 넣고 있는 중이다. 원유가의 급락은 원가하락과 어떻게 같고 다를까. 원유가의 급등이라면 또 어떨까? 실제로 원유 가격은 최근 수년 동안 거의 3분의 1 토막이 나고 말았다. 이 거대한 국제적인 후려치기를 정부는 어떻게 벌줄 수 있나?

국제가격 등 외부의 조건에 변화가 없다면 원사업자는 납품업자에게 납품가격 인하를 요구할 수 없는 것일까? 만일 그렇다고 한다면 이는 사업에 대한 부정일뿐이요, 문명의 발전과 진보를 부정하는 것에 다름 아니다. 문명의 진보와 기술의 발전은 원가절감의 끊임없는 과정이다. 혁신은 언제나 새로운 원가 구조를 만든다. 삼성전자의 납품업체 영업이익율은 최소한 5%가 넘는다. 그러나 애플의 납품업체 이익률은 2% 남짓이다. 그만큼 애플이 더 쥐어 짜는 것이다.

　사람들은 경제민주화를 정당한 활동에 대한 정당한 보상이라 정의한다. 한국 정부도 그렇게 정의하고 있다. 그러나 '정당한' 이윤을 누가 정의할 수 있을까? 가격을 '원가에 적정 이윤을 더한 것'이라고 생각하는 사람은 결코 가격을 이해할 수 없다. 가격은 시장에서 결정되는 것일 뿐 그 이하도 이상도 아니다. 원가와 가격의 격차가 큰 상품일수록 이윤도 크고 소비자 효용도 큰 좋은 상품이다. 정당한 가격이 무엇을 말하는지 누구도 판단할 수 없다.

　실제로 경제민주화의 일환으로 중소기업협동조합에 대기업과의 납품단가 협상권이 주어졌다. 이 법은 지난 2013년에 만들어졌다. 그러나 3년이 지난 지금까지 납품단가를 공동으로 협상하자는 요청이 중소기업 어디서도 제기되지 않았다. 어떤 중소기업이든지 납품단가를 협상하려면 먼저 자신의 단가를 공개해야 한다. 그러나 어떤 중소기업 경영자도 자신의 비밀스런 단가를 경쟁자들에게 공개할 수 없다. 그러므로 이런 법과 규정은 있어도 시행되기 어려운 본질적 한계와 구조를 갖게 된다.

결국 경제민주화 관련법들은 정부가 시장의 내밀한 의사결정구조를 잘 알고 있고, 적정이윤과 가격에 대해 완전한 지식을 갖고 있다는 것을 전제로 입법화된다. 군이 경제민주화법이 아니더라도 우리가 국가의 개입이나 간섭 혹은 규제를 원할 때는 정부야말로 그런 규제에 충분한 완전한 지식을 갖고 있다고 전제한다. 그러나 정부는 한 번도 시장에 버금가는 정보를 가져본 적이 없다. 정부가 가지고 있는 정보는 쓰여진 정보에 불과한 것이기 때문에 결코 기업가적 판단을 내릴 수 있는 지식이 아니다. 경제민주화는 이미 10여개 법률들이 입법 과정을 거쳐 적용되고 있다. 그러나 규정 위반도 효과도 거의 없다. 적용대상이 되는 대기업들이 특히 법을 잘 지키고 있는 느낌을 준다. 경제력 집중은 완화되었을까, 아니 경제적 평등은 얼마나 신장되었으며 양극화는 어느 정도나 개선되었는가? 사정은 그렇지 않다. 가난은 심화되고 빈부차는 격화되며 경제는 잠재 성장률을 밑도는 상황이 거듭 되풀이되고 있다. 정부의 규제가 늘어나면서 아무도 투자에 적극 나서지 않고 있고 경제 사정은 나날이 악화되고 있다. 결국 원가갈등은 더 많아지고 갑을관계는 더 복잡해지며 분쟁과 분노만이 증폭되고 있다.

한국 법치주의의 종말적 국면

이제 법치주의의 일반론으로 돌아가야 하겠다. 국가가 어디까지 개입하고 결정하는가 하는 문제는 개인들의 사적 자치 혹은 자유와 양립하는 것이어서 서로 모순적이다. 개입이 늘어나면 필연적으로 자유는 삭감된다. 우리나라에서 전과자의 숫자가 급속하게 증가하는 것도 '사법의 공법화'라는 현상이 심화되고 있기 때문이다. 인간의 활동을 잘게 쪼개고 그 대부분을 형법범죄로 만들어버리면 전과자가 안 생길 수가 없다.

지금 전국민의 전과자화가 진행되고 있는 것은 한국 법치주의의 종말적 국면이라고 할 수밖에 없다. 슬픈 일이다. 개인의 선택을 정부와 국가가 개입하는 것으로는 2015년에 시도되었던 민법 개정안이 백미라고 할 것이다. 소수의 민법 전문가와 여성운동가들이 부친이 사망한 후 드러나는 어머니의 취약한 지위에 대해 걱정하기 시작했다. 아버지가 살아있을 때는 모두가 부모에게 효도하였으나 부친이 사망하고 재산 분할이 끝난 다음에는 아무도 남겨진 어머니를 보살피지 않는다는 것이다. 그래서 생각해 낸 것이 배우자 사망시 남겨진 재산의 50%는 무조건(망자의 다른 유언이 있더라도) 생존 배우자에게 상속을 강제하는 법 개정안이었다. 시간이 가면 어차피 어머니도 사망할 것이고 그때 자녀들이 나누어 가지면 되는 것이니 달라질 것도 없다는 잔꾀요 주장이었다. 그러나 이는 실로 경제생활에 대한 무지의 소산이다.

사람들이 상속을 결정할 때는 평생의 지식과 경험을 반추하는 과정에서 남겨진 재산을 가장 잘 관리할 사람에게 최대의 몫을 넘겨주게 되는 것이다. 죽음을 앞둔 인간은 심사숙고의 과정을 거쳐 상속을 결정한다. 그런데 갑자기 정부가 나서서 절반을 남겨진 모친에게 넘겨주라고 명령하는 것은 있을 수 없는 국가의 횡포다. 더구나 남겨진 재산이 거대 기업이거나 세계적 영업망을 갖춘 거대 국제적 기업이라면 문제는 복잡하다. 대주주가 죽을 때마다 남겨진 배우자가, 전업주부이건 그 어떤 직업에 종사했건, 지식과 경험의 여부를 따지지 않고 최대주주가 되는 희한한 일이 벌이지게 되는 것이다. 이는 작은 빌딩이라도 마찬가지다. 재산은 망자가 평생의 땀과 지혜를 바쳐 일구어낸 삶의 전부와도 같은 것인데 정부가 그 재산의 처분을 지정하는 것은 있을 수 없다. 이처럼 국가의 간섭을 아무렇지도 않게 생각하는 경향이 만연하고 있다. 이는 법의 타락이며 지성의 타락이며 인간의 자유를 질식시키는 지적 오만에 불과하다.

법치주의와 국가경영

우리 사회의 민주주의는 아직 그 역사가 일천하다. 시장경제제도 역시 대한민국이 비록 그 속에서 사상 유례가 없는 속도로 경제 성장을 달성하기는 하였지만 여전히 그 경험이 얕다고 볼 수밖에 없다. 아니 우리는 법치의 원리가 자유와 어떤 관계가 있는지조차 깊이 공부해 본 적이 없다. 누구나 준수해야 할 법치라는 것은 누구에게라도 자유의 최대한을 허용하는 그런 자유의 원칙에서만 가능하다. 그 점을 깨닫는 것이 중요하다. 비록 우리가 사회 구제를 위한 복지의 규칙을 만들기 위해 세금을 인상하는 등의 문제에 대해 고민할 지라도 우리가 명심해야 할 점은 그것이 누군가의 재산권을 침해하고 누군가의 노력의 결실을 국가가 빼앗는 순간이라는 점이다.

그저 방망이를 두드린다고 법치의 요건이 완성되는 것은 아니다. 법치는 시장경제가 상정하는 자연의 질서와 자연법적 사고 안에서만 성립하는 국가 경영의 규칙이요 만인이 소통하는 기준인 것이다. 정책입안자나 입법행위 종사자들의 뇌리에 이 같은 지식이 신념이나 철학으로 자리잡힐 때 비로소 대한민국은 법의 지배 원칙이 구현되는 온전한 민주국가가 되는 것이다.

한국 경제의 재도약과
금융규제 패러다임의 전환

우주하

| 학력 |
- 미국 미시간대학교 대학원 경제학 박사수료
- 서울대학교 대학원 경제학과 졸업(석사)
- 성균관대학교 경제학과 졸업

| 경력 및 활동사항 |
- 대우건설 사외이사
- 코스콤 대표이사
- 국방부 기획조정실장
- 대통령실 비서관
- 외교통상부 주제네바대표부 재경관
- 국무조정실 산업심의관
- 재무부(재경원, 재경부, 기재부)과장
- 한국은행
- WCO전문관
- WTO분쟁해결기구 심판관
- WTO관세평가위원회 의장

FORUM OH-RAE
Today & Tomorrow

한국 경제의 재도약과
금융규제 패러다임의 전환

우주하

(전)코스콤 사장

한국 경제의 부침(浮沈)

한국경제, 저성장의 늪

한국 경제는 과거 정부주도에 의한 고도성장을 경험하였지만, 현재는 역동성을 잃고 지속적인 저성장을 경험하고 있다. 1960~70년대는 정부의 강력한 주도하의 경제개발계획에 따라 대내적으로 경공업, 기간산업, 중화학공업 순으로 제조업을 중점 육성하면서 압축성장을 이룩하였고, 대외적으로는 GATT체제하의 세계 공산품 교역시장의 확대와 교역 급신장 조류에 편승하여 다양한 수출진흥 정책으로 고도성장을 이루어냈다. 1980~90년대 경제자유화 추진시기에는 그동안 추진되었던 성장 우선 정책에서 벗어나 안정화 시책, 산업 구조조정 및 경쟁촉진에 경제정책의 초점을 두었으나 고비용, 저효율의 경제체질로 수출지향 정책의 한계상황에 직면하여 1997년 외환 위기를 기점으로 고성장의 시대가 끝났다.

2000년대 글로벌 임밸런스 과정에서 한국경제의 수출증가율은 10%대로 여전히 높은 증가율을 보였으나, 국내 장치산업의 해외이전, 국내 시설투자 둔화 및 만성적 내수부진으로 외환위기 이전 7%대 성장에서 4%대로 급격하게 성장세가 떨어졌다. 그럼에도 불

(그림1) 경제성장률(단위: %)

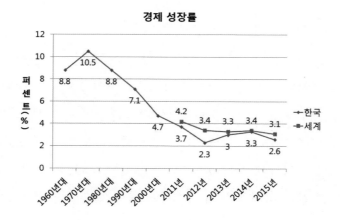

구하고 2000년대 까지는 세계평균 수준보다 여전히 높은 경제성장률을 달성하였다. 2010년대 우리경제는 수출활력이 떨어지면서 내수부문에서 성장동력을 찾지 못하고 경기부진이 지속되고 있다. 2011년부터 한국의 경제성장률은 세계평균보다 낮은 수준을 보이고 있다. 더 이상 역동적이지 못하고 구조적인 측면이 있다.

FTA 확대로 시장규모가 크게 확대되었음에도 불구하고, 최근의 성장은 과거의 추세를 회복하지 못하고 정체되어 있다. 지난 20년간 저성장의 원인은 인구구조에 의한 경제정체가 크지만, 민간창의에 기반한 경제효율성이 낮고 새로운 성장 동력을 만들어가지 못한데 귀착된다. 특히, 우리 경제의 저출산 고령화 추세와 함께 세계 경제의 구조적 변화는 우리 경제의 성장 잠재력을 지속적으로 하락시키고 역동성을 크게 떨어뜨리고 있다. 더군다나 경기침체 국면을 타개하기 위한 확장적 통화정책 및 신용정책이 장기화된다면 금융시장의 저금리 추세는 장기적으로 지속될 가능성이 높고, 이는 경제주체의 자산배분결정에 근본적 변화를 초래하여 개별 경제주체의 위험관리 뿐만 아니라 경제전반의 시스템적 위험에도 큰 영향을 줄 것이다.

한국 정부의 경제적 역할 변화 추이

경제발전에 있어서 정부와 시장의 역할은 자본주의 발달과정에서 끊임없이 진화되어 왔고 앞으로도 그럴 것이다. 20세기 전반, 중반에 공황과 전쟁을 거치면서 정부의 역할이 대폭 증대되고, 20세기 후반에는 시장의 영역이 확대되는 등 경제사회여건의 변화에 따라 정부의 경제적 역할은 지속적으로 재정립되어 왔다. 시장기능이 불완전할 경우 시장을 대신한 정부의 경제적 역할은 분명히 존재하나, 경제규모가 확대되고 복잡 심화될수록 자원배분에 대한 정부개입의 효율성은 저하되어 정부개입은 축소되는 경향이다.

한국은 1960년대부터 70년대 까지 본격적인 정부주도의 성장전략을 추진하면서, 경제개발 초기단계에 광범위하게 존재하는 자본시장의 미발달과 경영경험 부족을 극복하기 위해, 정부가 개발재원의 동원 및 배분에 직접 개입했다. 정부가 성장 촉진자로서의 역할을 수행했다. 1980년대에는 정부주도에 의한 성장의 한계와 부작용 및 신자유주의 추세에 따라 정부가 적극적 시장개입에서 점차 벗어나 시장원리를 도입하기 시작했고, 본격적으로 시장개방을 추진하게 되었다. 그러나 민간주도의 지속적 성장을 구상하면서도 그에 걸맞는 시장규범의 도입까지는 생각이 미치지 못하였다. 아직 초기단계에 지나지 않았고 시장 방임적인 측면이 컸다. 1997년 발생한 외환위기는 이 추세를 더욱 가속화 시키면서, 각 부문에서 규제에 관한 국제적 규범을 도입하는 등 시장제도로의 점진적 변화가 더 이상 과거로 되돌아가지 못하도록 불가역성을 강제하는 쐐기로 작용하였다.

그러나 한국에서 정부의 적극적 시장개입이 완전히 종식된 것은 아니다. 많은 산업에서 정부의 보호와 육성정책이 아직도 많이 남아있고 일부 강화되기도 하였다. 이것은 정책담당자나 일반 국민들의 마음속에 정부개입에 기반한 과거 성장전략의 성공사례가 너무나 뚜렷한 기억으로 남아 있어 정부개입의 비효율성에 대한 인식이 충분하지 못하기 때문이다. 또, 시장의 자율적 작동이 궁극적으로 국민후생을 증대시켜줄 것이라는 확신이 아직 부족하였기 때문이기도 하다.

한국경제가 현재 저성장의 늪에서 벗어나 재도약을 하기 위해서는 경제정책의 근본적인 대전환이 필요한데, 이를 위해 향후 시장 및 정부의 새로운 관계를 재정립하는 것은 매우 중요하다고 하겠다. 특히 향후 주요관심사가 지속적인 성장잠재력의 확충과 시장실패 및 정부실패의 해소라고 볼 때, 지금까지 경제성장을 선도한 정부 및 금융의 역할은 새롭게 변화되지 않으면 안된다.

한국 경제의 자유도

한국 경제에서 민간부문이 어느 정도로 자유롭게 경제활동을 할 수 있는가? 한국 정부의 경제운용 패러다임에 대한 외부평가는 낮은 편이다.

한 나라의 경제활동이 얼마나 자유로운지를 나타내는 지표로 경제자유지수가 있다. 시장 및 경제주체에 대한 정부규제가 적을수록 경제적 자유가 확대된다. 2016년 한국의 경제적 자유도는 조사대상 178개국 중 27위로 경제위상에 비해 상대적으로 낮은 평가를 받고 있다.

한국의 경제체제와 경제운용방식

국민경제가 안고 있는 경제문제에 대한 해결방식은 각 국가가 채택하고 있는 경제체제에 따라 다를 수 있다. 경제체제는 선택의 문제다. 시장경제체제는 계획경제나 혼합경제와는 달리 경제문제들을 시장기능을 통해 해결해 나가고자 하는 체제이다. 실제 사회에서 순수한 형태의 시장경제는 존재하지 않으며 각 국가 또는 사회마다 다양한 형태로 수용되고 있다.

우리나라의 헌법적 가치: 자유시장경제체제

우리 헌법은 경제질서로 민간의 경제상의 자유와 창의를 기본으로, 사유재산제도 및 사적 자치에 기초한 자유시장경제체제를 선택했다. 또한, 시장을 효율적인 경쟁체제로 재건하기 위해 정부는 경제에 관한 규제와 조정을 할 수 있도록 했다. 자유방임주의 대신 질서자유주의의 정신을 수용한 것이다.

• 시장경제의 자원배분의 효율성

자본주의 사회에서는 자급자족, 자선 등과 같은 일부 비시장적 거래를 제외하고는 모든 교환거래가 시장을 통해 이루어지기 때문에, 일반적으로 사회주의 경제를 계획경제라고 부르는데 반해 자본주의 경제를 시장경제라고 부른다. 시장경제의 우월성은 아담 스미스의 '보이지 않는 손' 즉, 가격에 의해 정부나 외부의 명령 또는 간섭 없이도 자원이 합리적으로 배분될 수 있다는 점에 있다. 시장경제에서 효율적인 자원배분이 일어난다는 점은 계획경제 안에서의 자원배분 방법과 비교해 보면 알 수 있다. 계획경제에서는 정부가 모든 물건이 몇 개 정도 필요한지를 예상하여 물건의 생산량을 사전 결정한다. 하지만 정부가 많고 많은 물건들에 대해 사람들이 얼마나 필요로 할 지 예상하는 일은 사실상 불가능하다. 따라서 계획경제에서는 항상 어떤 물건은 남고 어떤 물건은 부족하게 되는 현상이 일어난다. 그에 따라 사람들이 불편을 겪음과 동시에 꼭 필요한 곳에 쓰여야 할 자원이 낭비되는 현상이 일어나게 되는 것이다. 바로 이런 점 때문에 오늘날의 대부분의 국가들은 계획경제 대신에 시장경제를 운영하고 있다.

• 시장실패와 정부개입의 타당성

시장경제라고해서 시장 스스로가 늘 자원배분을 효율적으로 보장하는 것은 아니다. 시장자체가 완벽하지 않기 때문에 시장기능이 제대로 작동할 수 있도록 정부가 제도적 장치를 마련하여야 한다. 무엇보다도 사유재산권을 보장하여야 하고, 충분한 정보를 가진 상태에서 공정하고 자유로운 경쟁을 할 수 있도록 하여야 한다. 그럼에도 불구하고, 상품 자체의 특성이나 시장구조에 의해 시장에서 효율적인 자원배분이 일어나지 않게 되는 상태가 발생할 수도 있다. 시장에서 효율적인 자원배분이 일어나지 않게 되는 시장실패가 발생하는 이유로는 공공재의 존재(예, 국방서비스), 외부효과(예, 공해 등의 외부비경제와 교육연구개발 등의 외부경제), 독점 등 시장지배력의 존재(예, 전력 등의 네트워크산업에서 목격되는 자연독점), 정보의 비대칭성(예, 혁신 금융, 신용보증), 시장의 불완전성(예, 금융시장의 미발달)등이 꼽힌다. 정부가 이러한 시장실패를 해결하기 위해서 어떤 방법을 쓸 수 있을까? 정부는 시장실패를 교정하기 위해 재화와 서비스의 직접 공급, 민간 활동에 대한 규제, 조세부과, 재정 또는 금융지원 등의 다양한 방법을 동원하게 된다. 그러나 정부 또한 전지전능한 존재가 아니기 때문에 불완전한 시장정보 하에서의 정부의 적극적 시장개입이 오히려 자원을 낭비하고 분배를 악화시킬 수 있다. 정보의 부족, 시차의 존재, 정부의 이기심으로 인해 정부실패가 발생할 수 있다. 시장실패가 정부실패를 초래한다. 경제에 있어서 정부실패가 보다 일반적이다.

정부의 경제운용방식

현재 우리의 헌법적 가치인 자유 시장경제 체제는 어떤 모습으로 어디까지 와있는가? 우리 정부의 경제운용방식이, 자유시장경제체제를 지향하되 경제가 발전해오는 과정에서의 시장여건이나 경제 환경에 맞추어, 정부주도 방식에서 시장 친화적 방식으로 변화되어 왔다.

• 경제개발시기: 정부 패러다임

민간시장이 발달되지 못한 경제개발 시기에는 광범위한 시장실패를 치유하고 경제개발을 촉진하기 위해, 정부가 성장견인 역할을 했다.

이는 경제를 불완전한 시장에 맡기기보다는 오히려 계획된 정부의 간섭에 의해 운용하는 것이 보다 더 효율적이라는 정부개입주의에 근거하고 있었다.이 시기 정부의 경제운용방식은 정부가 경제개발계획의 수립, 재원동원, 집행을 직접 수행함으로써 마치 계획경제를 실행하는 것 같았다.

또한, 경제개발 초기에는 낮은 기술수준 경험부족 위험에 대한 불안 등으로 사기업이 진출하지 못하는 기간산업 분야를 정부가 직접 개척하여 많은 공기업을 설립 운영하기도 하였다.

• 경제자유화시기: 시장중심 경제운용방식으로의 점진적 전환

그러나 정부 패러다임은 한국 경제에 정경유착, 금융시장의 관치화, 경제의 불균형, 정부의 비대화와 정부실패라는 문제점을 야기하였고, 동시에 세계화라는 세계경제의 새로운 환경변화에도 능동적으로 대처할 수 없다는 한계를 노정시켰다. 이러한 문제점을 해결하고 세계화시대에 경쟁력 있는 시스템을 구축하기 위해서는 정부의 개입주의를 배제하고 시장을 중심으로 하는 경제운용방식으로의 전환이 필요했다. 이러한 시도는 1980년대 이후 현재까지 계속해서 진행되고 있다고 볼 수 있다. 그러나 1997년 외환위기 전까지는 자유시장경제에 대한 확고한 철학없이 추진된 자유방임적 시장경제 지향 정책이어서 그 결과 IMF체제라는 경제위기를 초래하였다는 평가가 있다. 외환위기 이후 시장친화적 경제운영이 더욱 강화되기는 하였지만, 국가적 위기상황에서 일부 정부주도적인 정책이 시행되기도 하는 등, 아직 시장패러다임이 완전히 정착되진 못하고 있다. 부문별 정부개입의 수준을 낮추어 갔으나 기본적 패러다임은 여전히 과거의 정부개입 틀 속에 갇혀있다. 더 발전하려면 지금의 틀로서는 안된다. 현재의 경제 환경변화에 적합하게 시장, 정부의 역할을 모색하여야 한다.

• 경제 재도약: 완전한 시장패러다임으로의 변화 필요

한국에서는 현재 과거 개발연대와는 다른 환경변화가 진행되고

있는 중이다.

경제규모의 확대와 시장(특히 금융시장)의 심화에 따라 자원배분에 관한 직접적 정부개입의 필요성이 거의 소멸되었고, 선진국과의 기술격차가 해소됨에 따라 모방보다 혁신이 더 중요한 성장의 동인으로 등장되었다. 시장기능이 작동할 수 있을 정도로 하드웨어적인 측면에서 여건이 조성되면 시장효율성을 감안할 때 시장실패가 발생하지 않는 부분에 있어서는 민간창의를 최대로 구현할 수 있도록 정부 패러다임에서 시장 패러다임으로 바꾸어주어야 한다. 그래야 경제효율성이 높아지고 성장기회가 커진다. 저성장의 늪에 빠져있었던 잃어버린 지난 20년은, 결국 시장 패러다임으로 근본적인 전환을 하지 못한데 기인한다. 시장 패러다임이 경제 재도약을 위한 필요조건이다. 새로운 시장 패러다임에서는 금융이 경제전반에 미치는 영향을 고려할 때 민간창의에 기반한 경제성장을 위해서는 이에 걸맞는 금융의 성장견인 역할이 중요한데 현재로는 제 기능역할을 제대로 하지 못하고 있는 것으로 평가되고 있다.

시장과 정부의 경제적 역할 분담 최적화

시장경제라 하더라도 모든 경제적 과제를 시장이 혼자서 감당할 수는 없다.

시장은 개별 경제주체들의 자원배분에 장점이 있다. 이에 따라 시장에 요구되는 과업은 자원배분의 효율성 달성이다. 자본주의 발전과정에서 소위 시장기능의 한계와 관련된 거시적 경제문제, 즉 완전고용 소득재분배 경제안정화에 대해서는 시장이 제대로 대처할 수 없었으며 이들에 대해서는 정부가 적극적 역할을 해야 하는 것으로 인식되었다. 하지만 일방적인 시장만능주의나 정부만능주의는 금물이다. 시장실패와 함께 정부실패라는 경제적 왜곡현상을 동시에 고려하면서 정부와 시장의 최적 역할분담이 이루어져야 한다. 따라서, 자원배분은 시장기능을 적극 활용하고, 시장제도 보장(사유재산권, 공정경쟁, 정보제공), 시장실패 교정, 완전고용, 소득재분배, 경제안정화는 정부의 역할을 활용하여야 한다. 정부역할과 관련하여서도, 새로운 시장패러다임에서는 시장과 정부의 역할을 이분법적으로 나누지 않고 상호 보완적인 관계로 발전시켜 정부가 직접적으로 개입하기 보다는 간접적으로 개입하는 것이 바람직하다. 즉, 정부의 직접개입은 오히려 정부실패를 유발하므로 시장이외의 제3섹터인 민간제도 육성을 통해 간접적으로 개입하는 것이 바람직하다는 것이다. 앞으로 다가올 제4의 산업혁명에서는 정부도 하나의 서비스기관으로 기능 변화할 것이고, 경제문제 해결을 위해 민간제도가 더많이 활용되어 지리라고 예상하고 있다.

경제성장과 금융의 역할

금융성장통로

경제성장에서의 금융의 역할에 대해서는 다양한 견해가 존재한다. 긍정적 시각에서부터 부정적 시각까지 있다. 금융은 경제주체들의 자금 과부족 현상을 메꾸어 주는 중개역할을 하는 것이기 때문에 금융 자체가 경제성장이 되는 것은 아니지만 이를 통해 경제성장과도 밀접히 연관될 수 있다. 금융은 금융제도와 금융혁신을 통해 저축을 생산적 투자로 전환시키는 금융 중개의 효율성을 지속적으로 개선시킴으로써 경제전반에 걸쳐 성장을 위한 통로역할을 한다. 금융혁신은 가장 유망하고 생산성이 높은 부문에 자금을 공급하게 하고 위험의 효과적 분산을 가능하게 함으로써 장기적 성장의 견인통로가 될 수 있다. 경제학자 리바인 Levine은 금융이 경제성장에 영향을 주는 통로로 ①저축동원 채널, ②상품교환 원활화 채널, ③위험의 거래, 다변화 및 관리 채널, ④기업 모니터링과 기업지배권 채널, ⑤투자기회 및 자본배분에 관한 정보생산 채널을 꼽고 있다. 성장 초기단계에서는 양적 확대와 밀접히 관련있는 저축동원 기능과 거래지원 기능이 중요하고, 성장 성숙단계에서는 질적 향상과 관련있는 위험관리 기능, 모니터링 기능과 정보생산 기능이 중요하다. 경제발전 단계에 따라 금융성장채널의 무게중심이 이동하는 것이다.

법제도의 중요성

금융이 경제성장에 얼마나 영향을 미칠 수 있을 것인가 하는 문제는 가용자금의 풍부성이나 외부자금의 조달가능성 뿐만 아니라 시장에서 필요로 하는 곳에 필요한 만큼 자금을 효율적으로 배분할 수 있도록 하는 법제도의 존재여부에도 달렸다. 경제가 성숙된 단계에서는 후자가 관건이다. 고위험, 고부가가치의 벤처산업, 혁신산업, 성장산업으로도 시장의 자금이 효율적으로 배분될 수 있게 하는 법제도가 있다면, 그렇지 않을 때 보다 더 큰 영향을 미칠 수 있다. 금융에 대한 법제도가 자원배분의 개선을 통해 장기적으로 경제성장에 유의한 영향을 미친다는 것이다. 즉, 법제도의 효율성과 금융산업의 발전정도가 산업의 성장 및 창업환경 그리고 효율적 자원배분에 더 중요하다는 것을 보인다. 따라서, 금융과 관련된 정부의 핵심과제는 시장에서 자원이 효율적으로 배분되도록 하는 금융제도를 만드는 것이다. 이것이 우리 경제의 장기적인 성장을 결정하는 핵심요소가 되는 것이다.

성장지원 역할과 성장견인 역할

경제성장을 위한 금융의 역할을 지원역할과 견인역할로 나누어 볼 수 있다. 성장지원역할이라 함은 금융의 주요 역할을 실물경제 지원으로 보고 거래에 따른 금융제약을 완화시키는데 중점을 두는 것을 말한다. ①주식시장 활성화 및 은행신용 확대 등으로 성장을 위한 자금공급, 유동성 제공으로 거래원활화 ②외부자금 이용가능성을 높여, 기업 및 산업의 성장과 구조조정을 촉진함으로써 경제의 효율성 개선 ③사전적인 선별기능, 사후적인 모니터링을 통한 도덕적 해이방지로 정보의 비대칭성을 완화하고 경제의 마찰적 요인을 축소하여 경제성장을 지원한다. 성장견인역할이라 함은 실물경제지원에 그치지 않고 금융의 정보생산기능을 통해 새로운 투자기회를 찾아 실현시키고 고위험 고부가가치 산업으로의 자금배분을 가능하게 함으로써 경제성장을 견인하는 것을 일컫는다.

추격경제에서는 금융의 지원역할에 만족하고 금융에의 접근가능성을 높이는 것이 중요하였으나, 선도경제에서는 금융의 견인역할이 절실하고 고위험 고부가가치 산업으로의 자금배분이 필요하다.

한국의 경제성장 과정에서의 금융의 역할

1960~70년대 경제개발시기 성장전략의 핵심은 금융억압 및 이에 기초한 정부주도의 금융배분이라 말할 수 있다. 금융이 정부에 의해 억압되어 시장기능을 제대로 발휘할 수 없었다. 성장경제정책을 목표로 하고 있는 정부가 한국은행 및 금융산업에 대한 통제권을 확보하고 은행의 인사, 여수신, 상품구성, 금리결정권과 명시적 및 비명시적인 통제권을 확보하였으며 이로써 은행산업은 독립

적인 산업으로서 발전하기보다는 산업자금의 조달 및 배분 창구로서의 역할을 담당하게 되었다. 기본적인 금융규제방식으로 포지티브 방식을 채택하였기 때문에 금융상품의 형태도 정부가 승인하는 것만 취급할 수 있었으며 금융수요에 부응한 신 상품의 출현도 억제되었다. 이는 광범위하게 존재하는 시장실패, 특히 금융시장의 실패를 치유하기 위함이었다. 이로 인해 정부와 민간사이에 위험 공유체제가 형성되고 잠재부실이 누적되었으나 이를 해소하기 위해 치러야할 단기적 비용이 너무 컸기 때문에 근본적 개혁은 자꾸 미루어졌다.

1997년 경제위기는 부실의 해소 뿐만아니라 시장경제 시스템의 본격적 도입 및 정부와 시장의 역할분담 재조정을 일거에 추진할 수 있는 계기가 되었다. 위기를 맞은지 10년이 흐른 지금 한국경제는 과거와는 매우 다른 모습을 보이고 있다. 예를 들어 금융시장의 경우 한국의 금융연관비율은 현재 미국의 1990년대 중반수준에 도달하였다. 시중은행의 대출형태도 기업대출 일변도에서 벗어나 가계자금대출 및 주택자금대출의 비중이 대폭 제고 되고 있다. 또 금리는 가파르게 하락하여 정책금융에 대한 수요가 급감하는 중이다. 이에 따라 정부가 금융시장에 개입할 이유는 거의 사라졌으며, 정부의 지속적인 개입은 금융시장의 자생적 발달을 저해하여 자원배분의 효율성을 저하시키고 경제성장을 둔화시킬 우려가 커지고 있다.

  경제가 성장하는 과정에 한국 금융이 한 역할을 살펴보면, 정부
주도에 의해 저축동원이나 거래지원기능이 비교적 원활히 수행됨
으로써 실물경제의 성장을 상당부분 뒷받침하고 나아가 물적 자본
축적에도 기여하였다고 할 수 있으나, 과도한 정부규제로 인해 민
간의 창의적 기업 활동을 견인할 정도까지 적극적인 역할을 했다
고 보기는 어렵다. 외환위기 이후 한국의 자금시장 여건이 투자〈
저축의 자본축적 상황으로 변화되었음에도 불구하고, 시장에서의
금융의 성장견인 역할이 미흡하다.

(그림2) 연도별 투자율과 저축률(단위: %)

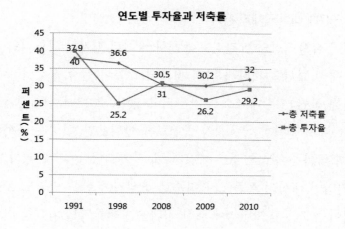

성장견인역할이 미흡한 이유는 정부의 과도하고, 잘못된 방식의 금융규제 때문이다. 금융산업의 특징상 규제필요성이 더 인정됨을 감안하더라도, 금융규제의 형태가 민간의 창의와 자율을 기본적으로 제약하는 패러다임이다. 새로운 혁신기업, 고부가가치 산업 등 성장산업에 필요로 하는 금융수요를 금융시장에서 자율적으로 수용하는데 미흡한 패러다임이다. 이러한 패러다임이 헌법가치인 자유시장경제의 정신을 훼손하고 있다. 이런 상황에서는 금융산업 자체도 경쟁력있는 산업이 되지 못한다. 따라서, 금융과 관련된 정부의 핵심과제는 자원이 효율적으로 배분되도록 하는 금융제도를 만드는 것이다. 이것이 우리 경제의 장기적인 성장을 결정하는 핵심요소가 되는 것이다. 시장주도 패러다임에서는 금융규제 패러다임의 근본적 변화가 경제 재도약의 필요조건이다.

한국 금융에 대한 국제적 평가

한국 금융시장의 발전정도에 대한 국제적 평가는 외형적인 경제규모에 비해서 현저하게 낮게 평가되고 있어 결국 경제성장에 뒷다리를 붙잡는 장애요소로 간주되고 있다. 2015년 세계경제포럼(WEF)에서 평가한 금융시장 발전도를 살펴보면, 한국은 조사대상 140개 국가중에서 87위로 매우 낮게 평가되었다. 비록 평가가 자국 기업인 대상의 설문조사 위주로 구성되어 단순 만족도 조사의 성격이 높고 금융서비스에 대한 기대수준의 국가별 차이를 반영하지 못하는 등 국가간 객관적 비교에는 한계가 있지만, 선진국들과 비교해 경쟁력이 매우 떨어지는 결과를 보여주고 있는 것은 사실이다. 한편, 2016년 국제통화기금(IMF)의 내부 연구토의자료에서 금융발전지수 6위라고 언급하였는데 이것도 결국 금융시스템의 양적측면을 주로 반영하고 있고, 금융에 대한 법적 제도적 규제적 측면에 대한 연구가 제외되었다고 스스로 밝힌 점을 감안하면, 역시 우리 금융은 외형적, 양적으로는 상당 수준에 도달했으나, 효율성, 질적 측면에서는 매우 낙후되어 있음을 간접적으로 시사하고 있다고 할 수 있다.

금융규제와 시장원리

금융 산업의 특수성과 규제 필요성

금융 산업은 내재적 부채경영에 따른 불완전성, 네트워크의 외부효과성, 정보의 비대칭성 등과 같은 특성을 가지고 있다. 이러한 특수성이 금융 산업으로 하여금 경쟁을 통한 효율성의 달성을 어렵게 하고, 시장실패를 발생시킨다. 금융 산업이 시장실패를 보편적으로 낳을 수밖에 없는 구조를 지니고 있는 것이다. 금융규제는 금융 산업이 경제 전 분야에 걸쳐 중대한 영향을 미치고, 네트워크화된 점을 감안하여 실물분야에 비해 강화되어 있다. 일반기업이

회사법 및 공정거래법 등을 통해 규제를 받는 것에 비해 규제의 다양성 및 강도에서 비교되기 어려울 정도로 강력한 규제를 받고 있다. 영업규제는 금융 산업에만 존재한다. 이런 측면에서 금융 산업이 규제산업이라고도 불린다.

이러한 엄격한 금융규제의 적용은 자칫 금융업에 대한 경쟁정책의 적용을 억제하는 요인으로 작용하여 시장경제의 효율성을 훼손하고 금융 산업의 경쟁력을 저해하는 요소로 작용될 수 있다.

금융규제와 시장원리의 상호보완

경제적 자원의 가장 효율적인 배분도구는 시장이다. 시장경제의 핵심은 경제적 자유에 있다. 시장 및 경제주체에 대한 규제가 적을수록 경제자유가 확대된다. 금융부문이 제 기능을 다하지 못하는 본질적 원인은 과도한 규제와 이에 따른 경쟁부재에 있다. 그러나 금융 산업의 효율적 자원배분 기능을 강화하기 위해 경쟁을 활성화하면 금융사간 경쟁심화로 산업의 수익성이 악화되어 안정성을 저해할 수도 있기 때문에, 시장원리와 금융규제가 모순되지 않고 상호보완적인 역할을 수행할 수 있도록 경쟁촉진적인 금융규제의 설계가 필요하다. 정부는 금융시장에 필요한 시그널을 제공하고 금융시스템의 효율성을 제고하여야 할 뿐만아니라 금융시스템이 자발적으로 시장실패 및 정부실패를 해결 할 수 있도록 금융시스템을 육성 발전시켜야 한다.

금융규제에 경쟁정책을 도입하려고 할 때 고려할 사항으로는,

첫째, 금융 감독당국은 금융정책의 전달경로가 되는 금융제도에
대한 일정한 통제를 유지하기 위하여 금융업에서의 경쟁을 제한하
려는 동기를 가질 수 있다는 점.

둘째, 시장원리에 기초하지 않는 규제를 유지하려고 하더라도
현재의 금융기술과 정보통신기술의 발전, 경제의 글로벌화에 따라
쉽게 극복될 수 있다는 점.

셋째, 시장원리를 내포한 금융규제의 발달이 실제로 많이 경험
되고 있다는 점이다.

한국 금융규제 실태와 문제점

• 정부마다 규제개혁 노력

금융규제와 관련하여 과거부터 지속적으로 개선 내지 개혁조치
가 있어 왔으며, 관점에 따라서는 많은 성과가 있었고 지속적 발전
이 있어 왔다. 그러나 민간 자율과 창의를 수용할 수 있는 관점에
서 보면 그동안의 개혁 노력은 정부주도에 의해 경제적 측면에서
만 업종별 건별 성과위주로 이루어져 왔으며 법적 제도적 측면에
서의 근본적인 금융규제 체제검토는 미흡하였다고 할 수 있다.

• 과도한 간섭과 규제, 그리고 경쟁 부재

정부의 부단한 규제개혁 노력에도 불구하고 정부 밖의 전문가들과 업계 종사자들의 평가는 여전히 규제가 과다하고 강하다는 것이다. 정부에 등록된 금융규제의 총 건수가 2009년 953건에서 2014년 1,120건으로 증가하고 있을 뿐만아니라 등록되어 있지 않은 다양한 형태의 그림자 규제도 많이 남아있기 때문이다. 또한 전체 산업의 규제강도보다 금융의 규제강도가 약 4배라는 연구결과로 비추어 볼 때 금융규제가 강력하다고 느낄 것은 분명하다.

과도한 간섭과 규제, 그리고 이로 인한 경쟁의 부재는 우리 금융시장이 가지고 있는 전형적, 후진적 모습이다. 이것이 경쟁을 통한 시장경제질서 정신을 훼손하고 있다. 금융 선진화를 위해서는 민간의 창의적인 활동을 제약하는 불합리한 규제와 중복, 과잉규제를 철폐하고, 금융규제 당국의 규제행태 및 관행을 개선시키는 등 실질적인 규제개혁이 필요하다.

• 포지티브 방식의 금융규제

1960~70년대 개발경제시기 정부가 경제개발에 필요한 자금동원과 배분에 직접 개입하면서 기본적인 금융규제방식으로 포지티브 방식을 채택하였다.이로 인해 금융회사가 취급할 수 있는 금융상품이나 업무범위도 정부가 승인한 것만 취급할 수 있었으며 신규수요에 부응한 신상품이나 새로운 업무의 출현은 억제되었다.

그 이후 계속된 금융규제 개혁에서도 기존의 규제 틀 속에서 규제 개수나 수준을 완화하는 조치들만 있었고 근본적인 규제 틀의 변화는 없었다. 부분별 산발적으로 네거티브 방식을 채택한다고는 하였으나, 명확하지 않은 형식이나 타 조항 및 하위법령 등과의 관계에 의하여 사실상 포지티브 방식이 유지되었으며, 법 제도적으로 네거티브 방식으로의 대전환은 없었다고 할 수 있다. 이러한 원칙규제 예외허용의 포지티브 방식의 금융규제체계는 2000년대 들어 경제의 글로벌화, 자금시장의 초과공급 상태, 산업구조의 다변화 추세 속에서 신 신업과 신 업종에 대한 금융지원에 장애요인으로 작용하고 있다.

• 법치주의를 위협하는 그림자 금융규제

그림자 규제란 법령 또는 규정에 의한 규제가 아니면서 규제를 받는 사람들에게는 규제로 인식되는 일체의 행정행위를 말한다. 금융에는 다른 산업과 달리 일반적, 종합적, 상시적 감독업무를 하는 강력한 금융 감독기구가 존재한다. 금융 감독기구와 금융업체 종사자들 사이에는 계속적인 권력관계가 있기 때문에 그들 사이에 이루어지는 감독행위는 권력성을 가지게 된다. 법령에 근거하지 않으면서도 법령에 근거한 규제와 같은 실질적인 효력을 발휘할 수 있는 것이다. 금융 감독기구와의 관계를 계속 좋게 이어가야 하는 금융회사로서는 그러한 그림자 규제를 무시할 수 없기 때문이다. 그림자 금융규제의 대표적인 예로는 모범규제와 행정지도가 있다.

　금융 감독기구가 법률에 근거하지 않은 모범규준이나 행정지도와 같은 그림자 규제를 통해 규제를 양산하고 불합리하고도 지나친 규제 행태나 관행을 보일 경우 그에 따른 폐해는 생각보다 심각해질 수 있다. 금융 산업에 대한 그림자 규제가 가져오는 가장 큰 문제는 법치행정의 훼손이다, 그림자 규제로 금융 산업과 금융시장을 규율하려는 자세는 바람직하지 않다. 금융회사의 자유로운 경영활동을 제약하는 그림자 규제는 법률에 근거하여 발동되는 것이 법치주의에 부합한다.

금융규제의 패러다임 전환필요

정부의 일하는 방식 대전환이 중요 가치
　한국 경제의 선진화를 위하여 이 시점에서 가장 중요한 전략적 가치를 갖는 화두는 국가의 경제 및 행정적 권한을 행사하는 방식의 대 전환이다. 현재 한국의 국가와 기업, 개인의 시스템은 2만 달러용이다. 현재 시스템으로는 선진화에 한계가 있다. 다시 성장하기 위해서는 새로운 성장시스템을 추구해야 한다. 경제 효율성을 최대화 할 수 있는 시스템이 어떤 모습이어야 하는 지를 찾아내야 한다.

자유민주주의 국가에서는 각 개인의 인격을 존중하고 그 자유와 창의를 최대한으로 존중해 주는 것을 그 이상으로 하고 있는 만큼 기본권 주체의 활동은 일차적으로 그들의 자결권과 자율성에 입각 하여 보장되어야 하고, 국가는 예외적으로 꼭 필요한 경우에 한하 여 이를 보충하는 정도로만 개입할 수 있다. 이러한 헌법상의 보충 의 원리가 국민의 경제 생활영역에도 적용됨은 물론이므로 사적자 치의 존중이 자유민주주의 국가에서 극히 존중되어야할 대 원칙임 을 부인할 수 없다.

정부 패러다임에서 시장 패러다임으로

어떻게 경제적 문제를 해결할 것인가? 우리 헌법에서는 경제질 서로 개인과 기업의 자율성을 중시하는 자유 시장경제주의를 채택 하고 있고, 정부로 하여금 개인과 기업의 자유롭고 창의적인 경제 활동을 최대한 지원하는 것을 그 기본원리로 하고 있다. 이와 같이 헌법으로 자유 시장경제주의를 천명하고 있음에도 실제 경제운영 에 있어서는 기본적으로 정부주도의 정부 패러다임이 지속되고 있 다. 1960~70년대 경제개발 시기에는 시장 불완전성 등에 따른 보 편적인 시장실패가 있었기 때문에 정부개입의 타당성도 있었고 그 결과 상당한 성과도 있었다.

그러나 그 이후 경제가 성숙되어 시장기반이 확대되었음에도 불구하고 정부패러다임의 기본적 틀은 변하지 않고 있다. 과거 정부개입의 성공 추억, 정부실패의 심각성에 대한 인식미흡, 시장에 대한 신뢰부족 등으로 정부 패러다임으로부터 벗어나지 못하고 있다. 여전히 신 성장 동력에 대한 정부지원, 구조조정에 대한 정부개입 요구 등이 존재한다. 이러한 경우 산업지원의 특정성이 확인되면 국제규범에 의해 제재를 받을 수 있다.

이제 경제 재도약을 위해서는 추격형 경제가 아닌 선도형 경제가 필요하고, 이러한 선도형 창조경제에서는 기업의 자율과 창의가 처음이자 마지막이 되어야 한다. 이를 위해서는 시장 패러다임으로 확실하게 전환되어야 한다. 시장경제에 대한 믿음이 관건이다. 정부규제는 문제해결을 위한 수단의 하나였으므로 시장자율로 실현될 수 있는 것을 굳이 정부규제를 통해 성취할 필요는 없다. 정부의 인위적 규제보다는 시장의 자율적 경쟁을 통해 해소해 나가야 한다. 개인과 기업들이 자유롭게 경쟁할 수 있는 환경을 조성하는 것이 정부의 역할이다. 민간의 자율과 창의를 최대한 보장하도록 규제개혁 시스템을 정비하는 것이 급선무다. OECD의 좋은 규제 수립을 위한 정책권고안을 참고하면, 모든 부문에서 경쟁, 시장개방 및 효율성을 강화하기 위한 경제규제를 설계하고, 공공이익을 증진시키기 위한 최선의 방법이라는 명확한 증거가 현존하는 경우를 제외하고는 경제규제를 모두 제거하여야 한다. 침체된 경제를 살리고 성장동력을 회복하기 위해서는 국민과 기업 등 경제주체들의 활발한 경제활동이 무엇보다 중요하다.

네거티브 규제방식

금융규제 패러다임이 시장 패러다임으로 전환되는 것이 근본문제이지만, 규제내용에 있어서도 문제이다. 특히, 진입규제 및 상품규제, 영업규제가 과도할 뿐만아니라, 규제방식이 네거티브 방식으로 되어 있지 않음으로서 새로운 금융상품을 만들어 낼 때마다 인허가, 신고를 하여야 하고 승인되지 않으면 금융상품을 시장에 내 놓을 수 없다. 금융의 규제대상을 어떻게 정할 것인가? 원칙 허용, 예외 금지의 네거티브 규제방식은 금지되는 것만 최소한으로 규제하고 그 외에는 원칙적으로 모든 기업의 창의적 활동을 허용함으로써 영업의 자유 등 국민의 기본권을 극대화하는, 즉 국민중심의 규제방식으로의 대 전환을 의미한다. 이러한 전환은 기업의 창의 및 자율성 향상, 기술과 사회의 빠른 변화에 대한 민첩한 부응으로 이어져 결국 지속가능한 성장을 야기하는 토대가 된다.

이는 원칙 규제, 예외 허용의 포지티브 방식과 반대되는 개념으로서 '금지되지 않는 것은 허용되는 것' 이라는 법언에 따라, 개인의 자유와 타인의 권리를 침해하거나 사회준칙에 어긋나지 않는다면 합리적으로 필요한 범위에서 제한되지 않는 한 보장되어야 한다는 생각에 기반하고 있다. 이는 또한 금융규제가 단순한 경제정책의 일환으로 논의될 사항이 아니며 제반 공법원리에 의해 규율되어야 할 법적 판단의 대상이라는 사실이 널리 인식되어야 함을 상정한다. 네거티브 규제방식으로의 전환은 단순한 법 형식의 변경을 의미하는 것이 아니라 실질적인 금지사항의 내용을 명확히 함으로써 포지티브 방식으로 회귀하지 않도록 하는 지지대 역할을 한다.

 네거티브 방식으로 전환하게 되면 규제가 최선의 방법이라는 명확한 증거가 현존하는 경우를 제외하고는 모든 규제가 제거되어야 하기 때문에 규제의 공백상황이 올 수 있다. 금융규제당국의 담당자는 규제공백의 책임을 떠안아야 하기 때문에 전환에 반대할 우려가 있다. 현재 한국사회는 리스크의 사회화 기능이 붕괴되어 있다. 미래의 아직 발생하지 않은 것에 대한 모든 책임을 현재의 업무 담당자가 떠안게 하고 있는 것이다. 한국경제가 혁신경제로 거듭나기 위해서는 장래의 불확실성에 대한 현재의 위험을 감수하는 자세가 필요하다.

규제는 필요최소한이 되어야 하겠지만 무엇을 내용으로 할 것인가 보다는 우선 새로운 기술변화, 수요 환경변화에 대응하여 자유롭게 영업할 수 있도록 하고 그 이후 규제내용 심의 프로세스를 상시 운영하여 규제당국으로 하여금 시장을 일상적으로 면밀히 모니터링하고 현존하는 위험에 대한 명백한 증거를 기반으로 규제수단과 수준을 정하도록 한다. 즉, 시장과 정부와의 규제 커뮤니케이션 시스템을 상시 운영하도록 하는 방법으로 리스크를 사회화 하는 것이다.

규제법정주의 확립, 그림자 금융규제 폐지

법령에 근거하지 않으면서도 법령에 근거한 규제와 같은 실질적인 효력을 갖고 있는 그림자 규제는, 규제에 해당되면 원칙적으로 법률에 직접 규정하여야 한다는 행정규제기본법에 위반되며. 헌법적 가치인 법치주의 정신을 크게 훼손시킨다. 금융 감독당국과 금융회사간의 계속적인 권력관계 속성을 고려할 때 금융권의 그림자 규제에 대해서는 특별한 조치가 필요하다. 그림자 규제는 규제의 양산, 법치행정 저해 등 여러 가지 문제를 유발하기 때문에 남겨둘수가 없디. 그림자 규제로 금융산업과 금융시장을 규율하려는 자세는 바람직하지 않다. 그림자 규제를 폐지하여야 한다.

형식적으로 모범규준은 금융시장 자율규제의 하나로 그 채택여

부가 금융회사의 선택에 맡겨져 있다. 금융회사가 선택하여 모범규준이 내부규범에 반영되면 법령과 유사한 일종의 규범이 된다. 모범규준은 강제력 없이 금융회사가 지향하여야 할 바람직한 상태를 기술한 것이 출발이었다. 모범규준이 필요하다고 하더라도 지금과 같이 금융 감독당국이 주도가 되어 사실상 강제력이 있는 모범규준을 양산하는 것은 바람직하지 않다. 규제적 법령적인 모범규준은 모두 폐지하고, 금융 감독당국이 제·개정한 모든 모범규준에 대하여 금융회사가 반드시 따라야할 의무가 없는 단순한 권고임을 선언하여야 한다.

 규제적인 모범규준을 모두 폐지하면 규제의 공백상황이 올수 있다. 금융규제당국의 담당자는 규제공백의 책임을 떠안아야 하기 때문에 모범규준 폐지에 반대할 우려가 있다. 따라서, 모범규준을 폐지하되 규제적 법령적 모범규준 중 금융정책의 목적을 구현하기 위하여 반드시 필요하다고 인정되는 부분은 신속하게 입법을 추진하여야 한다. 민간주도로 금융회사의 바람직한 지배구조와 영업관행을 확산시키기 위하여 만들어진 모범규준까지 금지할 필요는 없다.

 특정인에게 일정한 행위를 하거나 하지 아니하도록 지도 권고 조언 등을 하는 행정행위인 행정지도에 대하여 검사하여 점검하겠다는 감독당국의 의사표시가 있다면 이미 행정지도가 아니다. 금융 감독당국의 행정지도는 일회적이지 않고 단기적이지 않은 것이 많기 때문에 일반 행정지도와는 다른 성격을 갖고 있다. 따라서 금융 감독당국의 행정지도에 대해서는 일반적인 지도와는 다른 특별한 제어장치가 필요하다. 적절히 제어하지 않으면 법치주의가 크게 훼손된다. 따라서 규제적 성격의 행정지도를 통제하도록 행정절차법을 개정하고, 기존의 규제적인 행정지도는 발굴 폐지하여야 한다. 규제개혁이 모든 문제를 해결하는 만능열쇠는 아니지만 불합리한 요소를 제거하고 국가 전체적인 시스템의 효율성을 향상시킴으로써 우리 경제는 재도약할 수 있다.

한국 방위산업의 위기와 새로운 도전

이준구

| 학력 |
- 경기대학교 정치전문 대학원 졸업(외교안보학 박사)
- 충남대학교 경영대학원 졸업(경영학 석사)
- 육군사관학교 졸업(34기)

| 경력 및 활동사항 |
- (현) (사)국방민권사업 발전협회 이사장
- 육군 제2작전사 부사령관
- 육군 제7 기동군단장

| 저서 및 논문 |
- 한국의 군사전략과 방위산업(2013, 박사학위논문)
- 군사적 관점으로 본 동북아 전략환경변화(2014, 시대정신기고 논문)
- 국방환경변화와 미래국방경영전략(2014, 군사논단 논문)

FORUM OH-RAE
Today & Tomorrow

한국 방위산업의 위기와 새로운 도전

이준구

(전) 육군 제7 기동군단장

한국 방위산업[1]의 기적과 위기

한국의 방위산업은 지난 40여년 동안 무에서 유를 창조한 기적의 발전을 이룩하였다. 1974년 율곡계획으로 시작된 방위산업은 2015년 현재, 국방과학기술 수준이 세계 9위로 평가되었고 2014년 방위사업 수출은 약 36.1억불에 달했다. 1973년 한국군의 전력은

---

1) '방위산업(Defense Industry)'이라는 용어는 본래 '군수산업(Military Industry)'이었으나, 제2차 세계대전의 참혹성에 대한 반성으로 방어(Defense) 중심의 군사력 건설을 중시한다는 의미에서 도입됐다.

북한군 대비 약 50.8%로 평가되었으나 42년이 지난 2016년 현재, 북한군의 재래식 군사력 수준은 세계 25위인 반면, 한국 군사력은 11위로 상승했다. 그러나 2016년 1월6일 북한의 4차 핵실험 이후 핵과 미사일 위협이 현실화되었음에도, 한국은 미군의 핵우산인 맞춤형확장억제전력(Tailored and Extended deterrence Forces)에만 의존하는 모습을 보이고 있다. 국방부는 2020년까지 북한을 선제타격할 공격전력으로서 한국형 Kill-Chain을, 그리고 북한미사일 방어전력으로 한국형 미사일 방어체제(KAMD)를 구축하겠다고 발표하였다.

  국민들은 한국군이 북한 핵 위협에 즉각 대응할 독자무기가 사실상 없다는 사실이 보도되면서 국방전략과 방위사업에 대해 심각한 의문을 갖기 시작했다. 조선일보는 "그 많은 국방비는 어디로 갔나?"라는 칼럼에서 지난 20년간 북한의 비대칭 전략 전환을 뻔히 보고도 낡고 고루한 사고방식에 안주한 무능한 장군들 때문에 수천억 달러의 국방비를 낭비했다고 비난했다(2016.2.11. 양상훈 칼럼 참조). 지난 40여 년간 비약적으로 성장했다는 한국 방위산업이 2016년 현재 새로운 비대칭 위협에 대한 전략무기획득에는 실패(?)한 심각한 위기에 직면하게 된 것이다. 왜 이러한 현상이 나타난 것일까?

한국의 국방전략 선택과 방위산업

일반적으로 자유민주주의 국가의 국방전략은 5~10년을 집권하는 통치세력에 의해 결정되는데, 어느 시기에 소홀히 한 미래위협은 위협이 현실화된 시기에 국가대응력 부재라는 치명적인 위기로 나타나게 된다.

북한위협의 시대적 변화

북한의 대남전략은 무력에 의한 한반도 적화통일전략이다. 북한위협은 1970년대까지 재래식 전력에 의한 전면남침 위협이 핵심이었다. 그러나 1980년대 중반부터 위협의 핵심은 재래식 전력에서 비대칭 전력 위협으로 급격히 전환되기 시작하였다. 비대칭 위협의 정점은 1994년부터 시작된 핵 개발 위협이다. 북한은 핵무기 제조에 필요한 고폭화약실험을 1983~1988년 기간 중에 약 70여회 실시하였다. 1990년대 초에는 핵연료확보에서 재처리에 이르는 핵연료주기를 완성하였으며 1994년에는 핵물질 보유가 가능한 것으로 평가되었다. 이어서 2005년 핵보유를 선언하였고 2006년에는 최초 핵실험을 단행하였다. 2012년 헌법에 핵보유국을 명시했으며 2013년 3차 핵실험으로 핵탄두 소형화 달성을 주장하였다. 그리고 2016년 1월 4차 핵실험은 수소탄 실험이라고 주장하면서 전 세계로부터 명실공히 기존 핵보유국과 유사한 지위를 인정받으려 하고 있다. 세계 군비통제기구인 Arms Control Association은 2016년 1월 북한이 총 10~16개의 핵무기를 보유하고 있을 것으로 추정하면서 플루토늄(Pu) 6~8개, 우라늄(U+) 4~8개의 종류별 추정수량을 발표하였다.

한국의 국방전략 선택과 방위산업

• 해방 후 이승만의 국방전략 선택과 한미상호방위조약

이승만 대통령은 1948년 국군이 창설되면서 한국의 국방전략을 연합국방으로 결정하고 미국의 원조를 최대한 이끌어내는 한편, 주한미군 철수를 최대 지연시키는 것에 노력을 집중하였다. 그러나 미국은 한반도 전략상황을 크게 오판하여 1949년 6월 29일 주한미군을 완전히 철수하였다. 그러나 미국의 애치슨라인 선언과 6·25 북한 남침으로 인해 한국의 연합국방을 중심으로 하는 국방전략은 완전한 실패로 돌아가게 되었다. 그 후 한미 양국은 수차례의 우여곡절 끝에 1953년 10월 1일 한미상호방위조약에 정식 서명했고, 1954년 11월18일 조약이 공식 발효되었다. 즉, 이승만은 국방전략으로 연합국방을 선택하고 1950년대 전쟁의 혼란 속에서도 전략의 수단을 직접 결정하고 실행하여 국가의 모든 노력을 통합 집중시켜 한미상호방위조약을 성사시킴으로써 후세를 위한 국방기반을 제공하는 전략목표 달성에 성공했다고 볼 수 있다.

• 1960~70년대 박정희의 국방전략 선택과 방위산업 기반조성

　박정희의 국방전략은 한마디로 부국강병이었다. 박정희의 전략
은 첫째, 한미연합방위체제를 중심으로 대북위협을 최우선적으로
억제하고, 둘째, 국가경제와 방위산업을 동시에 발전시켜 한국군
을 조기에 현대화시킴으로써, 1976년까지 이스라엘 수준의 자주국
방태세를 확립하고, 1980년대 초까지 전차 항공기 유도탄 함정 등
정밀무기의 국산화능력을 보유한다는 것이었다. 그러나
1960~1970년대의 한국은 그야말로 경제의 불모지 상태였다. 이러
한 문제를 동시에 해결하고자 추진한 정책이 국방과 민간경제 동
시발전 전략이었다. 방위산업과 국가산업 동시발전전략은 제2차
세계대전 이후 미국 영국 독일 프랑스 등 모든 국방선진국에서 채
택되었던 '범정부 통합추진체제에 의한 방위산업 발전전략'과 같
은 것이다. 이 정책의 추진을 위해서 청와대 제2경제 수석비서관실
이 설치되고 수석비서관으로 오원철이 임명되었으며, '우리나라
중화학 공업과 방위산업의 중요한 의사결정이나 사업추진에서 그
의 손을 거치지 않는 사안이 없을 정도였다'고 한다.

• 1980~1992년 전두환·노태우의 국방전략 선택과 방위산업

　1979년 박정희 정부의 비극적 종말은 한국 국방전략 선택의 커
다란 전환점으로 작용했다. 방위산업을 연구하는 전문가들은 이
시기를 한국 방위산업의 정체기로 구분한다. 왜냐하면 국방전략과

정책방향이 근본적으로 변화되면서 그 영향으로 방위산업이 크게 위축되었기 때문이다. 전두환 정부는 1981년 국방목표에서 '방위산업을 육성하여 자주국방체제를 확립한다'는 내용을 삭제하였다. 구체적인 정책변화를 살펴보면 첫째, 방위사업이 청와대가 직접 주관하는 국가전략 핵심사업에서 국방부 단독 추진의 국방전략 정책사업으로 하향 조정되었다. 둘째, 국가 기술 주권에 기초한 독자 연구개발 중심에서 기술도입에 의한 해외 무기구매 중심으로 방위사업 기본방침이 바뀌었다. 셋째, 국가전략이 안보중심에서 경제중심으로 전환되면서 방위산업과 국가경제 동시발전 정책이 경제발전 우선정책으로 전환되었고 군수산업은 민수산업과 완전히 분리되기 시작하였다. 넷째, 국가 통치권의 국방전략과 방위산업 육성에 대한 관심이 낮아졌고 국방비의 비중도 계속 감소(GDP 대비 약 5%에서 3~4%로)하는 결과를 가져왔다. 다섯째, 한국군 방위산업은 연합사의 한미연합작전계획과 연합연습을 통해 1980년대부터는 미군의 전략전술 변화에 직접적인 영향을 받게 되었다. 여섯째, 미래 전략무기 선택의 기준이 '정보기술기반의 미래무기'가 아닌 '재래식 최신무기'로 바뀌었다.

• 1993~2015년의 대북정책과 국방전략 선택

김영삼 정부부터 한국의 국방전략은 '대북 위주' 개념에서 '대(對)주변국 전방위 우호협력' 개념으로 전환되었다. 이때부터 군사전략은 대북 평화통일정책과 충돌하면서 북한의 위협 대응기능이 약화되는 현상이 나타났다. 당시 대북정책은 북한도 같은 민족이라는 낭만적 개념에 기초하여 남·북한의 대화와 교류를 통해 통일할 수 있다는 전제 하에 추진되었다. 국방백서에 핵 대응정책이 최초로 발표된 것은 1994년이었다. 그 정책방향은 "국제기구와 이해 당사국들과 긴밀한 국제공조체제와 남북대화를 통한 대북 설득노력을 병행 추진함으로써 북한 스스로 그들의 핵 개발노력을 포기하도록 하는 것이다"라고 설정하였다. 대포동 1호 미사일 발사와 햇볕정책이 시작된 1998년 국방백서는 북한 핵 능력을 초보적인 핵무기 1~2개 조립생산능력을 보유하고 있는 것으로 추정하면서 '1998년 5월 인도와 파키스탄 간에 벌어진 경쟁적인 핵실험 실시 이후 이에 자극받은 북한이 과연 핵무기 개발을 포기할 것인지는 여전히 의문으로 남는다'라고 평가하였다. 그러나 대응정책은 "북한이 경제적 위기극복과 체제유지를 위해서는 대남 무력적화전략을 포기하고 남북군비통제 협상에 응해오지 않을 수 없을 것으로 보인다"라면서 협상정책을 제시하였다. 2004년 국방백서에서는 '어떠한 경우에도 북한이 핵을 보유해서는 안 된다'고 하면서도 북핵문제는 평화적인 방법으로 해결되어야 한다고 명시하였다. 북한 핵 위협에 대한 군사적 대응전략은 2006년 국방백서에 최초로 다음과 같이 명시되었다. "2006년 10월 북한이 핵 실험을 실시하여 핵 위협이 현실화됨에 따라 기존의 계획에 추가하여 핵 위협을 줄이거나 대비하기 위한 '감시정찰-정밀타격-요격방호 전력소요'를 추가 식별하여 보강할 계획이다."가 그것이다. 그리고 2014년 국방백서에서는 북한의 핵·대량살상무기 위협 대응능력을 강화하기 위하여 맞춤형 억제전략 수립 및 발전, 킬체인과 한국형 미사일 방어체계의 단계적 발전, 화학생물 위협대비 능력발전, 국방 우주력 발전전략이 제시되었다.

이 기간 중 북한 위협은 전혀 변하지 않았음에도 남북한의 화해 무드 조성과 함께 마치 북한 위협이 크게 감소된 것처럼 받아들이는 분위기였다. 1993년 노동미사일이나 1998년 대포동미사일 발사에 대한 위협을 미군이나 일본과는 전혀 다르게 평가하였다. 오히려 '북한은 친구'로, '미국은 적'으로 규정하려는 움직임이 있었으며 2014년에는 북한을 주적 개념에서 삭제하는 일까지 벌어졌다. 한국의 당시 국가 지도자들은 전쟁억제 또는 전쟁과 평화에 대하여 치명적으로 잘못된 인식을 함으로써 군사적으로 북한체제를 변화시킬 수 있는 최고의 호기를 허비하고 말았다. 당시 한국의 국가 지도자들은 6·25를 민족분쟁(세계 공산주의 혁명전쟁으로 인식해야 함에도 불구하고)으로 인식하고 한반도에서 전쟁은 절대로 방지해야 한다는 강박관념이 있었던 것으로 추정된다. 이는 전쟁억제와 전쟁회피를 혼돈한 것으로서 군사적 뒷받침으로 북한을 변화시킬 수 있는 기회를 놓치고 오히려 북한이 위기에서 벗어나도록 지원하는 대북정책을 추진하였다. 그와 함께 자국의 국방전략 선택은 오히려 억제시키거나 소홀히 하는 우를 범하였다. 이 시기에 정보/감시장비와 미사일/유도무기, 정밀탄약 등 정밀유도무기체계 연구개발도 제때에 착수되지 못함으로써 1990년대 중반 이후 2000년대에 이르기 까지 한국군 정밀무기체계의 전력화가 크게 지연될 수밖에 없는 현상을 초래하였다.

한국 방위사업의 전략적 특성

한국 방위산업의 전략적 특성을 분석하는 일은 미래전략 수립을 위해서 매우 중요하다. 즉 어느 시기 어떠한 잘못된 국방전략 선택이 오늘날 독자적으로 북한 핵 개발에 즉응할 수 없는 군사전략과 잘못된 무기획득의 원인이 되었는지 분석해야만 한다. 앞서 제시된 자료를 중심으로 분석해 보면 다음의 몇 가지로 정리된다.

첫째, 국가생존을 위한 미래 전략무기의 엄중한 선택이 첨단기술과 방위산업 발전을 좌우하는 결정적 영향요인임을 정확히 인식하지 못했다. 한국은 1987년부터 미사일 방어체제 구축을 위한 미국 SDI개발계획 참여요청에 국방부가 아닌 과학기술처가 참여하였다가 1989년 중단하였다. 북한 대포동 미사일 시험발사가 진행된 1998년 이후에도 미국의 참여요청에 대해 한국은 1999년 공식 거부하였다. 그 결과 한국은 2013년부터 북한 핵과 미사일 위협에 대응하기 위하여 이스라엘의 미사일과 레이더를 수입하는 입장으로 전락했다.

둘째, 한국의 국방전략 선택과 방위산업은 정권이 교체될 때마다 큰 변화를 겪었다. 1990년대 이전에는 군사력이 뒷받침된 전쟁 억제를 통한 통일전략이었으나, 1990년대 초반 이후에는 북한과 무조건적 대화와 협력을 강조하는 포용정책(햇볕정책)을 선택하면서 군사력을 배제하는 경향이 역력하였다. 1990년대 이후 모든 정권의 국방전략은 평화적 통일을 기본방향으로 하는 대북정책 속에서 차별성없는 유사정책이 반복되었다. 그 대표적인 사례가 노무현정부의 국방개혁 2020이었다. 이 계획의 결정적인 문제는 북한의 현실위협을 실제와 전혀 다르게 인식하고 적용했다는 점이다. 국방개혁 2020에서 북한위협(핵 포함)은 단기적으로는 큰 위협이 안 되며 장기적으로는 소멸될 것으로 평가하였다. 이러한 평가를 기초로 연합사 해체와 전시작전통제권의 한국군 이양이 동시에 추진되었다. 이는 '장기 정보전망'을 '희망적 사고(Wishful Thinking)'로 대체시켜 실제정책에 적용한 결과로 판단된다. 실제 노무현 정부에서는 2005년 북한 핵보유선언과 2006년 북한 1차 핵실험 장거리 미사일 발사가 있었음에도 북한 핵 위협인식에 변화가 없었으며, 군사적으로 기존계획을 보완하여 대응하는 소극적인 국방전략을 선택하였다. 1998년 북한 대포동 미사일 발사 후 한국과 미국 일본이 선택한 대응전략을 비교해 보면 당시 북한에 대한 정보평가 축소 왜곡현상을 명확히 확인할 수 있다. 미국은 대포동 미사일 발사 직후 1999년 국가 미사일 방어법(The National Missile Defense Act of 1999)을 제정하였다. 미국은 미사일방어체제 개발에 한국과 일본의 참여를 공식 요청했다. 김대중 정부는 한국의 군사적 환경에서 효과가 의문시되며 비용 대 효과 면에서 이익이 없다는 이유로 거부하였다. 일본은 1999년 8월 미국과 미사일방어체제 공동개발 협정에 서명했다. 한국은 1998년 미국MD 참여 거부 이후 2016년 현재 북한 핵과 미사일 위협에 대응하는 새로운 무기체계의 긴급 획득계획을 추진하고 있으나, 미국과 일본은 통합된 미사일방어 상황실을 태평양사령부에 운영하면서 북한위협에 대응하고 있다. 이러한 결과는 대통령과 국가지도자들이 전쟁과 평화에 대해 명확히 이해하고 국가생존과 직결된 국방전략을 적시에 선택하는 것이 국가미래를 위해 얼마나 중요한가를 말해주는 살아있는 교훈이라 할 수 있다.

셋째, 한국 군사지도자들은 국방전략 선택에 결정적 영향력을 발휘하지 못하고 있었다. 군사지도자들이 제 목소리를 내지 못하게 된 것은 목소리를 내는 군인다운 군인을 군 고위층으로 진급시키지 않기 때문이다. 게다가 정권교체와 함께 군사지도자들의 급격한 교체변동은 국방정책의 일관성을 크게 훼손하는 결과를 가져왔다. 더구나 정권의 배려를 통해 겨우 고위직에 오른 군사지도자들이 정권이익에 반하는 국방전략을 건의하거나 실행하는 것은 대단히 어려웠을 것이다.

넷째, 한국 방위산업 발전에는 미국의 영향력이 사실상 지배적이었으며 현재도 크게 작용되고 있다. 미국의 영향은 크게 두 가지 방향으로 작용했다. 하나는 한국군 현대화와 독자무기체계 획득을 지원하는 긍정적 방향이며, 다른 하나는 한미연합작전체제로 인해 한국의 독자 전략전술 개발과 한국군의 공격적 신형무기체계 획득이 제한되는 부정적 방향의 작용이다. 한국군과 방위산업의 발전은 이와 같이 미군의 긍정적, 부정적 영향을 동시에 받아 왔다. 이러한 가운데 한미상호방위조약과 한미동맹 한미연합사에 의한 한국안보의 보장은 한국군 독자 전쟁기획능력과 작전수행능력의 부족 그리고 한국 독자 국방기술개발이라는 다른 한편의 심각한 그림자를 가져오기도 한 것으로 평가된다. 이러한 모습은 한국군이 독자적으로 혁명적인 군사혁신을 하지 못할 경우 미래에도 상당기간 논란이 계속될 것임을 말해주고 있는 셈이다. 북한 핵 개발이 고도화되고 실질적 위협이 되고 있는 현시점에서 한국군의 독자 작전수행능력과 대응무기체계 부족은 단기간 해결될 수 없는 심각한 문제가 아닐 수 없다.

다섯째, 한국의 방위산업은 국제정치 역학관계에 따른 세계질서(World-Order)의 변화와 주한미군 감축문제에 직접적인 영향을 받아왔다. 1964년 존슨의 한국 베트남전 파병 요구, 1969년 닉슨 독트린에 의한 1971년 주한미군 철수(미7사단)와 1975년 베트남전 미군철수는 1971년 한국군 현대화 계획과 1974년 율곡계획으로 연결되어 방위산업이 본격 육성되면서 한국군 무기체계 획득에 직접적인 영향을 주었다. 1977년 카터의 주한미군철수 추진, 1981년 주한미군 철수 백지화 발표, 1991년 방위비 분담과 주한미합동군사업무단(JUSMAG-K) 설치 등 1990년대 중반까지 국제질서와 주한미군의 변화는 한국 방위산업 발전에 직접적인 영향을 주는 핵심 요인이었다.

한국의 정치 및 군사지도자들은 필수적으로 국제정치의 역학관계에 정통해야 하며 이를 기반으로 세계와 동북아 질서변화를 예측하고 전략적 대응을 할 것이 요구된다. 이러한 국제질서를 제대로 이해한다면 "중국이 강대국으로 급부상하고 있으므로 한국이 미국과 중국 중 하나를 선택해야 한다"는 주장은 할 수가 없는 것이다.

외국군의 전략무기 사례

국가의 국방전략 또는 전략무기 선택이 잘못됨으로써 심각한 위기를 겪거나 전쟁을 억제하지 못한 결과를 초래한 사례는 무수히 많다. 아마 역사 속에서 수많은 국가들의 흥망이 바로 이러한 결과라고 할 수 있을 것이다. 화약은 1126년 북송에서 최초로 무기에 사용되었으나 유럽 국가들이 몇 백 년에 걸친 화약혁명을 일으켜 전 세계를 지배하게 되었다. 전차는 영국이 항공기는 미국이 각각 발명하였으나 독일이 기동전의 핵심무기로 사용하여 유럽지역을 석권했다. 항공모함은 영국이 최초로 개발하였으나 미국과 일본이 주력무기로 선택하여 대양을 장악했다. 이스라엘은 자원도 인구도 부족한 소국가임에도 미래 필수 전략무기 개발에 집중한 결과, 2016년 현재 정찰/감시장비 일부의 경우 미국을 앞서는 기술을 보유한 것으로 알려져 있다. 따라서 국방전략과 전략무기 선택은 미래 국가 생존을 좌우하는 결정적 핵심요소임에 틀림없다.

독일의 전략무기 선택

1870년 7월 19일 시작된 보불전쟁에서 몰트케와 비스마르크는 전쟁 개시 45일 만인 1870년 9월 1일 프랑스 나폴레옹 3세의 항복을 받음으로써 1806년 나폴레옹전쟁에서의 패배라는 빚을 갚게 되었다. 마이클 하워드(Michael Howard)는 이 전쟁을 분석한 후

"지난 50년 동안 프러시아는 산업혁명과 군사혁신을 달성했고 프랑스는 실패했으며, 전쟁은 그것의 결과였다"라고 하였다. 1870년 전쟁에서 몰트케가 선택한 전략무기는 철도와 전신, 후장식 총과 대포였다. 당시 프랑스는 1800년대 초 무기인 머스킷 소총과 포구 장전식 대포를 사용했으며 철도와 전신을 군사 전략적으로 활용하는데 실패했던 것이다. 이러한 독일의 전략무기 선택은 제1차 세계대전 직후 1918년부터 1939년 기간 중에도 동일한 형태로 나타났다. 영국과 프랑스는 제1차 세계대전 승리 이후 새로운 무기 체계인 전차와 항공기를(미래 전장을 지배할 것이라는 무수한 논쟁이 있었음에도) 전장 지원무기로 적용하는 국방전략을 선택하였다. 그러나 독일은 전장에서의 탁월성을 검증하고 새로운 주력 무기체계로 도입 발전켰다. 그리고 전격전을 통하여 약 40일 만에 또다시 프랑스를 점령하고 연합군을 패배시켜 세계를 경악케 하였다.

미국의 스푸트니크 충격, 정보기술혁명, RMA(Revolution in Military Affairs)

1954년 10월 소련의 스푸트니크 발사 성공은 1945년 이후 미국 국방전략에 큰 충격과 위기를 가져왔다. 미국은 제2차 세계대전 후 핵무기를 유일하게 보유한 국가로서의 절대적 지위가 상당기간 지속될 것으로 믿고 있었다. 그러나 스푸트니크 사건은 미 국방전략이 과거에 얽매여 미래 전략무기인 미사일과 우주개발에 소홀했음을 증명했다. 미국은 스푸트니크 충격으로 국가전략의 핵심을 첨단기술개발에 두었으며, 이러한 국방전략은 2016년 현재 미국방위산업이 절대 우위의 첨단 전략무기 생산능력을 갖게 하였다.

이후 미국은 1958년 미항공우주국(NASA: National Aeronautics and Space Administration)을 창설하고 아폴로계획을 추진하였으며, 소련과의 미사일 갭을 해소시키기 위해 잠수함발사 미사일(폴라리스)를 개발하였다. 소련과의 치열한 군비경쟁을 촉발시킨 미국의 미사일 갭에 대한 인식은 미사일 방어체제 구축으로 연결되었으며, 1970년대 조기경보 및 감시정찰과 우주개발 전략추진으로 연결되어 정보기술혁명을 달성하게 되었다. 그리고 레이건의 1983년 SDI 계획 추진은 냉전을 종식시킨 미국 방위산업 승리의 상징이 되었다.

1975년 베트남전 패배는 미국이 1980년대 말부터 미국 역사상 가장 혁명적인 군사적 변화를 추구하는 계기를 제공하였다. 그것이 바로 RMA이다. 1991년 제1차 걸프전이 종료됨과 동시에 미국은 국방성 주관으로 새로운 유형의 군사작전개념을 정립하기 시작하였다. 이를 주도한 인물은 바로 1974년부터 미 국방성의 핵심 싱크탱크였던 앤드류 마샬이었다. 그는 우선 제1차 걸프전에서 나타났던 전략·전술과 무기체계의 변화가 무엇인지를 분석하고 이러한 변화가 미군의 미래작전에 어떠한 영향을 줄 수 있는지 평가하였다(이는 제1차 대전 패배 후 독일의 전쟁교훈분석을 모델로 하였다). 여기서 그가 주목한 것은 1970년대부터 소련이 추구한 정찰-타격 복합체였다. 당시 소련은 '감시/정찰-타격' 작전개념을 정립하였으나 이를 구현할 무기체계를 충분히 확보할 수 없었다. 왜냐하면 관련 첨단기술을 개발할 수 있는 비용과 능력이 없었기 때문이었다. 그러나 미군은 제1차 걸프전에서 실제 관련 무기체계를 전장에서 사용하여 충격적 효과를 보여주고 있었다. 즉, 미국은 기술을 보유했으나 작전개념 구성은 소련을 따르지 못했고 소련은 그 반대였던 것이다. 이를 앤드류 마샬은 제1차 걸프전이 끝난 직후 절감하였다.

미국의 RMA는 1992년부터 국가적인 사업으로 본격 추진되기 시작했다. 이에 따라 방위산업은 혁명적 변화를 겪게 되었다. 왜냐하면 종전의 무기체계는 기계식 주요무기(platform) 중심이었으나 RMA 관련 무기체계는 정보기술 관련 산업과 이를 지원하는 Net-Work중심이기 때문이다. 여기에 냉전종식 이후 세계화의 영향과 소련해체로 인한 국제 무기시장의 대폭 축소가 미국 방위산업을 근본적으로 재정립시키는 역할을 하게 되었다. 2003년 제2차 걸프전을 전후한 시기에 럼스펠드 미국방장관은 미군을 과거 기동전 중심의 대규모 군대(Nass Force)에서 NCW(Network - Centric - Warfare)의 소규모 첨단기술 합동군으로의 변혁을 시도하였다. 이러한 변화는 2016년 현재 미군의 규모를 약 45만으로 감소시켰으며, 안보전문가들은 미군의 첨단국방 기술력 우위는 앞으로 2050년을 넘어 상당기간 지속 될 것으로 추정하고 있다.

이스라엘의 독자 조기경보 능력구비 및 미사일 방어체제 구축

한국과 이스라엘은 제2차 세계대전 이후 유사한 안보환경과 국방여건 하에서 방위산업을 육성해온 국가로서, 과거 1980년대 국방전략의 선택이 두 국가의 무기체계를 2016년 현재 어떻게 다른 유형으로 발전시켰는지 명확히 보여주고 있다. 한국의 기동 화력 함정분야의 우수한 기술력은 전차 야포 전투함 등 전통적 재래식 무기체계에서 나타난다. 한국이 자랑하는 K2전차 K9자주포 이지스함 T-50고등훈련기 등이 그것이다. 그러나 이러한 무기체계는 현재 한국이 처한 북한 핵과 미사일 비대칭 위협에 대응하기에는 근본적인 한계를 갖고 있다. 이스라엘의 지휘통제 감시정찰 분야 우수 기술력은 미군이 제2차 걸프전에서 보여준 NCW 전쟁에 필요한 무기체계를 의미한다. 특히 조기경보와 무인기 감시정찰능력과 미사일은 미국 방위산업에 핵심기술을 제공할 수 있을 정도의 능력이 있는 것으로 알려졌으며 이 분야를 선도하고 있는 것으로 평가되고 있다. 이스라엘은 첨단 국방기술이 국가생존을 결정한다고 믿고 있다. 그러한 차원에서 이스라엘은 국가생존의 갈림길에서 전쟁을 겪을 때마다 교훈을 도출하여 여러 차례 국방전략을 재검토 수정함으로써 오늘의 안정적 국방을 달성했다. 이스라엘의 정치 및 군사지도자들은 현재의 위협징후를 미래위기로 정확히 분석 평가하고, 전략상황 변화에 대응하여 새로운 수정전략을 선택하는 것에 특히 탁월했던 것이다.

국방선진국으로의 새로운 도전

국방선진국은 세계 초일류 방위산업을 보유한 국가이다. 세계 초일류 방위산업은 그 분야 세계 선도기술을 보유해야 한다. 세계 선도기술을 보유한 초강대국은 미국이며, 한국은 미국과 한미동맹으로 60여년의 혈맹을 유지하고 있다. 양국은 한미연합사를 통해 매일 전략 전술을 토의하고 작전계획을 발전시켜가는 단일 연합작전체제로 통합된 관계이다. 세계 초일류 방위산업은 당대 최고의 전략개념을 통해 육성된다. 미국은 군사혁신(RMA)의 전략개념을 창출하여 정보 IT기술이 중심이 된 21세기를 선도하는 초일류 방위산업을 발전시키고 있다. 한국은 정보 IT기술의 선도 국가이다. 그럼에도 한국의 정보 IT기술 분야 방위산업은 이스라엘보다 수준이 매우 낮으며 오히려 가장 발전되지 못한 분야로 평가되고 있다. 미국과 연합작전체제를 유지하면서도 오히려 매일의 계획을 발전시키고 있는 감시정찰 및 조기경보 작전영역의 발전이 가장 미흡하다는 것은 무엇을 의미하는 것일까? 이것은 국가 정치·군사지도자들의 국방전략 선택의 결과이다.

현대 무기체계를 전장의 핵심무기로 도입한 것은 바로 기술이었
다. 특히 핵분열이론 등의 과학 원리를 이용하여 1942년부터 1945
년의 3년 기간 중 인류 최초의 핵무기를 연구개발하고 군사작전에
사용한 미국의 맨해튼 계획은 현대 무기체계 획득의 전 과정을 체
계적으로 정립시킨 첨단 신무기연구개발의 최초 프로젝트라고 할
수 있다. 이러한 핵무기를 북한이 개발하고 있으며 한국을 위협하
고 세계를 공포로 몰아가고 있다. 미국 맨해튼 계획과 같이 북한
핵개발에 대응하는 군사전략 수립과 무기체계획득은 국가전략 차
원에서 국가의 모든 자원과 기술 그리고 역량이 집중되어 결정되
고 추진되어야 할 중차대한 사안이었다. 그러한 전략 선택의 기회
는 정치·군사지도자들에게 주어졌으며 전략적 선택의 결심은 그
들의 몫이었다. 그러나 그러한 전략은 선택되지 않았다. 최소한 북
한 1차 핵실험이 진행된 2006년까지는 군사적 대응 수단의 준비는
전혀 고려되지 않았던 것으로 추정된다.

방위산업은 근본적으로 몇 가지 전략적 특성을 가지고 있다. 첫
째, 올바른 미래 전략무기 선택과 첨단방위산업 발전은 정치지도
자와 군사지도자의 노력이 하나로 통합될 때에만 가능하다는 것이
다. 1850년 이후 독일군, 1948년 이후 이스라엘군, 1991년 이후 미

군은 이러한 군사적 전통을 갖고 있다. 둘째, 군사지도자들의 철저한 실전능력 검증이라는 군사제도를 정착시킬 수 있어야 우수한 무기를 만들 수 있다는 것이다. 셋째, 현대 방위산업은 천문학적인 투자비용으로 인해 일반기업의 자발적 투자가 어려운, 국가만이 이를 투자하고 관리할 수 있는 전략사업이라는 것이다. 넷째, 모든 국방선진국들은 국방과 경제 동시발전전략, 즉 민군통합(Civil-Military Integration) 방위산업 제도를 추구하고 있다는 것이다. 국방선진국들은 첨단기술력 확보를 위해 1980년대부터 민군협력(Civil-Military Cooperation) 연구개발을 강화하였다. 1990년대 이후에는 국가 간의 방위산업 협력을 통한 무기체계 공동개발 공동생산의 국제협력 체제를 발전시키고 있다. 미국과 영국, 호주 3개국은 2012년부터 사상최초로 국방무역협정(Defense Trade Cooperation Treaty)을 체결하기도 했다.

방위산업은 본질적으로 전략적이며 정치적이며 경제적이고 군사적이다. 이러한 국가산업을 성공시키기 위해 국가는 독자 군사전략(국방전략)을 정립하고, 이를 발전시킬 주체세력을 양성하며, 독자 군사과학기술을 연구개발하고 가장 효율적 실용적 국방경영 방법을 모색해야한다. 이 네 가지 즉, 국방전략, 주체세력, 군사과학기술, 실용적 국방경영체제가 바로 방위산업의 전략적 성공요인들이다.

국방선진국의 조건은 첨단기술능력이다. 모든 전략보다 최우선하여 선택할 것이 바로 "어떻게 첨단기술능력을 조기에 획득할 것인가?"이다. 이를 위해서는 미래위협을 정확히 통찰하는 군사지도자들과 전략선택을 결심하는 정치지도자들의 노력이 하나로 통합되어야만 한다. 1987년 이스라엘은 왜 자국개발 초음속 전투기 Lavi를 포기하고 미국의 SDI 계획에 참여하고 그들과 기술협력을 선택하였는가? 이스라엘과 같은 초소국가가 어떻게 오늘날의 국방선진국이 될 수 있었는가? 한국의 정치·군사지도자들은 오늘날 전략선택이 미래 한국을 어떻게 바꿀 수 있는지 연구에 연구를 거듭해야 할 것이다.

　　한국은 이제 국방선진국으로 가는 과정에서 심각한 도전을 받고 있다. 북한 핵 개발 대응전략이 한국의 미래를 결정할 것이다. 방위산업은 이러한 전략을 실행할 군사적 수단을 제공하면서 국가의 생존과 번영을 결정하는 핵심 산업이다. 따라서 미래 국방 선진국이 되기 위해서는 국가의 정치·군사지도자들이 방위산업의 전략적 특성을 이해하고 안보에 관한 일관성 있는 전략선택으로 미래 세대의 생존과 번영을 보장하도록 해야 할 것이다.

외화유동성위기 방지를 위한 원화국제화

이상빈

| 학력 |
- 서울대학교 상과대학 경영학 학사
- Cornell University 경제학 석사
- New York University Stern School 경영학 박사

| 경력 및 활동사항 |
- 한양대학교 경영대학 교수
- 국민경제자문회의 위원
- 증권선물위원회 위원
- 증권학회 회장
- KAIST 경영과학과 교수

| 저서 및 논문 |
- The Oxford Guide to Financial Modeling: Application for Capital Markets, Corporate Finance, Risk Management, and Financial Institutions (Oxford University Press, 2004년 1월)
- Securities Valuation: Applications of Financial Modeling (Oxford University Press, 2005년 2월)
- "Term Structure Movements and Pricing Interest Rate Contingent Claims" (Journal of Finance, 1986년 12월) 외 다수

외화유동성위기 방지를 위한 원화국제화

이상빈
한양대학교 경영대학 교수

외화 유동성과 국가경제

한국이 풀어야 할 대외적 문제로 외화유동성위기의 재발방지가
있다. 한국은 주기적으로 외화유동성위기를 경험했다. 1997년 IMF
외환위기 당시 우리는 사상 초유의 국가부도사태에 직면했다.
2008년 국제금융위기도 우리에게 큰 충격을 주어 한국경제는 한
동안 요동칠 수밖에 없었다. 국제금융위기문제가 대두되면 한국은
대외의존도가 높은 신흥국인 반면, 원화는 기축통화가 아니기 때
문에 한국경제는 대외요인에 취약할 수밖에 없다는 주장을 많이

듣게 된다. 2010년 10월 삼성경제연구소에서 발간한 『반복되는 한국 금융불안 그 진단과 해법』이라는 보고서에 의하면 한국금융의 불안요인으로 ① 높은 해외의존도 ② 취약한 금융시장 구조 ③ 낮은 금융회사 경쟁력 ④ 미흡한 국가 금융위험관리 등을 열거하고 있다. 이러한 네 가지 불안요인 중 높은 해외의존도가 반드시 금융불안으로 이어지지는 않는다. 높은 해외의존도를 가진 신흥국이지만 금융 불안의 정도가 적은 국가로 칠레, 대만 및 필리핀이 있다. 이들 국가들은 금융시장 구조가 강건하고 금융회사는 국제경쟁력이 있다. 또 국가의 금융위험관리가 건전하기 때문에 해외의존도가 높아도 금융위기를 회피할 수 있었다.

한국은 해외자본의 유출·입에 거의 무방비 상태에 있었고 지금도 사정은 크게 나아지지 않고 있다. 해외자본이 들어오면 올수록 국가경제에 이롭다는 생각이 너무나 강하기 때문이다. 그러나 해외자본이라고 무조건 좋은 것은 아니다. 해외자본의 밀물과 썰물이 한국경제의 불안요인으로 작용할 수 있기 때문이다. 1995년 11월에서 1997년 11월까지 2년 10개월 동안 한국에 주식 134억불, 채권 386억불, 외은지점 차입 111억불을 포함한 단기차입 261억불 등 총 781억불이 유입되었다. 1997년 11월부터 5개월 사이에 단기차입금 상환 220억을 포함해 총 214억불의 유출이 있었다. 그리고 2008년 9월부터 2009년 1월 사이에는 단기차입 상환 487억불, 주식 74억불 그리고 채권 134억불 등 총 695억불의 유출이 발생한 반면, 그 후 1년 4개월 동안에는 816억불의 해외자본 유입이 있었다. 1998년 4월부터 2008년 9월까지 10년 5개월 동안 2,219억불의 외자유입이 있었다는 점을 고려해 보면 두 차례 위기 당시 얼마나 외자 유출·입이 극심했는지를 짐작할 수 있다. 이와 같은 급격한 해외자본의 썰물과 밀물이 있으면 한국경제는 몸살을 앓을 수밖에 없다. 이를 자본자유화라는 명제로 당연시 한다면 한국경제는 항상 위기에 노출되어 있는 셈이다. 과다한 외화유입이라는 유동성 홍수는 원화절상 외에 인플레 압력으로 작용하게 마련이다. 그러나 인플레를 억제하기 위한 통화당국의 기준금리 인상은 실효성을 상실할 수 있다. 왜냐하면 외국인의 채권매수로 시장금리가 하락하기 때문이다. 이런 의미에서 외화유입을 마냥 반길 수도 없다.

급격한 외화유출·입의 폐해를 이미 두 차례나 경험한 우리로서는 이에 대해 충분히 대비해야 하나 위기가 진정되면 잊어버리는 경향이 있다. 지금까지의 대책은 외환보유고 확대, 은행의 선물환 계약 매도에 따른 단기외화차입 규제, 그리고 통화스왑을 포함한 금융안전망 정도이다.

외환위기를 극복할 만큼 외환보유고를 비축하는 것은 비용이 든다. 그뿐 아니라 아무리 많은 외환보유고가 있어도 썰물처럼 빠져

나가는 외국자본을 감당할 수 없다. 선물환계약 규제는 단기간에 효과가 있지 장기적으로는 이를 회피하는 새로운 금융기법이 등장하게 마련이다. 금융안전망은 과도한 외화유출이라는 위기의 조짐이 보이는 경우 효과가 있는 사후조치이지 외화유입을 사전적으로 억제하는 조치는 아니다. 또 토빈세(Tobin's tax)가 대안으로 등장하고 있다. 그러나 자본통제를 위한 토빈세 등은 독자적으로 실행할 수 없고 국제적 합의가 필요하다. 더구나 자원대국인 브라질과 달리 우리의 입장에서 토빈세를 시행하면 규제가 심한 나라라는 인식만 심어주어 무역의존도가 높은 우리의 입장에서는 바람직하지 않다.

사정이 이렇다면 정부는 외화유출·입 변동성 완화를 위한 장기 종합대책을 수립해야 한다. 먼저 주변국 통화라는 '원죄'에서 벗어나기 위해서는 원화의 국제화를 장기목표로 삼아야 한다. 다음에는 자본유출·입의 충격을 흡수할 수 있는 외환·채권시장의 규모확대 및 효율성 제고이다. 특히 국채시장에서 외국인이 누리는 '공짜점심'인 재정거래 유인이 제거되어야 한다. 또 거시건전성 감독의 강화가 긴요하다. 특히 외화유출·입을 실시간으로 감시하고 한국경제에 미치는 영향을 스트레스 테스트 등을 통해 점검하는 위험관리체제가 구축되어야 한다. 마지막으로 국경 간의 자본이동에 대한 대책은 국제공조가 필수적이기 때문에 국제사회에서 우리의 지도력이 발휘되어야 한다.

본고의 구성은 다음과 같다. 제2장에서는 국제금융시장의 변동성 증대요인을 살펴본다. 이러한 변동성요인이 바로 급격한 자본유출·입을 결정하기 때문이다. 제3장에서는 급격한 자본유출·입을 완화시키는 현행 정책수단을 살펴보고 이의 한계점을 고찰한다. 제4장에서는 소규모개방경제이지만 외환 유출·입의 위험으로부터 벗어날 수 있는 방법으로 원화의 국제화를 주장하고자 한다. 원화 국제화의 개념, 필요성, 추진방법 및 도입효과를 제시한다. 특히 원화국제화가 지연되는 이유도 설명한다. 제5장에서는 결론을 도출한다.

국제금융시장의 변동성 증대요인

영국의 유럽연합(EU) 잔류 및 탈퇴에 대한 예상이 난무한 가운데 2016년 6월 23일 영국은 국민투표를 통해 탈퇴를 결정하였다. 이에 따라 세계 증시는 무려 2,400조원에 달하는 주가폭락을 겪었다. 이를 금융시장의 일시적인 폭락으로 보는 견해도 있다. 그러나 영국의 유럽연합 탈퇴는 영국만의 문제가 아니고 세계적인 문제이다. 이는 영국이 유럽연합에서 차지하는 비중과 이에 따른 유럽연합의 분열 가능성, 나아가 스코틀랜드의 분리 독립에 따른 영국연방 자체의 해체 가능성 등 여러 가지 위험요인을 고려했을 때 결코 가볍게 볼 문제가 아니다. 세계경제는 이미 여러 가지 불확실성을 지니고 있었다. 2008년 미국에서 촉발된 세계 금융위기가 아직 진행 중인데 여기에 더해 영국의 유럽연합 탈퇴라는 폭탄이 하나 더 떨어진 셈이다.

한국 경제의 전망 역시 '국회는 필리버스터 신기록, 경제는 마이너스 신기록'이라는 기사제목이 적절히 대변하듯이 그리 좋지 않다. 주위를 둘러보면 온통 절벽뿐이다. 추가경정예산과 소비촉진책으로 잠시 내수가 살아나다가 다시 주저앉는 '내수절벽', 재정을 통한 경제 활성화가 재정적자 우려로 더 이상 지속될 수 없는 '재정절벽', 그리고 생산가능인구가 주는 '인구절벽'이 사방에 널려 있다. '절벽' 대신 '수출바람'처럼 바람이 불어야 한다. 올해 초 세계 증시는 유례없는 변동성을 겪었다. 증시가 실물경제를 선행한다고 볼 때 이는 세계경제에 대한 불안감의 표출이라고 볼 수 있다. 지금은 다소 진정되었지만 언제든지 이런 변동성이 우리에게 다가올 수 있다. 근본 원인은 여전히 현재진행형이고 새로운 위험요인이 추가될 가능성도 있다.

2016 다보스포럼 등에서 제기된 세계경제의 위험요인은 대략

중국과 각국의 중앙은행의 통화정책 기조 및 유가 등이었다. 영국의 유럽연합 탈퇴는 잠재위험요인이었다. 현재 영국의 유럽연합 탈퇴는 결정되었다. 영국과 유럽연합 사이의 지루한 협상은 또 하나의 만성적 위험요인이다. 이런 요인들이 요동칠 때마다 세계 증시는 수조 달러가 증발하는 값비싼 롤러코스터로 변한다. 중국은 지금 경제체질을 바꾸는 변화의 와중에 있다. 수출 투자 제조업 중심에서 내수 소비 서비스업으로 변신을 꾀하고, 국내총생산(GDP)의 양보다 질을 중시하고 있다. GDP 몇 %를 더 성장시키기보다 비록 GDP성장률이 낮아도 제조업보다 서비스업에 치중함으로써 고용 수준을 유지하겠다는 의도다. 이러한 경제정책의 선회는 중국 경제에 바람직하다. 부채 의존 및 투자 증대에 의한 고속 성장으로 생산설비의 과잉이 심각하기 때문이다. 지난 3월 5일부터 중국의 국회격인 양회에서 리커창 총리는 향후 5년 동안 평균 6.5~7% 수준의 중속성장을 목표로 제시했다. 특히 공급측면의 개혁을 강조했다. 즉 철강 등 과잉설비 해소로 효율을 향상시키고 합병 및 재편성 조치로 한계기업을 퇴출시키겠다고 했다. 그러나 시장의 반응은 무덤덤했다고 한다. 그저 그런 정책의 나열에 그쳤기 때문이다.

문제는 이러한 변신을 시도할 만큼 중국 정부의 경제정책 운용이 세련돼 있느냐다. 투자자들은 시장과의 소통이 매끄럽지 못한 중국 정부에 대해 의구심을 갖고 있다. 중앙정부 주도로 경제를 끌고 가기에는 중국 경제 규모가 너무 크다. 그렇다고 시장에 맡겨놓을 만큼 성숙하지도 않다. 이런 사실들이 미래 불확실성을 증폭시키고 중국 경제에 대한 의존도가 높은 한국 경제에 큰 도전으로 다가온다. 지금 미국은 금리 인상을 고려하고 있지만 유럽과 일본은 마이너스 금리의 추가 인하 및 양적 완화 확대라는 상반된 입장을 추구하고 있다. 일본의 구로다 총재는 시장의 신뢰를 회복하기 위해 더 센 카드를 내밀 가능성도 있다. 미국의 금리 인상이 6월에는 어렵다는 분위기이지만 금리 인상은 시기가 문제지 인상 기조는 변하지 않고 있다. 한류와 난류가 부딪치는 지점에 태풍이 일어나듯 통화정책이 엇갈리는 강대국들 사이에서 우리는 과거에 없었던 시련에 직면하고 있다. 마이너스 금리는 우리가 가보지 않았던 길이다.

지금까지 마이너스 금리는 환율에 영향을 주지만 소비 증대라는 실물경제에는 효과가 없는 것으로 알려지고 있다. 마이너스 금리 통화를 갖고 있으면 당장 손해가 발생하기 때문에 이를 팔고 외국 통화를 구입하려고 하니 환율에는 영향을 미치고 있다. 마이너스 금리라도 현금으로 보유하면 되니 굳이 소비를 늘릴 필요가 없어 실물경제에는 효과가 없다. 오히려 은행의 이익을 낮춰 은행 건전성만 나쁘게 한다는 주장이 설득력을 얻고 있다. 마이너스 금리까지 등장하자 영국의 이코노미스트지는 "중앙은행이 쓸 수 있는 무기가 다 떨어지고 있다"고 평가했다. 마이너스 금리를 쓰고 있는 스위스 및 스웨덴 등에서는 부동산 시장에 거품이 낄 정도로 집값이 급등하고 있다. 이는 마이너스 금리가 정상화되면 부동산가격의 경착륙을 의미할 수 있다.

유가의 향방도 중요하다. 유가가 떨어지면 원유 수입국인 한국에 유리해야 한다. 하지만 수출 의존도가 높은 한국 경제에 반드시 그렇지만은 않다. 유가 하락은 산유국에서 원유 수입국으로의 소득이전을 의미한다. 산유국은 소득에 대한 소비 성향이 높은 반면 원유 수입국은 낮다. 예를 들어 산유국은 1달러가 있으면 1달러를 소비하지만, 원유 수입국은 50센트만 소비한다. 이런 의미에서 세계 경제의 수요는 하락한다. 세계무역기구에 의하면 작년 세계무역량은 전년에 비해 2.8% 증가하였지만 유가하락 등의 여파로 수출단가가 급감하는 바람에 세계무역액은 11.8%나 급감했다. 따라서 세계10대 수출국가 중 수출액이 늘어난 국가는 없다. 수출 강국인 독일은 11.1%, 일본은 9.5% 감소한 반면 한국은 8% 줄어 오히려 선방했다고도 볼 수 있다. 수출 의존도가 높은 우리 경제에 유가하락은 하나의 악재로 작용한다. 더구나 중동 산유국에 건설 등 수출이 많은 우리로서는 '중동수주 절벽'이 현실로 다가오고 있다.

6월 23일 영국이 국민투표로 결정한 유럽연합 탈퇴도 우리 경제에 또 다른 충격이다. 본래 유럽연합은 근본적인 문제점을 가지고 있었다. 유럽에서 전쟁을 피하고자하는 정치적 목적에 의해 성급하게 유럽연합이 탄생했기 때문이다. 유로라는 단일통화를 사용하려면 경제가 비슷한 수준에 도달해야 한다. 그런데 그렇지 않는 상태에서 통합이 이루어져 이에 따른 부작용이 남아 있다. 예를 들어 경제상태가 좋은 독일의 마르크화와 경제적인 측면에서 독일보다 못한 그리스의 드라크마가 유로로 통일하려면 독일은 평가절하를 해야 하고 그리스는 평가절상을 해야 한다. 이렇게 되면 독일의 수출경쟁력은 좋아지지만 그리스는 나빠지게 된다. 이런 부작용을 극복하는 방법은 통화뿐만 아니라 재정통합까지 이루는 소위 유럽합중국(United States of Europe)이 되어야 한다. 유럽합중국은 차치하고 유럽연합에 대해서도 영국은 회의적인 시각을 가지고 있다. 영국은 자신들의 일은 자신들이 결정해야 한다는 주권에 강한 집착을 보이고 있다. 자유무역을 위한 경제공동체에 만족하지 정치적 결합은 원치 않고 있다. 사정이 이러하니 영국 국민들 사이에 탈퇴와 잔존이 팽팽하게 맞섰다. 그리스와는 달리 영국과 같이 비중이 큰 국가가 탈퇴하면 유럽연합의 존립이 흔들릴 수 있다. 더 나아가 탈퇴한 영국과 유럽연합이 새로운 관계 모색을 위해 협상을 개시해야 한다. 그러나 이 협상은 녹록하지 않다. 유럽연합의 기초가 되는 리스본 협약에 의하면 탈퇴하는 국가는 탈퇴만 할 수 있다. 새로운 관계설정은 전적으로 당사자를 제외한 여타의 유럽연합 국가들이 정하도록 되어 있다. 이는 마치 부부가 이혼을 할 때 한쪽 당사가가 이혼의사를 표하고 나머지 당사자가 이혼조건을 정하는 것에 비유할 수 있다. (Economist 2016년 10월 17일) 자유무역에 의존하는 영국에게 별로 좋은 조건이 제시되지 않고 또 협상이 장기간이 되면 영국의 지위는 불확실해진다. 이로 인해 외국인 투자자금 유입이 부진하면 경상수지 적자에 시달리는 영국에게 별로 좋은 영향을 미치지 않는다. 그렇지 않아도 현재 은행위기에 시달리는 유럽연합과 영국 모두에게 악재로 작용할 수밖에 없다.

당초에는 별로 가능성은 높지 않다고 했지만 영국의 신고립주의 영향으로 미 대선에서 도널드 트럼프가 대통령에 당선될 가능성이 커지고 있다. 만일 트럼프 미 대통령이 출현하면 이는 한국에 또 다른 위험요인으로 다가온다. 그가 선거유세에서 내세우고 있는 세금인상, 무역장벽, 반이민정책 등이 구체화되면 이는 한국경제에 불리하게 작용한다. 지금까지 예시한 국제금융시장의 위험요인과 더불어 한국경제가 불안정해지면 외자의 유출입이 빈번해진다. 여기에 더해 국가의 위험관리 능력이 한계에 도달하면 달러 부족이라는 금융위기로 번지고 이는 한국경제에 또 다른 충격으로 다가올 수 있다.

자본유출·입 대비 현행 정책수단

우리 경제가 그동안 경험한 금융위기의 근본적인 원인은 자본유출·입의 변동성이 과도했기 때문이다. 우리 경제는 대외개방도가 높기 때문에 경기가 좋을 때는 해외 자본이 과도하게 유입되었다가 대내외 경제여건이 악화되면 급격하게 유출되었다. 따라서 금융시장의 불안정성이 커지고 이러한 금융시장 불안이 실물경제 위축으로 연결되는 악순환을 경험했다. 정부는 이러한 금융위기 등에 대비해 외환시장 안정을 위한 제도로 이른바 '외환건전성 3종 세트'(선물환계약 포지션 상한 설정, 외국인 채권투자 과세, 외환건전성부담금 부과)를 운영해왔다. 2016년 6월 16일 정부는 외환건전성 3종 세트를 다소 완화하고, 금융위원회 관할이던 은행업감독규정들을 외화 Liquidity Coverage Ratio(이하 LCR로 표기함) 제도로 통합했다.

외환건전성 3종 세트 가운데 선물환계약 포지션 한도는 다소 확대된다. 은행의 선물환계약 포지션은 선물외화자산에서 선물외화부채를 뺀 금액을 전월 말 자기자본으로 나눈 비율이다. 현행 선물환계약 포지션 상한선은 국내은행의 경우 30%에서 40%로, 외국은행 국내지점(외은지점)은 기존 150%에서 200%로 상향 조정된다. 외환당국은 "은행들의 포지션 여유가 충분한 만큼, 제도변경으로 인한 급격한 선물환거래 확대, 단기외채 급증 가능성은 낮은 것으로 보인다"고 설명했다. 2016년 4월 기준 은행들의 선물환계약 포지션은 국내은행이 5.8%, 외은지점이 58.6%다.

외환건전성 부담금은 현행 요율을 유지하되, 탄력적 요율조정의 법적 근거를 마련키로 했다. 정부는 "지난 2015년 대외 위험요인에 선제적으로 대응하기 위해 외환건전성 부담금 제도를 1차 정비한 상황을 감안해, 개편효과를 당분간 지켜볼 계획"이라며 "급격한 자금유출 등 유사시에 대비해 외국환거래법을 개정해 일시적으로 요율을 하향조정할 수 있는 근거를 마련할 것"이라고 설명했다. 당국이 지난해 정비한 후 외환건전성 부담금 요율은 잔존 만기 1년 이하인 경우 0.1%로 설정돼 있다. 부담금을 내는 대상도 은행뿐 아니라 증권보험 여신전문금융사 등으로 확대되어 있다.

외화 LCR은 오는 2017년부터 공식 규제로 도입한다. 대신 자율적 관리가능 규제와 중복 등으로 불필요한 규제는 폐지한다. 바젤 III 권고사항인 외화 LCR은 고(高)유동 외화자산을 향후 1개월간 외화 순유출금액으로 나눈 비율 (高유동 외화자산/향후 1개월간 외화순유출)로, 강한 위기상황에서 외화유동성 상황을 측정하는 지표다. 이 지표를 준수하면 금융위기 같은 시스템 위기 상황에서도 30일 동안 외화 순현금 유출을 감내할 수 있다. 당국은 "지난 1997년 이후 도입됐던 은행 외화유동성 규제는 '외화자산 및 부채'의 만기 불일치 관리에 초점을 두고 있었고, 외환건전성 강화에 상당부분 기여한 바가 있으나, 현행 규제는 평상시의 만기관리에 중점을 두고 있어 외화자금 조달이 어려운 위기 시 대응에는 한계가 있다"며 외화 LCR을 모니터링 지표에서 규제로 도입하는 배경을 전했다. 당국은 이를 통해 대외 시스템 리스크에 대한 은행의 대응 여력이 강화될 것으로 보고 있다. 금융위기 등 강한 스트레스 상황 하에서도 미리 확보해둔 고유동성 자산을 통해 실물부문에 안정적으로 외화를 공급할 여력을 확보할 수 있을 것이란 전망이다.

외화 LCR은 2017년부터 모든 은행에 규제로 적용하되, 외은지점, 수출입은행, 외화부채 규모가 작은 은행 등은 적용에서 제외한다. 적용 면제가 되는 은행은 외화부채 비중이 5%미만이고, 외화부채 규모가 5억 달러 미만이어야 한다. 외화 LCR 면제대상 은행에는 현행과 같이 만기불일치 규제를 유지한다. 외화 LCR 규제비율은 현행 모니터링 비율, 은행별 특수성 등에 따라 차등적으로 도입하고 2019년까지 점진적으로 규제비율을 높일 방침이다. 일반은행의 경우 2017년에는 60%, 2019년에는 80%로 매년 10%p씩 상향한다. 기업은행, 농협, 수협 등 특수은행은 2017년 40%에서 2019년 80%로 매년 20%p씩 높인다. 산업은행은 2017년 40%에서 2019년 60%로 매년 10%p씩 올린다. 은행들은 매월 평균적으로 이 같은 규제비율 이상을 유지해야 한다. 규제비율은 일별 순현금 유출 규모(분모)와 고유동성 자산(분자) 규모를 각각 합산해 산출한다. 아울러 위기 시 외화 LCR 규제준수를 위해 실물부문 외화공급을 축소하는 부작용을 방지하기 위해 규제비율 완화근거도 마련된다. 당국은 이와 함께 "자율적으로 관리 가능한 규제, 실효성이 낮은 규제, 외화 LCR과 중복되는 규제 등은 폐지해 금융기관의 불필요한 부담을 완화할 것"이라고 전했다.

이와 같은 외환건전성 '3종 세트' 및 LCR은 반쪽짜리 규제라고 볼 수 있다. 외화유출입이 이루어지는 장소는 두 군데이다. 하나는 주식 및 채권을 통한 자본시장이고 다른 하나는 은행을 통한 외화유출입이다. 외환건전성 '3종 세트' 그리고 LCR 규제는 외은지점을 포함한 은행의 외화유출입 규제수단이지 자본시장을 통한 외화유출입 규제수단은 아니다. 종래에는 은행이 금융의 중심에 있었으나 지금은 자본시장이 금융의 중심에 있다. 금융당국은 아직까지 은행 중심주의 사고방식에 빠져있어 은행만 규제하면 된다고 생각할지 모르나 금융의 중심축은 자본시장으로 이동되어 있다.

외환건전성 '3종 세트'는 OECD로부터 폐지를 권고 받고 있어 규제유지가 쉽지 않다. 2015년 5월 11일 머니투데이 보도에 의하면 경제협력개발기구(OECD)가 우리나라의 외환건전성 부담금, 선물환계약 포지션 규제, 외국인 채권투자 과세 환원 등 이른바 '거시건전성 3종 세트'의 사실상 폐지를 권고한 것으로 전해졌다. OECD의 자본자유화 규약에 위배된다는 것이 이유이다. 반면 정부는 OECD 입장을 정면으로 반박하며 설득 작업을 진행하고 있는 것으로 알려졌다. 관련부처에 따르면 OECD는 2010년 우리나라가 도입한 '거시건전성 3종 세트'가 OECD의 자본자유화 규약에 위배돼 규약 '유보'가 불가피하다는 의사를 우리 정부에 전달했다. OECD 자본자유화 규약에 따르면 회원국은 국가 간의 자유로운 자본거래를 제한하는 모든 규제와 내·외국인을 차별하는 조치를 철폐해야 한다. OECD는 우리나라의 '거시건전성 3종 세트' 중 외환건전성 부담금과 선물환계약 포지션 규제 등 2개의 규제가 규약에 위배된다는 입장이다. OECD는 또 자본흐름에 영향을 주는 제도를 도입할 때 사전에 OECD와 협의하지 않는 점도 문제 삼은 것으로 전해졌다. OECD로부터 '유보' 조치를 받으면, 관련 제도에 대해 주기적 평가를 받아야 한다. 익명을 요구한 정부 관계자는 "주기적 평가를 받게 되면 사실상 이 정책들을 운영하기는 힘들어진다"면서 "결국 (제도를) 없애라는 의미"라고 말했다. 이와 같이 외환건전성 '3종 세트'의 유지는 OECD로부터 도전을 받고 있다.

정부는 외화의 안정적인 유입을 위해 MSCI (Morgan Stanley Capital International World Market)선진지수 편입을 추진하고 있지만 번번이 실패하고 있다. 한국이 현재 속한 MSCI 신흥시장에서 선진국시장으로 격상하면 2010년 기준으로 130억불이 한국증시로 유입된다고 국제금융센터는 추정했다. 2009년 9월 한국증시가

FTSE (Financial Times Stock Exchange) 선진지수로 격상되자 그 해 하반기에 15조원이 순유입돼 증시상승을 주도했다. 현재 MSCI 측과 한국 사이의 이견은 원화의 24시간 환전성이다. 원화 환전성 관련해서 MSCI측에서는 원화의 환전성 문제가 해소되기 위해서는 원화의 역외 거래가 허용되어야 한다는 입장이다. 그러나 정부는 한국이 소규모 개방경제이고 수출입 비중이 높은 경제 특성상 외환시장 안정성이 중요한 측면이 있으며, 우리 외환관리 체계를 근본적으로 바꾸는 원화의 역외거래 허용은 MSCI 선진지수 편입을 위해 단기적으로 추진하기 곤란하다는 입장을 유지하고 있다. 즉 원화국제화 미비가 바로 MSCI 선진지수 편입의 장애요인으로 등장하고 있다.

원화의 국제화

지금까지 외국인에 의한 원화소유는 금지되고 있다. 외국인은 자신의 명의로 은행계좌를 개설하고 원화를 예치할 수 없다. 외국인이 원화를 소유하게 되면 원화의 가격인 원화환율에 외국인이 참여하게 되고 이는 원화환율의 변동성을 증대시킬 수 있다는 논리로 외국인의 원화소유가 금지되었다. 이는 되도록 원화약세로 수출을 촉진시키겠다는 한국 정부의 속셈이 밑바탕에 깔려 있다. 위기면역 금융은 한국금융이 지향해야 할 목표이다. 외국자본의 빈번한 유출·입을 방지하려면 외국자본에게 유리한 여건을 조성해 주어야 한다. 가장 필요한 여건은 원화가 24시간 거래되는 것이다. 즉 원화와 다른 나라 통화 사이에 교환이 언제든지 이루어져야한다.

원화국제화는 비거주자의 자유로운 원화 보유 및 결제, 역외 원화표시 채권 발행이 가능함을 의미한다. 즉 원화가 거주자와 비거주자 사이의 거래뿐만 아니라 비거주자 사이의 거래에서도 자유롭게 사용되어 원화의 사용범위가 확대되는 것이다. 현재 외국환거래규정 제7-30조에서 비거주자의 원화증권발행을 규제하고 있는데 원화국제화를 위해서는 이의 개정이 필요하다. 외국환거래규정은 '원칙신고, 예외허용'이나 아리랑본드(비거주자에 의해 국내에서 발행되는 원화표시채권)도 2012년 홍콩기업, 이후 2015년 6월 8일 노무라 증권에 이르기까지 실제적으로 허가제로 운영되고 있다.

원화국제화라고 해서 달러화와 같이 기축통화로 발돋움하겠다는 의미는 결코 아니다. 기축통화는 우리가 하고 싶다고 되는 것은 아니다. 다만 무역거래 내지 자본거래에서 원화 사용을 확대하겠다는 의미다. 사실 자본 자유화가 이뤄진 상태에서 원화국제화는 외국인이 원화를 보유하고, 원화로 결제하고, 나아가 나라 밖에서 원화표시채권을 발행해 원화조달이 가능하다는 것을 의미할 따름이다. 현재 무역거래에서 원화 결제 비율이 2.9%에 머물고 있는데 원화국제화로 이를 확대시킬 수 있다. 이렇게 되면 한국 기업들은 그만큼 환율변동위험으로부터 벗어날 수 있다. 또 1997년 외환위기 또는 2008년 글로벌 금융위기에서 보듯이 달러 고갈에 대한 걱정을 덜기 위해 막대한 외환보유액에 대한 부담도 없다. 굳이 달러가 없어도 결제가 가능하기 때문이다. 또 환율변동위험 회피로 거래비용이 절감되고 따라서 위기대응능력이 제고된다. 이런 과정을 통해 금융 산업이 발전하게 된다. Seoul Financial Forum의 김기환 회장에 의하면 "한국기업 뿐 아니라 한국인 모두가 나라 밖 지출과 국제거래를 많이 하는 상황인데 지금 원화국제화가 이루어지지 않아 이중삼중으로 환율변동위험을 부담하는 현실"이라며 "지금보다 원화를 더 국제화시키지 않으면 위안화 국제화를 서두르는 중국과 이미 엔화가 상당히 국제화된 일본 사이에 끼여 큰 불이익을 당할 가능성이 크다"라고 한다. 장성춘 대외경제정책연구원 국제거시금융실장은 "원화국제화를 주저하는 것은 '구더기 무서워 장 못 담그는 격'과 같다며 "자본시장에까지 본격적으로 원화국제화를 확대하기보다 무역거래에서 우선 원화 사용비중을 높이고 지나친 달러 의존도를 낮추는 방향으로 가야한다"고 말했다.

일반적으로 통화 국제화의 결정요인으로 거시경제적 조건, 자본시장 조건 그리고 제도적 조건을 들고 있다. 거시경제적 조건은 주로 경제규모와 인플레에 의존한다. 즉 경제규모가 크면 생산량과 무역량이 커서 상대국의 통화를 사용할 가능성이 높다. 또 인플레가 심하면 화폐의 신뢰도가 하락하고 따라서 해당통화의 보유를 꺼리게 된다. 자본시장 조건은 당해 통화의 채권시장 발달정도에 달려 있다. 통화의 역할은 지급결제수단과 가치저장수단이다. 통화가 가치저장수단이 되기 위해서는 통화를 투자할 수 있는 채권시장의 발달이 필수적이다. 작금 위안화의 국제화가 활발히 진행 중이다. 문제는 위안화가 가치저장수단으로 충분한가에 있다. 위안화가 가치저장수단이 되기 위해서는 중국의 금융이 개방되고 성숙되어야 한다. 또 중국 중앙은행에 대한 신뢰도가 높아 인플레에 대한 염려가 없어야 한다. 이런 점들에서 위안화는 높은 점수를 받지 못하고 있다. 제도적 조건은 자유로운 국경 간의 거래에 대한 규제 완화여부이다. 2014년 기준 국내총생산 세계 13위 (1조 4,104억 달러), 수출실적은 세계 6위 (5,727억 달러), 무역규모는 세계 8위 (1조 675억 달러), 외환보유액은 세계 7위 (3,636억 달러)의 우리 경제 위상에 비해 원화의 국제적 지위나 대외적 활용도는 매우 낮다. IMF의 '외환보유액 통화별 구성보고서'는 2012년부터 한국과 비슷한 경제규모를 갖고 있는 호주와 캐나다의 통화를 준비통화로 발표하고 있다. 그만큼 한국은 경제규모에 비해 원화국제화가 늦은 편이다.

'통화국제화의 결정요인에 관한 연구' (자본시장연구원, 현석 및 이상헌, 2013)에 의하면 현재 원화의 국제화 가능확률은 60%로

캐나다와 호주의 81%와 92%에 비해 낮다. 특히 개발도상국으로 분류된 멕시코 페소(83%), 인도네시아 루피아(66%), 중국 위안(76%) 및 헝가리 포린트(62%)보다 낮은 수치를 기록하고 있다. 한국의 경제적 위상에 부합하지 못하는 원화의 미흡한 국제적 위상을 보여주고 있다. 이는 한국에서 국제채권시장이 미발달되었고 까다롭고 복잡한 외환규제에 기인하고 있다. 자본시장 및 제도적 변화에 따른 원화국제화의 가능성을 모의실험해보면 해외채권 발행비중을 호주, 홍콩, 싱가포르 수준으로 발전시키면 국제화 가능확률이 60%에서 82% 내지 92%로 상승한다. 또 금융개방을 호주 수준으로 높이면 국제화 확률이 24%p 증가하고 홍콩이나 싱가포르 수준으로 개방하면 33%p 증가한다. 이러한 사실로 미루어 볼 때 한국의 거시경제적 여건은 충분하나 자본시장 및 제도적 조건에서 다른 국가에 밀리고 있다. 따라서 한국은 경제적 여건에서 충분하나 관치라는 규제에 가로 막혀 원화 국제화가 더디다고 볼 수 있다.

지금까지 원화 국제화를 가로막은 요인은 투기자본에 의한 공격 가능성이다. 원화를 외국인이 보유하게 되면 그만큼 공격에 취약하다는 논리가 지배적이었다. 투기자본의 공격은 원화가치가 시장과 괴리될 때 발생한다. 원화가치가 지나치게 저평가돼 있으면 원화를 매입하는 세력이 있게 마련이다. 원화가치가 궁극적으로 올라가면 그만큼 차익을 취할 수 있기 때문인데 우리는 이를 투기라고 부르는 경우가 많다. 그러나 이는 일종의 차익거래라고 볼 수 있다. 이는 원화가치가 시장과 지나치게 유리되는 것을 막아주는 역할을 한다. 정부가 원화가치를 인위적으로 조정할 의사가 없다면 이러한 투기세력의 존재를 무서워할 필요는 없다. 통화는 역사적으로 집중화된 단일시장보다 점두시장(over-the-counter)에서 거래되어 왔다. 집중화된 단일시장의 대표적인 예는 주식거래가 이루어지는 여의도의 유가증권시장이고 점두시장의 예는 통화가 거래되는 은행 또는 환전소를 들 수 있다. 우리가 주식을 매매하려면 주식의 수요와 공급이 집중되는 유가증권시장을 거쳐야 하지만 미국 달러를 구입 또는 매도하려면 은행 또는 환전소를 이용하면 된다. 이와 같이 주식과 외환의 거래형태는 상이하다.

외환시장에서는 선물거래 대신 선도거래가 일반적이다. 선물거래와 선도거래의 차이점은 계약이 표준화되어 있느냐 아니면 거래상대방 사이에 자유롭게 정할 수 있느냐의 여부에 달려 있다. 선도거래와 선물거래는 모두 계약의 체결시점과 계약의 이행시점이 상이하다. 계약의 체결시점과 이행시점이 동일하면 이는 바로 현물거래가 된다. 현물거래의 예는 우리가 일상생활에서 물건을 사거나 파는 경우이다. 즉 우리가 백화점에서 물건을 살 때 우리가 의식하든 의식하지 않던 물건을 사겠다는 계약을 백화점과 체결하고 이를 즉시 이행한다. 선물계약과 선도계약은 계약을 체결하고 미래의 어떤 시점에서 계약을 이행한다. 미래의 어떤 시점을 우리는 선도계약 또는 선물계약의 만기일이라고 부른다. 선물계약은 표준화되어 있기 때문에 만기일은 정해져 있다. 계약당사자 간에 만기일을 변경할 수 없다. 그러나 선도계약의 만기일은 계약당사자 사이에 협상을 통해 자유롭게 정할 수 있다. 선도거래라는 장외거래가 이루어지려면 원화소유를 내국인으로 한정시키면 곤란하다. 외국인이라도 원화를 소유하고 있어야 외국인들 사이에 원화매매가 이루어질 수 있다. 그렇지 않으면 원화를 매매하기를 원하는 외국인은 반드시 원화를 소유한 내국인과 거래를 하여야 한다. 원화선도시장에 참가하는 참가자 수가 많아야 경쟁적인 시장으로 변모한다.

외환유출입이 이루어지는 경로는 대략 두 가지이다. 은행을 비롯한 금융기관의 차입 및 상환이고 다음은 자본시장을 통한 외국인의 채권 및 주식투자이다. 금융기관을 통한 외환유출입은 금융당국에 의해 통제가능하다. 지금 시행되고 있는 거시건전성 '3종 세트' 또는 LCR 등이 여기에 해당한다. 그러나 금융당국이라도 자본시장을 통한 외환유출입을 직접 통제할 수는 없다. 자본시장을 통한 외환유출입을 완화시키기 위해서는 원화국제화가 필요하다. 외국인이 한국 주식 내지 채권에 투자하면 두 가지 위험에 직면한다. 하나는 주식 또는 채권의 가격변동위험이고 두 번째는 환율변동위험이다. 외국인의 원화보유가 금지되면 외국인은 두 가지 위험을 동시에 부담하든지 아니면 두 가지 위험을 동시에 부담하지 않는 경우만 존재한다. 두 가지 위험 중 가격변동위험은 부담하지 않고 환율변동위험을 부담하는 경우는 없다. 외국인이 주식투자를 하는 경우 자신들이 보유한 주식을 매도한 후 원화를 보유하고 있다가 추후 다른 주식을 매입하고 싶다고 해도 일단 원화를 달러 등으로 바꾸어야 한다. 만일 원화를 보유할 수 있다면 미래의 환율과 관계없이 투자를 할 수 있다. 이와 같이 다양한 경우를 가정해 볼 수 있는데 이를 원천적으로 봉쇄하는 것은 바람직하지 않다. 외국인의 원화 소유금지라는 제약조건을 완화해 주면 외국인은 두 가지 위험의 동시 부담 또는 한 가지 위험을 선택적으로 부담할 수 있다. 다시 말해 선택의 폭이 넓어지고 이를 통해 다양한 외국투자들이 한국 자본시장에 투자하게 된다.

원화의 국제화를 가로막는 보다 직접적인 이유는 관치금융이다. 이를 표면적으로 내세우지는 않지만 관치금융이 있는 한 원화국제화는 울림 없는 메아리다. 관치금융의 존속을 바라는 집단은 물론 관료이지만 이러한 관료에 편승해 공생하는 관변학자들의 존재도 걸림돌이다. 관변학자들은 금융에 무지한 일반국민들에게 원화의 국제화가 이루어지면 큰일이 난다는 식으로 오도한다. 아니면 일본이나 중국 정도가 되어야 국제화를 운운하지 한국과 같은 소국은 어림없다는 식의 자기비하적인 발언도 한다. 관료의 특징은 자신들의 임기 중에 개혁을 시도하지 않는다. 임기 중에 큰 잘못이 없으면 다음 자리로 영전해 가는데 굳이 일을 벌일 필요가 없기 때문이다. 단적인 예로 상시 기업구조조정을 외치지만 정작 본인의 임기 중에는 구조조정을 기피하는 것이다. 한국경제에 도움은 되겠지만 잘해보아야 본전이고 잘못되면 책임만 지는 구조조정은 자신의 출세에 도움이 되지 않기 때문이다. 즉 지도에 있는 튼튼한 돌다리만 두드려 보고 건너는 관료로서는 지도에도 없는 원화국제화는 애초부터 관심 밖이다. 그래도 외부의 압력이 거세지면 task force를 구성해 시간을 끌다가 원화국제화는 좋은데 지금은 시기상조라는 답변을 내 놓기 마련이다. 대학의 질은 교수의 질을 능가할 수 없다는 말이 있다. 아무리 우수한 학생이 입학하여도 대학의 질은 올라가지 않는다. 연구와 교육의 주체는 교수이기 때문이다. 마찬가지로 관치금융이 존재하는 한 금융의 수준은 관료의 수준을 넘어갈 수 없다. 돈의 흐름은 빛의 속도로 움직인다. 금융의 발전도 이와 유사하다. 이렇게 변화무쌍한 금융을 전문가(specialist)가 아닌 관리자(generalist)인 관료들이 따라 갈 수 없다. 금융전문가를 자처하는 관료들도 실상 따져보면 관치전문가이지 금융전문가는 아니다. 한국 제조업에 비해 한국 금융이 뒤쳐진 주된 이유는 바로 관치금융이다.

원화현물시장은 깊이가 얕고 폭은 좁은 시장이다. 깊이가 얕다는 의미는 팔자가격 또는 사자가격의 수가 많지 않다는 의미이고 폭이 좁다는 의미는 팔자가격 또는 사자가격에 존재하는 투자자의 수가 많지 않다는 의미이다. 이렇게 깊이가 얕고 폭이 좁으면 조금 큰 매도 또는 매입물량이 나오면 가격이 급변한다. 비유를 들자면 시장이 금방 끓고 금방 식는 냄비와 같다. 원화 환율은 수준도 중요하지만 그에 못지않게 변동성도 실물경제에 영향을 미친다. 환율변동이 심하면 환율변동위험은 커지게 마련이다. 환율변동위험이 커지면 이에 따른 헤징비용이 증가한다. 이와 같이 변동성이 큰 현물시장은 다양한 견해를 가진 시장참가자가 부족하기 때문이다. 환율이 정부에 의해 조절되면 환율변동의 방향성이 정해지고 시장의 기능은 약해진다. 외국인이 원화를 소유하게 되면 시장참가자가 많아지고 시장의 유동성은 증대하게 된다. 시장의 유동성이 풍부해지면 냄비 대신 웬만한 충격에도 견디는 호수와 같은 시장이 된다. 지금 원화 변동성이 큰 것은 원화 현물시장의 폭이 좁고 깊이가 얕은 데 원인이 있다. 그만큼 원화 현물시장이 미성숙 됐다는 의미다. 원화를 보유하는 외국인이 많으면 많을수록 원화 현물시장 규모는 커지고, 그만큼 가격의 변동성은 줄어들 수 있다.

외국인의 원화소유를 금지해 외국인이 원화환율 결정에 참여하지 못하게 하여도 이를 회피할 방법은 있다. 즉 역외 원화선물시장의 개설을 막을 수는 없다. 이것이 바로 NDF (non-deliverable futures market)이다. 외국인은 역외에서 NDF 시장을 통해 원화선물가격을 정하고 있고 이렇게 정해진 원화선물가격은 국내의 원화 현물시장에 영향을 미치고 있다. 외국인이 원화를 소유하지 못하니까 선물계약의 만기일에 원화를 주고받는 대신 그 차액만을 현금결제하기 때문에 non-deliverable이라고 불린다. 이와 같이 한국 정부가 아무리 외국인의 원화 소유를 금지해도 파생상품을 이용해 외국인도 원화에 투자할 수 있다. 한국정부가 NDF시장을 통제하는 수단은 NDF 시장에 한국의 금융기관 또는 한국소재 외국계 금융기관의 참여를 제한하는 방법을 택할 수 있다. 그러나 NDF 시장에서 결정된 선물환율이 현물환율에 미치는 영향을 차단할 수는 없다. 한국정부가 통제 가능한 금융기관의 참여를 제한하면 NDF 시장의 가격발견기능이 저해되고 이렇게 왜곡된 선물가격이 현물가격에 영향을 미치면 이는 한국경제의 입장에서 바람직하지 않다. 지금 원화 현물시장과 역외 선물시장인 NDF가 존재하고 있는데 가격발견기능은 현물이 아니라 선물시장이다. 선물시장에서는 거래 비용이 낮아 정보의 유입 속도가 현물시장보다 빠르기 때문이다. 이렇게 되면 원화의 가격은 현물시장과 선물시장 사이의 재정거래에 의해 결정된다. 이 경우 외국인이 원화를 보유하면 할수록 재정거래가 활발하게 일어나 원화의 가격발견 기능이 제고된다. 외국인의 원화 보유를 단순히 투기적 관점에서 바라보는 것은 한 면만 지나치게 강조하는 셈이다.

    지금까지 진행되어 온 원화 국제화 추진일정은 다음과 같았다. 1988년 IMF 8조국(경상수지 적자를 이유로 무역을 제한할 수 없는 나라)으로 이행하면서 원화 국제화가 처음 거론되었다. 1993년 '3단계 금융자율화 및 시장개방계획'을 발표하면서 원화 국제화 계획안이 제시되었다. 2006년 '외환자유화 계획'을 발표하면서 원화 국제화 확대 추진이 시도되었다. 2015년 외환 국제화 task force를 구성하여 구체적인 방안도출을 한다고 하였으나 무산되었다. 이와 같이 원화 국제화는 계획수준에 머물고 있고 별 진전이 없다. 정부의 우려가 워낙 강하기 때문이다.

    정부의 우려를 감안하여 전면적 원화 국제화가 어려울 경우 원화 국제화를 위한 현실적 도입 방안은 단계적 접근이다. 즉 수출입 등에서 원화의 결제비중을 점차 높여 나가는 방법이다. 이때 중국 본토에 원화-위안화 직거래 시장을 개설하여 우선적으로 추진하는 것이 현실적 방안이 될 수 있다. 위안화 직거래시장은 서울에 이미 개설되어 운영되고 있다. 더 나아가 외국계 금융회사의 해외본사에 한해 원화예금을 허용한다. 이와 같이 한국과 무역거래가 많은 위안화 그리고 한국에 진출해 있는 외국계 금융회사에 한해 원화 국제화를 실시하면 원화 국제화의 장점과 단점을 사전에 점검해 볼 수 있다. 지금과 같이 원화국제화에 대해 한 발자국도 나아가지 못하는 현실을 감안할 때 이는 일종의 고육지책이다. 조금도 위험을 감수하지 않겠다는 금융당국, 이들을 정당화 시켜 주는 관변학자들의 존재를 무시하고 정책을 추진할 수 없기 때문이다. 우려했던 것보다 부작용이 적고 기대한 만큼의 편익이 있으면 원화국제화의 정도를 조금씩 넓혀가는 것이 지금으로서는 최선책이다.

관치금융, 벗어날 때가 됐다.

원화 국제화 추진을 둘러쌓고 지금까지의 논쟁은 '위기 조장' 대 '위기 대응'간의 대결이었다. '위기 조장'은 한마디로 투기노출 및 정부의 환율 통제권 약화로 표현할 수 있다. '위기 대응'은 환위험 또는 결제위험 감소로 원화의 위상을 강화하고 금융국제화를 통해 위기를 사전에 방지할 수 있다는 것을 뜻한다. 원화 국제화가 '위기 조장'인지 '위기 대응'인지에 대해 견해가 갈리는 것은 충분히 이해할 수 있다. 그러나 '위기 조장'인지 '위기 대응'인지는 다음의 자료가 잘 말해 주고 있다. 리먼 사태 이전(2007년 1월에서 2008년 9월 중순)에 원화의 변동성은 0.35%로 여타 통화인 유로 0.37%, 파운드 0.37%, 엔화 0.51%로 별 차이가 없었다. 그러나 리먼 사태 이후(2008년 9월 중순에서 2009년 3월)에는 원화는 1.69%. 유로 0.92%, 파운드 0.98%, 엔화 0.97%이다. 원화가 여타 통화에 비해 거의 2배 가까이 변동성이 커졌다. 그만큼 국제화 정도가 낮은 통화가 위기에 민감하다는 의미이다.

원화 국제화는 우리가 시도하지 못한 분야다. 낯설다고 무역 규모가 세계 10위권인 한국이 언제까지 이를 미룰 수는 없다. 염려가 되면 단계적 도입도 고려할 수 있다. 원화가 투기적 공격에 노출돼서는 안 된다는 집착에 사로잡혀 한국을 금융후진국으로 만들 수는 없다. 투기적 공격이라는 표현은 사실을 왜곡하는 표현으로 볼 수 있다. 정부가 환율을 지나치게 시장과 괴리되게 운용하고자 시도하면 이를 바로 잡겠다는 세력이 바로 투기세력이다. 투기세력은 시장에서 벗어난 환율은 결국 시장 환율로 돌아온다는 믿음을 가지고 투자하는 세력이다. 환율을 왜곡되게 운용하겠다는 정부가 비난 받아야 하는 지 아니면 투기세력이 비난을 받아야 하는지는 시장이라는 관점에서 보면 명백해진다. 고환율 → 수출 증진 → 낙수효과 → 가계소득 증가 → 경제성장이라는 경제 선순환경로는 이미 깨졌다. 이제는 정부의 환율간여로 경제가 성장하는 시대는 지나갔다. 급변할 때는 변동성을 줄인다는 의미에서 정부의 간여가 필요할 때도 있다. 그러나 이는 급격한 변동성을 줄이기 위한 일시적인 간여이지 환율 자체를 근본적으로 변화시킬 수 없다. 정부가 환율자체를 시장과 괴리시키겠다는 의도만 없다면 소위 투기세력은 존재하지 않는다.

작년 초 신문 보도에 따르면 정부에서는 원화 국제화를 검토하는 전담반을 꾸린다고 했다가 금융시장이 불안해지자 이를 무기한 연기했다고 한다. 지도에도 없는 새로운 길을 개척하는 것이 바로 창조금융의 요체다. 새로운 길은 위험도 크지만 그만큼 돌아오는 보상도 크다. 추격경제에서 선도경제로 나아가기 위해서는 창의력이 중요하다. 이제 창조금융이라는 큰 틀에서 원화 국제화가 다뤄지기를 기대한다. 원화 국제화는 이제 더 이상 성역으로 남아 있지 말아야 한다.

농업을 둘러싼 메가트렌드의 변화와 농업선진국으로의 도약

박현출

| 학력 |
- 단국대학교 법학과(법학대학원)
- Complutense 대학교 수료(마드리드, 스페인)

| 경력 및 활동사항 |
- (현)서울시농수산식품공사 사장
- 단국대학교 식량자원과학대학 초빙교수
- (전)농촌진흥청 청장
- (전)농림수산식품부 기획조정실장

| 저서 및 논문 |
- 농지소유 및 임대차제도 개선방안 연구(석사학위 논문)

FORUM OH-RAE
Today & Tomorrow

농업을 둘러싼 메가트렌드의 변화와 농업선진국으로의 도약

박현출

(전)농촌진흥청 청장

21세기 지구문제 해결과 농업

인류 문명은 그 발전 단계로 보면, 대체로 1만년 전 농업혁명, 300년 전 산업혁명, 50년 전 정보화 혁명에 이어 현재는 인공지능(AI)으로 대표되는 제4차 혁명기에 들어선 것으로 이해되고 있다.

인간은 자연에 순응하면서 살아가는 동물과는 달리 적극적으로 에너지를 이용하여 편리한 삶의 조건을 만들어내는 방식으로 살아왔다. 원시 때부터 불을 사용했다. 고대에는 소수의 귀족들이 피정복민을 노예로 삼아 '인간 기계'로 착취하였다. 중세에 들어와서는 풍차와 물레방아로 상징되는 자연에너지를 사용하기 시작했다. 산업혁명기 이후에 석탄 석유 가스 전기를 에너지원으로 본격 이용하게 되고 그 결과 인류문명은 폭발적인 발전을 거듭하게 된다. 20세기는 에너지 이용방식의 고도화에 힘입어 식량공급 능력이 비약적으로 발전한 시기이다. 이 기간 중 식량의 생산성을 획기적으로 높일 수 있었던 것은 비료와 농기계 등을 적극 활용한 덕분인데, 이는 석탄 석유산업의 뒷받침이 없었다면 불가능한 일이다. 그 결과 식량이 부족하게 될 거라던 맬더스의 우려(1798년 인구론)를 말끔하게 씻어버렸다. 기원 후 맬더스가 활동한 시기까지 약 1800년 동안 지구 인구는 연평균 30~40만 명 정도씩 증가했지만, 1950년대에 들어서면 풍부한 식량공급에 힘입어 지구인구가 매년 1억 명씩 증가하는 신기록을 수립하게 된다.

이처럼 에너지 이용방식이 고도화되면서 지구촌 인간들은 그 어느 때보다 풍성한 식탁을 즐길 수 있게 되었다. 어렵거나 힘든 일은 기계와 로봇에게 맡겨버리는 매우 행복한 삶을 살 수 있게 되었다, 그러나 호사다마(好事多魔)라고 하듯이 항상 좋은 일만 있을 수는 없다. 편리한 삶 만큼이나 우리는 인구폭발에 따른 식량위기 가능성, 인공지능의 등장에 따른 대량실업, 환경오염에 따른 지구 생태환경 파괴 등 각종 비싼 대가들을 요구받고 있다.

사실 인간은 백 년 전까지만 해도 늘 굶주림의 고통 속에서 살았다. 중세 천 년은 인간들이 굶주림과 질병으로 가장 고통을 많이 받은 시기였다. 인류역사를 바꾼 프랑스 대혁명(1789년)은 굶주림에 지친 시민들이 먹을 것을 찾아 베르사이유 궁전으로 몰려든 것이 그 시발점이었다. 비록 지금 우리는 풍요로운 식탁을 즐기고 있지만, 이러한 현상이 일시적인 것인지 아니면 오랜 기간 계속될 수 있는 것인지 따져볼 필요가 있다고 하겠다.

한편 대량실업의 문제는 지금까지의 경제이론으로는 해결할 수 없는 21세기의 가장 심각한 문제의 하나로 등장했다. 그 동안 기계가 인간의 근력(筋力)을 상당부분 대체해 온 것은 사실이지만 인간의 머리까지 대체하지는 않았었다. 산업혁명 초기에 기계가 인간의 일자리를 빼앗아간다고 기계파괴운동을 벌인 적도 있었다. 그렇지만 이후 자동차 가전제품 등 제조업의 폭발적인 성장에 힘입어 일자리는 오히려 크게 늘어났다. 늘어난 일자리는 근로자들의 소득증가로 이어졌고 이 소득은 또 제 2차, 제 3차 서비스상품의 소비를 촉진시켜 전체 경제를 활발하게 움직이는 동력이 되었다.

그러나 지금은 20세기와는 사정이 사뭇 다르다. 자동차나 휴대폰 등 웬만한 상품은 지능형 로봇이 만들어낸다. 이 로봇이 학습능력을 갖추면 앞으로 디자인 설계 공정관리 경영에 이르기까지 인간을 광범위하게 대체하게 될 것이다. 변호사 회계사 업무비서 등의 일자리를 대체하는 것은 이미 눈앞의 현실로 다가왔다. 인공지능이 일반화되는 세상에서는 인공지능에 투자한 사람이 아니고서는 소득을 얻을 기회가 막연하다. 그래서 보통사람의 소득은 감소할 수밖에 없다. 그렇게 되면 전체적으로 소비가 급격히 위축되어 세계경제는 침체를 면할 수 없게 된다. 환경오염에 따른 지구생태계 파괴도 이미 그 영향을 우리가 실감하고 있는 바이다. 석탄 석유자원 등의 남용은 공기는 물론 토양 물까지 심각하게 오염시켰다. 최근 빈발하고 있는 가뭄, 홍수 등 자연재해는 기후온난화의 결과로 보이지만 지구촌 차원에서 실효성 있는 대응책은 아직 찾기 어렵다. 지난해 12월 파리기후협약이 체결되면서 2020년부터 온실가스 감축에 나서기로 했지만 대세를 반전시키기에는 여전히 부족한 실정이다.

그렇다면 이와 같은 21세기 지구문제를 해결할 실마리는 어디에서 찾을 수 있을 것인가? 인간은 지금까지 수많은 도전을 잘 극복하고 번성해 왔다. 그렇듯이 지금 우리가 당면한 문제도 그 원인을 정확하게 진단하고 그 해법을 찾아낸다면 언젠가는 성공적으로 해결할 것으로 생각한다. 이와 관련해서 우리는 문제해결을 위한 대안의 하나로서 농업과 식품산업의 역할에 주목할 필요가 있다고 본다. 식량위기에 대처하고 일자리를 만들며 바이오산업 시대에 미래경쟁력을 확보할 수 있는 중요한 해답들이 이 속에 들어있다고 생각하기 때문이다.

농업을 둘러싼 여건 변화

미래 농업의 역할을 이해하기 위해서는 먼저 식량수급 전망, 고용산업으로서의 역할 가능성, 바이오산업의 미래 등을 조금 더 들여다 볼 필요가 있겠다.

미래 식량수급 전망

결론을 미리 이야기 한다면, 향후 식량 수요는 세계인구 증가와 석유자원 고갈 등에 따라 지속적으로 늘어난다. 그에 비해, 공급은 기후온난화 등의 영향으로 제약을 받기 때문에 2050년경 식량수급 사정은 상당히 어려울 수 있다는 점이다. 먼저 수요 측면에서 보면, 지구인구가 아직도 지속적으로 증가세를 유지하고 있다는 사실을 기억해야 한다. 일부 선진국에서는 인구감소를 걱정하기도 하지만 지구 전체로 보면 지금도 매년 5천만 명 이상씩 증가해 2050년이면 지구인구는 90억 명을 넘어설 것으로 전망된다. 현재 인구 약 73억명에 비해 1/3 정도 늘어난 규모이다. 경제성장에 힘입어 육류소비가 늘어나는 것도 식량수요를 늘리는 중요한 원인이다. 돼지고기 1kg을 만들기 위해서는 곡물 약 4kg을 사료로 공급해야 한다. 소를 곡물로 비육하기 위해서는 고기 1kg당 약 8kg의 곡물이 필요하다. 중국이 경제발전 속도만큼이나 빠른 속도로 육류 소비를 늘리고 그 결과 막대한 사료곡물을 소비하고 있는 것이 좋은 사례이다. 석유자원의 고갈 역시 곡물수요를 크게 증가시킬 수 있다. 콩으로 바이오디젤을 만들고 옥수수로 바이오에탄올을 만들어 자동차를 움직이는 것이 그것이다. 미국의 옥수수나 브라질의 콩 중 상당량이 바이오에너지 원료로 사용되고 있다. 다만 지금은 셰일가스 공급량이 증가한데다, 세계 경기침체 영향으로 바이오에너지 수요 역시 줄었다. 그렇지만, 앞으로 석유자원을 대체할 신재생에너지 개발이 충분하지 않다면 조만간 에너지 가격이 다시 상승할 것이다. 그러면 대량의 곡물을 자동차 에너지원으로 쓰는 날이 오게 될 것이다.

이와 같은 상황을 종합해 본다면, 2050년 식량수요는 현재보다 50% 이상 증가할 가능성이 매우 높다고 본다. 이에 비해 과연 세계의 식량공급 잠재력은 충분할까? 현재 시점에서 그 잠재력을 따져 본다면, 식량공급을 증가시킬 수 있는 요인보다는 감소시킬 요인이 훨씬 더 심각할 것으로 판단된다. 공급량 증가를 기대할 수 있는 요인으로는 종자개량 공장형 농업 상용화, 대체식량 개발 등 주로 과학기술의 발전에 기댈 수 있는 것들이다. 공급량을 제약할 수 있는 대표적 요인으로는 기후온난화 및 농지감소 등을 들 수 있다. 언젠가 사람이 알약 하나만 먹으면 하루 에너지를 충당할 수 있는 시대가 올 것인가? 아마도 2050년까지는 이러한 일이 현실로 나타날 것 같지는 않아 보인다. 설사 그러한 시대가 가능하다고 하더라도 사람 사는 맛은 지금보다 훨씬 못할 것이다. 인공지능을 장착한 기계들이 인간의 일을 대부분 수행하는 시대가 멀지 않았는데, 인간에게 먹는 재미마저 없어진다면 무슨 재미가 있을까? 또 그때쯤 우리의 모습이 '배는 홀쭉하고 머리는 큼직한' 외계인처럼 변해 있지 않을까?

과학기술의 발전이 식량문제를 해결할 수 있을 것이라는 기대는 우선적으로 종자개량 가능성에 모아진다. 같은 면적에서 수확량이 지금보다 50% 늘어날 수 있다면 식량부족을 걱정할 이유가 없다. 그러나 슈퍼종자는 궁극적으로 유전공학기술 즉 GMO기술을 활용해야 한다. 그런데 현재 GMO에 대한 소비자의 거부반응이 매우 크기 때문에 종자개량 속도가 늘어나는 식량수요를 따라 올 수 있을 지는 불확실하다. 공장형 농업의 상용화도 훌륭한 미래 농업의 대안인 것은 분명하다. 미국 컬럼비아 대학의 딕슨 데스포미어교수가 1999년 빌딩형 농장을 제안한 이래 식물공장이 일본 한국 등에서 소규모로 이미 상용화되고 있다. 그렇지만 채소가 아닌 곡물을 공장에서 대량으로 생산할 수 있을 지는 아직 미지수이다. 한편 클로렐라 등 조류(algae)를 대량생산해 식량자원으로 이용하는 방법 등이 활용되고 있고, 또 미래에는 곤충이 중요한 단백질 자원으로 등장할 것이 확실하다. 그러나 이것으로 늘어나는 식량수요를 충족하기는 충분하지 않을 것으로 보인다.

한편, 향후 식량문제를 어렵게 할 요인들은 그 영향력이 매우 심각한 것들이다. 기후온난화는 농사를 지을 수 있는 북방한계선을 지금보다 훨씬 더 북쪽으로 끌어올려 식량생산에 도움을 줄 가능성이 있다. 그러나 기후온난화가 가져올 물(농업용수) 부족현상은 인류에게 심대한 영향을 미치게 될 것이다. 지구상에는 높은 산마다 만년설이 쌓여 있다. 이 눈이 봄부터 가을까지 녹아내리면서 주변 지역에 막대한 양의 물을 공급한다. 아시아 지역의 가장 중요한 수원지는 바로 히말라야와 티벳고원의 만년설이다. 이 거대한 산꼭대기 저수지 덕분에 아시아 지역의 엄청난 인구가 벼농사를 지으며 평화롭게 살아갈 수 있다. 그런데 만약 기후온난화로 이 만년설이 모두 녹아버린다면 어떤 일이 일어날 것인가? 아시아 지역의 젖줄인 인더스강이나 갠지즈강, 황하와 양자강, 메콩강 등이 하늘에서 내린 비만 가지고 연중 강물을 채울 수 있을까? 그럴 수 없다. 산꼭대기의 거대한 저수지가 어느 날 사라진다면, 아시아 주요 강들의 수량은 급격히 줄어들고 말 것이다. 이러한 상황을 대비하여 중국은 메콩강이나 양자강 상류에 거대한 댐들을 만들고 있다. 그 결과 하류에는 강물의 수위가 낮아져 주변 국가들이 긴장하고 있는 상태이다.

만일 아프리카 킬리만자로의 만년설처럼 아시아 지역 만년설이 모두 녹아버린다면 그 결과는 어떻게 될 지 상상하기 어렵지 않다.

기후온난화는 더 많은 바닷물을 수증기로 증발시키기 때문에 지구 전체로는 강수량의 증가를 가져온다. 하지만 지역에 따라 그 영향이 매우 다르게 나타난다. 사막화가 진행되는 지역은 그 열기 때문에 가뭄이 더욱 심해질 것이다. 또 반대 지역에서는 홍수가 집중되는 등 자연재해가 극성을 부리게 될 것이다. 이 뿐만 아니다. 한반도의 기후가 아열대기후로 바뀌면 지금 우리가 쓰는 벼 종자를 비롯해 대부분의 종자는 쓸모없게 된다. 아열대기후에 맞는 새로운 식량자원과 종자를 만들어내지 않으면 안된다. 현재 여름철 강원도 높은 산간지 등에서 재배되는 고랭지 배추는 조만간 남한에서는 생산 자체가 불가능하게 될 것이다. 그리고 기후온난화는 그 동안 우리가 보지 못했던 새로운 병해충을 불러오게 되는데, 이들을 효과적으로 통제할 수 있는 방법을 찾지 못하면 식량공급에 상당한 차질을 가져올 수 있다.

식량공급을 제약하게 될 두 번째 요인은 농지의 감소와 표토(表土) 유실현상이다. 지구의 육지면적은 약 150억ha이며(1 ha= 1만 m^2), 이 중 농지와 산림면적이 각각 약 1/3씩 차지하고 있다. 그리고 나머지 1/3은 도시, 사막, 극지대 등 식물이 자라기 어려운 지역이다. 이런 조건에서 인구가 계속 늘어 주거용지와 도로 등을 더 확장해야 한다면 당연히 농지나 산지를 잠식하게 된다. 또 늘어나는 식량수요를 충당하기 위해서는 숲을 파괴해서 더 많은 농지를 만들어야 할 것이다. 그렇게 되면 기후온난화 현상은 더욱 가속화되어 더 많은 만년설을 녹이게 될 것이고, 그 결과로 바닷물의 수위는 지속적으로 상승할 것이다. 전문가들의 예측에 의하면 2100년경 해수면은 지금보다 1~2m 높아질 가능성이 크다고 한다. 지구촌 차원에서 온난화를 중단시킬 특단의 대책이 실행된다면 그런 걱정은 덜 할 수 있겠지만, 지금도 태평양 일부 섬나라들은 물속으로 가라앉고 있는 상황이다. 대책이 충분하지 않다면 금세기 말쯤 뉴욕, 상하이, 뭄바이, 시드니, 부산 등 세계 해안 도시들의 일부가 물에 잠기게 될 것이다. 대규모 인구가 거주하고 있는 동남아시아 저지대의 농지와 주거지 역시 상당 부분 사라지게 될 것이다. 또 특정지역에 집중되고 빈발하는 폭우는 농지에서 식물을 키울 수 있는 표토를 쓸어내서 바다로 흘려보낸다. 한반도의 경우 대부분의 농지가 경사지에 위치하고 있어 표토 유출현상이 심한 편이다. 만일 표토를 지키지 못하면 그 땅은 불모지나 다름없게 된다. 사실 농지는 매우 귀중한 자원이다. 한번 파괴되면 재생하기가 어렵다. 이처럼 소중한 농지가 인구증가나 기후온난화로 인해 점점 축소되고 있다는 사실은 미래의 식량사정을 어렵게 할 중요한 원인이 될 것으로 전망된다.

식량문제의 심각성은 국제무역구조와도 연결된다. 곡물무역의 경우, 지독한 독과점 형태를 띄고 있기 때문이다. 곡물의 경우 세계적으로 매년 약 25억 톤이 생산되고 있다. 이중 10%에 해당하는 2.5억 톤 정도가 국가 간에 교역된다. 그런데 곡물교역량의 약 80%를 카길 등 5개 정도의 다국적 곡물회사가 움직이고 있다. 이들 다국적 회사들은 자체 인공위성을 통해 지구촌 곳곳의 식량생산량을 누구보다 빨리 파악하고, 이러한 정보력을 바탕으로 국제시장에서 막강한 영향력을 행사한다. WTO가 추구하는 세계무역자유화는 농업에 있어서도 예외가 아니며, 결과적으로 한국의 대외식량 의존도를 계속 더 높이는 쪽으로 영향을 미치고 있다. 다국적 기업들로부터 곡물을 수입하는 우리나라의 경우, 세계 식량사정이 순조로울 때에는 특별한 문제가 없다. 그렇지만 식량위기가 발생하면 그들에게 우리의 운명을 맡기는 것 외에는 달리 뚜렷한 방법이 없는 실정이다. 이처럼 미래식량 수급은 우리가 특별히 의식하지 않고 있을 뿐 결코 낙관할 수 없는 사정이다. 우리의 후손들이 대대손손 이 땅에서 적절한 식량주권을 행사하면서 행복한 삶을 이어가기를 바란다면, 농업을 최대한 보전하여 기본식량을 자급하는 것이 국가의 기본책무가 아닐 수 없다.

고용산업으로서 농업의 가능성

인공지능 확산으로 고용문제가 점점 심각해지고 있다. 인공지능을 기획하고 제작하고 판매하는 분야에서는 일자리가 더 만들어질 것이다. 하지만 인공지능으로 인해 없어지는 일자리에 비한다면 턱없이 부족하다. 그리고 인공지능을 투입해서 만들어지는 부가가치는 인공지능에 투자한 소수에게 귀속되기 때문에 일반근로자의 소득감소→전체소비 위축→경기침체→고용악화의 악순환을 거듭하게 될 것이다. 향후 일자리를 많이 만들 수 있는 대표적인 업종은 서비스산업이다. 보건의료 생명공학 에너지 개발 환경개선 등과 R&D 그리고 향락산업에 이르기까지 다양한 분야에서 더 많은 일자리가 만들어질 것이다. 그러나 문제는 이러한 서비스상품을 구매할 돈을 어디서 구하느냐 하는 것이다. 취업을 해야 돈을 벌고, 그래야 원하는 서비스상품을 구매할 수 있다. 그런데 취직이 안되니 서비스산업의 발전도 더딘 걸음을 할 수 밖에 없다.

서비스산업 다음으로 고용창출력이 뛰어난 산업은 농업과 식품산업이다. 이 산업에는 전후방으로 다양한 산업이 연결되어 있다. 또 아무리 기계화·자동화를 해도 여전히 많은 사람들의 손길을 필요로 한다. 더구나 우리나라 주변에 거대한 식품시장이 존재하고 있다. 또 세계인구가 늘어나는 만큼 식품시장은 계속 커질 것이다. 그렇기 때문에 우리가 경쟁력만 갖춘다면 얼마든지 고용을 창출할 수 있는 여력을 갖고 있는 산업이다. 쇠고기 산업을 예로 든다면, 쇠고기를 해외에서 사먹는 게 더 싸다는 의견도 있다. 그렇지만 일자리를 생각하면 그런 선택을 하기는 쉽지 않다. 현재 약 10만 개의 한우농장에 20만 명 이상의 농업인이 일하고 있다. 여기에 사료공장 도축 및 가공공장 동물용 의약품 제조업체 및 판매대리점 유기질 비료공장 운송업체 가축방역업체 등 관련분야에 수많은 인력이 종사하고 있다. 만약 쇠고기를 값이 싸다는 이유로 수입해서 먹기로 한다면 우리는 엄청난 고용기회를 스스로 내버리는 결과를 갖게 될 것이다. 참고로 EU는 미국산 쇠고기 중에서 성장촉진제를 사용하지 않은 소량의 물량에 한해 수입을 허용하고 있는데 그 이면에는 축산분야의 고용보호 측면이 개입되어 있음을 무시할 수 없다.

한편, 해외식품시장을 생각하면 고용창출 가능성은 훨씬 더 커진다. 해외시장의 크기만 생각한다면 우리의 농업 및 식품산업을 지금보다 두 배 세 배로 키울 수 있다. 첨단온실을 예로 들어보면 네덜란드에는 약 1만ha의 첨단온실이 있는데 한국은 400ha가 채 안되는 수준이다. 우리나라 주변에 있는 거대한 식품시장을 생각하면 우리도 네덜란드 정도의 첨단온실을 충분히 운영할 수 있다. 만일 우리나라에 첨단온실 1만ha를 가동하기로 한다면 신규로 창출되는 온실자재산업 규모만 해도 20조원이 넘는다. 여기에 종자공급 친환경 방제 식품가공 수출 및 운송 분야 등의 일자리까지 더해져 고용창출 규모는 수만 명 수준이 될 것이다. 또 한류를 등에 업고 우리도 스위스의 식품기업 네슬레 같은 큰 기업을 일굴 수 있다면 또 얼마나 많은 고용을 창출할 수 있겠는가? 우리에겐 현재

농업용으로 조성된 약 3만ha의 간척지가 있다. 이 면적은 우리나라 공업용지 전체 면적의 약 절반에 해당하는 크기이다. 그런데 새만금과 해남간척지 등을 두고 농업 이외 목적으로 개발하기 위해 안간힘을 쓰고 있는 것이 우리의 현실이다. 앞으로 어디서 공장을 유치해서 이 넓은 면적을 채울 것이며, 어디서 인구를 끌어와 대규모 도시를 조성할 것인가? 이 땅의 대부분은 당초의 조성용도대로 해외시장을 겨냥한 첨단 농업단지 개발에 활용하는 것이 가장 현실적인 대안일 것으로 생각한다. 농업과 식품산업이 커지면 미래 식량안보에 기여함은 물론 대규모 고용창출까지 일석이조의 효과를 기대할 수 있다.

바이오산업 시대 도래와 농업의 가능성

바이오산업은 생물자원 즉, 식물과 동물 미생물 자원으로부터 인간에게 유용한 제품과 서비스를 얻는 산업분야이다. 유전자 단위의 기능을 파악하여 주로 유전자 교환 또는 삽입 등의 방법을 활용하는데, 의료와 제약분야 농업과 환경분야 일반 산업분야 등에서 다양한 바이오기술이 발전하고 있으며, IT산업에 이어 차세대 먹거리 산업으로 등장할 전망이다. 농업분야에서는 주로 GMO종자 생물농약 건강기능성 식품 바이오식품 등이 연구되고 있다. 동시에 농수산자원으로부터 의료용 치료제나 친환경 에너지 생산을 얻기 위한 시도도 이루어지고 있다. 바이오산업 시대를 맞아 농업과 식품산업은 획기적인 변화를 맞게 될 것으로 보인다. 먼저 바이오테크놀로지는 미래 식량위기를 완화시킬 수 있는 유력한 대안이 될 것으로 생각한다. 기후온난화와 농지면적 감소라는 부정적 요인을 극복하고 지속적으로 늘어나는 식량수요를 감당하기 위해서는 바이오테크놀로지를 활용한 종자개량과 대체식량의 개발이 매우 중요하다. 제초제 저항성 콩과 옥수수 특정 병해충에 견딜 수 있는 면화 등은 이미 광범위하게 사용되고 있다. 앞으로 가뭄에 잘 견디는 종자 비타민A 등 특정 영양소를 보강한 쌀 등 다양한 형태의 종자가 개발될 것이다. 다만 유전자조작 농산물에 대한 안전성을 어떻게 담보할 것이냐, 또 소비자의 불안감을 어떻게 해소할 것이냐가 관건이다. 과학기술의 발전에 따라 안전성 문제도 언젠가는 풀 수 있지 않을까 생각한다.

바이오기술은 농업으로 인한 환경부하를 줄이는데도 큰 기여를 할 것이다. 미생물의 특성을 활용한 병해충 퇴치, 공기 중의 질소를 고정할 수 있는 미생물 가축분뇨를 분해해서 전기를 생산하는 미생물까지 다양한 활용방법이 현재 시도되고 있다. 형질전환 동물에서 인슐린 등 의료용 소재를 대량생산하고 버려지던 감귤껍질을 미생물로 분해해 고급화장품 원료를 생산하는 것, 거대억새를 이용해 자동차를 움직일 수 있는 바이오에너지 생산을 시도하는 것 이 모두가 앞으로 바이오산업 시대에 인간과 자연을 구할 수 있는 유용한 기술로 등장하게 될 것이다.

현재의 한국 농업은?

이처럼 농업은 21세기 식량무기화 가능성에 대비하는 전략산업이다. 그리고 대규모 고용을 창출하는 고용산업이자 바이오 산업 시대에 가장 중요한 핵심 소재산업으로 그 역할을 확대할 것으로 본다. 즉, 농업과 식품산업의 중요성을 재평가할 필요가 있다.

농업선진국인 미국, 호주, 프랑스, 네덜란드, 덴마크 등의 경우를 살펴보면, (1)상업적 경영이 가능할 정도의 규모가 큰 농장, (2)높은 수준의 기술과 풍부한 자본, (3)능력있는 농업경영인의 존재 등 기본적 조건이 충족되어 있다. 여기에다 네덜란드, 덴마크 등은 가까이에 큰 수출시장을 갖고 있는 것이 강점이다. 사막에서 세계적 농업을 일군 이스라엘을 생각해 본다면 어쩌면 농업강국의 조건은 그 나라의 의지에 달려있는 문제라고도 볼 수 있다. 이에 비해 우리나라는 (1)1인당 경영규모가 영세하고, (2)농업인 대부분이 고령화 되었으며, (3)주변의 주력 수출시장이 사실상 병해충 검역 등 비관세 장벽으로 막혀 있고, (4)농업을 전략산업으로 키우겠다는 국가적 실천의지도 뚜렷하지 않은 상태이다. 여러 가지 이유 중에서도 한국농업이 경쟁력을 갖지 못한 가장 핵심적인 이유는 '경영규모의 영세성' 때문인 것으로 본다. 인력과 기술 측면에서는 일부 젊은 층을 중심으로 역량과 기술이 상당한 수준에 와 있다. 그렇지만, 농업인이 아무리 유능하더라도 경영규모가 영세하면 자본을 투입하거나 신기술을 채택하는 것이 어려울 수밖에 없다. 시장 수요에 맞춰 적정량을 생산하기도 쉽지 않다. 경영규모의 영세성은 지금까지는 한국농업의 피할 수 없는 운명이었다. 해방 후 농업인구 비중은 전체인구의 80%에 육박했다. 좁은 국토에서 국민 대부분이 농업에 종사하다보니 1인당 면적은 더더욱 적을 수밖에 없었다. 오늘날 농업인구 비중이 5%를 조금 넘는 수준까지 떨어진 것은 사실이다. 하지만 그 사이 농지도 큰 폭으로 감소해 1인당 면적은 약간 증가하는데 그쳤다(2014년 기준 농가 호당 1.6ha). 현재의 경영규모로는 다른 나라와 경쟁하기 어려운 것은 물론, 국내적으로도 다른 산업분야 종사자와 비슷한 소득을 기대할 수 없다. 그래서 농업부문에는 고령의 농업인들로 넘쳐난다. 지금의 고령농업인들은 해방 전후 열악한 상황에서 우골탑을 쌓아가며 자식들 교육에 헌신하였다. 그 결과 자식들을 훌륭한 인재로 키워 우리나라 고도성장에 크게 기여하도록 하였다. 세상이 바뀌었다고 하루아침에 이들을 홀대할 수는 없다. 문제는 고령 농업인을 대우하면서도, 젊은 인재들이 적정 규모의 농장을 확보할 수 있는 대안을 찾아야 한다. 그런데 아쉽게도 아직 우리는 그 해답을 내놓지 못하고 있는 상황이다. 선진국의 농업인구 비중은 대부분 2~3% 수준이고, 지금도 계속 소수 정예화의 길을 걷고 있다. 혹자는 농촌인구를 적정 수준으로 유지하기 위해 영세소농을 적극 보존하고 우대해야 한다고 주장한다. 농촌인구를 적정 수준으로 유지하는 것과 농업경쟁력을 키우는 일은 차원이 다른 일이다. 그럼에도 많은 사람들이 농업을 농촌인구 유지 수단으로 인식하고 있기 때문에 경쟁력 있는 농업을 꿈꾸기에는 현실의 벽이 너무 높다.

한편, 한국농업이 발전하기 위해서는 해외 농수산물시장을 적극 개척해야 하는데 여기에도 제약요인이 많다. 중국시장을 예로 들면, 현재 수출할 수 있는 신선농산물은 포도, 당근, 양배추, 브로컬리, 수삼, 팽이와 새송이버섯 등 매우 제한적인 품목에 그친다. 파프리카, 참외, 딸기, 토마토, 사과, 배 등의 대 중국 수출은 식품안전 또는 병해충 방역 등의 이유로 여전히 막혀 있는 상태이다. 다른 나라의 농산물시장을 열기 위해서는 우리나라 시장을 같이 열어야 한다. 그런데 안타깝게도 우리는 국내 생산자를 보호하기 위해 과감하게 문을 열 수 없는 사정이다.

현실은 매우 답답하지만 그래도 멀리 내다보면 한국농업의 발전 가능성은 아주 크다. 한국농업은 5천 년간 이어져 온 영세소농체제를 벗고 규모화된 전업농체제로 전환할 시점에 와 있다. 2014

년 기준으로 농업을 주업으로 하는 65세 미만 경영주는 약 26만 농가에 불과하다(전체 농가 112만호). 세대교체를 방해하는 특별한 돌발변수가 없다면 10년 후에는 상업적 농업의 경우 20만 명 내외의 전업농이 각각 규모화된 농장을 운영하는 선진화된 모습으로 바뀔 수 있을 것이다. 무엇보다 한국농수산대학이나 천안연암대학 등에서 젊은 인력들이 꾸준히 양성되고 있다. 또 귀농 귀촌 바람을 타고 농업계 밖에서 다양한 경험을 가진 사람들이 농업부문에 유입되고 있는 것이 앞날을 밝게 볼 수 있는 증거이다. 이들은 지금 농어촌 곳곳에서 혁신을 일으키며 두각을 나타내고 있는 중이다.

한국농업의 앞날에 희망을 갖는 또 하나의 이유는 우리나라가 IT강국이라는 점이다. 미래농업은 시설농업이 주도할 것이라는 점을 감안하면 우리는 막강한 IT기술의 도움을 받을 수 있다. 여기에 국가 주도의 강력한 R&D 효율적 기술보급체계도 초기 농업경쟁력을 확보하는데 크게 기여할 수 있을 것이다. 또 한국처럼 토지가격이 비싼 나라에서 3만ha에 달하는 국가간척지를 보유하고 있다는 사실도 매우 희망적인 일이 아닐 수 없다. 수출농업을 희망하는 젊은 후계자들에게 저렴한 비용으로 토지를 대여할 수 있다면 이들에게는 경쟁력을 확보할 수 있는 절호의 기회가 아닐 수 없다. 우리나라 주변에는 중국, 일본 이외에 러시아, 대만, 인도, 인도네시아 등 커다란 식품시장이 존재하고 있는 것도 우리가 잘 활용하면 절대적으로 유리한 조건이다. 고도경제성장 과정에서 우리나라 국민들이 보여준 저력을 생각하면 농업부문 역시 시장이 있는데 시장에서 요구하는 상품을 만들어내지 못 할 이유는 없다. 때가 되면 젊은 농업인들이 당당하게 해외시장으로 뛰어들 수 있을 것으로 믿는다.

미래 선진 농업국의 모습

한국농업이 중요한 미래산업으로서 그 역할을 다 하기 위해서는 농업인과 국민 모두가 동의하는 구체적이면서도 실천 가능한 비전을 제시할 필요가 있다. 다음과 같은 모습을 상상해 볼 수 있을 것이다.

가족농 중심의 규모화된 농장

먼저 향후 10년 정도 후에는 한국에서도 가족농 중심의 규모화된 농장을 보게 될 것이다. 미국만큼은 아니지만 유럽쯤에서 볼 수도 있는 비교적 큰 규모의 농장이다. 지금까지는 다수의 농업인이 저마다 마을 여기저기에 흩어져 있는 소규모 농지를 돌아다니며 고비용 농사를 지었다. 하지만 앞으로는 소수정예화한 농업인이 농지임대차 등의 방식을 활용해 집단화된 농장을 만들게 될 것이다. 벼농사는 10~20ha, 시설농업은 1~5ha, 그리고 축산업도 중대규모 농장으로 발전하게 된다. 이러한 전망이 현실로 바뀌려면 농지 및 시설 등 농업자원을 부업이나 취미농이 아닌 전업농에 집중시키는 정책적 노력이 필요함은 물론이다.

생산자조직 중심의 고효율 유통과 생산조절

생산자조직 중심의 고효율 유통과 생산조절 그리고 생산자와 소비자가 바로 대면하는 온라인 유통이 일반화될 것이다. 지금까지는 농업인의 숫자가 매우 많아 품목별 생산자조직을 만드는 것이 쉽지 않았다. 그 결과 전국 차원의 수급조절이 불가능하였다. 해마다 공급부족과 과잉을 반복하고 또 농업인 각자가 따로 따로 중간 상인들과 거래해 제값을 받기 어려웠다. 그러나 농업인이 소수 정예화할 경우 덴마크나 네덜란드와 같은 강력한 협동조합을 만들 수 있다. 또 온라인에서 생산자와 소비자가 직접 소통하면서 거래할 수 있을 것이다.

시설농업과 축산업

한국농업의 핵심은 시설농업과 축산업으로 옮겨가게 될 것이다. 그리고 '한국산 = 고품질'이라는 국가브랜드를 활용해 수출농업에 매진하게 된다. 한국은 대규모 조방적 경영이 필요한 곡물농업에서는 넓은 땅을 가진 나라와 경쟁할 수 없다. 따라서 우리는 세계 최고의 품질을 목표로 채소 과수 특용작물 축산 등에 집중하게 될 것이다. 유기농, 무농약(무항생제), GAP농산물(Good Agricultural Practices, 우수관리인증농산물) 등 친환경적이면서 건강에 좋은 농산물로 세계시장을 공략하게 될 것이다. 다만 쌀은 우리의 주식이기 때문에 어떤 방법을 써서라도 자급하기 위한 노력을 포기할 수 없다고 본다.

첨단 IT기술과 바이오테크놀로지 전시장

농업과 식품산업은 첨단 IT기술과 바이오테크놀로지 전시장이 될 것이다, 인공지능을 탑재한 농업용 기계와 장비들이 속속 투입되어 노동력 절감은 물론 동식물의 영양관리 질병통제 품질관리 등을 최적의 조건에서 수행하게 될 것이다. 특히 바이오기술을 이용한 종자개량은 수요자 별로 체질에 맞는 건강기능성 농산물 생산을 가능하게 하여 식품과 약품의 구분을 무의미하게 만들 것이다.

매력있는 관광 및 체험상품

농업은 그 자체로 매력있는 관광 및 체험상품으로 발전할 것이다. 대다수 인구가 도시에 거주하는 시대에는 자연을 체험하고, 그 자연 속에서 삶의 위안을 얻으려는 수요가 크게 증가하게 된다. 이미 관광농업, 힐링농업, 도시농업으로 표현되는 다양한 활동들이

펼쳐지고 있지만 앞으로 농업은 먹거리와 자연을 연결하는 관광상
품 이른바 6차산업으로서 그 의미가 크게 강조될 것이다.

기반산업이자 소재산업

농업은 바이오산업 시대에 가장 중요한 기반산업이자 소재산업
이다. 농업부문 자체의 바이오기술 발전은 물론 동·식물이나 미
생물로부터 의약용 소재를 구하고 주변의 풍부한 바이오매스 자원
을 에너지원으로 개발하는 산업이 크게 발전할 것이다. 그 밖에도
우리가 그동안 석유화학제품에 의존했던 각종 생필품을 친환경 바
이오제품으로 바꾸는 시도들이 농업을 통해 더욱 촉진될 수 있을
것이다.

한국이 농업 선진국이 되려면?

동북아시아에 위치한 세계적 농업강국인 한국, 불가능한 일은
아니다. 다만, 네덜란드와 같은 농업강국으로 발돋움하기 위해 해
결해야 과제가 매우 많다. 이 중 시대적으로 매우 중요하다고 판단
되는 몇가지 과제들에 대해 생각해본다.

시각의 재정립

우리나라에는 농업을 산업으로 바라보지 않고 자연스러운 삶의 일부로 인식하는 사람들이 의외로 매우 많다. 이런 시각을 가진 사람들은 영세소농들이 상부상조하면서 오손도손 모여 사는 평화로운 지역사회를 꿈꾼다. 5천년 역사에 익숙한 모습이기 때문에 우리의 DNA에 각인되었을 법하다. 그러나 Adam Smith 이래 세상은 각자가 잘 할 수 있는 일에 특화해서 그 성과물을 서로 교환하면서 살고 있다. 선진국의 경우 농업도 전업농에 의해 전문화된 산업으로 발전해 왔다. 만약 우리나라의 농업을 영세소농 중심의 부업 또는 취미농업으로 유지하고자 한다면 농업의 경쟁력에 관해 특별히 논의할 일이 없을 것이다. 그러나 한국농업이 산업으로서 경쟁력을 갖고 일정한 역할을 하기 바란다면 먼저 이에 대한 국민적 공감대를 형성할 필요가 있다. 농업부문에 적절한 정부보조금을 지원하면서 농업을 우리 삶의 자연스러운 일부로 계속 유지할 것인지, 아니면 하나의 산업으로서 경쟁력을 높이는 방향으로 고통스러운 구조재편을 할 것인지 국민적 합의가 필요한 시점이다.

한편, 한국농업은 1990년대 이래 WTO체제의 출범과 한·미 FTA 체결 등 개방농정의 추진과정에서 얻은 패배주의에 깊이 빠져 있는데, 하루 속히 여기서 빠져나와야 한다. 한국농업이 21세기 성장산업으로서 세계시장에서 경쟁할 상품을 만들어 낼 수 있다는 자신감을 가져야 한다.

명확한 정책목표와 정책수단

농업에 대해서는 워낙 다양한 주장들이 많아 농업정책도 상당 부분 애매한 모습을 보인다. 겉으로는 경쟁력 강화를 외치지만 내용상으로는 영세소농 체제를 유지하고 지원하는데 중점이 가 있다. 예컨대 쌀 직불금이나 밭농업 직불금은 농업을 계속해야 지급을 하고 또 각 자치단체들은 고령농을 위해 농사대행 서비스를 적극 펼치고 있다. 이는 영세소농 체제를 장려하는 결과를 낳는다. 이렇게 되면 젊은 전업농이 규모화된 농장을 만드는 것이 아예 불가능하게 된다. 독일이나 프랑스 등에서는 농업인들이 65세가 되면 농업경영에서 은퇴하고 연금을 받아 여생을 즐긴다. 그래서 젊은 후계농업인들이 은퇴농의 농장을 인수해서 새로운 농업경영을 할 기회가 많다. 그러나 우리나라는 농업인 연금제도가 충분하지 않다. 특히 많은 농업인들이 농업을 살아있는 동안 계속해야 할 일로 생각하고 있기 때문에 농업인력의 세대교체가 쉽지 않은 상황이다.

농업정책을 계속해서 고령농업인 복지수단으로 사용하기로 한다면 앞서 지적한대로 농업경쟁력을 높이려는 시도는 처음부터 포기하는 것이 옳다. 그러나 농업을 포기하기에는 그 시대적 요구와 잠재력이 너무 크다. 따라서 지금부터라도 농업정책과 복지정책을 명확히 구분해서 두 정책이 서로 충돌하지 않는 방향으로 추진할 필요가 있다. 고령농에 대해서는 농업은퇴와 소규모 텃밭가꾸기 등을 장려하고, 전업농에 대해서는 농업경쟁력을 높일 수 있는 방향으로 지원을 집중할 필요가 있다고 본다.

농업의 규모화된 농장

경쟁력 확보를 위해서는 적절한 규모의 농지와 농업용 시설을 일정한 물리적 공간 안에 집단화시킬 필요가 있다. 농지가 아무리 많아도 여기저기 분산되어 있다면 경영효율을 높일 수 없다. 좁은 국토에서 많은 인구가 거주하는 우리나라에서는 그 동안 규모화된 농장을 만드는 것이 쉽지 않았다. 하지만 대다수 인구가 도시로 이전한 지금은 유럽에서 볼 수 있는 정도의 농장을 만드는 것이 가능해졌다. 농장조성을 촉진하기 위해서는 농지의 교환 분합이나 임대차 제도를 정비해야 한다. 농지를 매입해서 농장을 만드는 것은 우리 현실에서 사실상 불가능하다. 따라서 농지를 장기간 안정적으로 임차할 수 있는 제도정비가 무엇보다 중요하다. 예컨대 임대차기간의 경우 우리나라 농지법은 3년 이상으로 규정하고 있지만, 프랑스나 스위스는 최소 9년 이상으로 정하고 있다.

농장의 분할을 억제하는 방안이나 임대차 관계에서 발생할 수 있는 각종 이해관계를 조정하는 방안을 미리 정비해두어야 한다.

그리고 농장조성을 원활하게 하기 위해 농어촌공사에서 운영하고 있는 농지은행을 적극 활용할 필요가 있다. 부재지주는 농지은행에 땅을 맡기도록 하고 농지은행에서 이 땅을 전업농의 농장조성에 활용하면 좋을 것이다. 또한 정부와 지자체에서 그동안 지원해온 집단적 논 경지정리와 밭 기반정비사업 등을 개별적인 농장 인프라조성사업으로 전환하는 것도 검토할 필요가 있다고 본다.

농업기술개발 및 교육의 강화, 민간의 농업투자 활성화

농업경쟁력은 농업인의 경영혁신과 더불어 국가적 농업과학기술 역량에 의해 좌우된다. 우리나라의 농업과학기술 개발은 국가가 주도하고 있다. 농촌진흥청이 국가기관으로서 직접 연구개발을 담당하고 있다. 농림축산식품부는 대학 등 민간에 연구자금을 대는 방식으로 R&D를 지원하고 있다. 2016년도 농업 R&D 국가예산 규모는 9,500억원 수준이다. 농업R&D는 장기간에 걸쳐 많은 자금이 투입된다. 또 리스크도 큰 만큼 국제시장을 상대로 하는 대형기업이 아니라면 웬만한 기업은 감당하기 어렵다. 그래서 몬산토나 듀퐁 같은 큰 기업이 세계시장을 좌지우지 한다. 따라서 우리나라는 당분간 국가 주도로 농업 R&D를 강화할 수밖에 없는데, 농업을 미래성장동력으로 키우고자 한다면 정부지원을 대폭 확대해야 한다. 그리고 국가나 민간에서 개발한 기술은 지체없이 농업경영인과 관련 업계에 전수되어야 한다. 다행히 우리나라는 농업인에 대한 기술교육시스템이 잘 갖춰져 있으므로 이를 더욱 효율화하고 활성화하는 노력이 필요하다.

한편 현대의 농업은 많은 자본투자를 필요로 하는데 민간의 자금이 농업부문에는 잘 흘러들어가지 않는 것이 현실이다. 기상조건이나 수급사정에 의해 농업수익률이 해마다 크게 변하기 때문에 투자자는 불안하다. 그렇다고 기업이 농업경영에 직접 참여하는 것도 쉽지 않다. 대다수 농업인 역시 외부의 도움 없이는 투자여력이 거의 없는 실정이다. 외부투자를 끌어오기 위해서는 무엇보다 시설채소 및 축산업 등의 수익성을 안정화시켜야 한다. 시설농업의 경우 수익성만 안정된다면 지금과 같은 저금리 시대에는 투자재원을 모으는데 큰 어려움이 없을 것이다. 수익의 안정화를 위해서는 전국 단위 수급조절이 가능한 품목별 생산자조직의 활성화가 급선무이다. 투자재원의 원활한 조달을 위해 정부가 운영하고 있는 신용보증제도나 모태펀드를 적극 활용할 필요가 있음은 물론이다.

협동조합 등 생산자조직의 활성화

농업인은 아무리 똑똑해도 혼자서는 시장을 상대하기 어렵다. 또 혼자서는 시장공급량을 조절할 수 없다. 그래서 생산자는 품목별로 조직화 해서 공동으로 시장에 대응해야 하는데, 문제는 영세소농의 숫자가 많아 그 뜻을 모으기가 쉽지 않다는 것이다. 그래서 정부는 부득이 농업관측 계약재배 등의 방법을 활용해 왔다. 하지만 농업인이 관측결과에 따라 반응하지 않고, 또 계약재배 물량마저 시장에 영향을 미칠 정도의 물량이 아니어서 별 효과를 거두지 못했다. 그렇다고 이 문제를 언제까지 방치할 수 없다. 이제는 정부와 농협, 그리고 생산자단체가 모두 나서서 품목별 생산자 조직화를 달성하는데 총력을 기울여야 한다. 생산자 한 사람 한 사람씩 설득해서 선진국처럼 협동조합을 통한 농산물유통을 정착시켜야 한다. 생산자 조직화에 성공하면 시장교섭력이 커짐은 물론 유통경로를 훨씬 단순화 할 수 있는 잇점도 기대할 수 있다. 한편 소비자의 구매행태와 관련해서 앞으로는 오프라인에서 농산물을 구매하는 것보다 온라인이나 모바일 플랫폼에 접속해서 구매하는 빈도가 지금보다 크게 늘어날 것이다. 그리고 농산물의 생산이력과 조리법 등에 대해 생산자-소비자 사이에 보다 많은 소통을 하게 될 것이다. 이때 생산자 혼자서 다수의 소비자를 상대할 수는 없다. 다양한 형태의 생산자조직이 필요하게 된다. 농업계가 총력을 모아 생산자 조직화에 나설 때라고 본다.

수출농업으로의 전환

우리가 해외시장을 개척하지 못하고 국내소비에만 치중한다면 한국농업은 계속 위축될 수밖에 없다. 거대한 해외 식품시장을 가까이 두고 농업축소 일변도의 길을 걸을 수 없어 우리는 오랜 동안 수출농업을 하겠다고 의지를 불태웠다, 그 결과 인삼 김치 막걸리 등 주로 가공식품의 수출이 많이 늘었다. 그러나 대량수출이 가능한 신선농산물의 경우 수출은 여전히 저조한 편이다. 그 이유는 신선농산물의 경우 해외시장이 검역 위생 등의 이유로 막혀있는 경우가 많다. 또 어렵게 연 시장도 국내에서 동식물 질병관리를 제대로 못해 무용지물로 만드는 일이 많기 때문이다. 수출농업을 하려면 해외시장을 더 많이 열어야 한다. 해외시장을 열려면 우리의 시장도 더 열어야 하는데 우리는 우리의 시장을 여는 데 소극적으로 대응해 왔다. 중국의 경우만 해도 이미 지적한대로 파프리카, 참외, 딸기 등 수출가능성이 높은 품목은 막혀있다. 우리는 지금 분명한 선택을 해야 한다. 수출농업을 해보겠다는 희망만으로는 수출농업이 이루어질 수 없다. 우리의 5천만 명 시장을 여는 것과 해외의 수십억 명 시장을 여는 것을 비교해 본다면 우리가 더 유리할 것이 당연하지 않겠는가? 아울러 한국농업을 동식물 질병으로부터 자유로운 청정지역으로 관리하는 데도 배전의 노력을 경주해야 할 것이다. 강력한 수출농업을 지향하기 위해서는 다시 한 번 농업계의 의지를 가다듬을 필요가 있다.

서비스산업으로서의 농업

농업에 1, 2, 3차 산업이 다 포함되어 있다고 해서 흔히들 6차 산업이라 이야기 한다. 이는 농업 자체가 하나의 서비스상품으로 바뀌고 있는 현실을 보여주는 것이다. 농산물을 가공해서 고부가가치상품을 만드는 것은 오랜 역사를 갖고 있는 일이다. 그렇기 때문에 생산자들이 협동조합 방식으로 뭉치기만 한다면 미국의 선키스트나 뉴질랜드의 제스프리처럼 그 부가가치를 농업인의 몫으로 돌려줄 수 있을 것이다.

이와 함께 농업은 그 자체로도 매력있는 서비스상품으로 변하고 있다. 생명의 신비를 관찰하거나 농사체험을 할 수 있다. 동식물과 교류를 통해 우리의 스트레스를 풀고 마음의 위안을 얻을 수 있다. 전통 가공식품을 만들어 보고 또 요리를 배우는 것 등등 다양한 서비스상품이 개발되어 도시사람들을 즐겁게 할 수 있다. 앞으로 인공지능을 장착한 농기계들이 농산물을 대량으로 생산하는 시대가 온다면 이제 다수 농업인들의 관심은 서비스상품으로서 농업에 몰리게 될 것으로 생각한다. 현재 관광농업 체험농업 등이 크게 확산되고 있다. 그러나 아직까지는 그 내용물이 풍부하지 못하고 소비자의 신뢰도 약한 편이다. 민간사업자 단체를 중심으로 새롭게 떠오르는 시장을 적극 키울 수 있도록 정부는 서비스농업 활성화 프로그램들을 대폭 보강할 필요가 있다고 본다.

바이오 산업화

농업생명공학은 GMO에 대한 소비자의 거부반응에도 불구하고 미래 식량자원 확보를 위해 지속적으로 발전해야 한다. 인류는 이제 유전자 단위의 비밀에 가까이 다가섰다. 조만간 GMO의 안전성을 검증할 수 있는 단계에 들어설 것이다. 앞으로 농업의 경쟁력은 생명공학의 기술수준에 좌우될 것이다. 우리가 매일 섭취하고 있는 다양한 식품들의 건강 기능성은 아직 충분하게 규명되지 않았다. 건강에 이로운 각각의 기능들을 확인하고 이를 종자개발에 활용하면 앞으로는 사람의 체질이나 건강상태에 따라 '맞춤형' 농산물을 생산할 수 있을 것이다. 또한 동식물이나 미생물 자원으로부터 질병치료용 의약품 소재를 대량으로 생산할 수 있을 것이다. 언젠가 석유에너지가 고갈되면 바이오매스로부터 우리가 필요로 하는 에너지를 얻어야 한다. 또 석유화학에 의존했던 각종 생필품도 바이오 제품에서 구해야 한다. 이 과정에서 농업은 다양한 역할을 하게 된다. 따라서 농업생명공학 등의 연구를 더욱 강화하고 관련 산업의 육성을 지원할 필요가 더욱 크다 하겠다.

고령농업인을 위한 복지프로그램 확충

농업이 미래산업으로서 제 역할을 하기 위해서는 농업부문에 젊은 후계자들이 들어와야 한다. 그리고 후계자들이 들어오기 위해서는 고령농업인이 은퇴를 하는 관행이 만들어져야 한다.

이를 위해서는 고령농업인이 안심하고 은퇴할 수 있는 여건을 만드는 것이 중요하다. 농사를 계속 해야 보조금을 주는 현행방식으로는 곤란하다. 고령농업인의 은퇴를 전제로(소규모 텃밭가꾸기는 권장) 각종 직불금을 통합하여 지원하는 방식을 검토할 필요가 있다. 현재의 직불금을 고령농 직불금으로 전환하면 시간이 갈수록 그 대상자가 줄어들고 여기에서 남는 재원을 농업경쟁력 강화에 집중 투입할 수 있을 것이다. 전업농에 대해서는 농산물가격이나 농업소득을 직접 보전해주는 방식보다 경영규모를 확대할 수 있도록 농지임대차 알선 시설투자 지원 수출시장 개척 등의 장려대책을 적극 펼쳐야 한다. 한국농업이 미래 성장산업으로서 역할을 할 수 있기 위해서는 젊은 후계자들이 마음놓고 경영할 수 있는 여건을 만들어 주는 것이 무엇보다 중요하다고 본다.

농업은 미래의 성장동력

진부한 이야기가 되겠지만, 1971년 노벨상을 수상한 사이먼 쿠즈네츠는 한 나라가 농업발전 없이 중진국까지는 갈 수 있지만 결코 선진국이 될 수는 없다고 지적하였다. 또 빌 게이츠 짐 로저스 워렌 버핏 등 투자의 귀재들이 잇따라 향후 30년은 농업에 투자해야 할 시기라고 강조한 뜻을 새겨볼 만하다. 우리가 농업선진국으로 발돋움하기 위해서는 지금 우리가 어디에 서 있는 지를 명확히 판단해야 한다. 그리고 그 역사의 흐름 속에서 우리가 앞으로 무엇을 어떻게 해야 하는 지를 차분하게 생각해 볼 필요가 있다.

농업과 식품산업은 향후 예상되는 식량위기, 그리고 이미 현실화된 고용위기 등에 대처하고 미래 성장동력을 찾아내기 위해 국가적 관심을 집중해야 하는 대상이다.

그럼에도 우리나라에서는 농업과 식품산업에서 그러한 가능성을 찾아낼 수 있을지 반신반의하는 사람들이 적지 않다. 근거 없는 의심 때문에 우리 앞에 놓인 커다란 기회를 날려 보낼 수는 없다. 지금은 보다 구체적으로 그 가능성을 따져봐야 할 시점이다. 한국농업의 희망이 아주 꺼지기 전에 그렇게 해야 한다.

농업과 식품산업은 그 영역이 매우 광범위하고 복잡한 산업이다. 그리고 세계 각국에서 오랜 기간 보호정책을 써 왔기 때문에 정책내용도 아주 복잡하다. 다른 산업과 평면적으로 비교하거나 일반 경제이론으로 재단하려 해서는 실수를 범하기 쉽다.

한국농업이 나아가야 할 방향과 비전을 명확하게 설정하여야 한다. 그리고 그에 맞는 현실적 대책들을 장기적 관점에서 지속적으로 추진해야 성과를 얻을 수 있을 것으로 본다.

서비스산업의 육성과 발전전략

임교빈

| 학력 |
- 피츠버그대학 화학공학과 박사
- 연세대학교 화학공학과 학사 및 석사

| 경력 및 활동사항 |
- (현)수원대학교 화공신소재공학부 교수
- (현)(사)한국공학한림원 회원
- (현)(사)한국항균산업기술협회 회장
- 산업통상자원부 R&D전략기획단 신산업 총괄MD
- (사)한국생물공학회 회장
- 차세대성장동력사업 (재)바이오신약장기사업단 단장
- 한국디자인진흥원 및 한국기술단체총연합회 이사
- 대통령직속 미래기획위원회 전문위원
- 미국 프린스턴대학교 및 코넬대학교 박사후 연구원

| 저서 및 논문 |
- 차세대성장동력 바이오신약장기사업 백서
- 바이오의약산업의 CRO중심 글로벌 경쟁력 강화전략
- 헬스케어산업의 와해적 혁신과 미래(2015년 8월)
- 감성기반 디자인, 제조산업에 필요한가?(2015년 12월)

FORUM OH-RAE
Today & Tomorrow

서비스산업의 육성과 발전전략

임교빈

(현)수원대학교 화공신소재공학부 교수

서비스산업이란?

'서비스'하면 떠오르는 것

'서비스'하면 무엇이 떠오르는가? 서비스의 사전적 정의는 '재화(財貨)의 운반·배급·판매, 생산과 소비에 필요한 노무 제공, 사람의 욕구 충족을 위해 행해지는 일체의 활동'이다. 그러나 그에 앞서 자연스럽게 연상되는 이미지와 통념들이 있다. '아름다운 미소', '고객만족', '고객감동', 혹은 '군만두' 등이 그 예가 될 수 있다. 고객만족 차원에서 군만두를 서비스로 내놓았는데 '서비스'로 제공되는 공짜인 군만두가 맛이 꽤 있었다면 '다음에 또 와야겠다'라는 고객감동을 불러오는 유인 요인이 될 수 있다. 마케팅 전략 차원에서 시작된 공짜 군만두에서 서비스하면 군만두, 군만두는 공짜라는 수식으로 발전하여 서비스는 공짜라는 등식이 성립한다. 이러한 통념이 자연스럽게 확산될 수 있는 사회심리적 배경에는 서비스라는 '보이지 않는 것'에 대해 대가를 치르는 것이 아직 익숙하지 않고 거부감이 있다는 것으로 해석된다. 보이지 않는 것에도 사람의 노력, 시간의 투자와 같은 재원이 소요된다면 그에 대해 대가를 지불하는 것은 당연하다. 그러나 많이 나아지긴 했지만 우리사회는 눈 앞에 드러나지 않는 것에 대한 지불이 아직 자연스럽지 않다.

'공짜 군만두'는 대부분 맛이 보장되지 않듯, 세상에 공짜는 단언컨대 없다. 정당한 대가를 받고 맛으로 승부수를 띄우는 사업전략이 보다 지속가능한 경쟁전략이라 할 수 있다. '서비스=공짜'라는 통념을 깨는 것이야 말로 서비스산업의 발전과 매우 밀접한 관계가 있다. 공짜 심리가 없는 곳이 어디에 있을까마는, 사람의 노력(서비스)에 대한 지불을 당연시하고 존중해 온 오랜 역사를 가진 미국 유럽이 모두 서비스 선진국이라는 것을 유념할 필요가 있다.

서비스의 본질은 변치 않았지만 전달 방법이 크게 혁신되었다. 과거에는 대체로 사람의 노동에 의지했지만 ICT기술이 발전하면서 서비스의 전달방법도 온라인 모바일로 다양화되고 따라서 서비스의 영역도 팽창을 거듭하고 있다. 더 이상 공짜가 아닌 훌륭한 비즈니스 모델이 쏟아져 나오는 산업의 영역이 되었다는 말이다. 경제 발전을 위해서는 이러한 비즈니스 모델을 많이 만들어 내야 한다.

진화하는 서비스산업

ICT기술 혁신 덕분에 서비스산업의 영역은 갈수록 확대되고 있다. 서비스의 제품화 또는 제품의 서비스화 등 제조와 서비스 간 산업융합도 활발해지고 있다. 제조업과 서비스산업간 경계가 점차 모호해져가고 있는 것이 현실이다. 전 세계적인 저성장 기조로 이러한 제품과 서비스 간 융합은 수익창출 다변화 측면에서 자동차 기계·항공·전자·정보통신 등 주요산업 전반으로 확산되고 있다. GM, GE, APPLE, GOOGLE 등 글로벌 기업 뿐만 아니라, 현대기아, 삼성전자, SK텔레콤, LG 등 국내 대기업을 중심으로 제품과 서비스 간 융합에 대한 연구개발 사례가 증가하고 있다. 한편, 선진국을 중심으로 경제 서비스화가 급속히 진전되고 있다. IT기술의 발달에 따라 지식 정보의 생산 활용을 넘어 자신은 물론 타인이 보유하고 있는 창의적 아이디어를 상업화함으로써 부가가치를 창출하는 사례가 증가함에 따라 창의성과 지식의 공유가 근간이 되는 지식기반 경제시대가 도래하였다. 지식경제에서 산업의 경쟁력은 앨빈 토플러의 말처럼 '서비스와 지식의 수출'에 있다. 대표적인 지식서비스 가운데 하나인 의료서비스가 병원과 의료 중심에서 ICT와 융합하면서 헬스케어산업이 폭발적인 영역 확장 과정에 있다. 여기서 우리는 지식서비스산업의 중요성을 짐작해 볼 수 있다. 우리 정부도 6대 지식서비스산업(통신, 금융·보험사업, 교육, 보건·사회복지, 오락·문화·운동서비스), 13대 유망 지식서비스업종(디자인 컨설팅 패션 유통 이러닝 헬스케어 등), 33대 지식서비스업 등을 정책적으로 지정하여 국가전략산업으로 육성 도모하고 있다. '서비스'하면 '지식서비스'가 떠오르는 것은 지식경제시대를 살아가는 지식인들의 통념이 되어가고 있는 것이다.

지식서비스산업의 특성과 우리나라의 현황

서비스 경제체제에서 지식서비스산업은 제조업 및 기타 서비스업에 비해 노동생산성과 이에 따른 부가가치 창출이 매우 높은 산업이다. 미국 유럽 등 선진국에서는 이 분야에 대한 연구개발투자가 매우 활발히 진행되고 있다. 우리나라의 경우에도 교육열이 높고 고학력자 비중이 높아 지식서비스산업에서 많은 잠재력을 발휘할 수 있는 기본역량을 갖추고 있다. 지식서비스산업은 ICT기술을 기반으로 성장하는 산업이라 IT강국의 위상을 확보하고 있는 우리에게는 유리하다. 지정학적으로도 동북아 중심에 위치하고 있어 지식서비스산업의 허브 역할이 가능하다. 이처럼 우리나라는 세계적인 지식서비스산업 강국이 될 수 있는 인적 기술적 지리적 우위에 있다. 고용 없는 성장의 문제점을 인식한 정부는 그간의 제조업에서 이룬 성과를 기반으로 지식서비스업의 고도화를 이루어 장기적으로 쌍두마차로 경제를 견인하는 구조로의 전환을 도모하고 있다. 산업 패러다임을 전환시키고자 하는 그간의 노력으로, 우리나라 서비스산업 내 지식서비스산업의 GDP 비중은 점차 증가하여 2000년 21%에서 2013년 24.5%로 상승하였다.

그러나 여전히 지식서비스산업의 기술 수준은 미국이 가장 앞서있고 그 다음으로 유럽과 일본이 따라가고 있다. 한국은 중국보다는 앞서나 일본보다는 조금 뒤처져있는 상황이다. 미국 일본 유럽은 전통적 기간산업의 서비스화, 융·복합화를 정부가 탄탄하게 지원하면서 새로운 서비스 모델을 꾸준히 사업화하고 있다. 그리고 규모의 경제가 가능한 안정적 내수시장 수요로 인해 지식서비스산업의 가시적 성장과 수익이 다시 신서비스 창출로 유입되는 선순환 구조를 이루고 있다.

반면 선진국에 비해 뒤처져 있는 우리나라 서비스산업의 육성을 위해서는 업종별 특성을 고려한 전략적 투자와 지원이 필요할 것으로 생각된다. 가령 내수의존도가 높은 분야(교육 의료 금융 등)

는 법·제도 정비가 우선되어야 한다. 수출유망분야(건설 엔지니어링 광고 등)는 고부가가치 기술개발과 함께 해외시장 개척에 중점을 두어야 한다. 타 산업에 파급효과가 큰 분야(방송통신 ICT 등)의 경우에는 산업 전반의 시너지 효과를 창출하고 산업 경쟁력을 제고시키는 차원에서 연구개발 투자와 지원 방안을 함께 수립해 나가야 할 것으로 판단된다. 여기서 각 분야별로 서비스 혁신 사례를 짚어보면서 서비스산업의 현재와 미래를 가늠해보고 우리나라가 나아가야 할 방향과 서비스산업의 생산성 제고 방안을 제시해 보고자 한다.

서비스산업의 현재와 미래

ICT혁신이 가져온 서비스 패러다임의 변화

IBM이 'Business on Demand'라는 브랜드명으로 제품이 아닌 서비스를 판매하기 시작한 후로 IBM을 '컴퓨터 회사'라 부르는 사람은 없다. 한때 세계 최대 컴퓨터 제조 기업으로 불리며 하드웨어에 집중하던 노선을 과감히 수정해 '서비스 회사'로 탈바꿈하였다. 컴퓨터에 관한 모든 서비스를 제공하는 토털 솔루션 업체로 변신한 것이다. 이로써 IBM은 '서비스-컨설팅-소프트웨어'를 아우르는 세계 최대기업으로 성장해 현재 170여 개국에서 활동하고 있다.

20여 년 만에 서비스기업으로 완벽하게 변신한 셈이다. 세계적인 엘리베이터 공급업체인 오티스(Otis)도 엘리베이터 원격 모니터링 및 진단 서비스를 개시하여 새로운 시장을 개척하였다. 단일 상품을 단초로 한 총괄적인 서비스를 판매하는 것이 기업의 경쟁우위를 확보하는 데 도움이 됨에 따라 대부분의 산업군들이 '서비스' 산업화되고 있다. 제품을 만들뿐 아니라 제품과 결합된 새로운 가치를 창출하고 새로운 경험을 제공하는 서비스를 제공함으로써 고객을 확보하고 지속가능한 성장을 할 수 있는 것이다.

이러한 서비스 패러다임 전환의 배경에는 정보통신기술의 혁신과 발전이 있다. 1980년대 메인프레임을 필두로 정보기술(IT)은 PC·네트워크 기반으로 발전을 거듭하였다. 2000년대 이후에는 통신기술의 비약적 성장으로 모바일과 스마트폰이 중심이 된 '스마트 혁명'을 전 산업에 가져왔다. 소위 콘텐츠, 플랫폼, 네트워크, 디바이스로 구분되는 정보통신산업 자체의 성장도 엄청나지만 우리가 주목해야 할 것은 ICT기술이 혁신을 거듭하면서 타 산업으로 파급되어 ICT융합, 스마트융합 등으로 산업이 변모되는 현상과 과정에 있다.

모든 사물 간 상호 연결이 되는 사물인터넷(IoT), 모바일 환경으로 진화하는 클라우드, 모든 사물과 일상까지 데이터화되는 빅데이터 등 이른바 ICBM(IoT, Cloud, Big Data, Mobile)이 '초연결 사회(Hyper-Connectivity Society)'를 탄생시켰다. 특히 최근에는 실감(Reality) 콘텐츠에 대한 시장 수요가 폭발적으로 증가하면서 현실과 가상을 연결하는 실감환경으로 변모하고 있다. 온·오프라인을 넘나들면서 시간을 축으로 서비스 영역이 확장되고 있다. 나아가 증강현실(Augmented Reality), 가상현실(Virtual Reality) 등 현실과 가상이 연결되는 환경으로 인해 서비스 산업은 시·공간의 축을 뛰어넘어 확장되고 있다. 이미 의료, 교육, 금융, 엔터테인먼트 등 다양한 산업에 ICT혁신이 파급되면서 융합 신서비스들이 속속 출시되고 있다. 이에 따른 산업 규모 및 수요가 폭증하고 있어 세계 ICT융합 시장은 2020년까지 가파른 성장을 지속할 것으로 전망된다. 더 지능화되고 더 다양하고 시·공간의 제약이 사라진 빠른 속도로 연결 가능한 초연결 사회에서는 데이터를 통해 부가가치를 창출하는 데이터 중심의 서비스 경제가 본격 성장할 것으로 보인다. 휴대전화와 웨어러블 기기, 가전 및 자동차 등 우리 주변의 '사물'이 센서와 인터넷으로 이어지는 한편, 모든 사물과 일상이 데이터화되는 빅데이터 시대를 맞이하고 있는 것이다. 글로벌 기업들은 이미 데이터를 기반으로 구매자의 구매패턴을 분석하고(Amazon), 마케팅 전략을 수립하며(Mastercard), 개인맞춤형 마케팅 플랫폼(SingTel)을 구축하고 있다. '데이터를 기반으로 개인을 분석하고, 개인에게 꼭 맞는 맞춤형 서비스를 제공'하기 위한 서비스 경쟁에 이미 돌입한 것이다.

의료서비스의 혁신, '개인맞춤형 헬스케어'

어떤 산업이든 발생 초기에는 높은 수준의 전문지식을 갖춘 공급자가 일정 수준 이상의 지불능력을 갖춘 수요자들에게 복잡하고 비싼 제품과 서비스를 판매하는 형태의 시장이 형성된다. 모바일, 사진기, 항공, 컴퓨터, 자동차 등 모든 산업이 그랬다. 의료서비스 또한 이러한 패턴을 따른다. 고도로 훈련받은 전문가(의사 등)로부터 지식서비스(의료 등)를 구매하는 형태로 이루어진다. 의료보험 같은 정부나 기업들의 보조금이 없다면 일반 대중에게는 문턱이 상당히 높은 서비스영역이라 할 수 있다. 혁신전문가인 클레이튼 크리스텐슨 교수에 의하면 산업이 일정 수준으로 성숙하게 되면 적정 수준의 지식을 갖춘 공급자가 일반인이 매우 쉽게 접근하고 지불할 수 있는 제품과 서비스를 제공하는 유형으로 전환된다고 한다.

이러한 과정을 '와해적 또는 파괴적' 혁신이라 한다. 이것은 단순하고 편리하며 지불과 접근이 용이한 방식으로 제품과 서비스를 제공하는 것을 가능케 해주는 시스템적 혁신이다. 개인맞춤의료(Personalized Precision Health)가 전 세계적으로 등장하게 된 배경도 같은 맥락이다. 수명 연장과 고령화로 인해 삶의 질은 점점 더 중요해지고 있다. 반면 글로벌 저성장 기조로 인해 공공재정 부담에 한계를 느낀 각국 정부는 보다 낮은 비용으로 질병을 사전에 효율적으로 예방할 수 있는 '개인 맞춤형 헬스케어' 서비스에 주목하기 시작했다. '개인 맞춤형 헬스케어' 서비스에서는 유전체 분석 바이오칩 원격진단 웨어러블 디바이스 등과 같은 첨단 ICT기술이 헬스케어 서비스와 결합된 새로운 형태의 의료서비스로 제공되고 있다. 원격진료는 물론 가상현실 기술의 발전과 함께 차후에는 환자의 신체정보를 홀로그램 기술 등을 통해 3차원(3D) 영상으로 구현하여 진단하고 치료하는 3D 가상신체 진료 서비스 등도 포함될 것이다. 또한 조직검사 없이 유전체 및 생체지표 등을 분석하여 개개인의 질병 발생 가능성을 사전에 예측 진단하는 질병예측기술 등도 '개인 맞춤형 헬스케어' 서비스 가운데 하나로 활발히 연구되고 있어, 조만간 '질병을 앓는 시대'는 종말을 맞이하게 될 지도 모른다.

한편 인공지능에 의한 진단기술도 활발히 연구되고 있다. 미국의 경우 2013년 IBM 슈퍼컴퓨터인 왓슨에 의학저널, 임상시험결과, 진단기록 등과 같은 의료 데이터를 학습시켜 폐암, 백혈병 등질병에 대한 진단을 시험하였다. 최근에는 신약 임상시험에 이르기 까지 왓슨의 활용범위를 넓히고 있다. 의사, 연구원, 의료 보험회사, 의료 서비스 관련 기업들로 이루어진 개방형 플랫폼 형태의 대규모 헬스 클라우드를 구축하여 엄청난 양의 데이터를 분석하여 정보를 제공함으로써 개인 맞춤형 진단을 지원하고 있는 것이다. 이러한 데이터기반의 진료지원 서비스는 의료 서비스 제공자와 소비자가 모두 의료행위에 적극적으로 참여할 수 있도록 도와준다. 의료인과 환자가 예전보다 대등한 관계가 될 수 있는 환경을 제공한다. 방대한 임상시험 데이터를 분석하여 환자 상태에 따라 가장 적합한 임상시험이 무엇인지, 그 과학적 근거와 부작용은 무엇인지를 의료인과 환자 모두에게 제공한다. 의료인은 개인 맞춤형 처방을 보다 과학적이고 객관적인 근거에 따라 제공할 수 있게 되었다. 환자도 처방에 대한 정보를 예전보다 더 상세하게 접할 수 있게 된 것이다. 인공지능, 클라우드, 빅데이터와 같은 최신ICT 패러다임이 의료서비스를 혁신시키면서 진단과 의료정보가 서비스제공자(의료인)와 사용자(환자) 양방향으로 흐를 수 있도록 헬스케어 산업 전반을 한 단계 격상시키고 있는 것이다.

교육서비스의 혁신: 개인맞춤형·몰입형·체험형 학습

2012년 말 MIT는 2,000과목 이상의 강의를 온라인으로 공개하고 수료증을 제공하는 새로운 무상 e-Learning 시스템을 언론에 대대적으로 발표한 후 하버드 대학과 공동출자하여 본격적인 MOOC(Massive Open Online Courses: 대규모 온라인 공개강의) 시대를 열었다. 스탠포드대학 또한 Coursera라는 대규모 MOOC를 만들었고 현재 전 세계 100여개 대학이 참여하여 약 900여만 명 학생이 이 강의를 듣고 있다. 한 명 이상의 교수가 대규모 학생들에게 온라인 비디오를 통해 강의를 하면서 숙제, 퀴즈, 토론 등을 병행하는 방식으로 진행된다. 대부분의 이 강의들은 최고수준 대학의 최고수준 강사들이 무료 또는 무료나 다름없는 가격에 제공하고 있다. 이러한 교육전달체계의 혁신은 시·공간 제약, 경제적 능력 차이와 같은 기존 교육 서비스가 갖고 있던 진입장벽을 낮추어 누구나 교육을 받을 수 있는 기회의 폭을 넓히는 한편, 양방향 참여와 공유가 중요시되는 형태로 교육서비스의 모습을 빠르게 변모시키고 있다. 가트너(Gartner) 보고서에 의하면, 클라우드 교육용 소셜 학습 플랫폼과 같은 ICT기술은 1~2년 이내에 적응학습(adaptive learning), 게임화 기술, AR·VR·MR(Mixed Reality)과 같은 실감기술과 융합되어 교육의 패러다임을 바꾸어 놓을 것이라고 한다. 적응학습이란 개인화된 맞춤형 학습 프로그램이다. 뉴턴이라는 미국 기업이 선보인 적응학습 시스템 사례를 보면 학생이 모르는 것이 무엇이고 잘하는 것이 무엇인지, 또 얼마나 잘 하는지 등을 파악하여 개인특성에 맞는 맞춤형 학습계획을 수립해준다고 한다. 학생의 장·단점을 완전히 파악하고 있어서 어떻게 지도해야 하는지 줄줄 꿰고 있는 개인전담 전문과외교사라고 표현하면 적절할 것 같다. 이러한 맞춤형 학습이 가능한 배경에는 빅데이터가 있다. 각종 교육관련 데이터 통계 심리측정 결과, 콘텐츠 그래프 학습 결과 등 많은 정보들을 연계·통합·분석함으로써 개인별 학습에 필요한 수많은 정보들을 새롭게 창출해내고 매 순간마다 맞춤형 학습 자료를 제시하게 되는 것이다. 재미있는 것은 이 기업이 빅데이터를 기반으로 적응학습 시스템을 가동하면서 수많은 학생 교사 학교 등으로부터 엄청난 양의 데이터를 다시 축적하게 된다. 그리고 조합을 통해 새로운 데이터를 생성시키고 생성한 자료들을 또 적응학습 자료로 활용하는 등 데이터의 선순환이 매우 빠른 속도로 일어나고 있는 현상이다. 이런 과정에서 학생과 교사의 능력 측정, 콘텐츠 효과 측정, 학생 참여율 최적화 등의 기능을 세분화시키면서 적응학습 시스템을 더욱 고도화하는 것이다.

금융서비스의 혁신: 핀테크의 등장

핀테크는 금융과 기술을 결합한 용어로 글로벌 ICT 기업들이 구축한 플랫폼을 바탕으로 송금, 결제, 대출, 자산관리 등 각종 금융서비스를 결합하여 제공하는 새로운 유형의 금융서비스를 말한다. 2007년 미국에서 발생한 서브 프라임 모기지 사태 이후 글로벌 시장에서 이 기술에 대한 관심과 연구가 급속히 확산되었다. 경제 위기 상황에서 발 빠르게 대응하지 못했던 기존 금융권에 대해 소비자들의 불만이 쌓이기 시작하면서 ICT 기술은 기존 금융이 담당하던 서비스를 완전히 새로운 플랫폼으로 대체해가고 있는 것이다. 전통적으로 매우 보수적이고 규제 또한 매우 두터운 금융 산업은 변화가 적고 크게 변화하기가 어렵다. 이에 비해 ICT기술은 기본적으로 개방성을 표방하면서 빠르게 변화하고 주변기술 또는 산업과 융합을 당연시하고 있다. 따라서 보수적인 금융과 개방적인

ICT 간 융합이라 할 수 있는 핀테크는 매우 흥미로운 혁신기술이라 할 수 있다. 핀테크는 소비행태가 모바일 중심으로 변화하고 있고 빅데이터 분석 등으로 소비자 개인 맞춤형 금융서비스가 가능해진 환경에 기인한다. 핀테크는 소셜 네트워크 빅데이터 등을 통하여 고객에 대한 다양한 데이터를 분석하여 의미 있는 정보를 만들어 내는 것을 핵심 경쟁력으로 삼고 있다. 이러한 핀테크로 인해 금융서비스의 주도권이 공급자에서 소비자로 넘어올 공산이 매우 커졌다. 지금까지 금융 서비스는 은행이나 증권사 등 공인된 금융기관의 인증이 필요했다. 그러나 각종 '페이'로 이름 붙여진 모바일 지불이 그 편리성 때문에 크게 확산되면서 비금융권 기업들도 금융 서비스를 제공할 수 있도록 관련 규제들이 속속 해제되고 있다. 알리페이(알리바바), 애플페이, 카카오페이를 서비스하고 있는 기업들은 금융기관이 아니다. 지난 2013년 출시된 간편 송금 서비스인 미국의 스퀘어나 국내 핀테크 스타트업인 비바리퍼블리카가 내놓은 토스는 PIN이나 이동전화번호로 인증하고 클릭 몇 번으로 송금이 끝난다. 핀테크가 갖는 경쟁우위의 핵심은 편리함과 간편함이다. 사용자들이 보다 빠르고 쉽게 금융서비스를 이용할 수 있도록 구조화되어 있다.

제조업의 경쟁력과 빅 데이터의 활용

구글은 자율주행(Self-Driving Car) 개념을 세상에 처음 선보였다. 그 후 자율주행자동차의 프로토타입을 선보이고 심지어 2인승 완성차를 공개했다. 그때까지도 사람들은 설마 운전대도 없고 브레이크도 없는 자동차가 실제 도로를 굴러갈 수 있으려나 하면서 구글의 많은 다른 프로젝트들처럼 천재들의 실험이겠거니 생각했을 것이다. 하지만 영화에서 보던 것처럼 운전대와 페달 없이 운전자는 좌석에 앉아 독서하거나 음악을 들으면서 목적지까지 가는 교통수단이 현실이 될 가능성이 매우 높아졌다. 구글은 최근에 자율주행과 수동주행을 함께 이용할 수 있는 특허를 등록했다고 한다. 교통 법규상 운전대 제거가 불가능해 규제에 적합하게 특허를 출원했는데 자동차가 센서로 자율주행이 허가된 도로인지를 감지해서 알려주기도 하고 원터치로 수동운전을 자동주행으로 바꿀 수도 있다고 한다. 도요타 BMW GM 벤츠 현대 등 자동차기업은 물론 애플 마이크로소프트 최근에는 우버까지 자율주행자동차 경쟁에 돌입하였다. 운전하지 않아도 알아서 달리는 이러한 자율주행차는 이동수단이 아닌 서비스 플랫폼이 될 가능성이 높다. 자율주행차는 제품이 아닌 서비스이며 자동차산업이 서비스산업으로 전환기를 맞고 있다는 전문가의 말에 동의하지 않을 수 없다. 게다가 맥킨지 보고서에 따르면 자율주행기술의 발전은 로봇과 같은 타 분야 기술발전에도 크게 영향을 미치고 있다고 한다. 자율주행차량과 로봇이 모두 인공지능이미지인식 GPS 프로세서 기술을 기반으로 하고 있다. 자율주행에 이용되는 하드웨어 일부가 로봇으로 활발히 전용되면서 부품의 공통화가 진행된다. 자동차 정비사가 로봇을 수리하고, M2M(Machine to Machine) 및 커뮤니케이션 네트워크와 같은 인프라 공유도 가능해 질 것이라 전망되고 있다. 구글 인텔 소니 혼다 도요타 등 IT 및 완성차 기업 대부분이 로봇 개발을 진행하고 있는 것도 같은 맥락이다. 컴퓨터나 스마트폰이 일정 수준의 성능에 도달하면, 그 위에 올릴 수 있는 응용서비스 즉 각종 앱과 프로그램 게임 등과 같은 '무언가를 할 수 있는 응용서비스'에 사람들의 관심이 쏠린다. 당장 무인셔틀 차량공유 자동운전대중교통 등과 같은 새로운 서비스가 활발히 논의되고 있다. 차량공유 서비스 기업인 우버는 기업가치가 우리 돈으로 74조를 넘고 있다.

서비스 모델이 중요해진 것은 자동차산업뿐만이 아니다. GE는 수백 조원에 달하는 자산을 매각하면서 자신들이 집중할 산업을 고르고 사업 포트폴리오를 재구성하고 있다. 제프리 이멜츠 회장은 이미 2001년 취임 때 "항공기용 대형 엔진과 플랜트용장비 헬스케어기기 등의 제품뿐 아니라 제품 활용도를 높이고 비용을 절감하게 만들어 주는 솔루션까지 판매하겠다"고 선언한 적이 있다. 기계만 팔지 않고 빅데이터와 인공지능을 활용하여 고객의 생산성을 높이는 서비스까지 함께 팔겠다는 전략이다. 발전기를 만드는 제조기업인 GE가 제품과 함께 팔 수 있는 서비스 역량을 갖추기 위해 주목한 것이 바로 산업용 인터넷이다. 제트엔진 가스터빈 파이프라인 기관차 등 수많은 산업기기가 인터넷으로 연결되면서 기기에 장착된 센서에서 생성되는 데이터 양은 기하급수적으로 증가하고 있다. 여기에 빅데이터 분석기술이 결합하면서 산업인터넷은 획기적인 비즈니스 기회를 제공할 것이라는 계산이 숨어 있다. 데이터를 기반으로 한 서비스 창출에 가장 앞서가고 있는 기업 가운데 하나인 아마존의 경우 개별구매 고객의 온라인 쇼핑 활동을 분석하고 있다. 그리고 유사한 구매패턴을 갖는 고객을 집단별로 유형화시켜 개인 맞춤형 마케팅은 물론 수집한 데이터와 분석에 기반을 두고 비즈니스와 서비스 모델을 계속 변환하고 확장하고 있다. 빅데이터와 빅데이터 분석에 근거하여 만든 모델을 통해 아마존은 소비자가 무엇을 원하는지 혹은 소비자 자신도 알아차리기 전에 이들에게 무엇이 필요한지를 제시해 준다. 이러한 아마존의 행보는 GE가 항공기 엔진 수명과 운항 데이터를 분석하여 엔진정비 비용을 최적화하는 정비관리 서비스처럼 산업인터넷을 활용하는 전략과 비즈니스 모델을 만들어 내는 데에 아주 좋은 벤치마킹의 대상이 되는 것 같다. 플랫폼이 각각 다른 소비자 인터넷, 자율주행자동차 인터넷, 로봇 인터넷, 산업인터넷과 모두 연결되는 초연결 사회를 한번 상상해보자. 데이터가 풍부해질수록 예측은 더 정확해질 것이다.

더욱 가까워진 로봇 시대

스마트기술을 활용한 개인 서비스산업이 선진국을 중심으로 급속히 성장하면서 산업용 로봇 대비 서비스 로봇, 특히 개인서비스용 로봇시장이 가파르게 성장하고 있다. 인간의 동반자로 로봇이 떠오르고 있는 것이다. 지보(Jibo), 페퍼(Pepper)에 이어 최근에 개발된 버디(Buddy)까지 개인용 로봇시장은 2014년과 2019년 사이에 17% 성장해 제조업용 로봇시장보다 7배나 빠르게 성장할 것이라고 전문가들은 말한다. 프랑스 로봇제조사인 알데바란을 인수한 소프트뱅크는 약 122cm 크기의 페퍼를 지난해 선보였는데 예약 판매 1분 만에 1천 대가 팔렸다고 한다. 페퍼는 센서 음성인식 소프트웨어 및 하드웨어 카메라 네트워킹 마이크로폰 등이 설치되어 있어 사람의 목소리 톤을 인식하고 얼굴 표정을 읽어 반응할 수 있도록 설계되어 있다고 한다. 그래서인지 페퍼의 활용 영역은 점점 넓어져서 화장품 매장에서는 피부상담원으로, 피자헛에서는 웨이터로, 마스터카드에서는 디지털 플랫폼으로 사용되고 있다고 한다. 또한, 미국 실리콘 밸리에서는 로봇을 이용한 호텔 컨시어지 서비스가 인기를 얻고 있다. 서비스 로봇 개발회사인 사비오크가 개발한 대시라는 로봇은 300개가 넘는 객실을 관리하면서 엘리베이터를 타고 호텔 이용객들에게 방으로 식사와 물품을 배달하는 역할을 맡고 있다.

한편 사람의 감성에 반응하는 반려 로봇에 대한 연구도 매우 활발하다. 일본 산업기술총합연구소(AIST)가 개발한 파로(Paro)라는 로봇은 기네스북에 등재된 세계 최초의 심리치료로봇으로, 환자의 기운을 북돋우고 혈압과 맥박을 안정시키는 특수교육 로봇이라고 한다. 소아정신질환으로 말을 하지 않던 어린이가 파로와 감정적으로 소통하면서 말문을 열게 되었다거나 노인성 치매를 예방하거나 치료하는 등 여러 심리치료에 활발하게 활용되고 있다고 한다. 미국의 경우에도 MIT 대학이 올리(Ollie)라는 로봇을 개발해 치매 환자의 불안과 우울증에 도움을 주고 있다. 초고령 국가인 일본에서는 노인을 돌봐줄 복지인력이 절대적으로 부족하여 로봇을 노인복지인력으로 활용하는 데에 매우 적극적이다. 일본의 노약자 간호로봇인 로베어(Robear)는 주로 노인요양병원 등에 배치되어 침대 생활이 잦은 환자를 휠체어 등 다른 곳으로 옮기고 재활 운동을 돕는 일 등을 수행한다. 샌프란시스코병원에서는 연구 샘플 수술 도구 및 식사 복용약 등을 운반해주는 간호보조 로봇을 25대 가량 운용하고 있다. 서비스용 로봇의 활용분야는 교육 환경 문화 안전 재활 의료 등 매우 넓고 다양해서 다품종 대량생산체계가 필요하다.

우리나라의 경우 서비스용 로봇은 산업용 로봇에 비해 국제경쟁력확보가 가능한 분야이기도 하다. 서비스용 로봇 비즈니스는 주로 사용자가 적게는 몇 만원에서 많게는 수십만 원에 달하는 서비스 요금을 지불하는 것을 수익모델로 하고 있다. 지속적으로 최신정보를 제공받고 성능을 업데이트하면서 클라우드와 연결되어 작동하는 것이 필수적이기 때문에 서비스에 대한 주기적 과금이 가능하다. 또 로봇을 원가 이하 또는 무료로 제공하고 매월 할부금이나 렌탈 형태로 부과하는 방식의 비즈니스 모델도 등장하고 있다. 관건은 로봇을 통해 얻게 되는 응용서비스의 다양성과 품질이다. 자동차나 제조의 서비스화에서 보듯, 빅데이터, 인공지능과 같은 ICT혁신 기술이 그러한 서비스를 뒷받침해야 한다.

서비스산업 도약과 생산성 제고를 위한 제언

정보기술(IT)하면 애플, 구글, 페이스북, 트위터 등 글로벌 기업들이 포진해 있는 미국을 떠올리게 되는 것은 미 정부와 민간의 R&D역량이 ICT산업에서 꽃을 피웠기 때문이다. 최근 핀테크 서비스산업의 메카로 불리는 영국의 경우도 마찬가지이다. 영국의 핀테크가 급성장을 보이고 있는 것도 정부투자금만 7억8,100만 달러에 이를 정도로 영국정부의 지원이 적극적이고, 민간 금융사들도 공동으로 '금융테크혁신연구소'를 설립해 핀테크 기업의 R&D를 적극적으로 지원하고 있는 데에 기인한다. 전 세계적으로 핀테크 산업 성장률은 27%인데 반해 영국 핀테크 산업의 거래 규모는 2008~2013년 동안 매년 74%씩 성장해왔다. 하지만 우리나라의 경우 정부 서비스R&D 예산은 정부R&D 18조8,900억원 가운데 0.56%인 1,052억원(2015년)에 불과하다. 서비스산업이 차지하는 국내 비중(고용 70%, 부가가치 59.1%)에 비추어 볼 때 정부R&D지원은 매우 부족한 실정이다.

　기존의 규제와 보호 위주에서 성장과 수출을 위한 전략산업으로 서비스산업을 육성시키고 서비스R&D를 통해 서비스산업의 생산성과 경쟁력을 제고시키기 위해서는 정부의 리딩 역할이 매우 중요하다. 최근 핀테크 산업의 중심지가 된 영국의 경우 영국정부가 창조지식산업에 대한 시설투자는 물론, 인건비의 40%까지 세액공제를 해주고 있다. 영국은 1998년부터 이러한 지식산업을 육성해서 소프트웨어 게임 전자출판의 경우 연평균 9%의 성장률을 보이고 있다.

　그런데 우리나라 서비스산업발전기본법은 아직도 표류 중에 있다. 지난 정부에서 발의된 서비스산업발전기본법은 서비스산업의 경쟁력을 강화하기 위하여 서비스산업발전 기본계획과 연도별 시행계획을 수립하고 추진상황을 점검하며 이를 위해 서비스산업선진화위원회를 설치한다는 등의 실천계획과 서비스R&D를 확대한다는 취지의 조항을 담고 있어, 서비스산업 육성의 근간이 되는 법안이다. 18대 국회(2011.12.30)에 제출되었던 이 법안은 20대 국회에서 재발의(2016.5.30)되었다. 글로벌 경기침체로 인한 수출부진의 영향이 가시적으로 드러나고 있는 현 시점에서 새로운 성장과 고용의 원천으로 서비스업 육성이 절실함에도 아직 통과가 요원하다. 이에 정부는 지난 7월 부처 협업을 통해 가능한 범위 내에서 우선적으로 서비스경제 발전전략을 마련키로 결정한 바 있다. 또한 부처별로 분절적으로 이뤄지는 지원정책 때문에 서비스의 융·복합적 특성이 간과되어 R&D지원 성과효율이 낮은 점도 반성해야 한다. 민간의 서비스R&D를 활성화시키기 위해서는 서비스R&D와 관련한 법적 프레임워크도 정비되어야 한다. 서비스산업발전기본법이 조속히 마무리되어 범정부 차원에서 서비스R&D 활성화를 위한 기반 구축과 거버넌스 확립을 위한 제도적 기반도 마련되어야 한다.

갈 길이 멀지만 불가능한 것은 아니다. 국내 서비스산업이 선진국에 비해 크게 뒤떨어져 있지만 발전 가능성은 매우 높다. 우리가 고부가가치형 지식기반 서비스 산업을 중심으로 서비스부문의 성장을 추구한다면 향후 경제의 전반적 성장은 물론 고용부문에서 새로운 활로가 개척될 것으로 기대한다.

대한민국,
과학기술 강국 만들기

오상록

| 학력 |
- 서울대학교 전자공학과
- KAIST 전기 및 전자공학과(공학박사)

| 경력 및 활동사항 |
- 미국 IBM Watson Research Center Visiting Research Staff
- 일본 통산성 기계기술연구소 객원연구원
- 이태리 SSSA Bio-robotics Institute 방문연구원
- (구)정보통신부 PM 및 IT 정책자문관
- 한국로봇학회장
- 국가과학기술심의위원회 주력기간전문위원장
- 한국과학기술연구원 책임연구원, 강릉분원장

| 저서 및 논문(보고서) |
- 로봇활용교육(R-Learning)추진 지원사업(교육과학기술부)
- 생체모방제어기술 개발 및 이의 산업용시스템에의 응용(과학기술부)
- 바이오닉암 메카트로닉스 융합기술개발 사업(미래창조과학부)
- 과학기술·ICT-복지 융합기반 자생적 신복지생태계 구축방안
  (미래창조과학부)

FORUM OH-RAE
Today & Tomorrow

대한민국, 과학기술 강국 만들기

오상록

한국과학기술연구원 강릉분원 천연물연구소 분원장

과학기술 강국을 위한 조건들

세계는 지금 새로운 과학기술의 역할을 필요로 하고 있다. 성장 동력을 통한 경제성장이 지금까지의 역할이었다면 전 지구적 문제해결과 사회적 이슈 해결을 통해 국민의 삶의 질을 향상시키기 위한 새로운 역할이 요구되고 있다. 더군다나 세계적으로 경기는 침체하고 있고 이에 따른 장기 저성장의 뉴노멀(New Normal)시대가 도래하였다. 이에 따라 성장 한계를 극복하기 위한 더욱 견고한 과학기술의 역할이 요구되고 있다. 과학기술 역할의 재정립이 필요한 이유다. 또한 소셜 네트워크 시대에 걸 맞는, 국민이 공감하고 체감하는 과학기술 시대를 만들어가는 것은 우리에게 주어진 또 다른 사명이다. 결론적으로 과학기술이 이러한 모든 역할을 충실하게 완수함으로써 국가의 지속적 발전과 국민의 행복을 보장하는 나라가 바로 과학기술 강국이다.

따라서 이러한 과학기술 강국이 되기 위해서는 R&D에 대한 정부의 투자규모, 투자에 따른 논문 건수나 특허 건수와 같은 양적 성과와 함께 세계 1등 제품 건수나 연구생산성 등과 같은 질적 성과가 중요한 조건이다. 이와 함께 제반 사회문제를 과학기술을 통해 해결하여 국민의 삶의 질을 향상시키고 행복을 증진하고 있는가가 과학기술 강국의 또 다른 조건이다. 마지막으로 보이지 않고 평가하기 어렵지만 반드시 갖추어야 할 조건은 또 있다. 산업체 대학 및 연구소에서 끊임없는 변화와 혁신으로 창의적 연구에 열정을 다하는 과학기술자와 이들에 대한 국가의 신뢰가 그것이다. 새로운 시대에 적합한 과학기술정책이 필요한 또 다른 이유이다.

과학기술정책의 다양한 혁신

우리나라는 그동안 지속적인 R&D 투자를 통하여 과학기술 경쟁력과 연구 성과의 양적, 질적 향상을 가져왔다. 또한 ICT 융합 산업 육성이나 글로벌 과학기술 혁신역량 및 기반 강화 등과 같은 나름대로 주요 성과도 창출하였다. 이러한 정부의 노력과 투자 덕분에 불과 40여년 만에 최빈국에서 국내 총생산(GDP) 기준 세계 11위의 경제 강국으로 성장할 수 있었다. 사실 우리는 지금까지 선진국들이 보여준 성공으로 가는 길을 뛰어난 두뇌와 성실을 무기로 빠르게 쫓아가는 추격자(fast follower)형 패러다임의 덕을 톡톡히 보아 왔다. 그러나 자동차산업이나 정보통신산업 이후 우리의 미래를 이끌어갈 마땅한 신성장 동력을 찾아내지 못하고 있고 10년째 국민소득 2만 달러의 벽에 갇혀있다. 지금까지의 추격자형 패러다임은 여러 면에서 한계를 보이고 있다. 특히 개인의 창의력과 아이디어, 지적 능력을 활용하여 새로운 경제 가치를 만드는 창조경제 시대에서 이러한 추격자형 패러다임은 전혀 제 구실을 하지 못하고 있다.

정부에서도 변화의 필요성을 인식하고 지금까지의 추격자형에서 선도자(first mover)형으로 패러다임의 전환을 추진하고 있다. 지난 6월에 발표한 2017년 정부연구개발 투자방향 및 기준(안)에 의하면 첫째 경제 활성화를 위한 R&D역할 강화 및 미래 먹거리 창출을 위한 신산업육성, 둘째 연구 성과 촉진 및 확산기반 강화, 셋째 건강하고 편리한 국민의 삶의 질 향상 및 안전하고 안심할 수 있는 사회구현, 넷째 미래사회 지속가능 발전을 위한 기반 확충, 마지막으로 창의적 기초연구 및 도전적 융합연구 확대와 혁신 성과창출을 위한 R&D 인프라 강화 등 과학기술기반을 혁신하고 패러다임을 전환하는 안을 제시하고 있다. 그러나 '구슬이 서말이라도 꿰어야 보배'라는 말이 있다. 매년 때가 되면 내놓는 이런 정책이 없어서, 혹은 정책이 적절치 못해서 문제점이 해결되지 못하고 반복되는 것은 아니다.

정책의 성공을 위해서는 적시성과 실효성이 중요하다. 공급자 입장의 구호성 정책만으로는 패러다임 전환의 골든타임을 놓치게 되고 중남미 여러 국가들처럼 선진국 문턱에서 주저앉을 수밖에 없다. 정책이 당초의 목표를 달성하기 위해서는 그 정책의 수요자 및 수혜자의 입장을 고려한 구체적이며 세밀한 액션 플랜(action plan)이 함께 고려되어야 한다. 담당 공무원이 바뀌고 정권 정부가 바뀌면 따라서 바뀌는 조변석개식 정책이나 무늬만 화려한 정책으로는 이 위기를 벗어날 수 없다. 대한민국이 과학기술 강국이 되기 위해 반드시 필요하다고 판단되는 몇 가지 혁신정책을 제시해 본다.

기초과학 투자 확대

이번 정부 들어 기초과학에 대한 투자가 소홀해졌다는 과학기술계의 우려가 크다. 아마도 산업과 과학기술의 융·복합을 통해 새로운 부가가치 및 일자리를 창출한다는 창조경제 정책 때문인 듯하다. 2017년 정부 연구개발 사업 예산 배분(안)을 예로 들어 보자.

주요 연구비 12조9,149억 원 중 개인·집단 기초연구비는 2016년 대비 12.2% 증가한 1조 5,158억 원을 배정하였다. 이는 정부 연구개발 사업비의 11.7%에 해당하는 수치로 적지 않은 투자로 보여진다. 그러나 정부 R&D 예산이 산업체의 연구개발 예산의 약 25%인 것을 감안하고 산업체의 경우 특성상 주로 응용 분야에 국한되어 있는 것을 고려하면 기초과학에 대한 투자는 너무 적은 것이 현실이다. 그나마 기초과학연구원(IBS)이 설립된 이후 기초과학에 대한 중요성이 인식되어 투자가 증가하고 있지만 IBS의 투자 증가가 대학 등의 타 연구 집단의 투자 감소로 이어지는 풍선효과로 인하여 전체적인 기초과학에 대한 투자는 여전히 부족한 형편이다. 기초과학의 강국이라고 하는 미국의 경우 '15년의 경우 기초연구 분야에 연방정부 총 R&D 예산의 24%인 US$320억 정도가 투자되고 있는 것을 감안하면 우리가 기초연구 투자에 얼마나 인색한지 알 수 있다. 얼마 전 세계적 국제학술지인 네이처에서도 한국이 노벨상을 받지 못할 5가지 이유 중 하나로서 기초과학에 대한 투자 부족을 꼽은 바 있다(자료: 동아일보 2016년 6월 3일).

기초과학이야말로 한 나라의 경제성장의 원천이자 지속발전을 위한 기초체력과 같다. 지금까지의 패러다임과는 달리 아무도 하지 않은 새로운 기술을 개발하고 이를 토대로 성장해야 하는 선도자형 패러다임에서는 이 신기술이야말로 기초과학 연구의 성과물로부터 나오는 것이다. 아무도 가지 않은 미지의 세상을 탐구하고 아무도 몰랐던 새로운 사실을 발견해내는 일이 기초과학연구이다. 그래서 시행착오도 많고 시간이 오래 걸릴 수도 있다. 단기적인 연구 성과를 선호하는 정부의 R&D정책에서 우선순위가 떨어질 수밖에 없는 이유다. 다행히 기초연구와 응용연구, 나아가 상업화 연구 사이의 시간적 간격이 짧아지고 있다. 특히나 ICT 등 첨단 산업에서도 새로운 break-through를 위해서는 기초연구가 필수요소라는 인식이 확산되고 있다. 이를 반영하여 우리나라의 경우 개인·집단 기초연구 비중을 확대하고 있고 신진 연구자에게 생애 첫 연구비를 지원하는 등 bottom-up 방식의 기초연구에 대한 투자를 확대하고 있다. 그러나 추격자형 연구에서 선도자형 연구로 패러다임을 바꿔야 하는 골든타임인 현 시점을 고려하면 지금처럼 매년 조금씩 확대하는 정책으로는 성과를 기대하기 어렵다. 총 연구개발 투자비에 대한 포트폴리오를 획기적으로 바꾸어 기초연구에 대한 대폭 확대가 필요한 시점이다.

기초연구에 대한 투자 확대와 아울러 투자 방식 및 관리 방식에도 변화가 필요하다. 우리나라의 경우 기초연구는 주로 개인 연구식의 bottom-up식 투자가 대부분이다. 가보지 않은 길을 개인 연구자의 창의적 아이디어에 힘입어 확보하는 차원에서 바람직한 투자라 할 수 있다. 그러나 이와 함께 주로 미션 중심의 중대형 연구의 경우에서 해당 주제에 대한 원천기술 확보를 목표로 하는 top-down식의 목적형 기초연구에 대한 투자를 늘릴 필요가 있다. 또한 지금도 일부 시행되고 있는 성실실패 용인제도도 기초연구의 경우는 처음부터 성공여부를 평가하지 않는 등의 과감한 개선이 필요하다. 이와 더불어 목표 달성 여부를 연구 책임자가 스스로 판단하고 연구비 및 연구기간을 조절할 수 있도록 하는 융통성 있는 관리방안도 검토해 볼 만하다. 물론 이를 위해서는 과학기술자들에 대한 신뢰가 우선되어야 한다.

젊은 과학기술자에 대한 지원 확대

매년 노벨 과학상이 발표되는 한해의 후반기쯤이면 어김없이 나오는 이야기가 있다. "왜 우리나라는 연구비 투입은 선진국과 대등하거나 우위에 있는데 아직도 과학 분야에서 노벨상 수상자가 한 명도 없는가?"라는 제목 하에 각종 신문 등 언론에서 일제히 쏟아내는 많은 이야기와 대책 등이 그것이다. 이 질문에 답이라도 하듯 최근 세계적 과학학술지인 네이처에서 한국이 노벨상을 받을 수 없는 5가지 '불가론'을 내놓았다. 토론이 거의 없는 상명하복 문화, 기초분야에 투자를 기대하기 어려운 기업주도의 연구개발 투자, 장기적 안목 없이 시류에 편성하는 과학기술 정책, 이에 실망한 인재들의 해외 유출, R&D 투자 규모에 비해 절대적으로 부족한 논문 수 등을 주요 이유로 들었다(자료: 동아일보 2016년 6월 3일).

틀린 이야기가 아니다. 정부의 정책적 측면에서 개선해야 할 점도 있지만 과학기술자인 우리들 스스로가 반성해야 할 부분도 포함되어 있다. 그런데 1990~2015년 노벨물리학상·화학상·생리화학상 등 과학 부문 노벨상 수상자 182명의 수상 시점 나이와 연구 성과 발표 시점 나이를 조사한 바에 따르면, 이들이 상을 받은 평균 나이는 64세였지만 수상 대상이 된 연구 성과를 발표한 시점은 평균 39세로 나타났다. 이후 20년 이상의 검증 과정을 거쳐 노벨상으로 이어진 것이다. 통상 20대 후반에서 30대 초반 사이에 박사학위를 받는 과학기술자들을 고려하면 박사 학위를 받은 뒤 대략 10년 이내에 가장 창의적으로 세계적인 연구 성과를 낼 수 있다는 결론이다(자료: 매일경제 2016년 6월 6일).

　이 조사는 의미하는 바가 크다. 우리나라 연구현장의 실정은 어떠한가? 우리나라도 많은 젊은 과학기술자들이 30세 전후해서 박사 학위를 받지만 30대에 가장 창의적이고 도전적인 연구를 할 수 있는 연구실 분위기, 장비, 고과평가 등의 인프라 및 젊은 연구자 전용 지원 정책이 준비되어 있는가? 고참 교수나 선배 연구원을 중심으로 하는 강한 위계질서, 논문 수나 특허 건수 등 정량적 평가에 주로 의존하는 인사고과, 도전성이나 창의성보다는 경력과 경험에 의존적인 정부 연구개발 사업 평가제도 등은 젊은 과학기술자가 가장 창의적인 시기에 독립적으로 연구에 몰입할 수 있는 환경과는 거리가 먼 것이 현실이다. 이런 현실에서 노벨상 수상자 배출은 커녕 기초과학 육성조차 힘들다는 지적이 나오는 이유다. 노벨상 수상자 발표가 끝나면 호들갑을 떨면서 노벨상에 가장 근접한(?) 과학기술자 몇 명을 선정해서 특별 연구개발비 등을 지원하는 우리나라의 정책으로는 앞으로도 노벨상 수상자 배출은 기대하기 어렵다. 다행히 최근 기초과학연구원(IBS)에서 젊은 과학자 육성을 목적으로 "영 사이언티스트 펠로십(YSF)" 프로그램을 마련해서 지원하는 것은 반갑고 다행스러운 정책이다. 이 프로그램 이외에도 젊은 과학자들이 창의적이고 도전적 연구를 수행할 수 있는 보다 다양한 프로그램이 만들어지고 지원되어야 한다. 대부분 3년 정도의 단기 연구보다는 중간 결과에 따라 지속적 연구가 가능하도록 중장기 지원프로그램도 신설되어야 한다. 다양한 프로그램과 함께 연구에 몰입할 수 있도록 하는 연구 환경조성이나 적절한 평가 등의 지원정책이 반드시 뒷받침되어야 한다.

퍼스트 무버 패러다임에 적합한 R&D 프로세스 혁신

선도자형 연구개발 패러다임이란 남이 가보지 않은 창의적 도전적 연구를 가능케 하는 패러다임이다. 패러다임이 변하면 새로운 패러다임에 맞추어 연구개발 사업을 기획·관리·평가하는 연구개발 프로세스도 이에 맞추어 혁신되어야 투입 대비 최대의 성과를 기대할 수 있다. 정부에서도 이러한 요구에 맞추어 연구개발 프로세스 혁신을 추진하고 2015년 '정부 R&D혁신방안'을 발표하였다. 이 방안에 따르면 1)중소·중견기업 중심으로 R&D지원체계 개편, 2)수요자 중심 R&D 생태계 조성, 3)행정적 부담을 완화하여 연구하기 좋은 환경 조성, 4)R&D 혁신을 추진하기 위한 정부 R&D 컨트롤타워 기능 강화 등의 방안을 포함하고 있다(자료: 미래창조과학부 보도자료 2015년 5월 12일). 다양한 정책을 포함하고 있지만 패러다임의 변화에 따라 근본적으로 바뀌어야 할 R&D 혁신 방안을 제시하는 것과는 다소 거리가 있다. 가치 있는 성과창출을 위해 어떻게 과학기술자들로 하여금 창의적 연구에 매진할 수 있게할 것인가? 대한민국의 성장 동력을 제공하고 사회적 문제를 해결하기 위해 어떻게 창출된 결과가 활용될 수 있도록 하겠는가? 퍼스트 무버 패러다임에 적합한 R&D 프로세스는 이러한 질문에 답할수 있어야 한다. 단계별 대안을 제안해 본다.

첫째는 도전적 창의력과 아이디어가 반영될 수 있는 기획이 선행되어야 한다. 연구기획은 매우 중요하다. 연구개발의 첫 단계가 기획이고 기획에 따라 성과 창출 여부가 결정되니 더욱 그렇다. 개인 연구에 기반한 bottom-up식 기초 연구개발 사업의 경우는 별도의 기획보다는 도전적으로 문제를 설정하고 이의 해결을 위한 핵심 아이디어를 제안하는 것으로 기획을 대신할 수 있다. 그러나 대형 목적성 연구인 경우는 연구개발 범위 및 목표, 연구기간, 적정 예산 및 참여인원 규모 등을 사전에 충분히 고민하고 기획해야 한다. 그러나 현실은 그렇지 못하다. 우선은 우리나라의 경우 국내 전문가들의 숫자가 많지 않다보니 기획에 참여하는 연구자들이 실제 연구에도 참여해서 소위 'conflict-of-interest issue' 문제가 생길 소지가 있다. 반대로 이를 방지하기 위하여 기획에 참여한 연구자들을 실제 연구 참여시 배제한다면 사업의 성공적 수행을 위하여 더욱 심각한 부작용이 나타날 수도 있다. 심지어는 실제 연구 수행을 할 수 있는 연구팀이 사전에 조사되고 이 팀이 기획연구를 수행하는 경우도 있는 것같다. 이러한 경우에는 도전적 창의적 연구를 수행하기보다는 해당 연구팀이 잘 할 수 있는 분야만 중심으로 편향된 연구를 수행하는 문제점을 낳기도 한다. 전문가 집단이 작은 우리나라의 경우 이 문제를 풀기 쉽지 않지만 미국 NSF (National Science Foundation)에서 활용하는 워크숍을 통한 기획을 생각해 볼 수 있다. NSF에서는 2박 3일 정도의 워크숍을 개최하고 해당 분야의 전문가들을 모아 토론을 통해 의견을 수렴한 보고서를 제출토록 한다. NSF에서는 이를 토대로 RFP(Request-for-Proposal)를 작성하고 추후 토론에 참여한 전문가들은 각자 제안서를 제출한다. 이러한 방법의 장점은 해당 분야의 거의 모든 전문가들이 참여해서 보고서를 작성하므로 특정 세부 주제에 치우치지 않는다는 점이다. 때에 따라서는 외국 전문가도 포함하여 폭을 넓힐 수 있으며 실제 연구를 수행할 연구팀 선정 시에도 공정성을 높일 수 있다(자료: 주요국 기초연구 진흥대책 현황 조사(미국편), 여준구, 미래창조과학부, 2015. 11).

　둘째는 선도적 연구의 성공률을 높이기 위한 관리 방안이다. 일단 시작된 연구사업의 경우 연구책임자 및 참여 연구원들을 절대적으로 신뢰해야 한다. 연구 관리의 근본적 목적은 연구책임자로 하여금 연구에 몰입하게 하여 연구의 성공률을 높이는 데에 있다. 현재의 연구 관리는 이러한 목적보다는 관리 규정의 준수 여부를 확인하고 규정을 지키지 않은 데에 대한 벌칙을 부과하는 것이 목적인 듯 운영되고 있다. 이래서는 오히려 연구책임자에게 불필요한 행정적 부담만 가중시켜 연구에 몰입할 수 있는 여건 조성을 방해할 뿐이다. 한정된 적은 연구개발 예산으로 남들이 하던 연구를 좇아하던 과거의 추격자형 패러다임 시절의 관리방안과 규모가 커지고 창의적이고 도전적인 연구를 해야 하는 선도자형 패러다임에서의 관리방안은 달라야 한다. 선도자형 패러다임에서는 규정에 어긋나고 잘못된 부분을 찾아내어 패널티를 주는 방식에서 한 걸음 나아가 잘하는 연구자를 더욱 잘하게 해 주는 방법으로 바뀌어야 한다. 빈대 한 마리를 잡으려고 초가삼간을 다 태우는 우를 범해서는 도전정신을 살릴 수 없다. 최근 다행히 이러한 연구수행 과정에서의 진행상황을 점검하는 제도는 많이 개선되고 있다. 이러한 방법 중 하나로서 선도자형 패러다임에 적합한 마일스톤 제도를 적극 활용할 필요가 있다. 가보지 않은 길을 한 번에 가려면 실패하기 쉽다. 연구 책임자는 도전적 연구의 최종 목표를 세우고 이를 달성하기 위한 중간 목표 즉 마일스톤을 달성 시점과 함께 사전에 수립하여 이를 활용하여야 한다. 중간 목표 달성 시점이 되면 그때까지의 결과를 보고 연구를 계속 진행해야 할지 중단해야 할지 혹은 최종 목표를 수정해야 할지 연구 관리를 책임지는 PM(Project Manager)과 협의를 통해 연구책임자 스스로 결정하게 하는 것이 마일스톤 제도의 핵심이다. 지금도 일부 사업의 경우 관리 방안으로 마일스톤 점검 방법을 활용하고 있다. 그러나 연구 시작 후 해당 연구의 목표를 고려하지 않고 일률적으로 일정 기간이 지난 뒤 적당히 세운 점검 목표로 관리되고 있는 형식적인 측면이 강하다.

마지막으로 획일화된 양적 평가를 지양하고 융통성 있는 질적 평가로 과감하게 바꾸어야 한다. 현재의 과제 평가는 당초 수립한 정량적 목표치의 달성여부와 함께 논문 건수 특허 건수 등의 양적인 측면을 주로 평가한다. 이러한 방법으로는 '퍼스트 무버' 적 연구 목표를 수립하고 실패를 두려워하지 않는 책임 연구를 수행하기 어렵다. 앞에서도 지적했지만 특허의 건수가 중요한 게 아니라 한 건이라도 기업에 이전하여 실용화에 성공할 수 있느냐가 중요하다. 도전적 연구 목표를 달성하지 못해도 그 원인을 분석하여 실패를 반복하지 않도록 해야 하며 이러한 연구책임자에게는 아무런 제재 없이 연구 기회가 다시 주어야 한다. 아무도 해보지 않은 선도적 연구는 성공할 확률보다 실패할 확률이 더 높을 수밖에 없다. 목표치 달성 여부에 따라 성공이냐 실패냐를 나누는 이분법적 평가보다는 연구의 중간 과정 및 실패를 통해 얻는 경험을 인정할 수 있는 융통성 있는 평가 방법이 필요한 이유다. 또한 연구사업의 성격에 따라 평가 등 사업을 종료하는 방법을 달리 할 필요가 있다. 특별한 미션을 갖는 대형연구 사업이 아닌 일반 연구 사업은 앞에서 언급한 것과 마찬가지로 미국 NSF의 프로세스를 벤치마킹할 필요가 있다. NSF 사업인 경우 별도의 평가를 하지 않고 연구책임자가 주요 항목을 포함하여 간단한 양식의 보고서를 제출하는 것으로 종료된다. 이 주요 항목이 연구 성과에 대한 질적 성과를 표시하며 이 결과는 연구책임자가 다음 연구과제 신청 및 선정 시 영향을 주게 된다. 즉 현재 진행하고 있는 연구 사업 결과의 성공과 실패를 평가하지는 않으나 그 결과가 해당 연구자의 다음 연구과제 신청시 영향을 미치게 된다. 이러한 평가 방식은 우수한 연구자들에게 항상 연구에 몰입하고 창의적 연구결과를 창출할 수 있도록 동기를 부여한다.

과학기술 정책의 거버넌스 및 컨트롤 타워 확립

　'선도자 전략'을 추진하기 위해서는 과학기술 거버넌스도 크게 바꾸어야 한다. 지금은 '추적자 전략' 시대의 관행에서 벗어나지 못하고 있다. 예산규모가 적을 때는 top-down 위주의 정부 주도형 투자가 효율적일 수 있다. 빠른 시간에 큰 성과를 내기 위해서는 예산 배정부터 투자 분야 선정 및 사업 관리를 엘리트 공무원들이 직접 수행하는 것이 효과적일 수 있다. 그래서 지금까지는 연구개발 정책 수립 예산 배정 및 사업 관리까지 담당 공무원들이 전반에 걸쳐 역할을 해온 것이다. 그러나 과학기술의 역할이 경제발전을 위한 성장 동력 제공과 함께 사회적 문제 해결을 위한 역할로 확대되고 있는 변화에 대응하기 위해서는 각 분야에서의 전문가의 역할이 보다 중요하다. 이제 정부 부처나 공무원들은 국가적 미션 수립이나 우선 순위에 따른 예산 배분 등 국가의 발전을 위한 큰 차원에서의 정책 수립에 보다 집중하고 구체적인 연구개발 사업은 전문가로 하여금 추진하도록 할 필요가 있다. 물론 지금도 이러한 제도가 일부 진행되고 있고 차츰 확산되고 있지만 당초 취지대로 추진되는 지는 디테일을 들여다 볼 필요가 있다. '악마'는 디테일에 있다. 정부 및 담당 공무원들이 아직도 사업의 예산 배정, 기획, 관리, 평가 등 전반에 걸쳐 역할을 하고 있는 현실에서 전문가들의 역할을 기대하기는 어렵다. 과감하게 전문가들에게 책임과 권한을 이양하여야 한다. 미국이나 EU 등 과학기술 강국에서 오래 전부터 활용하고 큰 효과를 보고 있는 민간 전문가 제도를 구체적으로 들여다보고 벤치마킹할 필요가 있다.

또한 국가적 차원에서 과학기술 정책을 총괄하는 구조를 단순화

할 필요가 있다. 미국의 경우 연방정부의 과학기술 정책은 백악관 소속의 The Office of Science and Technology Policy(OSTP)에서 총괄하고 정부 내의 The President's Council of Advisors on Science and Technology(PCAST)와 The National Science and Technology Council(NSTC)가 보조하고 있다. 특히 기초연구 분야의 경우는 NSF가 총괄하며 백악관 산하에 있다. 우리나라의 경우는 거의 전 부처가 연구개발을 시행하고 있어 부처별로 정책을 수립하는 부서가 각기 존재한다. 또한 미래창조과학부의 과학기술전략본부, 국가과학기술심의회, 국가과학기술자문위원회, 국가과학기술전략회의 등 정책에 영향을 끼칠 수 있고 실제로 끼치고 있는 구조가 너무 다양하게 퍼져있다. 정책의 일관성을 유지하고 효율적 집행을 위해서는 거버넌스 구조를 단순화하고 컨트롤 타워를 분명히 할 필요가 있는 것이다.

과학교육 시스템의 혁신

과학기술 강국의 주인공은 과학기술자들이다. 정부가 나서서 아무리 좋은 정책을 만들어도 이를 이끌어 가기 위한 인재가 없으면 과학기술 강국은 사상누각에 불과하다. 과학기술 강국이 되기 위한 조건 중 인재양성을 위한 과학교육시스템의 중요성은 그래서 아무리 강조해도 지나치지 않다. 그러나 우리나라의 과학교육 시스템은 양적으로는 확대 됐지만 질적 측면은 여전히 한계를 보이고 있다. 성장 단계별 프로그램이 마련되어 있지 않고 연계도 미흡하다. 이보다 더 한 문제는 영재프로그램도 창의력 증진이라는 당초의 목표보다는 상위학교 진학이라는 입시 요소로 전락하고 있다는 것이다. 매년 국제올림피아드에 나가 모든 과목에서 톱을 다툴 정도로 훌륭한 인재들이 대학 진학 후 크게 두드러진 활동을 보이지 못하고 있는 이유와 무관하지 않다. 과학적 자질과 능력을 보유하고 있는 인재에 대해서는 단계별 체계적 과학교육프로그램이 필요하다. 미국에서의 재능교육 실천을 통해 실증된 사실에 의하면 재능이 있는 아이는 방치하면 오히려 학습 진전에 지장을 주게 되므로 적절한 선행학습 및 특수한 학습요구에 맞춘 맞춤형 학습프로그램이 필요하다고 한다. 미래를 창조하는 혁신적인 인재의 전략적 조기육성이 중요한 이유이다. 초중학교 단계에서 창조적인 능력이 뛰어난 아이들을 선별하여 그들이 갖고 있는 창의성을 더욱 함양하고 재능을 발전시켜 나갈 수 있는 조기 과학교육 프로그램을 추진할 필요가 있다. 또한 이들이 성장하면서 더욱 재능을 발전시켜 나가기 위한 초중학교-고등학교-대학교-대학원의 단계별 연계 프로그램이 같이 준비되어야 한다. 이를 통해 대한민국의 미래를 창조하고 견인하는 과학기술 혁신 인재를 육성하여야 한다.

과학기술자의 마인드가 관건

앞에서는 과학기술 강국이 되기 위해 필요한 여러 가지 필요조건과 방안을 제안해 보았다. 그러나 과학기술 강국은 몇 가지 필요조건을 만족했다고 해서, 혹은 정부가 나서서 제도를 개선하고 만들어 준다고 해서 이루어지지는 않는다. 과학기술 강국은 누가 만들까? 대한민국을 과학기술 강국으로 만드는 것은 바로 과학기술자 우리들의 몫이다. 우리 과학기술자들은 대한민국을 과학기술 강국으로 만들기에 충분한 자격을 갖추었고 그렇게 노력하고 있는가?

과학기술자들에게 가장 중요한 것은 무엇일까? 사람마다 차이가 있겠지만 개인적으로는 꿈이 아닌가 한다. 누군가 우스개 소리로 하는, 성공할 사람이 갖춰야 할 꿈, 끼, 깡, 꼴, 끈 중에서도 꿈이 으뜸이다. 꿈은 연구에 대한 동기를 부여하고 목표를 만들며 그 목표를 향해 끊임없이 나가도록 하는 동력을 제공한다. 선진 외국에서 박사학위를 하고 왕성한 연구 활동을 하던 젊은 과학자를 어렵게 초청해 오면 몇 년 지나지 않아 그렇고 그런 평범한 연구자로 변하는 후배들을 적지않이 봤다. 그들에게 물어 보면 여러 가지 환경적 요인을 이유로 둘러대곤 한다. 상명하복에 시달리는 실험실 분위기, 연구보다는 기타 업무에 더 많은 시간을 쏟아야 하는 체계, 정량적 잣대 위주의 획일적 평가제도, 본격적 연구를 시작하기도 전부터 결과를 재촉하는 가시적 성과 챙기기, 시류에 편승하는 연구 분야 쫓아가기 등등, 연구자들을 힘들게 하는 요인들이다. 또한 정부의 과학기술 정책이 해결해야 할 부분도 있다. 그러나 정부 정책이나 환경 탓만 해서는 안 된다. 스스로 먼저 반성해야 한다. 꿈이 없어서 도전정신을 잃어버리고 안주하는 것은 아닌가 반성해 볼 필요가 있다. 변화하지 않으면 도태된다는 생태계의 진리를 받아들여 끊임 없는 혁신해야 한다. 과학기술 강국을 만드는 주인공으로서 자긍심과 자부심을 갖고 이에 걸 맞는 성숙한 자질을 갖추도록 노력해야 한다. 그럴 때에 정부도 이러한 과학기술자들을 신뢰할 것이다.

우주를 지배하는 자가 세계를 지배한다.

황진영

| 학력 |
- 한국항공대학교 항공기계공학과 학사 및 동 대학원 석사
- 영국 Sussex 대학교 과학기술정책학 박사

| 경력 및 활동사항 |
- (현)한국항공우주연구원 미래전략본부장
- (현)국가과학기술심의회 다부처공동기술협력 특별위원회 위원
- 국가과학기술자문회의 미래전략분과 전문위원
- 우주개발진흥실무위원회 위원
- (현)한국기술혁신학회 부회장
- (현)항공우주시스템공학회 부회장

| 저서 및 논문 |
- 우주개발 선도국가 진입을 위한 정책연구
  (2016, 한국항공우주연구원)
- 항공산업 미래비전 기획연구(2008, 지식경제부)
- 우리나라의 효율적 우주개발체계 정립을 위한 연구
  (2006, 과학기술부)

FORUM OH-RAE
Today & Tomorrow

우주를 지배하는 자가 세계를 지배한다.

황진영
한국항공우주연구원 미래전략본부장

세계는 지구를 벗어나 태양계로

세계는 지금 지구를 벗어나 달로, 화성으로 질주하고 있다. 마치 19세기 미국 서부 개척의 시발점인 골드러쉬와 같이 세계의 주요 강대국들은 자국의 막대한 자금과 첨단기술 그리고 고급기술인력을 동원하여 미지의 세계인 태양계 및 태양계 밖으로 관심을 돌리고 있다.

지구는 이미 충분히 개발되었고, 대기 및 해양은 오염되고 있으며, 자원은 머지않아 고갈될 것이다. 인간이 거주하기에는 한계 상황으로 흘러가고 있다. 인류는 지구 이외의 곳에서 대안을 찾아야 하는 시기가 도래하고 있다는 뜻이다. 다행하게도 인간은 이를 실현시킬 수 있는 기술과 능력을 구비해 가고 있다.

인류 최초의 달착륙과 국제우주정거장

미국은 일찍이 1969년 달에 인류를 착륙시켰다. 인류 최초의 달착륙 우주인 닐 암스트롱을 비롯해 그동안 6차례 12명의 인간이 달에 다녀왔다. 그러나 인간은 달에 인류를 착륙시킬 수는 있었으나, 단지 4~5일 밖에 체류할 수 없는 당시 기술로는 달을 경제적으로 개척할 방법이 없었다. 막대한 비용에 비해 달로부터 가져올 수 있는 혜택은 없었다. 냉전시대 양 축이었던 당시 세계 최강 미소 양국의 자존심을 건 우주 레이스는 인류의 기술을 한 단계 도약시켰다. 엄청난 기술이 개발되었고 인력이 양성되었으며 이러한 우주 기술과 인력은 기계, 전자, 재료 등 기간 산업은 물론 기초과학 분야에 까지 광범위하게 확산되었다.

미국 등 세계 주요국은 현실적 대안을 모색하기 시작하였고 인류는 우주환경속에서 인간이 장기 거주할 수 있는 우주정거장을 구축하였다. 러시아의 소유즈 우주정거장으로부터 시작되어 미국, 러시아, 일본, 캐나다, 유럽 11개국 등 15개국이 공동으로 건설한

국제우주정거장은 1998년부터 시작하여 2008년에 완공될 때까지 무려 총 건설비용 1,500억 달러 이상, 무게 454톤, 6개의 거대한 실험실, 우주인 7~10인이 6개월 이상 장기 체류할 수 있도록 건설되었다. 축구장 크기의 거대한 우주구조물로써 지구상에서 인간의 육안으로 관찰 가능한 유일한 우주물체이기도 하다. 국제우주정거장을 통해 인간이 무중력 환경 속에서 장기간에 걸쳐 적응할 수 있는 능력을 배양하고 우주에서 인간 생존을 위해 생길 수 있는 기술적 문제에 대해 해결책을 강구해 왔다.

〈그림 1〉 우주왕복선 아틀란티스에서 바라본 국제우주정거장 (2010.5.23.)

미국은 오바마 행정부가 들어선 이후 우주탐사의 방향을 유인

화성탐사로 바꾸어 2030년대에 인간을 화성에 보낼 계획이다. 현재도 Opportunity, Curiosity 2대의 로버와 Maven 등 3대의 궤도선을 운용 중에 있다. 또한 미국은 2016년 7월 4일 지구로부터 무려 8억 km 떨어진 목성에 탐사선 주노를 진입시켜 화성 이외의 태양계 다른 행성에 대한 탐구도 진행하고 있다.

〈그림 2〉 화성탐사 로버 Curiosity

2000년대 아시아가 주도하는 제2의 우주탐사 경쟁시대 돌입

미소 양국의 달탐사 시대 이후 일본, 중국, 인도 등 후발 주자 들의 달탐사 경쟁이 다시금 불붙었다. 일본은 2007년 세계 3번째로 달탐사선 가구야를 발사한 바 있으며, 2018년 가구야 2를 발사하여 달착륙선과 로버를 보낼 계획이다. 이미 2008년에는 국제우주정거장에 KIBO 모듈을 설치하여 명실상부한 국제우주정거장 건설의 일원이 되기도 하였다.

중국은 일본에 이어 2007년 달탐사 위성인 창어 1호, 2010년 창어 2호를 보낸 바 있으며, 2013년에는 달착륙선 창어 3호를 통해 세계 세번째로 달에 착륙시킨 바 있다. 창어 3호에는 달탐사 로봇인 옥토끼를 통해 달 표면에 대한 자료를 수집하여 전송하고 있다. 중국은 인류 최초로 달 뒷면에 착륙시키는 달착륙선 창어 4호를 2018년 쏘아 올릴 계획이다. 뿐만 아니라 중국은 이미 2003년 세계 3번째로 유인우주선인 선조우 5호를 쏘아 올렸고, 2011년에는 우주실험실인 천궁1호를 발사한데 이어 2020년까지 독자 우주정거장을 구축할 계획이다.

인도 역시 2008년 달탐사선인 찬드라얀1호를 성공적으로 발사한데 이어 2014년 세계 4번째로 화성궤도에 망갈리안 탐사선을 보낸 바 있다. 또한 2018년에는 달착륙선과 로버를 보낼 계획이다.

패러다임의 변화: 민간 우주개발 시대의 도래

우주개발은 대통령 프로젝트

우주개발은 전통적으로 국가사업이자 소위 "대통령 프로젝트"였다. 최첨단 기술력이 요구되어 기술적 위험부담이 크고 막대한 연구개발비가 요구되는 반면, 시장은 미개척 되어 있는 시장실패 영역이다. 인류 최초의 인공위성인 스푸트니크호는 구소련의 야심적 극비 프로젝트였다. 냉전시대에 미국과 소련은 세계 최강국의 자존심을 걸고 우주개발의 선두주자가 되기 위해 국가의 모든 역량을 결집하였다. 급기야 미국의 케네디 대통령은 10년 안에 인류를 달에 착륙시키겠다는, 당시로는 불가능해 보이는 프로젝트를 추진하여, 1969년 인류 최초로 닐 암스트롱을 달에 착륙시켰다.

"우리는 10년 안에 달에 착륙하고, 그밖에 다른 여러 가지 일들도 실행에 옮기기로 결정했습니다. 그것이 쉽기 때문이 아니라 어렵기 때문에 하려는 것입니다. 이번 목표가 우리가 보유한 최상의 기술과 에너지의 수준을 나타내는 척도가 될 것이기 때문입니다. 결코 뒤로 미루지 않고, 기꺼이 받아들일 준비가 된 도전이기 때문입니다. 바로 이것이 우리를 비롯한 모두가 달성하고자 하는 바입니다.(John F. Kennedy 대통령 1962년 6월 12일 라이스대학교)"

미국은 아폴로 프로젝트를 성공시키기 위해 미국의 교육시스템을 근본적으로 혁신하였으며, 이것이 오늘날 세계 최강의 기술강국의 지위를 이어가는데 크나큰 기여를 하였다.

이러한 정부 주도의 우주개발은 여타 국가의 경우에도 마찬가지이다. 그 나라 최초의 인공위성 발사, 최초의 우주인, 최초의 달탐사, 행성탐사는 TV방송을 통해 온 국민에게 생중계되고 국민은 그 성공에 열광한다.

민간에 의한 상업 우주시대 임박

이러한 우주개발의 패러다임에 변화의 물결이 일고 있다. 민간에 의한 우주개발은 이란계 미국인인 안사리 여사의 현상금에서부터 시작됐다. 순수 민간 자본으로 2주 이내에 3명의 승객을 싣고 두 차례 지상으로부터 100km 이상을 비행한 참가자에게 1,000만 달러를 주겠다는 소위 "X Prize" 이벤트에 세계 각국의 우주 매니아들이 참가신청을 하고, 최종적으로 2004년 버트 루탄이 설계한 "스페이스쉽 1"이 성공하면서 현재는 영국의 버진그룹 창시자인 리차드 브랜슨이 설립한 버진캘러틱사에서 스페이스쉽 2를 개발하여 시험비행 중에 있으며, 상용화를 눈앞에 두고 있다. 버진 측은 이를 통해 1인당 20만달러대의 민간 우주여행을 실현시킬 것으로 장담하고 있다.

〈그림 3〉 스페이스쉽 2

　스페이스쉽으로부터 시작된 민간 우주개발은 "Space X"를 설립한 엘론 머스크에 의해 세계를 놀라게 만들었다. 엘론 머스크는 Paypal을 개발한 인터넷 벤처기업인이자 전기자동차 시장의 선두주자인 테슬라 모터스의 CEO이다. 그는 IT산업에서 돈을 벌어 기술적 위험부담이 크고 경제성이 없어 정부가 주도해 온 우주산업에 도전장을 냈다. 소위 저가형 우주발사체 Falcon 1을 2006년에 개발하였고 2010년에는 이를 대형화한 Falcon 9을 개발하였다. 그는 그동안 위성발사 등에 사용되는 우주발사체가 값비싼 1회용 발사체에 의존하여 왔기 때문에 우주의 접근비용이 높았다고 지적하고 최대 10회까지 재사용이 가능한 발사체를 개발 중에 있다. 최근 몇 차례의 실패 끝에 발사체 1단을 회수하는 시험에 성공한 바 있다. 그는 순수민간 자본으로 화성을 탐사하는 프로젝트도 추진하겠다고 공언하고 있다. 우주의 민간 상용 참여 시대가 다가오고 있는 것이다.

바야흐로 우주를 통해 돈을 벌겠다는 시대가 도래한 것이다. 앞서 언급한 엘론 머스크 뿐 아니라, 아마존 닷컴을 설립한 제프 베저스, 구글의 설립자인 래리 페이지 등이 ICT로 돈을 벌어 우주에 투자하겠다고 나서고 있다. 실제 우주시장의 2/3 이상이 우주기반 및 위성 활용 관련이다. 저가의 우주발사체가 실현된다면 국가가 독점해온 소수의 우주인 시대에서 신혼여행 상품에 우주여행이 등장할 날이 머지않았다는 뜻이다.

우주는 우리에게 어떤 의미를 주는가?

우주는 인간 능력의 한계에 도전하는 미지의 세계다. 뉴턴의 만유인력을 벗어나는 것은 인간으로서는 매우 어려운 난제였다. 인류는 1903년 미국의 라이트 형제에 의해 인류 최초의 동력비행에 성공하였으며, 1957년 구소련에 의해 최초의 인공위성 스푸트니크호가 발사되었다. 1961년 최초의 우주인 유리 가가린 탄생, 1969년 미국의 닐 암스트롱에 의한 인류 최초의 달 착륙 성공 등 우주개발의 새로운 역사를 쓸 때마다 세계는 열광하였다. 과거 어느 누구도 할 수 없던 일을 실현시켰기 때문이다. 새로운 우주역사 뒤에는 언제나 새로운 과학기술의 개발이 있었다. 이러한 우주개발을 위한 기술개발은 한 국가 나아가 인류의 기술적 진보를 의미한다. 미국은 아폴로 프로젝트를 위해 미 연방 예산의 4%인 무려 250억 달러(현재가치 1660억 달러)를 투입하였으며, 초중등학교의 수학 과학교육을 대폭 강화하여 현재의 기술 강국의 기초를 쌓았다.

우주능력은 국가안보의 핵심 자산

우주(외기권)는 항공기가 다니는 공역(空域)과는 국제법적으로 확연히 차별화되는 영역이다. 공역은 주권(主權)이 미치는 영역으로 다른 나라의 비행기가 상공을 통과하려면 지상에 있는 국가의 승인을 받아야 하나, 우주는 주권이 미치지 않는다. 소위 우주는 "인류 공동의 유산"으로 정의되어 누구나 이용할 수는 있으나, 어느 누구도 소유할 수 없으며, 따라서 우주에서의 자유로운 통행을 막을 수 없다. 이로 인해 첨단 광학카메라를 탑재한 지구관측 위성은 전 세계 어디든 자유로이 상대국의 건물, 도로, 차량의 이동 등을 손바닥처럼 들여다 볼 수 있는 시대가 되었다. 2000년대 초 제1차 및 제2차 걸프전을 통해 우주능력이 국가안보에 결정적 가치가 있음이 입증된 바 있다.

1993년 초기 시범운용을 거쳐 1995년 24대의 위성으로 공식 서비스를 시작한 GPS위성 역시 당초 목적은 국방목적으로 상대방의 목표물을 정밀타격하기 위한 위치정보를 제공하기 위해 개발되었으며 역시 걸프전에서 그 위용을 떨친 바 있다. 현대 정밀 요격 유도 미사일에는 대부분 GPS 수신기가 장착되어 있다. 그 후 GPS위성은 민간 활용을 위해 전 세계 누구에게나 개방되어 있다. 지금 우리는 GPS 위성으로 인해 전 세계 어디든 내비게이션 단말기만 달면 찾아갈 수 있게 되었다.

광범위한 우주기술의 산업파급효과

또한, 우주기술은 민간 산업 분야에 파급되어 광범위하게 활용되고 있다. 웬만한 가정마다 한 개씩은 가지고 있는 전자레인지는 우주인들의 음식조리를 위하여, 그리고 이온 정수기는 아폴로 우주인의 식수 정화 공급을 위해 개발되었다. 현재 매트리스, 베개 등에 광범위하게 사용되는 메모리폼은 우주인의 발사 시 충격완화를 위해 개발되었으며, 우주인의 운석 채취를 위해 개발된 휴대용 드릴의 기술을 활용해 무선 청소기가 개발되었다. 우주인의 헬멧에 쓰이는 코팅 기술은 안경의 스크래치방지용 렌즈로 발전되었고, 공기정화기 투명세라믹 소재 등도 우주기술에서 파급되었다. 건강검진에 필수적인 의료기기인 CT와 MRI 역시 위성 영상의 무선 전송 수단을 연구하던 기술에서 파급되었다. 우주기술을 통한 기술파급의 예는 모두 열거할 수 없을 정도로 광범위하다. 지금도 미국 나사(NASA)는 의료, 보건안전, 산업 생산기술, 정보, 에너지 환경 분야 등에 파급된 우수 기술파급 사례를 매년 200여건 이상씩 요약하여 책자로 발간하고 있다. 이상에서 보듯이 현대를 사는 우리는 인식하던 못하던 우주기술의 혜택을 입으며 살아가고 있다. 기상예보에서부터 스포츠/뉴스 위성 중계, 재난 재해 대응, 위성을 이용한 원격의료 및 원격교육, 자원탐사 등등 그 예는 헤아릴 수 없을 정도이다.

미국의 맨스필드 보고서에 따르면, "21세기는 우주를 지배하는 자가 세계를 지배한다"고 하였다. 주로 우주의 국가안보적 중요성을 언급한 것이기는 하나, 미래 사회의 선진국 지위를 유지하려면 우주 선진국이 되어야 한다는 사실을 의미하는 것이기도 하다.

우주태양광 발전과 우주자원의 활용

미래 인류는 우주능력에 달려 있다고 하여도 과언이 아니다. 인류는 수많은 시행착오를 통해 우주에의 접근 능력을 확보하였으며, 앞으로는 경제적으로 부담가능한 수준의 우주수송이 제공되게 될 것이다. 다시 말해 저렴한 가격의 우주이용이 가능해 질 것이라는 점이다. 이미 세계는 뛰어난 인공위성 개발 능력을 축적하였다. 우주에서 장기간 생존을 위한 인간수명유지 기술도 보유하고 있다. 이러한 기반 기술을 토대로 우주에 대한 활용은 무궁무진해 질 것이다. 우선 지구궤도에 대규모 인공구조물 구축이 가능해 질 것이다. 이미 축구장 크기의 국제우주정거장 구축도 실현한 바 있다. 더 나아가 우주수송 비용이 절감된다면 그 보다 훨씬 더 큰 구조물의 구축이 가능하게 된다. 구름도 없고 비도 없고 밤도 없는 우주궤도에 태양 전지판을 펼쳐놓으면 무한정의 무공해 태양광 발전 시설이 된다. 전기의 무선송신 기술의 효율을 높여야 하는 숙제 등이 남아 있기는 하지만, 시간의 문제일 뿐 큰 장애가 될 수는 없을 것이다.

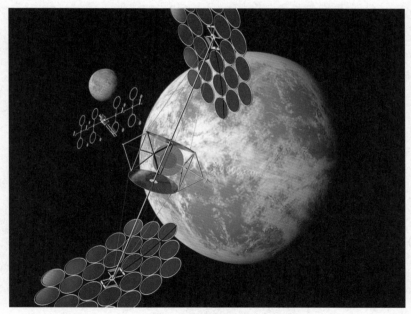

〈그림 4〉 우주 태양광 발전 개념도

최근 빠르게 발전하고 있는 3D 프린터 기술은 달 화성 등 태양계 행성에서 현지의 토양 등 자원을 활용해 필요한 구조물을 자체적으로 건축 가능하게 할 것이다. 지구로부터 건축자재를 수송할 경우 막대한 수송비용이 소요될 것이지만, 현지의 자원을 활용한다면 얘기는 달라진다. 달과 화성에 있는 호텔로 여행하는 날이 금세기 중에 오지 말라는 법이 없다. 미국은 오래전부터 지구의 환경오염 등으로 인해 지구가 더 이상 인류가 생존하기 어려운 상황이 올수도 있다고 보고, 지구를 벗어나 인류가 생존을 연장해 나갈 수 있는 대체지와 그것을 실현할 수 있는 기술을 개발해 왔다. 실제로 2030년대에 인간을 화성에 보낼 계획을 추진 중에 있다. 6개월의 비행이 필요한 화성에 인간이 가게 된다면 단기간 거주하고 복귀하기에는 많은 어려움이 있다. 인류의 타 행성에서의 장기 거주의 시작을 알리게 될 것이다. 현대판 "노아의 방주"를 우주기술이 실현해 줄지도 모르는 일이다. 인간의 우주거주는 필연적으로 우주자원의 탐색과 활용으로 이어질 것이다. 지구의 지하부존자원이 한계를 보일 때, 무한한 우주의 자원은 인류의 생존과 발전을 이어줄 것이다. 핵융합의 원료가 되는 헬륨 3이 달에는 백만 톤 이상 저장되어 있다고 하며, 이는 인류가 1만 년 간 사용할 수 있는 에너지원이라고 한다.

15세기 망망대해를 가르며 대서양을 횡단했던 콜럼버스에게 미국 대륙이 기다리고 있었을 줄이야 어찌 알았겠는가? 우주기술은 그 끝이 어디까지 인지 우리는 모른다. 그러나 세계의 선진국은 우주에 막대한 투자를 하고 있다. 머지않은 미래에 우주기술을 갖고 있는 나라와 없는 나라는 비교할 수 없는 차이를 가져올 것이고, 만약 우리가 미래의 우주경쟁 대열에서 낙오한다면 또다시 후진국으로 전락할 수밖에 없다는 뜻이다.

우리나라 우주개발의 현주소

그러면 우리나라의 우주개발은 어디까지 와 있을까. 우리나라의 우주개발은 90년대 초반부터 착수되었고, 국가차원의 중장기 계획이 수립된 것은 1996년이다. 우주발사체의 시초가 된 V2 로켓이 제2차 세계대전 당시 개발되었고, 구소련의 스푸트니크호가 1957년 올라갔으니 적어도 최소한 40년 이상 뒤늦게 시작된 셈이다.

세계 최고 수준의 지구관측위성 기술

그럼에도 불구하고 우리나라의 우주개발은 빠르게 발전하였다. 1993년 국내 최초의 과학위성인 우리별 1호에 이어 1999년 국내 최초의 실용급 광학 위성인 다목적실용위성 1호(해상도 6.6미터), 2006년 2호(해상도 1미터), 2012년 3호(해상도 0.7미터), 2015년

3A(해상도 0.55미터)호를 개발하였다. 광학위성은 우리가 널리 알고 있는 디지털 카메라와 같다고 보면 된다. 해상도 1미터라 함은 커다란 위성 탑재 카메라로 서울-부산거리(약 417km)보다 훨씬 먼 지상으로부터 600여 km 상공에서 초속 6~7km로 비행하면서 지상의 가로 세로 1미터이상 크기의 물체를 사진으로 찍는다는 뜻으로, 그 정밀도나 기술의 난이도는 엄청난 수준이다. 우리나라는 세계 최고 수준에 근접하는 광학위성 개발 능력을 보유하고 있으며, 이를 통해 재난 관리, 지도 제작, 국가안보 등에 유용하게 활용하고 있다. 그러나 광학위성은 구름이 끼거나 어둠이 있으면 영상을 획득할 수 없다. 이러한 문제를 보완하기 위해 우리나라는 2013년 전천후 SAR 레이다 위성인 다목적 실용위성 5호(해상도 1미터 급)을 개발하여 운용 중에 있다.

〈그림 5〉 우리나라의 인공위성개발

아울러 지상에서 36,000km 상공에 위치하면서 지구의 자전속도와 같은 속도로 비행하여 지상에서는 마치 정지되어 있는 듯 보여 정지궤도 위성이라 불리는 천리안 위성을 개발하여 기상관측,

해양관측, 위성 통신 시험 등에 활용하고 있다. 천리안 위성으로 인해 우리나라는 세계에서 7번째 기상위성 보유국이 되었다. 2010 년 이전에는 일본으로부터 기상위성 정보를 받아야 했고, 우리가 필요한 만큼 필요한 빈도로 정보를 받을 수 없어 태풍 등 악천후 때의 기상정보 분석에 한계가 있었다. 지금은 15분 단위로 기상정 보를 내려 받을 수 있어 일기예보의 정확도 향상에 크게 기여하고 있다.

갈 길이 먼 우주발사체 개발

우주발사체 분야는 우리나라 우주기술 중에서 가장 낙후되어 있 는 분야다. 1993년 1단형 과학로켓 1호, 1997년 2단형 과학로켓 2 호, 2002년 국내 최초의 액체추진기관을 이용한 과학로켓 3호를 개발한 바 있다. 인공위성 발사를 위한 우주발사체는 2013년 발사 에 성공한 나로호가 있다. 과학로켓 1호와 2호는 고체추진 로켓이 었고, 3호부터는 액체추진 로켓이었다. 나로호는 러시아의 1단로 켓과 한국이 개발한 2단로켓을 결합한 발사체로써 100kg급 인공 위성을 싣고 지구저궤도에 진입시키기 위한 것이다. 생방송으로 전국민에게 중계되었던 나로호 발사는 2009년, 2010년 두 차례 연 이어 발사에 실패한 이후, 2013년 마침내 첫 발사에 성공하였다. 나로호의 실패는 그동안 성공하는 R&D에 익숙했던 우리 국민들에 게 크나큰 충격을 안겨주었다. 그러나 우주발사체의 첫발사에 성공한 경우는 세계적으로 27%에 불과하다. 11개국중 단 3개국가만이 첫발사에 성공했을 뿐이다. 세계 최강국인 미국. 일본, 중국, 영국, 인도 등 대부분의 국가가 첫발사의 실패를 경험하였다. 미국의 뱅가드 발사체는 무려 12번이나 실패를 경험하였고, 일본 역시 4차례 실패이후에 첫발사에 성공하였다. 우주발사체 실패는 1986년 챌린저호, 2003년 콜롬비아호 등 유인 우주왕복선 사고뿐 아니라, 2012년 Space X사의 Falcon 9, 2015년 러시아의 Proton 등 최근에도 적지 않게 발생하고 있다. 그만큼 기술적으로 위험부담이 큰 분야인 것이다.

더구나 우주발사체는 기술적 어려움 뿐 아니라 국제적으로 대량살상무기, 즉 핵무기의 운반수단으로 간주되어, MTCR (미사일 기술통제체제)에 의해 국가 간 관련기술 및 물자의 거래가 엄격히 규제되고 있다. 우리나라는 나로호 개발을 위해 발사체 기술을 보유한 우주선진국과의 외국과의 국제협력을 추진하였으나, 미국, 일본, 유럽 등 주요국은 모두 일체의 협력을 거부하였다. 유일한 협력국이었던 러시아 조차도 완성된 발사체 1단에 대한 수출만 허가하였을 뿐 기술이전은 철저히 거부하였다. 오로지 사다 쓰라는 것이었다. 그것도 부품이나 기술은 안 되고, 1단 시스템을 통째로 사가라는 것이었다. 우주발사체에 대한 경험이 부족하였던 우리나라는 이러한 환경 속에서도 러시아와의 협력을 통해 여러 경험을 할

수 있었고, 이를 통해 한국형 발사체를 개발하는 데 상당한 도움이
된 것이 사실이다.

　그러나 아직까지도 우리나라는 독자적인 엔진개발을 완성하지
못한 상태에 있다. 2020년 1.5톤급 인공위성을 발사할 수 있는 우
주발사체를 국내 독자기술로 개발 중에 있으며, 이를 위한 핵심기
술인 75톤급 액체엔진과 7톤급 액체엔진을 개발 중에 있다. 2013
년 발사 성공한 나로호는 다시 발사하려면 러시아로부터 1단 발사
체를 다시 구매해야 하고, 100kg급 과학위성밖에는 발사할 수 없
어 경제성도 없다. 그러나 현재 국내 독자기술로 개발하고 있는 한
국형발사체의 개발이 완성되면, 다목적 실용위성을 국내 발사체로
발사할 수 있게 되어 명실상부한 우주강국으로 진입하게 된다.

〈그림 6〉 우리나라의 우주발사체 개발

북한의 미사일과 우리의 우주발사체

　북한은 70년대부터 소련의 스커드 미사일을 역설계하여, 80년
대 후반 화성, 90년대 노동 및 대포동 미사일을 개발하였고, 2000

년대 이후 은하, 무수단 등을 개발하였다. 북한의 로켓은 일관되게 군사적 목적을 위한 탄도미사일 개발이고, 자체 개발한 핵무기의 탑재를 목적으로 대륙간 탄도미사일을 개발하는 것이 최종적 목표이다. 최근들어 핵무기 개발에 대한 유엔의 제제가 강해지자 평화적 목적의 우주개발로 포장하여 인공위성 발사라고 강변하고 있지만, 본질이 달라지지는 않는다.

여기에 반해 우리나라는 백곰 현무 등 군사적 목적의 미사일 개발과 평화적 목적의 우주발사체 개발로 이원화 되어 있다. 이는 방어용 무기체계 운용 중심의 군사전략에 기초한 한미 미사일 지침에 따른 것으로 일정 거리 이상의 군사용 로켓은 보유하지 않는다는 일종의 규제가 있어 왔기 때문이다. 이에 따라 평화적 목적의 우주발사체 개발은 1990년대 이후 별도로 시작되어 기술 축적의 기간이 매우 일천한 것이 사실이다.

기술로만 비교한다면 북한은 그동안의 꾸준한 개발로 장거리 미사일 개발은 성공하였으나, 인공위성 발사를 위한 발사체로는 우리에 비해 결코 앞서 있는 것은 아니다. 북한의 액체엔진은 유독성 연료를 사용하는 27톤급 엔진 4개를 결합한 것으로 총 추력이 100톤 부근이며, 이것으로 인공위성을 발사하려면 약200kg 정도의 과학위성 밖에는 발사할 수 없어 경제성이 전혀 없다. 앞서의 몇차례 인공위성 발사는 북한의 주장과는 달리 위성이 전혀 기능을 수행하지 못해 발사는 실패한 것으로 판단된다. 이에 반해 현재 우리가 개발중에 있는 액체엔진은 무독성 연료를 사용하는 75톤급 엔진으로 4개를 묶어 300톤급의 추력을 갖게 된다. 이는 1.5톤급 인공위성을 발사할 수 있어 실용급위성의 상업 발사능력을 갖는다고 할 수 있으며, 우리의 2단계 달탐사선 및 착륙선도 이것으로 발사할 수 있다.

우주탐사 분야는 이제 착수 단계

유인우주탐사 분야에서는 2008년 한국인 최초의 우주인 이소연 씨가 국제우주정거장에서 1주일간 체류하며 무중력환경에서의 우주과학실험을 하고 돌아오기도 하였다. 그러나, 우리 로켓이 아닌 러시아의 소유즈 로켓을 타고 다녀와 우주관광객 논란을 불러일으키기도 하였다. 그동안 2016년 6월 기준으로, 18개국 221명이 국제우주정거장을 다녀왔다. 그러나 실제 자국의 유인 우주선으로 우주정거장을 다녀온 나라는 전 세계에서 미국, 러시아, 중국 외에는 없다. 유럽이나 일본 등 그 외의 나라는 유인 우주선을 개발해 본 적이 없어, 결국 미국이나 러시아의 유인우주선을 이용하는 방법 밖에는 없음에도 불구하고, 자국의 우주선이 아니기 때문에 그 성과를 폄하하는 나라는 아마도 우리나라가 유일한 듯하다. 그 얘기는 역으로 우리 국민의 과학기술과 우주개발에 대한 기대 수준이 우리가 생각하는 것보다 훨씬 높다는 의미도 포함된다.

    필자가 "세상을 바꿔라" 1편에서 주장한 바 있는 달 탐사 사업은 그 후 박근혜 대통령의 대선 공약사업이 되어 2020년까지 우리 발사체로 우리의 달궤도선과 무인 달착륙선을 달에 보낼 예정이다. 달 탐사 사업은 2016년 공식적으로 착수되어 1단계로 2018년 시험용 달궤도선을 미국의 NASA와 협력하여 보낼 예정이고, 2단계로 2020년에는 우리의 우주발사체로 달궤도선과 무인 달 착륙선을 보낼 예정이다. 우리도 우주탐사의 세계적 흐름에 동참하게 되는 것이다. 2020년이 무리한 일정이 아니냐? 사업 착수가 너무 늦은 것이 아니냐? 한국형 발사체가 2020년 이전에 개발 완료가 가능하냐? 등 온갖 문제 제기가 있는 것으로 알고 있다. 모두 있을 수 있는 이야기이다. 그러나 2020년이 중요한 것이 아니고 목표를 설정하고 개발에 착수했다는 것이 중요하다. 최첨단의 기술개발은 다소 늦어질 수도 있다. 예상치 못한 기술적 난제에 봉착할 수도 있고, 국제적 협력에 차질이 빚어질 수도 있다. 최악의 경우에는 실패를 맛볼 수도 있다. 세계 최고의 우주강국인 미국에서도 우주왕복선 폭발로 인명이 희생되는 사고를 경험한 바 있고, 아폴로 11호로 달 착륙을 실현하고도 아폴로 13호에서는 우주선내의 산소탱크 폭발사고로 중도에 포기하고 돌아오기도 하지 않았는가? 우리 대한민국 과학기술자의 능력을 믿고 기다려주는 인내심이 필요하다.

총괄하면, 우리나라의 우주기술 수준은 위성분야에서는 세계수준에 근접하는 기술력을, 발사체 분야는 아직은 부족하나 2020년이면 우리에게 필요한 위성을 독자적으로 쏘아올릴 수 있는 역량을 갖추게 된다. 우주탐사분야는 이제 시작이다. 달 탐사 사업을 필두로 화성 등 태양계의 다른 행성으로 단계적으로 우주탐사 시대를 열어가는 대열에 합류하게 될 것이다.

우주시대 동참을 위하여

　　우리나라는 비록 우주개발에 늦게 참여하였으나, 정밀기계 자동차 전자 등 여타 분야의 기술능력과 체계적이고 효율적인 우주개발계획의 수립과 시행을 통해 세계 10대 우주강국에 진입하였다.

발사체 기술자립이 최우선 과제

　　그럼에도 불구하고 선진국과의 격차는 아직 크다. 무엇보다도 우리나라가 우주시대에 본격 진입하기 위해서는 첫 번째로 우주발사체의 자립이 최우선 과제이다. 앞서 언급하였듯이 우주발사체 분야는 국제적 비확산체제로 인해 해외로 부터의 기술도입이나 작은 부품의 수입조차도 여의치 않다. 처음부터 끝까지 하나부터 열까지 스스로 시행착오를 거치면서 기술을 축적해야만 한다. 이렇게 된 요인에는 우리나라가 우주개발에 늦게 착수한 데에도 원인이 있다. 세계는 1987년 비확산 체제인 미사일기술통제체제(MTCR)를 설립했다. 그 당시까지 우주발사체 기술을 갖고 있는 나라들이 모여 더 이상 대륙 간 탄도 미사일 기술로 활용될 수 있는 우주발사체 기술이 확산되지 못하도록 하자는 협의체를 구성하여 통제하기 시작하였다. 일본은 1970-80년대에 미국으로부터 우주발사체인 델타로켓의 기술도입생산을 여러 차례 반복하며 기술을 획득하였다. 북한 역시 러시아의 스커드 미사일을 역설계하면서 미사일 기술을 발전시켰고 러시아의 기술 인력을 통해 많은 노하우를 전수받은 것으로 알려져 있다. 우리나라는 1990년대 초반에야 과학로켓 개발에 착수하게 되면서 국제적 기술통제의 올가미 속에서 맨땅에 헤딩하는 식의 기술개발을 해 올 수밖에 없었다. 더구나 한·미미사일지침에 의해 일정 거리 이상의 미사일 개발을 하지 못하는 족쇄가 채워져 더 더욱 우주발사체 개발을 힘들게 하고 있다. 이러한 많은 어려움에도 불구하고 우주발사체 기술의 자립 없이는 독자적 우주활동이 불가능하기 때문에 모든 역량을 총동원하여서라도 우주발사체의 독자개발을 이루어야 한다.

NASA와 같은 범부처적인 우주전담정부조직 필요

두 번째로 체계적인 우주개발을 하기 위해서는 우주개발 추진체계의 선진화가 필요하다. 그동안 우리나라는 우주개발을 전담하는 정부 부처가 없었다. 1-2년 마다 담당 업무가 바뀌는 우리나라 공무원 인사시스템으로는 우주분야의 전문성을 습득할 방법이 없다. 여기에 비해 선진국의 경우는 우주만을 전담하는 정부조직을 갖고 있거나, 아니면 우주개발을 전담하는 연구기관에 특별법을 통해 모든 권한을 위임하도록 하고 있다. 미국의 NASA, 프랑스의 CNES, 독일의 DLR, 일본의 JAXA, 러시아의 Roscosmos 등이 모두 그러하다. 우리나라만이 비전문가에 의해 우주개발 정책이 수립되고 국제협력이 추진된다. 정부 간 양자 회의나 국제기구에서의 다자간 회의에서 우리나라 대표의 전문성이 현저히 떨어지는 것은 어쩔 수 없는 현실이다. 그나마 정부출연연구기관에서 정부를 도와 정책지원을 하고 있으나, 대표성이 없는 정부 연구소 연구원의 역할에는 한계가 있을 수밖에 없다. 국제협력이 특히 중요한 우주개발분야에서 수십 년간 우주분야만을 전담해온 선진국과 전략적 협상을 하기 위해서는 정부의 경쟁력 있는 전담조직 구축이 시급하다고 하겠다.

또한 우주개발 전담 정부조직의 미비는 필연적으로 부처 간 경쟁에 의한 중복투자와 비효율을 가져오게 된다. 우주개발에는 막대한 시설 및 연구개발투자 기술인력 양성에 오랜 시간이 소요된다. 효율적으로 관리하지 못하면 엄청난 국가 예산이 낭비될 수밖에 없다. 아울러 국가안보에 직결되는 국가전략적 측면을 함께 고려하면 범부처적인 협력은 필수적 요소다. 이것이 선진국에서 우주개발만큼은 별도의 독립된 조직에서 우주개발을 전담하고 있는 이유이기도 하다. 미국은 항공우주청(NASA)이 별도의 정부조직으로 있고, 일본은 총리가 우주개발전략본부의 본부장을 겸하고 있다. 인도는 정부부처로 우주부가 별도로 있으며, 장관이 산하의 우주연구기관(ISRO)의 기관장을 겸하고 있다. 우리도 이제는 선진적인 추진조직을 구축해야 할 시점에 왔다.

미래를 바라보는 장기적 투자 필요

   세 번째로 미래지향적 우주개발을 위해서는 장기적인 투자와 함께 시간이 필요하다. 개별 사업의 성공 실패나 일정 지연에 일희일비(一喜一悲)하지 말아야 한다. 기술은 하루아침에 이루어지지 않으며 심지어 실패를 통해 배운다고 한다. 선진국을 모방하던 과거의 기술추격 (Catch-up) 모델에서 탈피하고 선진국형의 연구개발을 위해서는 실패를 용인하는 문화가 정착되어야 한다. 우리나라 국가연구개발사업의 성공률이 무려 96% 이상이라고 한다. 결코 도전적인 연구에서는 나올 수 없는 성공률이다. "그것이 쉽기 때문이 아니라 어렵기 때문에 하려는 것이다"라는 케네디 대통령의 선언을 새겨들을 필요가 있다. 정부에서는 도전적인 장기 비전을 제시하고 과학기술자들을 믿고 기다려 주어야 한다.

우주산업체 육성을 위한 생태계 조성

네 번째로 우주개발 산업체의 육성이 필요하다. 어느 나라나 초기에는 정부 중심의 우주개발을 추진한다. 기술적 위험부담이 크고 시장이 형성되어 있지 않기 때문이다. 우리나라도 지금까지의 우주개발이 정부출연연구기관 주도의 위성개발 중심이었다. 그러나 이제 부터는 그동안 정부연구기관에서 축적된 위성기술을 산업체에 적극 이전하고 실수요 위성은 민간산업체 중심으로 추진하여야 한다. 다행히 우리나라에도 세트렉아이라는 벤처기업이 있어 이미 말레이시아 아랍에미레이트 등에 소형위성을 수출한 바 있다. 이러한 우수한 우주산업체들이 더욱 늘어나고 계속 성장할 수 있도록 적극 지원해 주어야 한다. 정부연구기관에서는 아직까지 국산화하지 못한 핵심부품 및 최첨단 기술 개발을 전담하고 미래 원천기술 개발과 달 및 화성탐사와 같은 심우주(深宇宙; Deep Space) 탐사에 적극 나설 준비를 해야 한다. 특히 민간 기업이 우주산업에 투자하도록 유도하기 위해서는 당분간은 정부에서 시장을 만들어주어야 한다.

한 · 미 협력을 기반으로 한 전략적 국제협력 필요

마지막으로 전략적 국제협력의 추진이 필요하다. 우리나라는 2016년 4월 미국과 포괄적인 "한미 우주협력협정"을 체결하고, 현재 국회비준을 앞두고 있다. 그동안 미사일기술통제체제(MTCR)

〈그림 7〉 한미 우주협력협정 체결식 (2016.4.27.)

등 국제적 규제에 묶여 우리의 가장 가까운 우방인 동시에 세계 최고의 우주강국인 미국과도 국가 간 협력체제를 구축하지 못했던 것이 사실이다. 이제 우리나라의 괄목할 만한 우주분야의 성장을 미국도 주목하기 시작하였으며 이를 바탕으로 상호간에 호혜적 협력을 하기로 양국 정부 간에 합의를 도출하였다. 그 첫 번째 사업이 달 탐사 사업이 될 것이다. 미국과의 포괄적 우주협력 체결은 우리나라 우주개발이 한 단계 도약하는 기회로 활용되어야 할 것이며, 이를 위한 체계적이고 전략적 접근이 필요하다. 과거와 같이 일방적인 기술의 도입이나 경제적 혜택만을 추구하는 방식으로는 미래지향적인 협력이 되기 어렵다. 서로가 필요로 하는 분야를 파악하고 각자가 자신이 가진 장점을 결합함으로써 양국이 함께 우주로 나아가는 상호 호혜적이면서도 실현가능한 실용적 협력을 추진하여야 할 것이다.

세계의 우주강국은 달과 화성으로 달려가고 있다. 달과 화성이 경제적 전략적 가치를 지니는 날이 오면 또다시 그들만의 리그가 시작될 것이다. 기술보유국 중심의 국제적 규범이 형성될 것이고, 후발국은 새로운 진입장벽 속에서 영원히 우주후진국에 머무르기를 강요받을 것이다. 우리는 과거로부터 배워야 한다. 독자적인 우주개발 역량을 강화해 나가야 하는 한편, 선진국과의 전략적 협력을 통해 국제적 흐름에 동참하여야 한다.

창조경제 · 문화융성
현장에서 길을 묻다

변광섭

| 학력 |
• 청주대학교 국어국문학과 졸업
• 경희대학교 경영대학원 문화예술경영학과 수료

| 경력 및 활동사항 |
• (현)청주시문화산업진흥재단 창조경제팀장
• 건국대학교, 청주대학교 강사
• 2015동아시아문화도시 사무국장
• 청주시문화산업진흥재단 기획부장·비엔날레부장·문화예술부장·문화산업
  부장

| 저서 및 논문 |
• 칼럼집 '다시, 불꽃의 시간' (도서출판 직지,2016)
• 시집 '밥알을 씹으며' (도서출판 직지,2015)
• 칼럼집 '가장 아름다운 날' (도서출판 고요아침,2015)
• 칼럼집 '문화도시, 문화복지 리포트' (도서출판 직지,2013)
• '세종대왕 초정행궁 조성사업' 연구 등

FORUM OH-RAE
Today & Tomorrow

창조경제·문화융성 현장에서 길을 묻다

변광섭
청주시문화산업진흥재단 창조경제팀장

왜 창조경제인가

창조경제라는 단어가 더 이상 낯설지 않게 들린다. 농경사회와 중공업 사회가 지나고 서비스산업이 확대되면서 국가간의 경쟁 패러다임이 창조적, 감성적, 감각적 차별화전략으로 바뀌었다. 이 때문에 개인의 아이디어와 창조적 열정이 자본이 되는 세상, 무형의 가치가 유형의 행위 또는 제품과 만나면서 개인과 조직 발전은 물론이고 도시와 국가의 미래를 견인하는 것이다.

창조경제 창시자인 존 호킨스는 지금이야말로 토지나 자본이 아닌 인간의 아이디어가 경제적 가치창출의 기본이 되는 창조경제의 시대라고 했고, 유엔무역개발회의(UNCTAD)는 창조경제를 예술 문화 기술 거래와 같은 지적자본을 핵심요소로 하면서 재화와 용역의 창조 생산 분배를 아우르는 개념으로 보았다.

일찍이 산업혁명을 이끌면서 경제부흥의 성공가도를 달리던 영국은 산업사회의 폐단과 몰락을 함께 맛보면서 이에 대한 돌파구로 문화산업(Cultural industries)을 시작했다. 공연 디자인 방송 출판 음악 게임 축제 등의 문화 전 장르에 걸친 창조적 아이디어를 자원화하기 시작했다. 또한 방치되있던 산업시설과 도시의 공간들을 접목시켜 창조도시로 특화하는 결실을 맺고 있다. 영국은 창조성과 문화적 가치를 중시하는 정책, 창의성을 중심으로 한 인재양성 시스템, 지역별 특화된 콘텐츠 산업과 도시 활성화 전략으로 창조경제의 핵심정책으로 삼고있다. 글라스고우시는 버려진 담배공장을 음악 디자인 패션 등으로 특화시키면서 유네스코 창조도시로 재생할 수 있었고, 에든버러(축제), 리버풀(음악), 브리스톨(애니메이션) 등 도시마다 차별화된 문화산업을 이끌고 있다.

프랑스는 시각예술 행위예술 문화유산 건축디자인 영화 음악 출판물 교육분야, 문화생활에 이르기까지 폭넓게 문화산업 활동을 전개하고 있다. 샤를 드 골은 앙드레 말로를 문화부장관으로 임명한 것을 비롯하여 조르주 퐁피두, 프랑스와 미테랑, 자크 시라크, 니콜리 사르코지 등 역대 대통령들이 문화정책에 특별한 관심과

정책을 펼친 것은 유명한 사례다. 프랑스는 정부주도의 체계적인 지원시스템 문화의 지방 분산화 문화산업의 장르별 지원프로그램 문화예술인력의 사회보장제도를 통해 문화강국 문화도시의 굳건함을 지킬 수 있었다.

우리의 이웃 중국은 문화창조산업이라는 이름으로 방송 영화 음반 출판 만화 게임 음악 등에 걸친 공격 경영을 통해 문화산업을 선도하기 시작했다. 일본은 게임 애니메이션 만화 방송 등 일본 특유의 콘텐츠 세계화를 펼치고 있다. 이와함께 도시별로 차별화된 문화정책을 통해 지역문화가 자본이 되는 세상을 이끌고 있다. 가나자와(공예, 디자인, 음식), 요코하마(디자인, 생태, 도시재생), 오타르(영화, 음악, 공간재생), 유후인(생태, 공예, 축제), 니가타(음식, 만화, 축제) 등 대부분의 도시가 전통문화와 자연환경, 그리고 시민참여 콘텐츠를 통해 삶이 곧 경제가 되고 행복을 견인하고 있음을 웅변하고 있다.

한국도 창조경제에 올인하고 있다. 박근혜정부의 국정지표가 창조경제 문화융성 국민행복인 것만 봐도 알 수 있듯이 문화 지식 기술 등 융복합 창조콘텐츠와 ICT 산업을 국가발전의 성장동력으로 삼고 있다. 창의적인 아이디어가 세계적인 문화상품 세계적인 문화자원으로 발전할 수 있는 문화생태계를 육성하고 전략적인 지원정책을 추진하고 있는 것이다. 콘텐츠산업진흥법 문화산업진흥기본법에서는 문화상품과 콘텐츠 산업의 기획 개발 제작 생산 유통

마케팅 등을 지원토록 하고 있으며, 지역문화진흥법과 국가균형발전특별법에서는 지역문화 차별화·브랜드화와 지역 특성에 맞는 균형발전과 지역간·콘텐츠간 연계협력을 강조하고 있다.

사정이 이렇다보니 지자체도 창조경제에 발 벗고 나섰다. 지역의 고유한 삶과 멋을 자원화하고, 문화유산과 자연환경을 활용한 콘텐츠 개발에 힘쓰고 있으며, 저마다 차별화된 브랜드 개발과 문화콘텐츠 특성화에 힘쓰고 있다. 콘텐츠코리아랩 창조경제혁신센터가 지역마다 운영 중이고, 축제 관광 ICT 6차산업 등 전방위에 걸쳐 다양한 스토리와 감성 창의력과 혁신을 가미시키고 있다.

※ 지금 우리는 디벨로퍼의 시대에서 크리에이터의 시대, 아티스트의 시대에 살고 있다. 사진 좌측은 프랑스 파리의 퐁피드센터, 우측은 중국 북경의 798지구 모습이다.

새로운 미래의 조건

미래경영학자 다니엘 핑크는 〈새로운 미래가 온다〉라는 책에서 디자인 스토리 조화 공감 놀이 의미 등 6가지의 중요성을 강조했다. 새로운 미래는 기능만으로는 안되기 때문에 디자인으로 승부해야 하고, 단순한 주장만으로는 부족하기 때문에 스토리를 겸비해야 한다는 것이다. 집중만으로는 안되기 때문에 조화를 이루어야 하고, 논리보다는 공감의 가치를 만들어야 하며, 진지한 것도 좋지만 놀이가 필요하다고 했다. 그리고 물질의 축적만으로는 부족하기 때문에 의미를 찾아야 한다고 주장했다.

세계 최대 규모의 장난감 제작회사인 레고는 덴마크 빌룬트라는 작고 조용한 마을의 목공소 주인이 틈틈이 아이들의 놀이기구를 만들면서 시작됐다. 디지털게임이 넘쳐나는 지금 이 순간에도 지구촌 4억 인구가 레고를 즐기고 있는데 그 비결이 무엇일까. 다니엘 핑크의 주장처럼 상상력과 창조력을 높일 수 있는 놀이, 다양한 장르간의 조화와 융합, 호기심을 자극하는 디자인, 감성적인 스토리와 끝없는 혁신의 가치가 조화를 이루고 있기 때문이다.

도시의 경우도 예외가 아니다. 오스트리아 잘츠부르크는 모차르트를 도시 개발의 콘텐츠로 활용하면서 세계문화유산도시의 명성을 얻게 되었다. 기존의 영화 '사운드 오브 뮤직' 촬영지라는 이미지를 업그레이드 시킨 것이다. 이탈리아 베로나에 가면 '줄리에의 집'이 있는데 영국의 문호 셰익스피어가 이탈리아를 여행할 때 베로나에 전해지던 한 여인의 슬픈 전설에서 착상을 얻어 지어낸 연극 '로미오와 줄리엣'을 특화시켜 세계적인 관광자원이 되었다.

미국의 라스베이거스는 어떠한가. 불모지 사막에 오락 유흥의 콘텐츠를 스토리텔링으로 특화시키고 연중 서커스 공연 설치미술 전시회 등 1만여 차례의 문화행사를 통해 도박과 환락의 도시에서 창조도시 콘텐츠도시로 변신했다. 일본 가나자와는 공예 디자인 음식 생태 시민문화 등의 융합 프로그램을 통해 세계적인 창조도시 문화도시의 명성을 얻고 있다.

이처럼 세계의 도시는 거칠고 각다분한 공간에 감성을 입히고, 디자인과 스토리텔링과 조화의 가치를 더하며, 차별화된 콘텐츠와 놀이 프로그램 등을 통해 독자적인 브랜드를 만들고 있다. 낡은 공간에 디자인과 감성, 그리고 스토리텔링을 입히면서 창조도시로 거듭난 사례가 얼마나 많던가. 역사는 엄연하고 우리가 가야할 갈 길 또한 분명함에도 머뭇거리고 있는 것은 아닌지 묻지 않을 수 없다. 세상이 온통 창조경제를 부르짖고 문화융성을 강조한다. 마치 이 속에서 먹고 사는 생존의 문제를 해결하고 미래가치를 찾을 수 있다는 확신이라도 갖는 모양이다. 돈벌이에 혈안이 된 사회가 아니라 삶의 질을 우선시하는 사회라면 당연히 문화에 대한 깊은 성찰과 관심과 참여, 그리고 문화적 창조의 문을 두드려야 하는 것은 자명한 사실이다. 국민소득 3만불 시대를 견인하는 것이 문화이기 때문이다.

※ 디자인, 스토리, 조화, 공감, 놀이, 의미 6가지를 통해 새로운 미래를 꿈꿀 수 있어야 한다.
  사진은 핀란드 핼싱키 아트팩토리(좌측)와 오스트리아 잘츠부르크 풍경

세계의 문화도시·문화재생

지난 가을 일본 니가타에서 한·중·일·불 4개국의 10개 도시가 참여한 도시문화회담이 개최됐다. 한국에서는 청주시와 광주광역시가 참여했고 중국의 시안시와 일본의 니가타·요코하마·가나자와·쓰루오카·동경 도요시마구가 함께했으며 프랑스에서는 파리시와 낭트시가 참여하면서 도시간의 문화브랜드 홍보와 교류 협력의 장을 만들었다. 이 과정에서 나의 시선을 주목하게 한 것은 프랑스 파리의 문화정책과 낭트의 도시재생 사업, 그리고 가나자와의 공예와 음식콘텐츠의 융합 프로그램 요코하마의 예술인과 장애인협력 프로그램이었다.

파리가 문화적으로 특화된 도시임은 세상이 아는 사실이지만 그들만의 차별화된 정책이 있었기에 가능했다. 공간의 가치를 살리

고 예술과 생태의 조화를 추구하면서 아름다움이 넘치는 문화도시로 단장하고 있다. 정부와 지자체 주도의 박물관·미술관 등의 공공시설과 개인들이 운영하는 크고 작은 시설간의 네트워크를 통해 상생의 가치를 펼치고 있다. 시민 중심의 프로그램과 어린이들을 대상으로 한 예술교육 프로그램은 인재양성의 모범사례다. 파리 시내에만 17개의 예술학교가 운영되고 있음이 이를 잘 증명하고 있다. 아티스트의 창작활동 시스템도 체계적이다. 예산 지원에서부터 관리 운영 등의 내용을 매뉴얼로 만들고 지역과 세계가 함께 하는 레지던시를 장려하고 있다. 글로벌시티의 지속가능한 문화행정을 펼치고 있는 것이다.

프랑스 낭트시는 지금 대규모 도시재생사업이 전개 중이다. 방직공장을 활용해 시민과 예술인들이 참여하는 아트팩토리 사업에 박차를 가하고 있다. 또한 세계의 문화도시간 휴먼 네트워크를 구축하고 예술인들의 자율적인 협업프로그램을 적극 장려하며 지원하고 있다. 회화 미디어 설치미술 등 다양한 장르에 걸쳐 진행되고 있으며 도시 곳곳의 공간을 효율적으로 활용하고 있음에 주목해야 한다.

일본 요코하마시는 창조도시 프로젝트를 성공적으로 이끈 사례이다. 오래전부터 요코하마뱅크아트, 요코하마 아까랭가(빨간벽돌 건물) 등의 폐공간 문화재생 프로젝트를 전개하고 있으며 디자인 사업을 통해 도시 이미지를 획기적으로 변화시켰다. 특히 예술인과 장애인들이 함께 문화상품을 만들에 판매하는 협업 프로젝트는 일자리 창출과 문화복지, 지역경제 활성화 등의 다양한 성과로 이어지고 있다. 이름하여 Slow Label 프로젝트인데 요코하마트리엔날레 등을 통해 전 세계로 확산되고 있다. 랑데뷰프로젝트는 민간 기업이 후원하고 예술인들이 참여하면서 문화CSR(기업의 사회적 책무)의 모범사례가 되고 있다.

우리에게도 익히 알려져 있는 가나자와는 역사와 생태 디자인과 공예 음식과 건축의 조화를 통해 문화도시 이미지를 확고하게 구축한 사례다. 옛 방직공장을 시민들의 문화향유의 공간으로 탈바꿈시켰고, 현대미술의 진수를 만날 수 있는 21세기 미술관의 활동도 눈부시다. 전통공예를 체계적으로 교육하고 상품화 하는 것은 물론이고 음식문화 특화 등을 시정부와 시민사회단체, 그리고 시민들의 노력과 열정으로 일구고 있다. 문화는 가진 자의 것이 아니라 향유하는 자의 것이라는 사실을 실천하고 있는 것이다.

한·중·일·불 도시문화회담에 참여하지 않았지만 주목할 만한 도시가 여럿 있다. 이 중 인구 2천여 명에 불과한 일본의 나오시마라는 섬은 오로지 문화의 힘으로 다시 태어난 사례다. 버려진 마을 폐허가 된 구리제련소 등 낡고 헛헛한 공간에 크고 작은 박물관 미술관 갤러리 공공미술 등으로 새로운 옷을 입히고 예술가와 주민들의 협업프로그램을 운영하며 세계적인 국제예술제를 개최하고 있다. 건축가 안도 다다오가 설계한 미술관에서부터 쿠사마야오이의 설치작품 빈집 재생프로젝트 등 항구 마을 언덕을 가리지 않고 곳곳이 살아있는 예술의 숨결로 가득하다. 물론 여기에도 주민과 기업 예술인들의 참여와 협력이 돋보인다.

유후인과 가루이자와도 주목해야 한다. 이 두 고장은 온천 휴양지로 알려진 곳이다. 유후인은 도시와의 접근성이 좋지않은 단점을 장점으로 발전시킨 사례가 될 수 있는데 온천, 음식, 공예, 술 등의 특산품과 계절별 축제를 통해 일본 전역에서 관광객이 몰려온다. 골목골목에 아기자기한 미술관과 갤러리, 잡화점, 카페들이 가득하다. 이곳에는 전통 수공예품에서부터 빵과 과자 전통술과 타코야키 가게에 이르기까지 각양각색이다. 게다가 잘 정돈된 화단 아기자기한 벤치 매력 넘치는 거리의 이정표 등 투어리스트들의 마음을 사기에 충분하다. 가루이자와는 국립공원이 위치한 천혜의 자원과 낡고 오래된 마을의 공간을 문화적으로 특화한 곳이다. 특히 힐링과 치유를 목적으로 한 다양한 프로그램과 고품격 휴양시설 등을 통해 차별화에 성공했다. 그 지역의 특산품을 활용한 음식 문화 숲속의 갤러리 갤러리에서의 결혼과 파티 초콜릿팩토리 온천 문화 등의 콘텐츠를 통해 세계를 유혹하고 있다.

영국 웨일스의 '헤이 온 와이'라는 마을은 내가 꿈꾸던 책마을이다. 폐광촌이었는데 생산이 멈추면서 낡은 공장과 옛 성 버려진 집과 창고 등이 어지럽게 널려 있었다. 1962년 회계사이면서 책방을 운영하던 리처드 부수는 이곳에 세계 최초로 책마을을 만들기 시작했다. 마을 골목이 200m 안팎에 불과한 시골이지만 서점과 출판사 북아트 공방과 북카페 갤러리 등이 입주했다. 봄 여름 가을에는 책마을축제를 통해 연일 문전성시를 이루고 있다. 골목마다 책으로 가득하고, 디자인과 조형물로 책마을 이미지를 연출했으며, 빵굽는 냄새와 진한 커피향과 책읽는 소리와 춤과 노래가 끊이지 않는다. 희귀본이 많다는 소문에 영국은 물론이고 세계 각국의 책 전문가와 투어리스트들이 문지방 닳도록 드나들고 있다. 이에 힘입어 유럽은 100여 개의 책마을이 성업 중이다. 프랑스 비엔의 몽모리옹과 브르타뉴의 베슈렐, 스위스 주네부의 플랭팔레, 독일 브란덴부르크의 뷘스도르프 등 대부분의 책마을은 낡고 오래된 시골 마을에 책방과 공방, 카페와 갤러리 등 다양한 예술 콘텐츠가 조화를 이루면서 농촌의 재생과 차별화에 성공했다.

2016 동아시아문화도시인 중국 저장성의 닝보(寧波)시 사람들은 한 마디로 시대를 읽고 시간을 다룰 줄 알았다. 현실에 안주하거나 부산떨지 않으면서도 역사와 생태와 문화와 문명과 삶의 조화를 통해 그들만의 길을 자박자박 걷고 있었다. 500년 전에 세워진 거대한 도서관 속에서, 폐공간의 문화재생을 통해서, 한 땀 한 땀 장인들의 열정을 통해서, 도심공원 속의 생기발랄한 사람들의 풍경 속에서, 그리고 삶에 스미는 시민들의 삶 속에서 확인할 수 있었다.

중국에서 가장 오래된 개인 장서각(도서관)인 천일각(天一閣)박물관은 40여 동에 달하는 중국 전통의 건축양식과 아름다운 조경이 조화를 이루고 있다. 소장하고 있는 고서(古書)만 30만여 권에 달하며 문화재급의 다양한 유물도 수백여 점에 달한다. 중국을 대표하는 인문학자의 도시, 책의 도시라는 그들의 자부심이 결코 허튼소리가 아님을 확인할 수 있었다. 책을 불태우는 나라 책을 읽지 않는 나라에게 미래는 없다고 했는데, 이들은 지식의 최전선이 신앙이자 삶의 일부였던 것이다.

초고층 호텔 바로 옆에는 폐교를 활용한 문화공간이 고즈넉한 자태를 뽐내고 있다. 개발논리에 밀려 진작에 헐렸을 법도 한데 원형 그대로 보존하면서 박물관 미술관 공연홀 레스토랑 쇼핑몰 등으로 활용되고 있었다. 단정한 정원 군더더기 없는 디자인 밤이면 빛의 공간으로 더욱 빛나고 있었다. 공간이 사라지면 역사도 사라지고 사랑도 사라진다는 것을 이들은 알고 있었던 것이다. 닝보시 내에는 오래된 가옥거리가 있다. 일명 '노가(老家)'라고 부르는데 2km에 달하는 거리에 송나라부터 명·청까지의 고택들이 도열해 있으며 건물마다 먹거리, 살거리, 놀거리로 가득했다. 다양한 생태적 환경이 방문객들을 유혹하고 곳곳에 쉼터와 공공미술을 통한 공간의 가치를 더욱 돋보이게 하니 관광객들로 넘쳐난다. 잘 가꾼 공간 하나로 지역경제를 살리고 일자리를 만들며 도시의 랜드마크가 되고 있음을 확인할 수 있는 곳이다. 시민들의 예술에 대한 사랑과 열정은 또 어떤가. 도시 곳곳에 잘 정돈된 공원이 있고, 공원에는 어김없이 사람들로 북적인다. 우리네 같으면 노인들의 피난처였을 법도 한데 그곳의 사람들은 춤을 추고, 노래를 부르며, 동서고금의 악기를 즐기는 사람들로 가득했다. 시를 읊고, 먹향 가득한 풍경을 즐기며, 숲속을 산책하는 사람들의 풍경 속에는 검박하되 문화를 향유할 줄 아는 자족감이 숨어 있었다. 그러면서 첨단산업과 세계를 항해하는 글로벌 시각은 방문객들을 더욱 놀라게 했다.

도시는 그 속에서 이뤄지는 사람들의 삶과 그들의 꿈에 의해 완성된다. 그리하여 오랜 경험과 그 존재의 가치를 통해 가없이 아름다운 자신들의 멋스러움과 불멸의 향기를 만든다. 변하는 것과 변하지 않는 것에 대한 끝없는 성찰과 진한 사랑만이 도시를 도시답게 만든다.

내가 밟고 있는 이 땅은 공간적 상상력도 문화적 해석력도 없다. 존재의 가치를 찾는 것이 사치일 뿐이다. 당장의 이익에 눈 멀어

※ 예술의 섬 나오시마. 환경오염으로 방치되었던 섬이 기업인·예술인·주민협력을 통해 세계적인 예술의 섬으로 탈바꿈했다.

폐기의 문화만을 양산하고 있다. 그러면서도 문화도시를 외치고 있으며 문화가 답이라고 웅변하고 있으니 말이다.

※ 일본 가루이자와의 친환경 관광지 풍경이다. 생태와 문화의 조화를 통해 고품격 힐링도시로 주목받고 있다.

한국의 문화도시·문화재생의 사례

꽃비가 흩날린다. 따스한 햇살은 대지의 속살을 도톰하게 살찌우고, 연둣빛의 아름다운 잎들은 가지마다 무성하게 토해내고 있다. 소설가 박완서 선생은 변화와 순환의 아름다움 앞에서 "자연이 한 일은 모두 옳았다"고 예찬하지 않았던가. 필자는 봄 길을 따라 전라도 완주의 삼례문화예술촌으로 소풍 다녀왔다. 만경평야에서 생산된 쌀을 일본으로 실어가기 위해 만들었던 철도 역사와 양곡 창고들이 문화공간으로 재탄생한 모습을 엿보고 싶었던 것이다. 삼례문화예술촌은 1920년대 지은 창고 5동과 1970년대 지은 창고

2동으로 구성돼 있다. 2000년대 들어 방치돼 오던 중 최근에 완주군과 예술가들이 힘을 모아 예술촌으로 탈바꿈시켰다. 외관은 그대로 보존하면서 내부는 현대미술과 문화콘텐츠로 채웠다. 오랜 세월 풍화작용으로 함석지붕과 벽체는 낡았고, 건물 곳곳에 '협동생산, 공동판매', '농협창고' 등의 희미한 글씨가 아날로그의 풍경을 노래하고 있다.

성질 급한 사람이라면 낡고 버려진 창고건물을 헐어야겠다면 진작에 아작냈을텐데, 이 동네 사람들은 슬프고 가난했던 아픔을 보듬을 시간도 없었던 것일까. 뒤늦게 이 공간의 쓰임을 고민했고, 세월의 이야기를 그대로 보존하면서 문화공간으로 가꾸자며 대반전의 드라마를 만들기 시작했다. 최근 3년간의 노력을 통해 책박물관, 책공방 북아트센터, 디자인뮤지엄, 미디어아트갤러리, 김상림목공소, 문화카페 등이 들어서면서 문화가 있는 도시재생의 사례로 주목받게 되었다. 흥미로운 것은 이 지역에도 많은 예술인들이 있을 것이고, 공간을 활용하고 싶어 군침을 흘렸을 것인데 대부분의 콘텐츠가 타지에서 활동하던 사람들의 것이다. 책박물관은 강원도 영월에 있던 것이고, 북아트센터는 서울에서 활동하던 사람들이다. 디자인뮤지엄 역시 서울 등 수도권의 상품이며, 미디어아트갤러리도 서울과 광주 등에서 활동하는 사람들이 참여하고 있다. 이곳에서 100m쯤 떨어진 곳에 있는 옛 삼례역사는 막사발미술관으로 꾸몄는데, 이 또한 국내외에서 활동하고 있는 최고의 작가들이 참여하고 있다. 이름하여 생얼미인이다.

통영 '동피랑 벽화마을'은 불과 몇 년 전만 해도 철거 예정지로, 마을 입구조차 찾기 어려웠던 곳이었으나 벽화 하나로 세상에 알려지면서 지금은 관광 명소로 자리 잡았다. 통영의 저소득층이 모여 사는 언덕마을 동피랑에 대한 재개발계획에 대응하여 푸른 통영21과 통영시, 마을주민들이 협력, '동피랑 벽화축제'를 개최하는 등 지역의 가치를 재발견함으로써 도시 재생 및 지역경제 활성화에 성공했다. 7년간에 걸친 벽화운동으로, 철거와 강제 이주에 앞서 문화와 삶이 어우러지는 마을을 만듦으로써 재개발 예정지역을 주거환경 개선지역으로 전환시켜 도시계획 자체를 근본적으로 바꾸는 성과를 거두고 있는 동피랑 마을은 마을기업 '동피랑 협동조합'을 설립해 운영하고 있기도 하다. 마을이 리모델링되고 여기에 이주한 작가들이 지역 주민들의 문화교육과 작품 활동을 이어오면서 방문객이 늘어나 지역경제가 활성화되고 주민들의 생활 여건이 개선된 것은 주민 중심의 지속 가능한 지역개발 사업의 전형을 확산시킬 수 있는 대표적 사례라 하겠다.

서귀포시는 구 도심권이 가지고 있는 역사와 자연 이야기와 예술을 결합한 예술의 길을 조성하여 시민과 관광객이 다시 찾아오게 만들고 구도심을 활성화시킨 성공적인 사례다. 서귀포의 아름다운 자연과 문화시설을 연결하는 탐방프로그램의 개발로 길을 걸으며 예술작품을 만나고 서귀포에서 명작을 남긴 예술가의 삶의 자취를 더듬어 보며 사람을 만나서 이야기하고 즐길 수 있는 예술의 길을 만들었다. 또한 이중섭 거주지 이중섭 박물관 거리공연 벼룩시장 빈집을 활용한 전시관 60년대 폐극장을 활용한 지붕 없는 야외 영화관 운영 등을 통해, 이색적인 문화공간들을 조성해 관광객 증가와 주변 상권 활성화에도 이바지하고 있다.

버려지고 방치되었던 옛 청주연초제조창의 화려한 변신에 세계가 주목하고 있는 것은 아트팩토리라는 시대정신을 담고 있기 때문이다. 공간이 사라지면 역사도 사라지고 사랑도 사라진다는 진리를 만날 수 있는 곳이다. 이른 새벽부터 담배냄새가 코를 찌른다. 하늘 높이 솟은 굴뚝에서 뿜어져 나오는 연기는 주변 마을을 휘돌며 사람들의 가슴속을 파고 든다. 트럭들은 육중한 몸집을 자랑하며 거칠고 야성적인 콘크리트 건물을 빠져나온다. 공장으로 들어가는 사람, 야근을 마치고 집으로 향하는 사람들로 정문 앞 종합안내소는 언제나 인산인해였고 오가는 사람들은 눈웃음을 주고받으며 찰나의 행복을 나누었다.

시간이 흐르면서 소중하고 아름다웠던 담배공장의 이야기도 사람들의 입에 오르내리지 않았다. 오히려 사람들은 담배공장이 애물단지가 되었다며, 공룡같은 공장 때문에 동네 이미지만 나빠졌다며 불만을 쏟아놓기 시작했다. 사람들의 관심과 애정이 식어가면서 어둠과 찬바람만 서늘한 건물과 공터를 지켜야 했다. 햇살과 구름조차 외면하니 습하고 낡은 그곳에는 비둘기똥과 먼지와 거미

줄만 켜켜이 쌓여갔다. 이따금 동네 불량배들이 공장 주변을 어슬 렁거리며 작당모의를 하기도 했다.

동네 사람들도 늙어가고 있었다. 참다못한 사람들은 한 마디씩 토해냈다. 담배공장이 마을을 망쳐났어. 더 이상 이 동네는 희망이 없어. 먹고 살 길이 막막해. 도시의 이미지만 훼손하는 흉물일 뿐 이야. 빨리 떠나던지, 아니면 공장을 철거하고 아파트를 짓거나 쇼 핑타운이 들어서야 해…. 담배공장은 이제 그 누구의 관심을 얻을 수 없었다. 되레 쓰레기를 투척하고 폐자재나 쌓아두는 흉물로 둔 갑했다.

14만㎡의 담배공장은 벼랑끝 기분으로 하루하루를 버텨야 했다. 1946년부터 연간 100억 개비씩 생산하고, 17개국으로 수출하며, 사람들의 사랑을 온 몸으로 받았는데 기억의 저편으로 밀려나고 애물단지가 되었으며 버림받은 생각을 하면 눈물이 쏟아졌다. 아 니, 이제는 눈물조차 사치라며 언제 헐릴지 조마조마한 마음으로 운명의 그 날을 기다려야 했다.

그런데 불 꺼진 담배공장에 사람들이 하나 둘 모여들기 시작했 다. 생각을 바꾸자고 입을 모았다. 영국의 데이트모던, 프랑스의 오르세미술관, 중국의 798지구, 일본의 요코하마뱅크아트, 미국의 첼시지구 등 방치되었던 공간이 세계적인 문화공간으로 재생하지 않았던가. 이를 통해 문화도시·문화복지의 꿈이 현실이 되고 도시 재생의 사례를 만들며 주민들이 새로운 꿈을 빚을 수 있게 되었다고 말했다. 우리도 할 수 있다며 머리를 맞댔다. 거칠고 야성적이고 드넓은 폐공장 건물에 문화의 불을 켜고 예술의 꽃을 피우며 창조의 가치를 담자고 했다. 그리고 마음으로 보듬으면 대한민국을 대표하는 세계 최고의 공간이 될 것이라고 했다.

불 꺼진 담배공장에 사람들이 하나 둘 모여들기 시작했다. 10년 넘도록 방치했던 터라 깨진 유리창 틈으로 보이는 것은 켜켜이 쌓인 비둘기똥과 먼지와 거미줄과 구역질나는 담배냄새 뿐인데 그곳을 바라보는 시선이 예사롭지 않았다. 사람들의 눈은 신비한 보물을 찾은 것처럼 초롱초롱 빛났다.

도심 한 복판에 이처럼 거대한 공장건물이 남아 있다는 것이 기적이라고 했다. 진작에 헐리고 대형 아파트나 쇼핑타운이 들어섰을 것인데 옛 모습 그대로 온전하게 보존돼 있는 것은 운명이라고 입을 모았다. 개발논리에 밀려 근대산업의 유산을 가벼이 여기며 부수고 버리고 방치하기 일쑤였는데, 창조경제와 문화융성의 패러다임에 새로운 이정표를 제시할 수 있는 사례가 될 수 있다면 침을 흘렸다.

사람들은 낡고 방치된 폐공간이 문화의 숲으로, 예술의 바다로 변신시킨 사례가 세계 곳곳에 많다며 법고창신을 강조하기 시작했다. 화력발전소를 문화공간으로 탈바꿈시킨 영국의 데이트모던, 기차역을 세계적인 미술관으로 탄생시킨 프랑스의 오르세미술관, 군수기지공장을 아시아 최고의 미술시장으로 변모시킨 중국 798

지구, 옛 항만시설을 예술인들의 창작공간으로 선보인 일본의 요코하마뱅크아트, 조선소 공장을 문화예술 쇼핑타운으로 발전시킨 캐나다 그랜빌아일랜드 등의 사례가 입에 오르내리기 시작했다.

그렇지만 다른 한 편에서는 꿈같은 얘기라며, 한국 실정에 맞지 않다며 에둘러 평가절하하거나 비아냥거리기도 했다. 당장이라도 철거하고 아파트를 짓든지, 대형 쇼핑몰을 유치하던지 해야지 꿈만 꾸면 되겠느냐며 핏대를 세우기도 했다. 실제로 국내에서도 버려진 공장건물을 문화공간으로 재생하는 아트팩토리 사업을 정부와 지자체가 나섰지만 이렇다 할 성과는 얻지 못했다.

대립과 갈등은 그리 오래 가지 않았다. 이곳에서 영화와 드라마를 촬영하면서 하나 둘 알려지기 시작했고, 2011청주국제공예비엔날레를 통해 세상 사람들의 주목을 받았기 때문이다. 드라마나 영화를 촬영하는 것은 공간의 특성을 살릴 수 있기 때문에 그렇다 치더라도 흉물스런 건물에서 국제행사를 개최하는 것은 부질없는 짓이라며 우려의 목소리도 있었지만 결과는 대만족이었다.

거칠고 높고 넓고 야성적인 공간에 작고 섬세하며 아름다운 예술작품의 조화가 돋보였다. 세계 그 어디를 가도 이런 공간은 찾을 수 없다고 했다. 특히 해외에서 온 작가나 문화기획자들은 대한민국 청주에서 새로운 문화혁명이 시작될 것이라고 했다. 이어령 전 문화부장관도 "바다가 없는 청주에 문화의 바다를 만들라"며 외쳤고, 시인 도종환은 "먼지조차 버리지 말라, 이곳은 숨 죽이고 있는 모든 것들이 예술"이라고 노래했으며, 뉴욕 퀸즈미술관 장은 "드넓은 건물 그 자체가 생얼미인"이라며 칭송을 아끼지 않았다.

우리는 쇠락한 건물에 문화의 옷을 입히는데 그치지 않았다. 공예와 공예 밖의 다양한 문화양식들이 통섭 및 융합하면서 새로운 에너지를 발산했다. 건축, 디자인, 패션, 미술 등의 다양한 장르에서 공예정신을 찾고자 했다. 눈으로만 보는데 그치지 않고 직접 만지고 소장하며 일상을 아름답게 가꿀 수 있도록 하기 위해 대규모 페어관도 운영했다. 릴레이 명사특강, 가을의 노래 시인의 노래, 공예체험에서부터 춤과 노래와 퍼포먼스 등이 건물 안팎에서 펼쳐졌다. 무엇보다도 어린이도서관, 시민도슨트, 시민홈스테이, 시민 자원봉사 등 5천여명의 시민사회가 함께 어깨를 맞댔으니 청주만의 독창적인 비엔날레가 만들어진 것이다.

불 꺼진 담배공장에 문화의 불을 켰다는 사실에 정부도 정책의 방향을 급선회하기 시작했다. 1천3백여 개의 대한민국 지역발전 사업 중 최우수 사례로, 대한민국 최우수 공공건축대상으로, 전국 문화재단 지식공유포럼 사례발표 1등으로 선정되었다. 창조산업과 문화융성의 새로운 가치를 만들었다고 평가한 것이다. 시민사회도 하나가 돼 이곳에서 꿈을 펼치고 미래를 담자며 합창하기 시작했다. 버려진 담배공장이 맑고 향기로운 청주정신으로 새롭게 태어난 것이다. 가슴 떨리는 역사적인 무대의 중심에 시민이 있었던 것이다.

2013·2015공예비엔날레를 이곳에서 개최하면서 내적 충실과 글로벌 네트워크를 만들었고, 정부의 도시재생 선도지구로 선정되면서 화려한 변신을 꿈꾸고 있다. 국립현대미술관 청주관이 확정되었고, 공예클러스터가 조성중이며, 시민예술촌과 문화산업단지를 통해 불꺼진 담배공장에 문화의 불을 활짝 켜게 된 것이다.

※ 농협창고건물을 문화공간으로 탈바꿈시킨 삼례예술촌. 목공예, 책방, 미디어아트, 디자인, 카페 등이 건물마다 입주하면서 문화의 향기로 가득해졌다.

※ 거칠고 야성적인 옛 청주연초제조창(담배공장)이 세계적인 문화공간으로 주목받고 있다. 더 이상 담배는 생산되지 않지만 문화를 생산하고 예술의 꽃을 피우는 곳이 되었다.

우리에게 내일이 있으려면?

국민소득 3만 불 시대를 견인하는 것이 문화임은 자명한 사실이다. 도시재생, 복지, 교육, 일자리 창출 등 모든 것은 문화로 시작해서 문화로 꽃을 피우며 문화로 결실을 맺는다. 문제는 경쟁력 있고 차별화된 콘텐츠를 만들고 지속가능한 환경을 만드는 일이다. 일회성, 이벤트성 사업과 관주도의 행정으로는 이러한 결실을 맛볼 수 없다.

크리에이터 이어령 선생은 "가장 작은 것에서 가장 위대한 문화가 만들어진다"고 했다. 이와함께 "진선미(眞善美)의 상호작용을 통해 새로운 문화를 만들고 예술세계를 이끌며 문명의 가치를 확장해야 한다. 진정한 삶과 문화는 진선미를 통해 완성된다"고 했다. 참되고 착한, 아름답고 고귀한 세상을 만들어 나가자고 웅변한 것이다.

비슷한 표현이겠지만 신영복 선생은 "아름다움은 곧 앎이다. 오래되고 친숙한 것이 아름답다"는 말을 했다. 우리 고유의 삶과 멋이라는 문화적 자부심과 주체성을 갖자는 것이 아닐까. 프랑스 철학자 데카르트는 "나는 생각한다. 고로 존재한다"고 했는데, 유연한 사고와 창조의 가치와 실천을 통해 자기완성을 이룬다는 것이다. 세상에서 가장 작은 도구인 젓가락을 통해 확인했듯이 문인들의 인장과 장서표 속에도 새로운 가능성의 확장과 창조의 내음이

끼쳐온다. 우리 동네에도 세상을 흔들만한 작은 아이콘이 있는지 주위를 두리번거려야겠다.

※ 중국 닝보시의 폐공간 문화재생과 500년 전의 사설 도서관 천일각의 풍경. 공간은 역사를 낳고 사랑을 낳는다는 진리를 깨닫게 한다.

정신문화 선진화를 통한 국격(國格)의 확립

김용하

| 학력 |
- 성균관대학교 경제학과 학사 · 석사 · 박사

| 경력 및 활동사항 |
- 순천향대학교 IT금융경영학과 교수 (현)
- 사회보장위원회 위원 (현)
- 국민경제자문회의 위원 (현)
- 순천향대학교 글로벌경영대학 학장 (전)
- 한국보건사회연구원 원장 (전)
- 한국연금학회 회장 (전)
- 한국재정정책학회 회장 (전)
- 한국개발연구원 (KDI) 주임연구원

| 저서 및 논문 |
- 사회보험론, 문영사 (2008)
- 리스크와 보험, 문영사 (2014)
- 저성장시대의 경제정의와 복지정책, 이미지북 (2015)
- 희망복지포트폴리오, 이미지북 (2010)
- 한국경제의 지속성장을 위한 제언(국민경제자문회의 공저, 2015)
- 인구전략과 국가미래(한국보건사회연구원 편저, 2012)

FORUM OH-RAE
Today & Tomorrow

정신문화 선진화를 통한 국격(國格)의 확립

김용하

순천향대 IT금융경영학과 교수

기본방향

한국은 외형적인 높은 편의성과 효율성의 이면에, 내적인 불안 정서에 따른 시스템 스트레스가 누적되고 있어 국민 대다수가 힘들고 불안하다고 한다. 한병철 베를린예술대 교수는 이러한 우리 모습을 '피로 사회'라고 표현하기도 한다. 효율적인 경쟁과 유인 시스템의 이면에 국민은 그리 행복하지 않은 상황이 된 것이다. 한국의 우월한 성장 프레임은 끊임없는 고도성장이 전제되지 않으면 부작용이 더욱 크게 나타날 수 있다는 점에서 근본적인 보완이 필요하다. 지난 몇 년 동안의 복지 담론도 이러한 맥락에서 분출된 것이다. 하지만 우리는 이를 단순히 복지 예산 확대로 땜질 처방만 한 것은 아닌지 돌아볼 필요가 있다. 지금 삐걱거리고 있는 경제사회 전반의 문제에 대해서 대증요법으로만 대응할 일이 아니다. 오늘의 대한민국이 있게 해준 성장 프레임을 어떻게 이노베이션할 것인지 고민해야 할 시점이다.

정신문화의 선진화는 경제적 선진화에 부응하지 못하는 정신문화적 지체를 극복하는 과정을 의미한다. 이때 지체되고 있는 정신문화는 현재 사회의 질서와 규범 즉 생활양식이라고 할 수 있다. Dennis Gabor는 그의 저서 '성숙사회 (The Mature Society)'에서 물질만능주의를 배격하고 오직 양적인 확대만을 추구하는 경제성장이나 그에 의존하는 대량소비사회 대신 높은 수준의 물질문명과 공존하면서도, 정신적인 풍요와 생활의 질적 향상을 최우선시하는 평화롭고 자유로운 사회를 대안으로 제시한 바 있다. 이 글에서는 저성장시대에 국민행복을 높이기 위한 새로운 패러다임으로서 경제와 정신문화 융합 선진화 방안을 제시하고자 한다. 미래 한국의 새로운 패러다임의 비전은 함께 잘 사는 성숙한 사회로 하고, 이를 위하여 정신 측면에서 도덕적이고(Morality), 사람과 사람이 서로 공감하며(Sympathy), 경제적으로는 절제하여(Moderation), 풍요로운 문화(Culture) 사회를 만들어 가는 것이다. 도덕사회는 청렴

결백하고 공공질서를 준수하고 공평무사하여 궁극적으로 홍인인
간을 추구하는 사회이다. 공감사회는 사회참여를 통하여 소외를
극복하고, 노사 간 협력과 지역 간 통합을 통하여 갈등비용을 최소
화하고 남북한 화해와 평화를 이룩하는 사회이다. 경제적으로는
개개인은 근면절약하고, 생활에 있어서 허례허식 없는 실사구시를
생활화하며 경세치용으로 안정적인 물질적 기반을 유지하여 모든
국민이 저마다의 할 일을 하면서 절제 속에 안정된 사회를 만드는
것이다. 풍요로운 문화사회는 자아발견과 성찰을 통하여 저마다의
소질을 개발하고 여유로움 속에서 상호 지식과 정보가 교류되고
이에 기초하여 풍성한 문화를 창달하여 모든 사람이 평안한 해동
성국을 만드는 것이 착한 선진화의 방향이다.

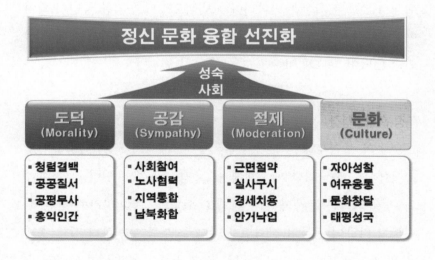

도덕 중시 사회 구축

도덕의 재무장

최근 아동학대나 부모유기 등의 현상에서 볼 수 있듯이 가족의 붕괴 현상을 보다 심각하게 인식할 필요가 있다. 물질만능의 쾌락주의, 수단과 방법을 가리지 않는 결과주의, 사회지도층의 도덕성 실종, 흉악 범죄 증가 등 인명경시 풍조가 확산되고 있다. 이는 인성의 부재와 도덕 실종, 가치관의 전도에 따른 것으로 도덕성 회복 운동이 절실함을 보여주고 있다. 한국사회가 참으로 선진화되기 위해서는 물질적인 풍족한 자본주의를 넘어서 윤리 도적적으로 우월한 자본주의로 만들어 가야 한다. 존경받는 선진국 국민이 되기 위해서는 돈과 재산뿐 만아니라 도덕적으로도 우월한 국민이 되어야 한다. 다시 말하면 대한민국의 국격을 높이기 위해서는 대한 국민의 도덕이 바르게 서야 한다.

부정부패의 척결

한국의 부정부패인식도는 매우 낮다. 세계경제포럼 2015년 보고서에서도 한국의 부패문제에 낮은 점수를 주고 있다. 부정부패의 척결 없이는 국가의 기강을 세울 수 없다. 우리나라는 다른 선진국에 비하여 정부의 신뢰도가 낮다. 정부를 불신하니 정부 정책을 믿고 따르지 않게 되고 따라서 정부 정책의 효과성이 떨어질 수

밖에 없다. 이렇게 정부의 신뢰가 낮은 근간에는 공직사회에 부정부패가 일소되고 있지 않기 때문이다. 최근 몇 년간 발생한 방산비리, 핵발전소 부품 비리 등 절대로 있어서는 안 되는 곳에서 까지 부정과 비리가 만연했다. 공직자 비리를 막기 위한 소위 김영란법이 제정되었지만 제대로 시행되고 엄정히 집행되는 것이 중요하다. 갑을 관계도 청산되어야 할 사회적 과제이다. 공무원과 국민, 대기업과 중소기업, 사용자와 종업원 등 명시적이든 비명시적이든 계약관계상의 갑과 을의 관계는 약자의 보호 차원에서 시정되어야 하지만 상대적인 문제이기 때문에 해결이 쉽지 않다. 무엇보다도 과거 삼강(三綱)과 같은 수직적 신분관계에 기초한 전통적인 윤리관을 현실에 맞게 재해석하고 역지사지(易地思之)하는 사회의식이 고양되어야 한다.

기초질서의 준수

우리나라 법질서 준수 수준은 OECD 34개 국가 가운데 25위를 차지하고 있을 만큼 매우 낮은 수준을 기록하고 있다. 기초질서란 서로가 지켜야 할 최소한의 덕목이자 사람이 지켜야할 사회규칙으로 교통법규 준수, 공중도덕 등 초등학생 수준이면 잘 알고 있는 것이다. 그렇지만 우리나라는' 빨리 빨리' 문화와 '과정보다는 성과를 중시하는' 문화로 인하여 질서 지키기는 후순위에 밀려 있었다. 쓰레기 함부로 버리지 않기, 새치기하지 않기, 공중예절 잘 지키기, 교통신호 지키기 등 마음만 먹으면 쉽게 지킬 수 있는 것이지만 지켜지지 않고 있다. 기초질서 지키기는 다른 사람을 위한 배려이자 안전한 삶을 살 수 있는 기본지침이다. 기초질서 지키기는 소위 '깨진 유리창의 법칙' 측면에서도 중요성을 엿볼 수 있다. 깨진 유리창은 처음에는 사소해 보이지만 이를 방치해두면 다른 사람들에겐 '아무도 관심을 갖지 않는다. 당신 마음대로 해도 좋다'는 메시지로 받아들여지게 되고 결국 치명적인 결과를 초래할 수 있다. 교통사고 대국의 오명도 따지고 보면 바로 최소한 지켜야할 교통질서를 잘 지키지 않는 것에 기인한다. 특히, 음주운전이나 무단횡단 그리고 난폭운전과 보복운전 등 물질적 수준은 마이카 시대에 이르고 있지만 자동차 문화 수준은 선진국 수준에 이르지 못하고 있다. 우리나라도 경제대국에 걸맞은 위상과 국격을 갖추려면 스스로부터 실천해 기초질서 준수를 생활화해야 한다.

저비용·고효율의 복지 인프라로 공감사회 구축

새로운 '경쟁 프레임'의 설정

높은 수준의 물질문명과 공존하면서도 정신적인 풍요와 생활의 질적 향상을 최우선시하는 평화롭고 자유로운 사회를 만들기 위해서는 어떻게 해야 할 것인가? 무엇보다도 착한 선진화를 위한 복지

인프라가 구축되어야 한다. 지난 60년간의 발전과정에서 '개천에서 용이 나오게 하는 정책'은 한계에 도달했다. 이제 '개천에 사는 미꾸라지도 행복한 사회'를 만들어야 한다. 상위계층 20%가 물질적 풍요의 80%를 점유하는 '2:8 법칙'은 반드시 바뀌어야 한다. 전방위적, 만인에 대한 만인이 투쟁하는 정글국가로는 선진화하는 데에 한계가 있다. 그렇지만 자유시장경제의 기본 원칙인 경쟁적 성과주의 역시 중요하기 때문에 상생의 조화 방안이 필요하다. 경쟁 지향적인 계층은 리더십과 희생으로 국가발전을 선도하고, 경쟁 중립적인 중간계층은 국가의 중추로서 땀과 노력을 요구하되 희생에 상응하는 정당한 보상을 받을 수 있고, 경쟁이 어려운 계층은 국가의 적극적인 보호를 통하여 최소한의 인간다운 삶을 보장받는 사회를 추구해야 한다. 이를 위해서는 불확실한 위험으로 부터 국민을 보호하는 보장 시스템, 기회의 균등과 기여와 희생에 상응한 공정한 배분 시스템, 다양한 갈등 해결 시스템과 함께 발산 에너지를 융합하는 시스템을 균형 있게 구성해 나가야 한다. 착한 선진화의 기반이 되는 복지인프라는 '함께 잘 사는 사회'를 지속 가능하도록 구현하는 것이다.

지속가능한 적정 '복지 인프라' 구현

자유시장 경제 하에서 불가피하게 발생할 수 있는 과도한 차별과 불평등을 완화할 수 있도록 경제주체들이 참여하는 경제 발전과 복지향상을 동시에 추구해야 한다. 인구 고령화, 저성장 등 경제사회적 변동요인에 대하여 능동적으로 유연하게 대응할 수 있는, 국민이 하나가 될 수 있는 공동체적 사회 인프라를 구축하고, 빈곤·실업·질병·재해·장애·노령·사망 등 각종의 사회적 위험으로부터 모든 국민의 인간다운 삶의 질을 보장하는 사회를 만들어야 한다. 이를 위해서는 첫째, 빈곤·실업·질병·재해·장애·노령 등 사회적 위험에 효율적으로 대처할 수 있는 '사회안전망'을 완성하여 사회통합을 달성해야 한다. 둘째, 생애 주기적으로 평생 건강하고 안정된 생활을 보장하며, 다양한 복지서비스가 통합 관리될 수 있도록 노동·보건·복지의 통합적 시스템을 구축한다. 셋째, 사회보장 시스템이 사회 경제적 자원을 효율적이고 공평하게 배분할 수 있도록 설계하여 복지가 고용창출 및 성장에 기여할 수 있도록 정립한다. 넷째, '제도간 연계', '정보화', '경쟁과 책임경영' 시스템의 도입으로 수요자 중심의 통합적인 서비스를 제공하여 제도의 효율성을 극대화한다. 다섯째, 사회보장 시스템이 약화되는 가족기능을 보완할 수 있도록 정부-국민, 근로자-사용자, 중앙-지방 간에 신뢰와 협력체계를 구축한다.

또한 선별적, 제한적 복지개념에서 벗어나 맞춤형 종합적 복지체계를 구축해야 한다. 공공부조제도가 아닌 사회보험제도를 사회보장제도의 중심축으로 만들어 공공부조제도를 사회보험제도의 보완적 제도로 재정립하는 것이 좋다. 사후적·치료적 복지제도에서 빈곤 예방적 복지제도로 전환해야 한다. 각종의 사회적 위험에 대하여 1차적 보장 개념인 최저보장 수준과 2차적 보장 개념인 적정보장 수준을 이원화하여 다층적인 보장 시스템을 만들어야 한다. 나아가 단순한 현금급여의 제공보다는 스스로 자립할 수 있는 서비스를 우선적으로 제공하되, 노동이 단순히 복지급여를 절약하는 수단이 아닌 삶의 보람을 증대시킬 수 있도록 해야 한다. 사회적 급여가 시설이나 기관 중심으로 제공되는 것을 지양하고 개인에게 직접 제공함으로써 개인이 자유롭게 개인에게 필요한 서비스를 선택할 수 있게 한다. 시장에서 제공되는 서비스의 질과 양을 다양화하여 고용창출 및 생산성 향상을 유발할 수 있도록 효율화하고 경쟁력을 높여야 한다.

절제사회의 구축

사교육비 축소

현재 한국은 인구당 대학수가 세계 1위인 국가이다. 그리고 청소년인구에서 대학생이 차지하는 비중도 OECD 회원국 가운데 1위이다. 청소년의 대학진학 비율은 해마다 감소해 2013년 70%대 초반으로 내려서기는 했으나, 미국 64%, 일본 48%, 독일 36%에 비하면 아직도 높다. 대학진학률 보다 심각한 것은 대학에 가기 위한 사교육비 부담이다. 한국의 교육비 민간부담 비율은 OECD 0.9% 보다 높은 2.8%이다. 학력이 낮으면 성공할 수 없다는 고정관념 때문에 교육비 지출이 많다. 교육부와 통계청은 2015년 한국의 사교육비를 18조2,000억원으로 추정하고 있다. 대학진학 중심의 교육 풍조의 이면에는 학력 간 임금격차 문제가 존재한다. KDI는 일자리 간 임금 격차 확대를 청년층 취업 저해 요인으로 꼽고 있다. 따라서 과다한 사교육비로 나타나는 높은 교육열은 근본적으로 학력 간 임금격차를 적절한 수준으로 조정할 때 완화될 수 있다.

허례허식 척결

한국의 막대한 결혼 비용 부담은 결혼을 미루는 결과를 가져오고 궁극적으로는 결혼기피 현상까지 나타나고 있다. 결혼비용은 상당부분은 전세보증금을 마련하는데 필요하지만 그 외의 비용도 만만치 않게 크다는 것이 문제이다. 과다한 혼수는 비용도 많이 들지만 집안 간에 반목과 불화를 일으키기도 하기 때문에 절제되어야 한다. 장례문화도 더 빠르게 개선될 필요가 있다. 화장 비율은 1954년 3.6%, 1991년 17.8%, 2000년 33.7%에서 2014년에는 78.8%로 크게 높아지고 있지만 일본 99%, 타이 90%와 비교한다면 여전히 낮은 수준이다. 매장 묘지가 줄지 않는 가장 큰 이유는 전통적인 유교 사상과 풍수지리 사상에 의해 명당과 길지를 선호하는 오랜 관습 때문으로 풀이된다. 관혼상제 문화와 관련하여 문제되는 것은 지나친 부조문화이다. 부조문화는 상부상조의 전통에 기원하는 것으로 어느 정도의 부조는 미풍양속으로 볼 수도 있지만 과도한 부조는 쌍방 모두에게 부담이 될 수 있다. 더욱이 부조는 부정부패와 연결될 수 있는 만큼 지양되어야 한다.

음식쓰레기 및 과음 과식의 지양

잘못 버려지는 음식물 쓰레기는 처리과정에서 막대한 환경오염과 연간 20조원 이상의 경제적 손실을 끼친다고 한다. 따라서 전 국민이 음식물쓰레기 20% 줄이면 연간 1,600억원의 쓰레기 처리비용이 줄고 에너지 절약 등으로 5조원에 달하는 경제적 이익이 발생한다고 한다. 필요 이상의 음식물 과다 섭취도 문제이다. 글로벌 컨설팅업체 맥킨지에 따르면 비만은 전 세계 사망원인의 5%를 차지하며 전쟁, 테러, 담배와 비슷한 연간 2조 달러의 사회적 비용을 초래한다. 국민건강보험공단의 검진 자료 1억900만여 건을 분석한 결과에 따르면 한국의 비만인구는 2002년 29%에서 2013년 31.5%로 증가하였다. 비만과 관련된 5대 질병(뇌졸중·고혈압·심장병·당뇨병·이상지혈증) 치료비용도 2002년 8,000억원에서 2013년 3조7,000억원으로 4.5배 늘었다. 현재 추세가 계속되면 2025년에는 이들 질환 치료비용이 7조원에 이를 것으로 보인다. 비만과의 싸움은 쉽지 않지만 개인과 사회의 건강한 발전을 위해서는 체계적인 노력이 필요하다.

풍요로운 문화사회 창달

일과 삶의 균형 회복

경제적 성장이 지체되고 있는 현재의 물질적 수준에서도 더 높은 행복은 가능하다. 행복의 증진은 인간다운 생활을 하기에 필요한 최소한의 경제적 수요를 충족하고, 기대하는 목표 행복 수준을 낮추며, 행복하게 사는 방법을 수정하여 비물질적 비경제적인 새로운 행복 요소를 추가하면 가능하다. 저성장시대에 나타나는 '근로시간의 감소'나 '시간적 여유'에 불안해하기보다 자기 성찰과 여가의 활용을 위한 기회로 바꾼다면 새로운 창의의 원천으로 활용할 수 있다. 하우징아는 "놀이라는 말은 단순히 논다는 말이 아니라, 정신적인 창조 활동을 가리킨다"고 했다. 풍부한 상상의 세계에서 다양한 창조 활동을 전개하는 음악, 미술, 무용, 연극, 스포츠, 문학 등이 여기에 포함된다. 한국에서는 김정운 교수가 놀이 문화의 중요성을 강조해서 주목을 받고 있다. 이러한 건전한 놀이문화의 발전은 직접적으로는 문화서비스 산업의 발전으로 연결되고 문화산업 일자리의 증가로 이어질 수 있다. 지금은 문화산업의 일자리 종사자의 상당수가 저소득으로 생활의 어려움을 겪고 있지만

대중적인 높은 수준의 놀이 문화가 정상적으로 발전한다면 문화산
업으로의 소득 흐름이 양적으로 많아질 것이고 이는 문화산업 일
자리의 양과 질을 높이는 방향으로 나아갈 수 있다. 유럽 선진국과
한국의 서비스산업의 비중이 비슷하지만 한국의 서비스산업은 음
식 숙박 도소매업의 비중이 높은 반면 유럽선진국의 경우 문화서
비스의 비중이 상대적으로 높음을 주목할 필요가 있다.

개천에 사는 미꾸라지도 행복한 사회

인류 사회 전체가 고도성장하면서 고용과 분배가 개선되고 환경
문제도 제어할 수 있는 새로운 혁신적 모멘텀을 만들기 이전에는
장기적인 위기관리 시스템의 가동이 불가피하고, 이를 위한 성장
패러다임의 대전환이 필요하다. 먼저, 경제사회 전반을 저비용 고
효율 시스템으로 바꿔나가야 한다. 대기업, 수출 중심의 성장구조
는 유지하되 노동시장의 2중 구조에서 파생되는 비정규직에 대한
불합리한 차별 시정 등을 통해 성장에서 분배로 이어지는 환류 시
스템을 개선할 필요가 있다. 많이 먹고 다이어트하기 위해 돈 써
가면서 땀 흘리는 것보다 적절히 먹고 적절히 운동하는 것이 더 효
율적일 뿐만 아니라 건강에도 더 좋듯이, 과도 생산 과도 소비가
아닌, 저 생산에 걸맞은 저 소비 경제 프레임으로의 전환이 필요하
다. 복지도 저비용, 고효율적인 구조로 바꾸어야 한다. 우리나라의
경우 복지에 대한 지출이 많지도 않지만 그나마도 효율적이지 못

하다. 또한 국민도 고도성장에 익숙해져 있는 사고방식과 습관을 바꾸어야 한다. 물질 만능의 소비를 통한 만족 추구보다는 정신적 내면적 행복을 추구하는 절제된, 문화적으로 풍요로운 사회로 전환해야 한다. 일등을 못하면 이등도 자살하는 지나친 경쟁 시스템 내에서는 일등도 안심할 수 없는 사회가 되기 때문에 모두가 불안할 수밖에 없다. 더 좋은 직장과 더 나은 소득을 향한 끊임없는 추구는 세계적인 저성장 국면에서 모두에게 불행만을 제공할 뿐이다. 타인과의 비교와 경쟁에서 이기는 것만 중요한 것이 아니라 국민 각자가 좋아하는 일을 자신의 능력에 맞게 하면서 잘 살아가는 것이 '안거낙업(安居樂業)'이고 우리가 지향해야 할 사회 모습이라고 생각한다. 즉, '개천에서 용이 나오게 하는' 정책은 한계에 도달했다. 이제 '개천에 사는 미꾸라지도 행복한 사회'를 만들어 나가야 한다.

에너지 안보와
중장기 에너지 정책방향

박상덕

| 학력 |
• 美 University of Michigan 석, 박사
• 서울대학교 공과대학 학사

| 경력 및 활동사항 |
• 산업통상자원 R&D전략기획단 에너지 MD
• 대한전기협회 전무
• 한국전력공사 전력연구원 원장
• 국제 전력연구협의회 의장
• 에너지 신산업 기술확산전략 포럼 공동위원장
• 전력산업 기술기준 정책위원/분과위원
• 산자부 신재생에너지협의회 위원
• 전력IT 표준화포럼 부위원장
• 전기학회 부회장/이사

FORUM OH-RAE
Today & Tomorrow

에너지 안보와 중장기 에너지 정책방향

박상덕

(전)산업통상자원부 R&D 전략기획단 에너지MD

에너지 소비 조망

세계 에너지 소비 예측

전 세계적으로 에너지 소비는 꾸준히 증가할 것으로 예측되고 있다. 선진국의 에너지 소비는 소폭 증가하거나 감소할 것이지만 저개발국이나 개발도상국은 인구증가 경제발전 문화생활수준향상 도시화에 따라 에너지 소비가 증가될 것으로 예상된다. 에너지 공급 측면에서 보면 신재생에너지와 가스의 소비가 증가할 것이며 석탄과 원자력의 비중은 지금 수준을 유지할 것이다. 에너지 소비

측면에서 보면 사용하기 편리한 전력에 대한 수요가 꾸준히 늘어 날 것이다.

국내 현황 및 전망

제2차 에너지기본계획에 의하면 우리나라도 에너지 소비가 계속 증가하여 2035년에 254.1 Mtoe (Million ton of oil equivalent) 가 될 것으로 예측되어 이중 13.3%를 감축하는 것을 목표로 삼았고, 파리협약에서는 2030년 탄소배출전망치의 37% (국내분 25.7%)를 감축하는 목표를 제시했다. 우리나라는 세계 8위 에너지 소비 국가이며 96%의 에너지를 수입(석유 수입 5위, 석탄 수입 4위, 액화천연가스 수입 4위)하는 실정이기에 결코 만만한 목표가 아니다. 더구나 이웃과 연결된 에너지망의 부재로 우리나라는 에너지 측면에서 모든 것을 자급자족해야만 하는 섬나라인 일본이나 대만과 같은 형편이기에 에너지 정책이 강조될 수밖에 없는 나라이다.

에너지관련 정책 이슈

에너지-식량-물의 연계

우리 인류가 직면하고 있는 문제는 기후변화 인구증가 도시화 등으로 발생되는 에너지, 물, 식량의 부족이다. John Beddington 은 2030년을 내다보는 시나리오에서 2009년 대비 에너지는 50%, 물은 30%, 식량은 50% 수요가 증가하기 때문에 적절한 대책을 마련하지 않으면 2030년쯤에는 되 돌이킬 수 없는 재앙을 만날 것이라고 경고하고 있다.

에너지, 식량, 물은 그동안 별개로 관리해왔으나 세 가지는 매우 밀접하게 서로 연계되어있기에 상호 연관성을 고려하면서 종합적인 시각으로 대처 방안을 내놓아야 한다. 자원을 개발하거나 발전소 운전 등의 에너지 생산에는 물이 필수적으로 사용된다. 거꾸로 담수화 장치에 에너지를 투입하면 물을 생산할 수 있으며 폐수처리에도 에너지가 필요하다. 식량 생산시 양수 농기계 등의 운용에 에너지와 물이 필요하며 반대로 식량자원으로부터 바이오에너지를 얻을 수 있다. 이와 같이 에너지, 식량, 물은 서로 연관되어 있기에 정책을 마련할 때도 이를 고려해야 한다.

에너지의 이용으로 기후변화가 초래되어 물과 식량에 영향을 미치고 있지만 다행히 세 가지 중에서 에너지만 확보된다면 다른 것들의 생산을 촉진할 수 있다. 이미 해수담수화를 통하여 에너지로 먹는 물을 만들어 내고 있으며 식량도 현재는 태양에너지를 이용한 자연광합성으로 생산하고 있지만 온실재배나 수경재배와 같은 경우에는 자연 에너지 외에 별도의 인공에너지를 투입하고 있다. 또한 자연광합성을 모방하는 인공광합성연구도 진행되고 있기에 에너지로 식량을 직접 생산할 날도 다가올 것이다.

에너지와 식량 및 물을 연결하는 방법으로 주목 받는 기술로는 식물공장(수직농장)이 있다. 식물공장은 밀폐된 시설 내에서 농작물을 기르는 방법으로 농업용수는 완전 재사용하고 시설운영에 필요한 에너지는 외부로부터 들어오는 재생에너지 및 생산된 농작물의 바이오매스를 사용하기에 에너지-식량-물의 연계를 잘 보여주는 예이다. 경제성 측면에서 보면 우리나라와 같이 자연환경이 좋은 경우에는 특용작물 재배가 경제성이 있고 중동과 같은 사막지역이나 기후변화에 의하여 사막화가 진행되는 지역에서는 일반 농작물 생산에도 적합한 방법이다.

최근에 문제가 되고 있는 미세먼지도 경제성이 있는 에너지만 충분하다면 말끔하게 분해할 수 있는 기술은 이미 확보되어 있다. 단지 이산화탄소 배출에 의한 대기 온도 상승은 아직 완벽한 대처방법이 없지만 신재생에너지와 원자력 등 저탄소 발전원의 확충과 효율향상 및 에너지절약으로 대처해 나가면 해결될 것이다.

국제적 온실가스 감축 노력

2015년 말 파리에서 열린 유엔기후변화협약 당사국총회(COP21)에서 195개국이 체결한 협약을 기점으로 2020년부터 적용되는 신기후체제가 탄생했다. 신기후체제의 골자는 산업화 이전 대비 지구 평균기온 상승을 섭씨 1.5도 이하로 제한하기 위한 노력에 동참하기 위하여 5년마다 각국이 자발적으로 상향된 목표를 제시하며 이에 대한 검증도 5년 단위로 한다는 것이다.

이에 따라 공급측면에서는 저탄소 에너지원으로의 전환이 가속화 될 것이며 소비측면에서 에너지 기기들의 효율을 높이는 기술개발이 필요하고 무엇보다도 소비자의 능동적 참여를 유도하여야만 하는 상황이다. 네델란드 ASN은행에서 에코피스 자문회사의 도움을 받아 작성한 2010년 세계 온실가스 배출량을 보면 산업 : 29%, 주거/빌딩 : 11%, 상업/공공 7%, 수송 : 15%, 농업: 7%, 에너지공급 : 13%, 토지이용변화 : 15%, 폐기물 : 3%가 발생되고 있는 실정이다.

국제에너지기구(International Energy Agency)에 의하면 2035년에 대기중 이산화탄소 농도를 450ppm(2℃ 온도 상승에 해당하는 농도)으로 맞추려면 전체 이산화탄소 감축분 중에 발전부문은 65%, 산업분야는 11%, 교통은 16%, 건물 4%, 기타 4%를 감축해야만 하는 것으로 분석되었다. 즉 가장 많은 탄소를 배출하고 있는 발전부문과 교통분야의 혁신적인 변화가 요구되고 있다.

이 목표를 달성하기 위해서 이에 상응하는 투자가 필요한데 효율의 개선과 신재생에너지의 도입이 가장 효과적이므로 이 분야에 가장 많은 투자가 필요하고 전기차의 확산, 바이오 연료, 탄소포집 저장 및 원자력이 필요한 것으로 예측하고 있다.

앞에서 언급된 여러 가지수단 중 원자력과 바이오 연료, 효율기술의 일부를 제외하고는 경제성이 확보된 것은 없다. 모든 나라들이 기후변화에 적극적으로 대응하지 못하는 이유가 여기에 있고 에너지신산업을 통하여 이익을 창출하는 기후변화대응방안을 만들려고 노력하는 이유 이기도하다. 결국 비용의 문제인데 비용을 고려한 맥킨지의 분석에 따르면 조명을 엘이디로 바꾼다거나 가전기기의 효율을 올리고 하이브리드 자동차의 도입과 같은 효율을 개선하는 기술들은 음의 비용(수익)을 낼 수 있는 것으로 분석되었고 탄소포집및 저장은 직접적으로 이산화탄소를 줄일 수 있는 포텐셜은 높지만 비용을 많이 지불해야하는 것으로 보고하고 있다.

에너지 자원시장의 재편

자원의 고갈에 대해서는 로마클럽이나, 킹 허버트 등으로부터 지적되어 왔지만 지금까지의 추세를 지켜보면 아직까지는 자원 고갈의 우려가 없어 보인다. 1, 2차 오일쇼크를 거치면서 배운 교훈은 에너지 절약 기술, 자원 탐사/생산 기술, 전통에너지가 아닌 재생에너지와 같은 새로운 에너지 개발 등이 에너지 자원국들의 헤게모니에 끌려가지 않는 방법이라는 것을 배웠기 때문에 오히려 가용자원의 양은 지속적으로 늘어나고 있다.

한 예로 셰일가스가 몰고 온 에너지 시장의 충격은 가히 혁명적이라 할 수 있다. 셰일가스의 효과로 미국은 사우디를 제치고 세계 최대의 산유국이 되었고 이로 인하여 새롭게 저유가 시대가 열렸으며 석유나 가스 기반 경제체제를 갖고 있었던 나라들은 심각한 경제문제에 봉착하여 결국 정치 문제로 비화하고 있다. 매장량도 풍부하여 전 세계가 60년을 사용할 수 있는 분량이 있기에 미국보다 매장량이 더 많은 중국이 본격 개발 할 경우에 그 파장은 어떻게 될지 예측하기 어렵다. 물론 셰일가스 시추에 따르는 환경문제가 끊임없이 제기되고 있지만 기술혁신이 에너지 시장에 준 충격과 소비자에게 준 혜택을 잘 보여주고 있는 예이다.

셰일가스와 같은 비전통(한계)자원 뿐만 아니라 지구에서 얻을 수 있는 재생에너지까지 고려한다면 우리에게는 무한의 에너지 자원이 있다고 하겠다. 예를 들어 지각에서 수집될 수 있는 총에너지는 540×10^7 엑사 줄(1 Exa Joule = 10^{18} Joule)로 평가되는데 인류가 현재 1년에 500 엑사 줄을 사용하기에 지각에 있는 총에너지의 1%만 이용하더라도 2800년 동안 에너지를 공급 받을 수 있다. 다만 경제성을 확보해야한다는 선결과제가 있지만 이 문제를 해결하는 것이 바로 에너지 기술개발이다. 셰일가스가 경제성을 확보한 것은 다름 아닌 기술개발이었다.

결국 사용하는 에너지 자원의 종류는 바뀌겠지만 에너지 자원의 고갈은 없을 것이다. 또한 지정학적으로 유리한 점을 무기로 세계경제를 흔들려는 자원부국들의 패권주의는 에너지기술의 혁신을 통하여 힘을 잃어갈 것이다. 자원부국들도 이 사실을 인식하여 신재생, 원자력 등 석유로부터 독립하기 위한 정책을 시행중에 있다.

새로운 에너지 기술/자원을 개발하려는 추세는 특히 우리나라와 같은 자원 절대 빈국에게 시사하는 바가 크다. 자원민족주의에 대항하고 이를 극복하기 위한 방안으로 에너지 기술에 대한 혁신역량이 더 절실히 요구되는 시점이다.

에너지시스템의 분산화, 지능화

기후변화에 대응할 수 있는 신재생에너지의 보급으로 에너지 시스템의 분산화가 촉진되고 있으며 에너지 시스템과 ICT기술의 융합에 따라 지능화가 진행되고 있다. 분산전원과 ICT기술이 통합되어 소규모 에너지망(Micro Energy Grid)을 통한 동시 생산소비(Prosumer) 시대가 열리고 있는 것이다. 즉, 전통적 중앙 통합 발전 방식에서 분산발전시대로 진화하고 있기에 이에 걸맞는 새로운 비즈니스모델의 개발 및 실증이 중요한데 기술적인 준비 외에 요금의 유연화 등 법이나 규정의 정비도 필요하다. 단일 요금체계를 벗어나 지역, 시간 차등요금제를 도입해야할 것이며 개인 간에 에너지를 팔고 사는 시스템이 도입되어야한다.

이미 우리나라는 친환경에너지타운, 독립에너지섬, 대학 캠퍼스 마이크로그리드 등 이 분야에 여러 가지 실증 프로젝트를 수행하고 있어 기술적인 준비는 하고 있는 상태이다. 외국의 경우는 해외 진출을 위하여 의도적으로 실증장소를 국내에 두지 않고 해외에 직접 나가 실증을 하고 있다. 에너지 분야는 인프라 사업이기에 해

외진출 벽은 상당히 높은데 이것을 타개하기 위한 방안이 해외실
증임으로 수출로 먹고사는 우리나라도 과감한 해외 실증을 추진해
야한다.

에너지 대기업의 합종연횡

에너지 기업의 합종연횡은 일찍부터 경영의 어려움을 겪어 왔던
원자력기업에서 시작되었다. 2000년대 초 까지는 프라마톰과 지멘
스, ABB-CE-웨스팅하우스의 병합이 있었고 2000년대 중반이후에
는 아레바와 미츠비시, 웨스팅하우스와 도시바, GE와 히타치 제휴
등 일본 기업의 적극적 활동이 눈에 띈다.

미국 내에서는 가스발전 비용이 원자력 발전 비용보다 우위에
있기에 원자력발전 시대를 개막했던 미국의 원자력 기업이 쇠퇴하
고 결국 일본에 의하여 인수되는 상황을 잘 보여주고 있다. 후쿠시
마 사고 직후에는 원자력 사업이 주춤 거렸지만 지금은 오히려 시
장을 개척하기 위하여 해외로 진출하는 노력을 배가하고 있다. 프
랑스는 유럽을 거점으로 유럽 시장을 방어하고 있지만 이들도 일
본과 사업을 제휴하는 형편이다. 일본 이외에 독자적으로 활동하
고 있는 나라로는 러시아, 한국, 중국이 원자력사업을 적극 추진하
고 있는데 이런 상황에서 우리나라의 '독자 개발, 독자 수출' 전략
이 계속 유효할지는 신중히 검토할 필요가 있다.

원자력이외의 분야에서는 GE와 알스톰의 협력이 특히 중요해

보인다. 2014년에 시작하여 2015년 11월에 합의된 안에 따르면 GE 가 Alstom의 에너지 사업 부문을 인수하여 GE는 에너지사업에 완벽한 포트폴리오를 갖게 되었고 Alstom은 운송사업에 집중할 수 있는 자금을 확보하게 되었다.

지멘스 역시 100년가량 이어온 가전 사업을 완전히 접고 에너지 사업에 매진하기로 결정했다. 원래 Alstom을 인수하려했지만 실패하고 회사가 보유한 가전사업 지분 전체를 가전사업 파트너인 독일 보쉬에 넘기고 에너지사업에 매진하고 있다. 지멘스가 유럽시장 내에서 인지도가 높고 흑자를 기록하고 있는 가전부문을 접기로 한 것은 경쟁자인 GE를 보다 빠르게 추격하기 위해서로 풀이된다. 지멘스는 앞으로 셰일가스 등 에너지 사업에 집중할 계획이다. 이를 위해 셰일가스 생산에 쓰이는 콤프레서 전문기업 미국 `드레서-랜드 그룹`을 76억달러(약 7조9000억원)에 인수한다고 밝혔다. 세계 에너지 시장에서 가장 주목받고 있는 셰일가스 시장을 공략하기 위해서다.

이외에도 국제 유가(油價) 하락이 이어지면서 네델란드의 로열더치셸이 영국의 가스회사인 BG그룹을 인수하는 등 글로벌 에너지 업계에 지각변동이 일어나고 있다. 일본 국내의 경우에도 2016년 4월 전력소매시장 및 2017년 4월 가스소매시장 전면 자유화를 앞두고 에너지 및 비에너지 기업 간 합종연횡이 더욱 활발해지고 있다. 기존 고객 유지 및 신규 고객 확보를 위해 전기와 가스, 전기와 통신서비스, 전기와 휘발유 등의 결합 판매가 예상되며 정유업계가 상위 5위 기업들 간 합병/제휴로 본격적인 2강 체제로 돌입하게 될 것이다.

우리는 수출을 중시하는 나라이면서도 세계적인 합종연횡에 가담하지 못하고 있다. 기본적으로 우리나라의 에너지기업들은 외국에 비하여 규모가 작아 외국시장에 나가서 대결을 하려면 규모를 키워야하는데 오히려 한전의 분할 등 에너지 공기업을 잘게 나누는 일에만 관심을 쏟고 있는 서글픈 현실이다. 지금이라도 거시적인 안목으로 에너지기업의 수출기업화를 서둘러야겠다. 또한 국내에너지소비의 최적화를 위해서는 에너지원별로 분리되어있는 에너지 판매 사업을 일본처럼 통합해 나가야한다.

에너지 불평등

세계에너지 소비는 심각한 불균형 속에 있다. 가장 가난한 4분의 1의 인구는 1차 에너지의 3%만 소비하는 반면 부유한 인구 5분의 1은 1차 에너지의 30%를 사용하는 심각한 상황에 놓여있다. 우리나라도 통계청 자료에 따르면 소득대비 연료비 비중이 5분위 이하는 25.3%인 반면 95분위 이상은 1.5%를 차지한다. 우리나라에서는 정부나 에너지공기업 들이 에너지 복지를 위하여 별도의 투자를 하고 있지만 항상 충분치 못하다는 아쉬움이 있으며 해외의 어려운 국가들을 위하여 공적개발원조(ODA)등의 사업으로 도움을 주고 있지만 우리나라 경제규모에 걸 맞는지는 돌이켜볼 필요가 있다.

사실 저소득층을 위한 에너지 기술은 우리가 누리고 있는 기술과는 차별화가 필요하다. 기본적인 에너지 인프라가 없는 상태에서 사용할 수 있는 에너지기기들이 제한되기 때문이다. 다행히 이들을 위한 기술 즉, 적정기술이라는 분야가 있어서 현지 사정에 적합하며 가격도 저렴한 에너지 기기들이 개발 보급되고 있는데 빈곤국가로부터 성장하면서 쌓아온 다양한 경험을 갖고 있는 우리나라의 강점을 잘 발휘할 수 있는 분야이다.

우리나라 중장기 에너지 과제 및 정책 방향

에너지 안보

• 해외 자원 확보와 국가자원개발 평가기준의 설치

석유수출국기구(OPEC)에 속해 있지 않은 나라들의 생산량은 증가(미국/캐나다 비전통자원 등)하고 있는데 반해 세계경기회복 둔화로 석유수요 증가 폭이 줄어들고 있고 OPEC이 고유가 유지에서 시장점유율 방어로 바뀌면서 저유가 현상은 당분간 지속될 것으로 전망된다.

세계 주요 유전개발기업 및 광물자원개발 기업들은 저유가시대를 살아남기 위해 기술혁신에 중점을 두고 비용절감을 위한 노력을 기울이고 있다. 또한 신자원무역보호주의의 일환으로 다양한 자원 확보 경쟁이 심화되고 있으며 쉬운 채굴(Easy resource) 시대에서 어려운 채굴(Extreme resource) 시대로 전환되고 있다. 그 결과 막대한 자원량에도 불구하고 경제성 때문에 개발이 지연되었던 심부, 사막, 정글, 오지, 고산지대, 극한지 등에서의 자원개발을 위한 탐사기술력 향상 및 무인/원격 기술 기반의 스마트 자원개발 기술이 중요해지고 있다.

이렇게 경쟁이 심화되는 자원시장에서 거의 모든 에너지 자원을 해외에 의존하는 우리나라는 자원에 관한한 별 선택의 여지가 없지만 과거 자원정책의 결과로부터 교훈을 얻는다면 크게 두 가지 전략을 말할 수 있겠다. 한 가지는 정말로 장기적인 계획 하에서 꾸준하게 지속적인 정책을 유지하여야 한다. 정권 교체에 따라 변하는 자원정책, 국회의 정치논리로 변하는 정책으로는 유리한 기회를 잡기 어렵다. 이렇게 되면 결국 자원가격의 역 사이클에 걸려 비쌀 때 사고 쌀 때 헐값으로 파는 뼈아픈 일을 반복하게 될 것이다. 두 번째로 제안하고 싶은 것은 자원평가 기술만이라도 자립해야겠다. 자원분야의 인력과 자금이 부족한 현실에서 평가하는 기술마저도 없기에 대부분 외국에서 평가한 결과에 의존하여 자원구입을 결정하고 있다. 그 결과 과대 포장된 자원을 구입하게 되고 결국 손해를 보게 되는 것이다.

위의 두 가지를 동시에 해결(?)하는 방안으로 국가자원개발평가 기관을 설립하고 전권을 부여하는 조치가 필요하다. 이 기관의 독립성을 보장하여 맡겨보기를 제안한다. 이 기관이 평가기술을 자립할 수 있도록 지원하고 해외자원 구입 시 평가를 맡겨 그 결과에 따르도록 한다면 실패율을 대폭 줄일 수 있을 것이다. 또한 북한의 자원 평가 및 협력 전략을 만드는 임무도 수행토록 한다면 일관성 있는 자원정책이 유지될 것이다.

• 북한 자원과 우리의 참여

북한은 정치적으로는 우리에게 위협이지만 에너지 산업이나 에너지 자원 측면에서는 기회의 땅이기에 통일을 준비하는 차원에서 전략적인 접근이 필요하다. 북한은 우리보다 풍부한 자원을 갖고 있어 우리의 기술과 자본으로 개발한다면 남북 모두에게 이로운 결과를 만들 수 있기 때문이다. 더구나 북한은 에너지 망이 열악한데 이에 대한 개선이나 확충에 중국 등 이웃 나라보다도 우리가 참여해야 에너지 망의 동질성을 유지할 수 있다는 사실도 중요하다.

석유의 경우 북한은 지속적으로 매장량을 1,470억 배럴로 발표하고 있는데 50%만 인정하더라도 세계 8위권의 매장량이 된다. 석유이외에도 석탄 186억톤, 석회석 1천억톤, 철 93억톤, 마그네사이트 89억톤 등 유용광물이 많이 분포되어 있는 것으로 추정된다.

북한 석유 매장량 발표 내용

연도	추정 매장량	판단 지역	판단 주체
1994	430억 배럴	서한만 일대	북한 원유공업부
1998	42억 배럴	서한만 일대	중국 환구석유심탐유한공사
2002	5천만 배럴	단천-나진 일대	싱가폴 서버린벤처
2003	588~735억 배럴	북한지역	한국 한반도경제보고서
2005	660억 배럴	서한만 일대	중국 해양석유총공사
2008	40~50억 배럴(가채)	북한지역	영국 아미넥스
2011	1,470억 배럴	서한만과 중국 보하이만 지역	한국 남북경제협력 활성화방안
2012	50~400억 배럴	서한만 일대	한국 석유공사

자료 : 산업통상자원 R&D 전략기획단 이슈리포트(2016)

자료 : 대한무역투자진흥공사

• 동북아 에너지 망과 에너지 효율의 최적화

우리나라는 대륙과 연결되어 있음에도 불구하고 다른 나라와 연계된 에너지(전력, 가스)망이 없기에 에너지 면에서는 일본이나 대만처럼 섬나라이다. 특히 전력의 경우 그 특성상 생산과 동시에 소비가 되어야하기에 우리나라 내에서만 생산/소비 균형을 유지하기 위한 노력이 필요이상으로 들어가고 있다. 이를 완화하기 위하여 일본, 중국, 러시아, 나아가서는 몽골등과 연결하는 에너지 망이 필요하다.

이미 동북아를 제외하고 국가간 에너지를 융통하기 위한 전력망이나 가스망이 건설되어있거나 계획 중에 있다. 전력망의 경우 북미, 남미, 유럽, 아프리카는 전력망이 구축되어있고 동남아, 중국-유럽은 계획 중에 있으나 우리는 기초연구만 산발적으로 이루어지고 있으며 공식적인 논의의 장도 마련되어 있지 못하다. 동북아 전력망이 만들어 진다며 동-서 간에는 첨두부하 평준화가 가능할 것이며 남-북으로는 러시아의 저렴한 전력을 융통할 수 있을 것이다. 러시아는 석탄, 가스, 수력 등의 자원이 풍부하나 수요처가 없어서 개발을 못하고 있기에 극동지역의 경제 활성화를 위해서 가스망을 건설하거나 전력망의 구축을 희망하고 있다. 일본은 대지진 이후 전력수급의 불안을 느끼고 있으며 중국은 경제성장에 따라 급격히 계통의 규모가 늘어나고 있기에 일본과 중국의 중간 지역에 있는 우리나라의 역할이 중요하다 하겠다. 물론 북한이라는 정치적 걸림돌 문제를 먼저 해결하는 것이 필요하기에 통일 이전이라도 보장조치를 강구하거나 우회 방안을 만들 수도 있겠지만 통일에 의한 에너지 안보의 확보는 더 효과적이고 더 가치가 있다고 판단된다.

　한걸음 더나가 고비사막에 대규모 태양광/풍력 단지가 만들어
진다면 이곳에서 생산되는 전력을 동북아로 보내는 송전망 역할도
하게 될 것이며 결국 유럽 및 호주와 연결되어 전력망의 견실성이
대폭 향상되고 에너지효율도 국부적 최적화가 아닌 전체적 최적화
를 달성하게 될 것이다.

에너지 믹스

　에너지 믹스를 결정하는 것은 쉽지 않은 일이다. 아래 표에서와
같은 다양한 발전원의 특징을 고려함은 물론 관련자들의 이해관계
를 조정해야하고 국제 에너지수급여건 등 에너지 안보가 걸려있기
때문이다.

에너지원별 장단점

구분·기준	경제성	친환경성		공급 안정성	
		대기오염 저감	토질/해양 오염	대용량공급	유가변동
원자력발전	○	○	×(사고시)	○	○
석탄발전	○	×	△	○	△
신재생에너지발전	×	○	○	×	○
LNG발전	△	△	△	△	×
중유발전	△	△	△	△	×

자료: 한국에너지경제연구원

장기적인 공급 측면에서의 에너지믹스는 기후변화에 대한 대처와 발전비용만을 고려하면 단순화 할 수 있다. 즉, 원별 외부비용을 고려한 발전비용과 CO_2 감축효과를 동시에 고려하여 에너지믹스를 정하면 큰 틀에서 중장기적으로 접근할 수 있다. 이런 면에서 본다면 아무래도 원자력이 가장 우수해 보이지만 국민의 수용성 문제가 있고 화력은 탄소비용을 고려하면 경제성이 없어지는 문제가 있으며 신재생은 탄소비용이 거의 없지만 아직 경제성이 낮아 기술을 더 개발해야 하는 문제를 안고 있다.

• 원자력의 안전성 제고와 해외 진출

　원자력발전은 안전성에 대한 우려, 방사성 폐기물의 처리에 대한 부담에도 불구하고 기후변화 대응 및 에너지의 안정적 공급을 위한 가장 현실적인 대안이기에 전 세계적으로 31개 국가에서 440기의 원전이 가동 중이며 16개 국가에서 66기의 원전이 건설 중('15년 10월 기준)이다.

　후쿠시마 사고 이후 원전 안전 대책에 대한 인식 변화가 생겼다. 전통적 안전설비 장치 외에 지진 · 해일 대비 강화 및 신 안전개념 개발적용을 추구하고 있으며 그 동안 핵확산 방지 기능 중심이던 국제원자력기구(IAEA)도 회원국의 안전 이행 계획 수립 · 보고 의무 부여 등 안전관리 기능을 확대하는 방향이다. 원전 이용과 관련해서는 원전의 지속 의존 확대 및 신규 도입에 관심 있는 50여개 국가와 탈원전을 천명하고 진행 중인 3개 국가(독일, 벨기에, 스위스)로 나누어진다.

결국 원전의 기후변화 대응능력을 이용하려면 원전의 안정성과 폐기물 처리능력을 제고해야하는데 이런 능력을 가진 원자로는 제4세대 소형모듈형 원자로(SMR, Small Modular Reactor)이다. 소형모듈형 원자로는 300MWe 이하의 원자로로서 공장에서 모듈 형태로 제작하여 현장으로 수송후 설치 가능한 원자로이다. 사고 발생 시에도 별다른 외부 조치 없이 원자로 정지 및 냉각이 가능하며, 필요한 수요만큼 초기에 건설하고 필요에 따라 모듈을 추가로 설치할 수 있어 초기 투자 부담이 낮다. 또한 소용량이기 때문에 내류/도서/해양 원격지 등의 독립전원으로 사용 가능하며, 탈탄소화를 위한 노후 화력발전 설비 대체, 항속거리 극복을 위한 선박용 동력원 등 다양한 용도로 사용 가능하고 제4세대로 개발하면 폐기물 발생량도 상당량 감축시킬 수 있기에 그동안 축적된 우리나라의 원자력 기술 능력을 이용하여 새롭게 열릴 소형모듈형 원전 시장을 선점할 정책이 필요하다.

원자력은 국내 원전의 안전한 운영도 중요하지만 그동안 축적된 기술능력으로 세계 시장에 나가는 것도 중요하다. 이미 UAE에 원전을 수출한 경험도 있으며 국제적으로도 경쟁력을 인정받고 있기 때문이다. 원전 수출을 효과적으로 하려면 원전산업의 거버넌스를 바꾸어야한다. 지금 우리가 갖고 있는 원전 산업 체계는 원전기술을 효과적으로 자립하기 위한 구조였기에 기술자립이 완료되고 수출을 시작한 지금 단계에서는 새로운 구조를 생각해 봐야한다. 더구나 앞에서 이야기 한 바와 같이 외국의 원자력 회사들이 합종연횡하며 시장을 선점하기 위하여 전쟁을 벌이고 있는 이 시점에서 보면 오히려 늦었다는 생각이 든다.

• 화력발전과 이산화탄소 배출 억제

2035년까지도 석탄은 전체 전력 생산의 36%를 차지하며 전력에서 주 에너지원의 역할은 변하지 않을 것으로 국제에너지기구(IEA, 2015)는 예측하고 있다. 선진국에서는 석탄화력의 비중이 감소될 것이지만 중국, 인도, 동남아, 중동 등 신흥 개발도상국들의 화력발전 설비 시장이 당분간 확대 될 것이다. 특별히 동남아, 중동 등은 소규모 용량의 화력발전소를 필요하기에 이에 대한 대책도 필요하다. 참고로 다음 표는 2000년 이후에 발주된 대표적인 나라의 화력발전소 용량을 보여주고 있다.

	인도	인도네시아	베트남	필리핀	터키	계
100MW 이하	43	4	5	13	4	69
100MW에서 200MW 사이	40	17	6	6	15	84
200MW 이상	4	0	6		0	10

자료 : 에너지기술연구원 발표자료 (2015)

우리나라의 경우도 발전원가 때문에 화력발전의 비중을 줄이기가 쉽지 않아 보이지만 이산화탄소의 배출을 줄이기 위해 우리가 택할 수 있는 것들을 나열한다면 다음과 같은 것이 될 것이다. 첫 번째는 화력발전소의 일차계통의 온도와 압력을 높여 발전소 효율을 올리는 것인데 이를 위해서는 새로운 재료의 개발이 필요하다. 두 번째로는 이차계통의 효율을 높이기 위하여 물-증기 계통을 초임계이산화탄소 계통으로 바꾸는 것이다. 세 번째는 석탄화력을 액화천연가스발전이나 바이오매스 발전으로 전환하는 것이고 네 번째는 발생하는 이산화탄소를 포집하여 저장하거나 일부를 산업에 다시 이용하는 것이다.

화력발전의 경우에는 한전을 중심으로 필리핀 등에 발전소를 운영하고 있으며 건설사를 중심으로 프로젝트를 수주하여 해외에 진출하고 있지만 엔지니어링 기술이 완벽하게 자립되어 있지 않기에 부가가치가 높은 상류부문(개념설계, 기본설계) 보다는 하류부문인 상세설계 및 건설에 치우치고 있다. 특히 기계공학의 꽃이라 할 수 있는 가스발전의 경우에는 거의 기술이 없기에 전주기 엔지니어링 및 가스발전 기술의 자립이 시급하다.

• 신재생에너지의 간헐성과 경제성

미래의 주력 에너지는 분명히 신재생에너지가 되겠지만 지역성 및 간헐성과 높은 발전단가의 극복이 과제이다. 지역성은 극복하기 어려운 인자 이지만 간헐성이나 경제성은 기술개발에 의하여 극복될 것으로 예상되는데 그 때까지는 신재생에너지가 보조 에너지의 역할을 하게 될 것이다.

간헐성의 극복을 위하여 에너지 저장장치에 대한 투자가 필요하다. 현재로는 배터리가 강력한 후보이지만 압력공기저장, 수소변환 등도 좋은 대안으로 고려하고 있으며 소수력과 결합된 하이브리드도 고려할 만하다.

경제성 면에서 본다면 태양광, 풍력, 연료전지가 유력한 후보이다. 물론 현재도 세계적으로 풍력이나 태양광(일부지역)은 기존 에너지와 경쟁할 수 있는 가격대를 유지하고 있고 우리나라에서도 풍력은 LNG보다도 낮은 가격에 전력을 공급하고 있다. 태양광은 혁신의 속도가 모든 사람의 예상을 뛰어넘고 있으며 연료전지는 수전해에 의한 수소공급보다 가스를 개질하여 공급하는 경우에는 쉽게 경제성을 확보할 것으로 예상한다.

상기 3대 후보이외에 장기적 시각에서 본다면 바이오에너지와 인공 저류층 지열에너지(Enhanced Geothermal)가 장점을 갖고 있다. 간헐성이 없고 대규모로 공급이 가능한 에너지이기 때문이다. 특히 인공 저류층 지열에너지는 우리나라와 같이 비화산지대에 적합한 에너지이기에 아직은 기술의 성숙을 기다려야 하지만 그 미래가 기대된다.

신재생에너지는 탄소감축에 효과적인 수단이지만 경제성이 낮기 때문에 정부의 보조가 있어야 보급이 진척되는 구조를 가지고 있다. 작년 말 파리협약에서 2030년 탄소배출전망치 대비 37%의 온실가스를 감축하겠다고 약속한 우리는 이 목표를 맞추기 위하여 의욕적으로 보급을 추진하다보면 국내에서 개발된 기술보다 외국 기술들을 사용하게 될 우려도 있다. 즉 기술개발이 앞서가고 보급이 뒤따라오는 연계순환구조를 만들지 못하면 우리나라에서 거두어드린 세금이 외국회사로 흘러가게 될 것이기에 이에 대한 정책이 마련되어야한다.

에너지 이용

기후변화를 막기 위해서 가장 효과적인 방법은 에너지이용을 줄이는 것이다. 에너지이용을 줄이는 방법에는 에너지사용기기의 효율을 높이는 방법과 에너지를 절약하는 방법이 있다. 소비자가 직접 관여하지 않는 분야, 즉 생산과 공급 분야에서는 기술개발에 의하여 효율을 높이면 그 만큼 효과나지만 소비자의 선택권이 주어지는 곳에서는 비용효과나 심리적인 효과가 있어서 좋은 결과를 내기가 쉽지 않다.

예를 들면 에너지 효율 개선에는 반동(rebound) 효과가 있는데, 연료절약형 차를 구입할 경우 더 많이 여행하거나 절약된 비용만큼 다른 상품을 구입함으로 연료절약을 상쇄시키는 효과가 있다. 최근에 보급되는 주택용 태양광발전의 경우에도 총 에너지 사용은 늘어나는 경향도 있다. 단순한 에너지 절약 운동도 쾌적함을 포기하지 않으려는 관성 심리 때문에 절약운동기간이 끝나면 원래 상태로 쉽게 돌아간다. 결국 에너지 이용 효율을 높이기 위해서는 에너지비용을 적절히 유지하거나 에너지 시스템에 ICT를 접목하여 자동화하여야한다.

또한 에너지 이용효율은 에너지의 생산부터 소비까지 전 과정을 살펴보아야 한다. 우리나라의 경우 전기요금이 저렴하기 때문에 전기로 난방하는 경우도 있는데 개인적으로는 경제적이지만 에너지 총 효율에서는 기후변화대응에 역행하는 것이다. 이를 위해서 ESI(Energy System Integration)라는 방법을 준비하고 있다. 전력, 열, 연료 및 관련 데이터를 종합적으로 분석하고 가정에서부터 국가 단위까지 최적화를 이루어내는 방법이다. 더구나 분산전원시대가 도래함으로서 예전과 달리 소비자 단에서도 에너지 생산이 이루어지고 있기에 생산과 소비를 지역 단위부터 국가 단위까지 최적화 하는 것이 필요하다. 현재는 이런 개념을 담은 소형 에너지그리드를 시현하기 위한 초기단계이기에 이에 대한 적극적인 정책의 개발이 필요하며 비교적 잘 발전해온 전력 기술에 추가적으로 열에 대한 정책적 배려가 필요하다.

수출산업화

에너지산업에 종사하는 사람으로 에너지산업에 거는 기대는 에너지산업이 우리나라의 먹거리를 만들어내는 주력수출산업으로 성장하는 것이다. 현재도 플랜트, 기기/부품, 운영/유지보수 차원에서 수출이 이루어지고 있지만 우리나라의 주력산업과 비교하면 아직 미미한 수준이다. 전력산업의 경우에 시장 전망은 밝다. 선진국은 노후된 기기들의 교체 주기에 도달하고 있으며 개발도상국은 경제발전에 따른 전력수요의 상승으로 신규 수요가 많다. 전 세계 에너지 수요도 지속적으로 상승하는 것으로 예측되어 있고 탄소배출을 감축하기위한 시장도 있기에 에너지시장은 전망이 밝다고 하겠다.

에너지산업은 에너지 공기업이 차지하는 비중이 크기에 수출도

국내 전력 기자재 수급동향

구분		2008	2009	2010	2011	2012	2013	평균 증감율
수요	내수(십억원)	31,202	32,708	38,267	41,553	41,906	42,055	6.2
	수출(백만$)	8,416	8,006	9,947	11,574	13,770	15,989	13.7
계(십억원)		40,476	42,923	49,865	54,376	57,411	59,323	7.9
공급	생산(십억원)	30,671	32,799	38,276	41,023	42,824	43,654	7.3
	수입(백만$)	8,897	7,935	10,026	12,052	12,955	14,509	10.3
수출비중(%)		30.2	31.1	30.0	31.3	36.2	39.6	-
수입비중(%)		31.4	31.0	30.2	32.1	34.8	37.3	-
평균환율(원)		1,102	1,276	1,156	1,108	1,126	1,080	-

자료: 통계청, 한국무역협회, 전기산업통계

공기업을 중심으로 이루어질 수밖에 없다. 에너지 공기업이 중심이 되어 플랜트/시스템 수출의 길을 열고 부품/소재 기업이 열려진 길을 따라 관련 기기를 수출하는 형태로 진행하면서 중소/중견 기업들의 독자 역량을 높여가야한다.

전력기기 분야의 수출 추세를 보면 꾸준히 수출이 증가하여 2012년부터 흑자기조로 돌아 섰으며 연평균 13%씩 증가하고 있다.

에너지공기업은 수출의 길을 여는 역할은 하지만 관련 기기/소재/부품이 국내에서 조달되어야하기에 결국 에너지산업의 수출경쟁력은 에너지관련 중소/중견 기업의 경쟁력에서 나온다고 하겠다. 이런 상황 하에서 중소/중견 기업의 경쟁력은 어디에 있을까? 그 핵심은 글로벌 경쟁력을 가진 아이템의 연구개발과 이를 수출할 수 있도록 지원하는 체계로 나눌 수 있다. 현재는 아쉽게도 이 두 가지가 별도로 관리 되고 있다. 에너지 분야뿐만이 아니라 거의 모든 우리나라의 연구개발 체계도 이러한 문제를 갖고 있다. 이것을 하나의 체계로 통합하는 것이 필요하다. 물론 기초과학분야의 연구개발은 별도의 철학과 체계로 운영되어야 하지만 개발/실용화 연구개발은 수출과 통합(에너지 경우에는 보급도 통합)된 체계로 운영되어야한다. 내수시장이 작은 우리나라의 특수한 상황을 극복하려면 통합적 거버넌스가 필요하다.

맺으면서

인류의 역사는 에너지의 역사이다. 불을 사용하고, 가축과 수차를 이용하던 시절을 지나 에너지 기술의 혁신이 이루어졌던 산업혁명이후 인류의 GDP는 대폭적으로 증가했다. 그러나 전기에 의한 기술혁신 이후 특별한 에너지 혁신이 이루어 지지 않고 있어 혁신이 정체되는 것이 아닌가하는 우려도 있지만 신재생에너지, 전기차, 초전도와 같은 혁신의 씨앗이 곳곳에서 보이고 있다. 또한 ICT와의 융합에 의하여 어떤 혁신이 일어날지 아무도 예측하기 어렵다. 그러므로 에너지 기술과 ICT의 융합을 이루어 내는 나라가 에너지혁신의 주도국이 될 것이며 갈수록 중요해지는 에너지 시대의 헤게모니를 잡게 될 것이다. 에너지자원이 거의 없는 상태에서 에너지 정책과 기술로만 한국의 경제성장을 충실하게 뒷받침해온 우리나라의 에너지산업은 분명 저력이 있음에 틀림없다. 이 저력이 더 잘 발휘되도록 하는 것이 바로 에너지 정책이기에 새롭고 혁신적인 에너지 정책을 기대해 본다.

세상을 바꿔라1

세상을 바꿔라3